ANUNNAKI

Maquettage de couverture

Jean Pierre SEGONNES

Autoédition : Jean Pierre SEGONNES

43 rue du Broustey, 33440 Ambarès et Lagrave

ANUNNAKI

Tome 3

LE CRÉPUSCULE DE NIBIROU

Roman

Jean-Pierre SEGONNES

Sommaire

PROLOGUE

Aux confins du système solaire, loin des anciennes guerres galactiques qui les avaient mis à mal, les Anunnaki[1] de Nibirou[2] ignoraient

Sur Terre, plus de quatre mille trois cents ans avaient passé depuis mon départ avec mes amis les géants[3] de Namsis, le monde souterrain secret situé sous les plaines du croissant Fertile[4]. Avec mes amis, nous avions enfin trouvé un havre de paix quelque part dans la galaxie. Ils m'avaient recueilli et soigné. Grâce à la médication qui leur donnait une vie longue de plusieurs centaines de milliers d'années, j'avais moi-même, en quelque sorte, rajeuni.

Depuis lors, personne n'avait plus jamais entendu parler de nous. Ce qui était certain, c'était que les chars volants n'avaient jamais cessé de traverser le ciel de Ki la Terre depuis cette époque reculée. Et pourtant, ce n'était pas ceux de mes amis.

L'humanité quant à elle s'était repliée sur elle-même, presque complètement fermée à la préservation de son environnement immédiat et à la recherche d'un meilleur avenir.

Pour tous ces peuples en interaction volontaire ou non, l'avenir dépendrait des décisions que chacun prendrait. Seulement voilà, en général il est rare que les choses se passent comme on les a imaginées. Quelques-uns allaient l'apprendre à leurs dépens...

---

[1] Anunnaki n'a pas de pluriel, sa signification est déjà le pluriel des Anunnas, les seigneurs Anunnaki.

[2] Planète orbitant très loin du soleil que les Anunnaki ont colonisé depuis très longtemps, mais qui ne serait pas en fait leur vraie planète d'origine.

[3] Les légendes sumériennes rapportent des tailles pour leurs dieux Anunnaki parfois supérieures à 3,5 mètres.

[4] L'arc en croissant de lune allant du delta du Nil jusqu'à la plaine de l'ancienne Mésopotamie.

1

–Année terrestre 2030 – Planète Nibirou –

Namrod était planté debout, les deux mains croisées dans le dos, aussi immobile qu'un roc face à la grande baie vitrée du salon de détente. Cette large pièce agrémentée de fauteuils et d'une musique douce permettait de se régaler du fascinant spectacle offert par Nibirou, la magnifique planète glacée sur laquelle les Anunnaki[5] s'étaient installés il y a plusieurs centaines de milliers d'années. Juste à côté se trouvait la salle de contrôle du trafic aérien de Dag-Aras[6], la gigantesque station orbitale de Nibirou[7].

Après la mort brutale du Grand Roi Anou,[8] trois mille ans terrestres plus tôt, il s'en était passé des choses sur Nibirou. Le Grand Monarque avait tout fait, avant de disparaitre d'une maladie aussi soudaine qu'incurable, pour que son second fils Enlil hérite du trône et c'est ce qui s'était passé.

Mais Enlil n'avait pas eu l'étoffe diplomatique de son père. Il avait assez vite réussi le tour de force de s'attirer les oppositions de la quasi-totalité de l'élite aristocratique Anunnaki du fait de ses frasques et de certains comportements sexistes particulièrement condamnables. Avait suivi une longue période de troubles, parfois violents, qui avaient abouti finalement à la destitution d'Enlil et à son exil forcé sur Anthou[9] la rouge. Le Grand Conseil des Sages, dans lequel chacune des sept grandes familles de la planète

---

[5] Nom donné à leurs dieux par les Sumériens traduit en général par "Ceux venus du ciel sur la Terre" ou plus exactement « Les fils d'Anou sur Terre ».

[6] Station orbitale siège du Contrôle spatial de Nibirou.

[7] Planète d'accueil des Anunnaki.

[8] L'antique chef de tous les dieux Sumériens.

[9] La planète Mars.

possédait un représentant, avait remis le pouvoir dans les mains d'Enki[10], le demi-frère aîné d'Enlil, le prétendant naturel au trône de Nibirou.

Après des centaines d'années de contestations, Enki avait réussi à obtenir une paix durable sur Nibirou. Mais les rancœurs ont la vie longue chez les Anunnaki et beaucoup des anciens partisans d'Enlil n'avaient jamais accepté cette transition du pouvoir. Nombreux étaient ceux qui continuaient à voir dans Enki un usurpateur. Bien que les complots ne fussent pas chose courante sur Nibirou, ils n'avaient jamais vraiment disparu. Pour Namrod, une chose était sûre, la prise de pouvoir d'Enki avait eu au moins le mérite de mettre à jour le réseau de ses alliés. Ceux qui avaient œuvré pour lui à travers l'organisation secrète de la Confrérie du Serpent[11]. Personne n'avait oublié que c'était ce réseau caché qui avait protégé l'espèce humaine sur Ki la Terre, quand le Grand Roi An et son fils Enlil avaient voulu la détruire en profitant des cataclysmes naturels du grand déluge, 12 000 ans plus tôt environ.

Toutes ces histoires tournaient en boucle dans la tête de Namrod. Il essayait de comprendre comment l'enchainement des événements politiques sur Nibirou, et peut-être même la dégénérescence accélérée de la planète, avaient pu conduire à la disparition subite d'Enki quelques jours plus tôt. Le Grand Conseil l'avait chargé en urgence d'assurer le maintien de l'ordre et l'intérim du pouvoir le temps des investigations sur l'étrange mort du Roi. L'enquête lancée aussitôt avait mis en évidence les traces d'un produit chimique toxique inconnu, dans les restes du dernier repas d'Enki ainsi que dans son sang. Parmi toutes les pistes étudiées, l'hypothèse d'un assassinat était la plus plausible. Pour l'heure, les recherches n'avaient pas permis d'identifier les éventuels coupables, ni comment ils avaient pu procéder.

Cependant, tout ceci n'était pas la préoccupation majeure de Namrod. L'énorme activité liée à l'intendance du pouvoir ne lui

---

[10] Le dieu sumérien donné comme le créateur et le protecteur de l'humanité.

[11] Une fraternité Anunnaki rebelle favorable à l'espèce humaine à l'époque d'avant le déluge.

faisait pas oublier les derniers rapports qu'il avait lus quelques heures plus tôt. Nibirou était mourante. Tout ce qui avait été entrepris depuis plus de 500 000 ans avait seulement repoussé l'échéance, mais rien ne pourrait plus empêcher désormais que les conditions de vie sur Nibirou ne se dégradent rapidement.

Namrod regardait avec une certaine inquiétude les taches grises dans l'atmosphère de la planète géante. Elles marquaient nettement les nuages de pollution qui étaient en train de dévorer le peu d'atmosphère restante. Une grande partie s'était déjà échappée dans l'espace, un peu comme sur Lhamou[12], la planète rouge. Ses immenses océans avaient disparu en même temps que son atmosphère respirable, emportés par le vent solaire après la disparition du champ magnétique de la planète suite au refroidissement rapide de son noyau.

— Je savais que je te trouverais ici, dit une voix douce dans son dos.

Namrod tourna la tête sur sa droite, tout en restant immobile sur place. Comme à son habitude il était vêtu d'une grande robe noire parfaitement plissée, serrée à la taille par un ceinturon également de couleur noire. Le vêtement lui couvrait le corps de la tête aux pieds, qu'il avait chaussés de bottes de cuir noires à l'aspect très brillant. Sur son ceinturon brillaient quelques instruments faits de petites lumières colorées de vert, de jaune et de rouge. Ces instruments lui permettaient de rester en contact avec son ministère qui regroupait maintenant sous son commandement l'armée et la police.

— J'étais un peu perdu dans mes pensées ma douce, excuse-moi, je ne t'ai pas entendue arriver.

Sidouri, la femme de Namrod vint se placer juste à côté de son époux, sur sa droite. À peine moins grande que lui, c'était une Nibirienne de la haute aristocratie. Sa famille, attachée aux services d'Enlil, s'était confortablement enrichie lorsqu'elle avait eu la gestion des affaires terriennes, plusieurs milliers d'années plus tôt. Fine, jeune et élégante, les cheveux blonds bouclés lui descendant

---

[12] La planète Mars.

dans le dos presque jusqu'à la taille, elle était la seule qui arrivait vraiment à calmer les ardeurs autoritaires de Namrod.

Il avait le tempérament ombrageux, comme beaucoup des mâles Anunnaki, mais contrairement aux autres, il était sensible aux conseils souvent avisés de sa compagne. Plus que sa femme, c'était sa confidente, le côté féminin qui venait éclairer et équilibrer au quotidien la part sombre de sa personnalité. Elle resta silencieuse un court instant. Elle laissa son regard glisser sur les magnifiques méandres des nuages de glace de l'atmosphère Nibirienne, puis elle se tourna légèrement vers son mari.

— Tu ne devrais pas rester tout seul ici, les autres vont finir par se demander ce que tu peux bien y faire, lui dit-elle en regardant à nouveau le spectacle fascinant de Nibirou.

— Qu'ils aillent en enfer s'ils le veulent, j'ai besoin de réfléchir, et c'est ici que j'y arrive le mieux.

— Je sais, c'est pour cela que je n'ai pas eu à te chercher partout sur la station, répondit-elle avec un sourire.

Namrod la regarda et son regard perdit en une fraction de seconde l'aspect froid et brutal qu'il arborait la plupart du temps. À chaque fois il craquait devant ce sourire si doux et si réconfortant, devant ces yeux bleus, si rares sur Nibirou.

— Peut-être que je n'aurais pas dû accepter cette charge. Depuis la disparition d'Enki, je n'ai quasiment pas eu le temps de rester avec toi.

— Je n'ai aucun reproche à te faire, je connais bien toutes les responsabilités qu'elles représentent. Je suis fière que ce soit toi qui les aies, tu les mérites.

— Tout se complique si vite. Je me demande si nous pourrons rester ici encore longtemps, répondit-il le regard sombre.

— Crois-tu que Nibirou soit si mal en point ?

— Je n'y crois pas, c'est une certitude. Les derniers rapports que j'avais demandés sur l'évolution de l'atmosphère montrent que tout s'accélère. L'activité interne est en train de s'arrêter. Déjà, notre champ magnétique a fortement diminué. C'est plus qu'inquiétant, notre planète se refroidit inexorablement. Elle meurt maintenant à grande vitesse et je ne sais pas comment l'en empêcher.

— Ne pourrait-on pas ensemencer l'atmosphère en allant chercher sur une planète, Ki peut-être, les matériaux dont nous manquons ici pour y installer un effet de serre ? demanda Sidouri avec une lueur d'espoir dans les yeux.

— Nous pourrions essayer, tu as raison, l'or et les terres rares ne manquent pas là-bas, pas plus que sur Anna, la lune de Ki. Mais très vite, nous manquerions de tout ici et surtout de notre champ magnétique protecteur. Depuis des centaines de milliers d'années, nous avons consommé tout ce que Nibirou pouvait nous offrir. Bientôt nous manquerons sans doute jusqu'à nos sources d'énergie pour alimenter nos villes souterraines et nos stations orbitales.

— Ces sources d'énergie n'existent-elles pas sur la Terre ? demanda Sidouri.

— Si en grande partie, aller sur la Terre nous obligerait à faire une grande quantité d'allers et retours pour les y chercher, ce ne sera pas viable à long terme, répondit Namrod.

— J'avais l'impression que tu avais une solution à ce problème.

— Je l'ai, mais je ne suis pas sûr qu'elle plaise à tout le monde et je n'ai pas vraiment envie que ce qui vient d'arriver à Enki, m'arrive également.

— Crois-tu vraiment que des assassins s'en prendraient à toi ? questionna-t-elle avec une soudaine crainte dans la voix.

— Plus rien ne me surprendrait maintenant, alors pour l'instant je me garderai bien de parler de ça au Conseil. Pas avant que je n'aie mis la main sur le ou les responsables et que j'ai retrouvé l'assassin du Roi. Mais tu as raison, ne restons pas là plus longtemps, j'ai encore beaucoup de travail avant de pouvoir venir te retrouver pour me reposer un peu.

Namrod se retourna pour rejoindre la salle de commandement. Sidouri resta un instant immobile à le regarder s'éloigner. Elle avait du mal à accepter que leur monde tout entier allait s'écrouler sur lui-même. Comment faire confiance en l'avenir alors même que son mari doutait de son entourage. Namrod s'aperçut assez vite que sa femme ne l'avait pas suivi. Il s'arrêta et fit demi-tour vers elle.

— Qu'y a-t-il Sidouri ?

— Tout est si confus maintenant. Que nous restera-t-il de la grandeur de notre monde ? Que restera-t-il bientôt de nous ?

Namrod n'aimait pas le défaitisme, il se serait certainement mis en colère si ce qu'il venait d'entendre était venu d'un de ses officiers ou d'un de ses conseillers. Sidouri avait la voix qui tremblait et il se rendit compte du trouble profond qui l'écrasait. Elle était beaucoup plus jeune que lui et cela faisait une énorme différence. Aucune descendance n'avait encore comblé les vides de leurs relations. Leur mariage avait été arrangé depuis bien longtemps, comme c'était le cas pour beaucoup de couples de la noblesse Nibirienne.

Malgré tout, Namrod et Sidouri avaient trouvé un certain équilibre pendant de longues années. Une très mauvaise nouvelle avait fini par anéantir, au plus mauvais moment, leurs plus beaux espoirs. Sidouri souffrait d'une maladie de plus en plus fréquente sur Nibirou, elle ne pourrait pas avoir d'enfant. Personne dans la communauté scientifique n'avait trouvé la cause de cette anomalie qui obscurcissait le ciel de nombreux couples, pas même le grand généticien Enki. Certains avaient bien suggéré que ce pourrait être un effet secondaire de l'élixir qui leur donnait une très longue vie, mais rien de scientifique n'avait apporté de confirmation.

— Pourquoi te laisses-tu abattre ? Ne suis-je pas avec toi ? lui dit-il.

— J'ai tellement peur que tout nous sépare maintenant, répondit-elle avec des larmes aux yeux.

Namrod s'avança vers elle et lui prit les deux mains dans les siennes.

— Je te le dis, je ne laisserai rien ni personne nous séparer, fais-moi confiance.

— Je te fais confiance mon aimé, mais qu'allons-nous devenir si Nibirou ne peut plus nous accueillir ? Dit-elle la gorge étranglée par une émotion qu'elle tentait à tout prix d'étouffer.

— J'ai une petite idée là-dessus, répondit Namrod avec une certaine assurance.

— Une idée ? Quelle idée ? demanda Sidouri empressée d'en savoir plus.

Namrod regarda autour d'eux pour s'assurer que personne ne pouvait entendre.

— S'il n'y a plus d'espoir ici, nous irons vivre ailleurs.

— Ailleurs ? Que me dis-tu là ?

— Nous irons sur la Terre, la place n'y manque pas.

— La Terre ? Cette planète n'a-t-elle pas été abandonnée aux hommes ?

— Justement, il est sans doute plus que temps de reprendre possession de ce qui nous appartient, répondit Namrod.

— Les humains ont dû se reproduire comme les sauterelles dans les champs de blé depuis que tu es allé sur place il y a déjà si longtemps. C'était il y a des milliers d'années.

— C'est vrai, un peu plus de 4300[13] ans déjà. Peut-être te rappelles-tu, j'étais parti combattre les exilés de Ki. Avec beaucoup de chance, ils nous avaient échappé de justesse pour fuir on ne sait où dans la galaxie. Je pense que leurs tunnels doivent toujours être fonctionnels, peut-être pourrions-nous nous y installer le temps de trouver une solution plus viable en surface. Ensuite, nous pourrions évacuer Nibirou. Il ne serait pas prudent de quitter l'abri de ce système solaire.

— Jamais les Nibiriens ne voudront quitter notre monde, je connais trop bien les familles dirigeantes.

— Peut-être, mais avec une partie de la population nous pourrions nous implanter sur Terre. Nous l'avons déjà fait sans trop de problèmes lorsque nous avons visité La Terre pour la première fois. Aujourd'hui, ce sera plus facile, nos vaisseaux sont plus rapides et plus performants. De plus, l'orbite de

---

[13] Dans la tradition Sumérienne les Anunnaki sont censés vivre au moins 360 000 ans, mais une "médication" étrange leur permettait de doubler au moins cette limite.

Nibirou nous a considérablement rapprochés du centre du système solaire. Je compte y envoyer très vite une mission de reconnaissance.

— Et les hommes ? interrogea Sidouri.

— Ça, c'est vrai, c'est un problème. Nous captons de l'espace de très faibles signaux que nous avons du mal à identifier. Rien n'est certain, mais il semble bien qu'ils proviennent de Ki. Ce n'est pas une source d'énergie naturelle en tout cas. Ça confirme d'autres informations que je viens d'obtenir.

Namrod s'interrompit, il venait de se rendre compte qu'il en avait déjà trop dit.

— Des signaux ?

— Oui, des signaux électromagnétiques, très faibles, mais de plus en plus puissants et technologiquement avancés.

— Tu penses que ses signaux viennent des hommes ?

— Je ne sais pas trop, c'est probable oui. Nous avons d'autres informations qui pourraient nous le faire penser.

— N'y a-t-il pas une autre possibilité, tu m'as toujours dit que ces primitifs ne sont capables que de s'entredéchirer ?

— Il y en a bien une, tu as raison. Les hommes ne sont probablement pas assez intelligents pour avoir acquis une technologie aussi évoluée. Il se pourrait que ces signaux viennent des survivants de la Confrérie du Serpent[14]. Tous ne sont peut-être pas partis de Ki, je n'en serais pas surpris vois-tu.

— Pourquoi ?

— Je ne sais pas, une intuition, pourtant ce serait tout de même peu glorieux pour eux.

— Ah ? Pourquoi donc ?

— Parce que ces signaux sont relativement basiques, bien loin du niveau que nos semblables devraient être capables de produire, je pense.

— Donc selon toi, ce serait les hommes à l'origine des signaux ?

---

[14] Un groupe secret fondé par Enki pour protéger l'humanité.

— Les hommes oui, ou peut-être des hybrides.

— Des hybrides ? Je ne comprends pas, répondit la jeune Anunnaki.

— Il y a déjà très, très longtemps, Enlil avait eu l'occasion d'en combattre pour anéantir cette abomination du mélange entre les femmes des hommes et certains d'entre nous.

— Je croyais que c'était une fable cette histoire de copulations entre humaines et les nôtres, répondit Sidouri avec une pointe de dégoût dans la voix.

— Non, hélas, ce n'était pas une fable. Mais que je sache, nous avions éliminé toutes ces progénitures immorales. J'avais participé à cette épuration. Seulement voilà, les signaux électromagnétiques sont bel et bien réels et nous devons savoir pourquoi.

— Crois-tu que les hommes pourraient présenter une menace pour nous ?

— Ce n'est pas impossible, ils l'avaient déjà été. Ces fous nous avaient attaqués. Ces primitifs croyaient pouvoir nous atteindre avec leurs lances et leurs haches. Nous avions, tu t'en doutes, mis rapidement un terme à leurs velléités avant que le déluge ne les détruise. Enki s'était débrouillé pour en sauver en secret une bonne partie. Si comme tu le dis ils se sont multipliés, ils pourraient bien nous poser d'autres problèmes plus inquiétants. En plus de quatre mille ans, ils ont sûrement acquis les bases des sciences technologiques, avança Namrod qui sans vouloir trop en dire ne souhaitait pas mentir à son épouse.

— Ah !

Sidouri marqua une pause pour regarder son mari droit dans les yeux. Tout ce qu'elle venait d'entendre dépassait pour l'instant sa compréhension. Certes, personne ne sait réellement comment Enki avait réussi à créer les Adamas[15], cette espèce travailleuse, à partir d'une race locale d'hominidés poilus très primitifs et à la peau sombre. Pourtant il avait bien réussi après de très nombreux essais

---

[15] Les travailleurs, ou le bétail, en Sumérien.

infructueux. Même Enlil ne le savait pas. Il en avait piqué d'ailleurs quelques belles et bruyantes colères. De sombres rumeurs avaient en effet laissé entendre qu'Enki avait croisé certains caractères anunnaki avec ceux des hominidés terrestres. Sidouri n'y avait jamais cru. Comment cela aurait-il pu être possible ?

— Pour l'instant, les hommes ne doivent pas être notre première préoccupation. Il faut que je m'occupe des recherches et des funérailles. Je vais devoir descendre sur Nibirou pour rencontrer le Conseil des Sept. Veux-tu venir avec moi ? demanda Namrod.

— Bien sûr. Je ne te laisserai pas affronter seul les jalousies et encore moins des assassins, répondit Sidouri avec soudainement une grande énergie, ce qui fit sourire son mari.

— Bien, alors va te préparer, dès que je peux je passe te chercher, nous prendrons une navette, mais avant tout, je dois lancer une expédition exploratoire sur la Terre.

— Très bien, je retourne tout de suite à mes appartements, je vais t'y attendre.

Sidouri s'avança et vint se blottir dans les bras de Namrod. Curieusement dans ces instants intimes, il avait l'impression d'être différent. Une sorte de bien être l'envahissait brusquement et toutes ses tensions semblaient soudain s'évanouir. Il sentait alors des vagues de plaisir monter en lui. Elles poussaient son esprit à s'évader loin des contraintes de Nibirou et de la rigueur spartiate de la station orbitale. S'il détestait copieusement les humains, Namrod gardait en mémoire les fabuleux paysages de Ki la terre, ses bords de plages de sables fins baignés de soleil et les montagnes recouvertes de neige. Toutes ces magnifiques images remontaient de sa mémoire comme attirées par le bonheur de sentir sa femme contre lui.

— Sais-tu à quoi je pense ? dit-il.

— Non, dis-moi, répondit Sidouri en se reculant légèrement pour pouvoir le regarder dans les yeux.

— Je crois que tu aimeras la Terre.

— Je le crois aussi, cette planète semble idyllique si j'écoute tout ce que j'ai pu en entendre.

— Elle l'est, c'est une planète magnifiquement riche de faunes, de flores et de paysages à couper le souffle.

— Il parait oui, c'est curieux, je me suis souvent demandé pourquoi nous n'y sommes pas restés ?

— L'atmosphère n'est pas tout à fait celle qui nous conviendrait, certains d'entre nous pourraient ne pas s'y sentir à l'aise et peut-être même ne pas y résister. Et puis il y a les autres.

— Les autres ?

— Oui, les autres, mais je n'ai pas le temps de t'expliquer maintenant. Toujours est-il qu'avec le temps nous trouverons des remèdes ou bien nous améliorerons l'atmosphère.

— Tu as toujours des solutions à tout, tu es incroyable, alors si tu y retournes, j'irai avec toi, tu me donnes trop envie de découvrir la Terre et ses bords de plages comme tu m'as déjà dit.

Namrod lui sourit avec douceur puis il reprit la parole.

— Tu ne regretteras pas le voyage, je te le promets. Mais il n'est plus temps de penser à nos beaux jours loin d'ici, je dois y aller. Je passe te chercher aussi vite que je peux. J'ai besoin de voir mes officiers, ça ne devrait pas être trop long. Pendant ce temps prépare tes affaires, nous ne reviendrons pas sur Dag-Aras avant plusieurs jours.

— À tout de suite mon bien-aimé.

2

Lorsque Namrod pénétra dans la salle de commandement, à travers une pénombre propre à la concentration, il sentit une certaine crispation gagner soudain les officiers de pont et les servants des différents postes de surveillance. Tous, ou presque, ignoraient la capacité du commandeur à changer de personnalité lorsqu'il était avec sa compagne. Au quotidien, il avait avec eux une attitude tyrannique sans aucune expression sentimentale. Leurs erreurs étaient rapidement et sévèrement sanctionnées. À vrai dire, tous détestaient sa façon de conduire la station orbitale. Pour autant, les plus factuels reconnaissaient que cette façon de faire avait permis d'optimiser le fonctionnement général et la qualité des services. D'un certain côté, Namrod appréciait être craint et il n'hésitait pas à le montrer. Intérieurement pourtant, d'une façon surprenante, il souffrait en silence de se sentir rejeté par une large majorité de ses officiers et de ses soldats. Beaucoup auraient souhaité plus d'empathie de leur chef quant à leurs difficultés dans le travail et la vie très austère de la station militaire. Par conséquent, il n'était pas rare que certains profitent de ce qu'une occasion se présente sur Nibirou pour demander une mutation.

Namrod s'approcha d'une grande table en arc de cercle sur laquelle plusieurs officiers travaillaient au contrôle et à l'organisation du trafic des vaisseaux et des navettes entre la planète et les différentes stations en orbites géostationnaires.

Chacun fit mine de ne pas le voir et s'obligea à une plus grande attention sur les écrans de contrôle. Le commandant Lubau, était vêtu d'une combinaison gris cendré, presque noire, à la tenue impeccable. Il portait une paire de bottes noires faites d'une matière souple et très brillante. Son uniforme était complété par une casquette de tissu sombre ressemblant à de la feutrine. Immobile, debout derrière les officiers et sous-officiers de la table de contrôle le commandant surveillait le déroulement des opérations. À l'approche de Namrod, il se tourna vers son supérieur et salua en se prosternant légèrement.

— Rien à signaler, Commandant Lubau ? Lui lança Namrod.

— Non, mon Seigneur, tout est calme, le trafic des navettes commence juste à croître, beaucoup de gens doivent vouloir se rendre maintenant sur Nibirou en prévision des prochaines funérailles.

— Oui, et je vais devoir faire de même. Pendant mon absence, c'est vous qui prendrez le commandement ici.

— Moi, mon Seigneur ? Mais ...

— Pas de mais, Commandant, vous vous en sortez très bien. Vous n'avez qu'à continuer comme cela. Je vous fais pleinement confiance.

— C'est un immense honneur que vous m'accordez, mon Seigneur.

— Eh bien, si c'est ce que vous pensez, tâchez de le mériter le temps que je sois revenu.

— Oui, mon Seigneur, je vais faire tout ce que je peux pour que tout se passe sans problème.

— Je n'en attends pas moins de vous et de vos équipes Commandant. Je rejoins la salle de gestion des missions de la flotte, En attendant, trouvez-moi le commandant Uselli. Qu'il me rejoigne immédiatement là-bas.

— Dois-je lui donner une information sur l'objectif de sa convocation, mon Seigneur ?

— Non, qu'il fasse vite, ça suffira.

— Bien, mon Seigneur.

Lubau salua à nouveau puis se détourna aussitôt pour rejoindre un des sous-officiers et lui transmettre ses ordres. Namrod le regarda faire de loin. Il avait repris sa position favorite, bien droit devant l'immense baie vitrée face à Nibirou, les mains croisées dans le dos. Comme à son habitude, il se souleva légèrement sur la pointe des pieds, trois ou quatre fois de suite. Il se pinça les lèvres en même temps qu'il terminait une réflexion, puis il se dirigea vers la sortie.

Derrière lui, même s'il ne l'avait pas vu, il imaginait le personnel de quart s'octroyer un instant de détente en ayant échappé à la surveillance stressante de l'Intendant du royaume. Avec une petite grimace de plaisir, il prit l'ascenseur qui menait vingt étages plus bas au niveau de l'État-major de la flotte Nibirienne.

Un moment plus tard, lorsque la porte de la salle de travail s'ouvrit devant Uselli, Namrod était absorbé à compulser divers dossiers urgents sur une console sécurisée. Il releva la tête pour faire signe de la main à son officier de le rejoindre. La salle de travail était un grand espace de forme ovale au centre duquel trônait une non moins immense table de granite noir poli, elle aussi ovale.

Une quinzaine de sièges étaient disposés sur son pourtour. Chaque emplacement disposait d'une console à écran tactile. Plusieurs terminaux portables de communication étaient à disposition sur la table pour les officiers qui en auraient besoin. Au centre de la grande table se trouvait un socle pyramidal ouvragé. À l'intérieur était incorporé un projecteur holographique destiné aux démonstrations tactiques lors des séances de planification des manœuvres militaires ou des explorations spatiales.

— Entrez, Commandant, entrez ! Venez à côté de moi !

Uselli se prosterna légèrement, pour saluer le roi par intérim, avant de pénétrer dans la pièce. À chaque fois qu'il avait l'occasion de venir ici, Uselli ressentait un trouble profond que lui inspirait un décor à la fois très austère et presque inquiétant. Les grands portraits des anciens rois de Nibirou qui ornaient tout le tour de la salle de travail semblaient presque vivants tant ils étaient réalistes. Namrod était installé à l'opposé de la porte d'entrée et Uselli dut faire un large détour pour rejoindre l'intendant.

— Prenez place à côté de moi, dit Namrod en désignant le siège qui jouxtait le sien sur sa gauche. Allez-y, asseyez-vous !

L'officier s'exécuta avec souplesse. Namrod continua.

— Alors Commandant ? Êtes-vous satisfait de votre dernière promotion ?

— Pas juste de ma promotion mon Seigneur.

— Je suppose que vous parlez de votre nouveau navire ?

— Oui mon Seigneur, le Rutilant est un vaisseau fantastique. Je ne sais comment vous remercier, mon Seigneur.

— Je vais vous le dire Commandant, utilisez-le au mieux que vous pourrez. Étudiez-le sous toutes ses coutures et apprenez à le maîtriser très vite. Vous allez en avoir besoin, je vais vous envoyer en mission sur Ki.

— Sur Ki, mon Seigneur ?

— Aurais-je mal prononcé que vous ne compreniez pas du premier coup, Commandant ?

— Non mon Seigneur, tout est clair, je suis désolé.

— Bien. Ne le soyez pas. Vous allez pouvoir apprécier les performances du Rutilant. Elles devraient vous changer quelque peu de votre ancien croiseur le Kaga.

— Je n'oserais même pas faire de comparaisons, mon Seigneur. Le Rutilant est tout simplement magique.

— Je le pense aussi. Tâchez de ne pas me l'abîmer voulez-vous ?

— Je veillerai sur lui comme sur la prunelle de mes yeux.

— Parfait. Revenons donc à l'objet de votre convocation et abordons la mission que j'ai à vous confier. Écoutez bien, j'ai besoin d'avoir un statut exact de Ki. Je veux savoir la composition exacte de l'atmosphère, sa température, celle des océans d'eau liquide et tous les autres paramètres y compris ceux des implantations humaines. Vous trouverez tout ça dans le dossier de travail que je vous ai fait préparer.

Uselli baissa la tête vers la table pour regarder la chemise rouge dont parlait Namrod.

— Est-ce une mission uniquement scientifique, mon Seigneur ? demanda-t-il.

— Non, bien sûr que non, si ça avait été le cas, je ne ferais pas appel à vos compétences.

— Pensez-vous, que les rebelles soient encore sur Ki ?

— Cela ne serait pas pour m'étonner, ils ont toujours su se cacher comme des souris, mais ce n'est pas eux qui me préoccupent.

— Existerait-il une autre force armée sur Ki ?

— Oui, Commandant, c'est cela, en quelque sorte. Lorsqu'on m'a confié l'intérim du pouvoir il y a à peine deux jours, j'ai eu accès à des dossiers secrets que le roi Enki gardait bien à l'abri des regards.

— Je n'en ai jamais entendu parler mon Seigneur.

— Et pour cause, moi non plus, j'ignorais leur existence. Seulement, voilà, maintenant que j'en ai pris connaissance, je m'inquiète des conséquences très prochaines des cachotteries du Roi Enki et de ses partisans.

Namrod marqua une pause pour s'assurer une dernière fois qu'il allait faire le bon choix. Il se racla la gorge et se pencha vers Uselli. L'attitude ne semblait pas menaçante, mais néanmoins impressionnante pour le jeune officier.

— Tout ce que vous allez entendre est ultra top secret, Commandant. Vous devez le savoir, nous ne sommes qu'une poignée à avoir ce niveau d'habilitation. Je viens de vous l'octroyer, vous saisissez ?

— Oui mon Seigneur.

— Très bien, alors continuons.

Namrod se racla une nouvelle fois la gorge, attrapa le verre rempli d'eau fraîche qu'il avait devant lui, le vida d'un trait puis le reposa délicatement.

— Ce que je vais vous dire a été caché de tous depuis presque une centaine d'années. Pendant toute cette période, nos sondes ont arpenté le système solaire. Certaines nous ont transmis des enregistrements en provenance de la Terre plus qu'inquiétants à mes yeux. Écoutez bien, une civilisation intelligente est implantée sur cette planète.

— Une civilisation intelligente, mon Seigneur ? Une autre race venue des étoiles ?

— Non, Commandant, pas des étoiles.

— Je ne comprends pas.

— Pas des étoiles, mais de la Terre elle-même. Lorsque nous avons tous quitté Ki il y a un peu moins de trois mille ans, nous avons laissé la planète aux mains des hommes, ou presque. Ces primitifs n'avaient pas trop d'importance à l'époque, ils avaient des rituels ridicules et leur armement ne l'était pas moins. Le problème c'est que cette espèce belliqueuse a évolué bien plus vite que nous aurions pu l'imaginer. Comment en est-on arrivé là ? Comment ont-ils fait ? Je ne le sais pas. Peut-être ont-ils été aidés, sans doute, mais alors, par qui ? Je n'ai pas de réponse. En tout cas, ils ont acquis en quelques dizaines d'années une puissance technologique redoutable. Enki nous a caché cette vérité presque incroyable. C'est vraiment misérable, jusqu'à la fin il aura protégé ses progénitures artificielles.

Namrod s'arrêta un instant pour se reculer sur son siège tout en reposant son dos bien à plat sur son dossier. Uselli en profita pour poser une question.

— De quel niveau est cette puissance technologique Commandeur ?

Namrod se racla encore une fois la gorge. On aurait pu croire que parler de cette histoire lui occasionnait une irritation des cordes vocales.

— Ils en sont à maîtriser l'énergie nucléaire, peut-être même plus.

Uselli écarquilla les yeux. Les hommes, qu'on lui avait toujours présentés comme des primates sans cervelle, les hommes auraient réussi à domestiquer l'énergie nucléaire ? Si ce n'avait été le seigneur Namrod pour lui apporter cette nouvelle, il n'y aurait jamais cru. Comment pouvait-on imaginer que cette folie soit possible. Mais Namrod n'était pas un dirigeant comme les autres Anunnaki, lui ne pouvait pas mentir à ce niveau de commandement.

— Vous avez appris d'autres choses, mon Seigneur ?

— Oui Commandant. Ils en sont certainement bien plus loin aujourd'hui. Nos sondes ont repéré des mouvements orbitaux autour de la planète. On peut facilement en déduire qu'ils en sont donc à une technologie spatiale. S'ils en sont probablement à un niveau bien moins évolué que le nôtre, on ne peut faire l'impasse d'imaginer qu'ils représentent une menace pour nous.

— Incroyable !

— C'est cela Commandant, incroyable, mais probablement vrai. C'est pour ça que je fais appel à vous et à la meilleure opposition que nous ayons à notre disposition : le Rutilant.

Les deux géants[16] s'interrompirent pour regarder quelques images et autres enregistrements que Namrod avait récupérés sur Nibirou.

— C'est hallucinant qu'Enki nous ait caché toutes ces choses alarmantes, dit Uselli.

— Je suis bien de votre avis Commandant, et c'est bien pour cela que notre situation ici sur Nibirou nécessite que nous en sachions davantage au plus vite. Vous devrez être prudent, il est plus que probable qu'ils nous attaqueront si nous nous approchons de trop près de leur monde. L'humanité n'a jamais su apprendre de ses erreurs. En quatre mille ans, les hommes nous auront totalement oubliés. Peut-être même auront-ils oublié leur propre passé. Pour eux, nous représenterons donc forcément une menace venant de l'espace. Ils auront peur et comme à chaque fois, dans cette situation, ils deviendront immaîtrisables.

Namrod marqua une pause pour jauger l'effet de ses révélations sur son jeune officier, puis il reprit :

— Encore une fois, vous devrez être très prudent Commandant. Voici mon ordre de route : n'engagez le combat que si vous y êtes obligés, et seulement si c'est dans l'objectif de préserver le Rutilant et son équipage. Ce que je veux, c'est des informations, et c'est tout, pour l'instant. Cependant, en cas de besoin, j'ai prévu de vous faire assister par une troupe d'intervention rapide pour sécuriser coûte que coûte l'intégrité de cette mission. Son responsable, le capitaine Orkad a déjà reçu ses propres ordres. Son unité spéciale est déjà en route pour votre vaisseau.

— Je comprends parfaitement, mon Seigneur. Le capitaine Orkad sera-t-il placé sous mes ordres ?

— Non, Orkad me répondra directement. C'est un excellent officier, un peu râpeux parfois, mais toujours très efficace.

---

[16] Les dieux Anunnaki étaient donnés pour être de grande taille, entre 3,5 et 5 mètres

Cette dernière précision ne fut pas propre à rassurer Uselli, mais il n'eut pas le loisir de plus y réfléchir, Namrod se levait déjà. Uselli se leva aussitôt.

— Commandant, votre mission est d'une importance capitale, ne prenez aucun risque. Pour l'instant, je ne veux aucun conflit avec les humains. Agissez avec le plus de discrétion possible, c'est compris ?

— Parfaitement compris, Commandeur.

— Bien, retournez à votre vaisseau pour préparer le départ. Je veux que vous soyez partis dans moins d'un jour. Vous pouvez disposer.

Namrod eut la surprise de voir Uselli rester immobile après avoir récupéré son dossier de mission.

— Qu'y a-t-il Uselli ? Cette mission vous poserait-elle un problème ?

— Non, mon Seigneur, pas la mission, mais qu'en est-il du commandant La'um ?

— Quel est exactement le sens de votre question ?

— Lors de la dernière expédition sur Ki, c'est lui qui commandait l'escadre, sera-t-il de la mission ? dit Uselli avec une pointe d'inquiétude dans la voix.

— Non, pas cette fois, vous avez fait preuve de bien plus de sens tactiques que lui à plusieurs occasions. Vous avez mérité la responsabilité de cette mission. Écoutez bien, je veux du résultat Commandant et le plus vite possible. Vous comprenez ?

— Parfaitement. J'ai bien compris.

— J'y compte bien. J'ai un besoin vital de tout ce que vous trouverez sur place comme il est décrit dans le dossier secret que vous tenez en main. C'est tout Commandant, bonne chance.

Uselli se prosterna légèrement pour saluer l'Intendant et quitta la pièce d'un pas décidé. Namrod regarda son officier sortir. Lorsque la porte fut refermée, il passa la main droite sur ses cheveux bouclés puis il caressa sa barbe tressée.

— J'espère ne pas me tromper sur les capacités de ce jeune officier, se dit-il en murmurant pour lui-même.

Namrod pivota pour se tourner vers un meuble bas réfrigéré près de son siège. Il ouvrit la porte basculante. Il attrapa un verre et une bouteille remplie d'un liquide brunâtre, qui se mit à générer des bulles de gaz lorsqu'il ouvrit le bouchon. Il se versa un plein verre du liquide qui produisit une mousse blanche souple et onctueuse. Il reboucha la bouteille et la remit au frais dans le meuble bas. Il se saisit du verre de la main gauche. Namrod retourna ensuite à son siège. Il s'y assit et actionna quelques commandes de la main droite.

Au centre de la table, un objet lumineux en forme de sphère monta au sommet de la forme pyramidale. Namrod actionna une autre série de commande et il y eut un léger crépitement. À un mètre au-dessus de la sphère apparut l'image holographique de la flotte rebelle de la Confrérie du Serpent, filmée quatre mille trois cent soixante ans plus tôt. Namrod s'amusa un court instant avec une molette. Son effet était de faire tourner sur elle-même l'image holographique. Les vaisseaux étaient regroupés les uns contre les autres. Un nuage d'éclairs électriques bleus les entoura subitement. Il y eut aussitôt un violent éclair blanc. Avec une réelle surprise, Namrod avait, à l'époque, observé cela de loin depuis son vaisseau amiral.

Lorsque l'éclair disparut une fraction de seconde plus tard, les vaisseaux n'existaient plus. Ils venaient de franchir la porte d'un hyper saut spatial pour lui échapper. Namrod continua de se remémorer ce moment particulier qui l'avait terriblement irrité. Il but doucement son verre les yeux plongés désormais dans le vide, la tête ailleurs. Lorsqu'il eut fini de boire, il posa le verre sur la table, actionna à nouveau quelques commandes. La sphère réintégra la forme pyramidale. Namrod se leva, prit une longue inspiration et quitta la pièce d'un pas rapide.

3

Dès que la porte de son ascenseur fut fermée, Uselli actionna la commande d'immobilisation de la cabine pour s'assurer d'y être seul un moment. Machinalement, il fit une inspection visuelle complète de la couverture extérieure du dossier que l'intendant Namrod venait de lui confier. C'était une grande chemise en matière synthétique rouge sombre, hermétiquement close. Sur la partie haute principale, il y avait en surimpression dorée l'écusson du commandement spatial. Il était fait d'un cercle épais représentant le corps d'un aigle aux ailes déployées à l'horizontale. À la place de la tête d'aigle, on pouvait voir la poitrine vue de face d'un pilote de chasse Anunnaki dont la tête couverte d'un casque léger regardait sur le côté gauche. À la place de chaque patte de l'aigle, légèrement inclinée à trente degrés environ sur la verticale, il y avait une tuyère crachant de courtes flammes. Entre elles se trouvait la courte queue plumée de l'aigle.

Sous le célèbre symbole antique du commandement spatial, à mi-hauteur, était écrit en lettre capitale dorées : "TOP SECRET". Puis juste dessous, en caractères identiques : "ULTRA". Il s'agissait en fait du plus haut niveau de secret au sein de l'armée spatiale Nibirienne. Uselli n'avait jamais accès à ce niveau de classification. Tenir un de ces documents dans les mains le faisait presque frissonner. Sous le coup de l'émotion, il laissa glisser doucement sa main droite sur toute la couverture, insistant plus longuement du bout des doigts sur les ailes de l'aigle. Réalisant soudain que les cabines d'ascenseurs étaient sous surveillance vidéo, Uselli se ressaisit brusquement et se précipita sur la console de la cabine pour la débloquer. Il demanda l'accès au quatre-vingt-troisième niveau. De là, il allait pouvoir rejoindre son bureau jointif à ses appartements.

Dag-Aras était gigantesque. Sa forme en anneau torique se trouvait légèrement inclinée sur son orbite géostationnaire de telle sorte que la surface de la planète était toujours visible depuis une bonne partie de la station. Celle-ci comprenait en tout cent quarante niveaux différents répartis entre les centres de commandement, les locaux techniques et les lieux de vie situés tout en haut ou au contraire tout en bas du tore. Sur la face extérieure située à l'opposé de la planète se trouvaient les docks d'accostage destinés aux vaisseaux de grandes dimensions. Ceux plus petits, comme les navettes et les chasseurs bombardiers de la flotte, pouvaient pénétrer dans d'immenses hangars par l'intérieur du tore.

Dag-Aras avait un aspect bien austère par rapport aux autres stations orbitales. Ces dernières accueillaient une bonne partie de l'aristocratie Nibirienne. Chacune rivalisait de beauté avec les autres et c'était un fantastique spectacle que de voir le flux de petits vaisseaux relier les stations les unes aux autres. Sur Nibirou, de grandes cités étaient construites en sous-sol sur plusieurs centaines de niveaux. Seul le premier niveau avait une vue sur l'atmosphère à travers un gigantesque dôme transparent dégivré en permanence.

Lorsque la porte de l'ascenseur s'ouvrit, Uselli sortit rapidement de la cabine pour se diriger avec empressement vers son bureau. Arrivé devant sa porte, il présenta sa main droite devant une caméra spéciale capable de sonder la matière cellulaire à la recherche d'un code secret. Celui-ci était implanté en laboratoire dans la paume de la main, comme pour tous les officiers de la station. L'analyse fut assez rapide et la lumière bleue clignotante sous l'objectif de la caméra se transforma en une lumière verte fixe. La porte s'ouvrit alors dans un léger chuintement en coulissant à l'intérieur de la structure de la cloison.

Alors que la plupart des officiers Nibiriens ne manifestaient que peu d'intérêt pour leur intérieur, le bureau et les appartements du commandant Uselli étaient décorés avec goût et sensibilité. De nombreuses plantes vertes de grandes tailles donnaient une sensation de quiétude aux visiteurs. Les murs d'un blanc très agréable étaient décorés de portraits familiaux, mais aussi de photos des différents navires de guerre de la flotte spatiale. Ailleurs, il y avait des pans de bibliothèques dans lesquelles les visiteurs curieux pouvaient trouver des romans, des anthologies guerrières ou médicales et même de nombreux ouvrages richement documentés sur l'astronomie ou l'histoire.

Uselli traversa son bureau pour atteindre, au bout d'un long couloir, une vaste pièce à l'éclairage doux et discret. Il s'agissait d'un salon de lecture ou de détente dans lequel il aimait venir se ressourcer. Une télécommande permettait d'ouvrir le bouclier extérieur du tore sur une large baie vitrée parfaitement transparente. La vue donnait alors en partie sur Nibirou et en partie sur un groupement de stations orbitales civiles. L'ensemble était du plus bel effet. Uselli avait la tête absorbée par le dossier secret qu'il posa sur une table basse centrale. Elle était entourée de grands fauteuils ou canapés en cuir rouge très confortables. Avec sa télécommande, il actionna à distance un écran mural, qui en s'allumant, se mit à diffuser une musique douce pendant que l'écran lui-même s'animait de motifs fractals multicolores.

Il reposa la télécommande et se dirigea alors vers un décaissement léger à peine visible dans un des murs de la pièce. À nouveau, il dut s'identifier devant une petite caméra et la porte d'un coffre s'ouvrit alors. Il en retira une boite plate dans laquelle se trouvait une clé cryptée d'une dimension de dix centimètres de long sur six fois moins de large et d'une épaisseur d'un centimètre à peine. Uselli se saisit de la clé et revint s'assoir devant la chemise rouge qu'il tira à lui. Après quoi, il introduisit sa clé dans le logement dédié. Celle-ci émit alors un faible sifflement et un petit déclic se fit entendre. Uselli fit pivoter la partie supérieure de la chemise spéciale, libérant l'accès aux différents documents qui devaient normalement lui décrire les éléments de la mission.

Le premier était une enveloppe en papier semi-rigide, de couleur ocre clair. De biais, en rouge et en caractères épais, était inscrite la mention "Top Secret Ultra" qui rappelait le haut niveau de confidentialité du reste des documents. Uselli retira l'enveloppe sans l'ouvrir et la posa délicatement sur la table basse. En dessous, il y avait un empilement d'une vingtaine de photographies tirées sur papier glacé couleur. En surimpression dans un cadre en bas de chacune était inscrit un commentaire sur l'identification ou l'interprétation des éléments importants des clichés, plus la même recommandation de confidentialité. Uselli attrapa la première photo. Il pencha légèrement la tête sur la droite comme s'il cherchait à trouver un sens à l'image. Sur fond du magnifique bleu de Ki la Terre, il essayait de comprendre la signification d'un empilage en forme de croix de plusieurs cylindres blancs d'apparence métallique. Une des branches de cette immense croix était bien plus grande que l'autre et portait à chaque extrémité une zone faite de grands rectangles sombres aplatis placés les uns à côté des autres sur deux fois deux rangées. Le commentaire indiquait : "Station orbitale probablement habitée".

Uselli posa la photo et attrapa la suivante. On y voyait une vue de Ki la terre non éclairée par le soleil. Dans la partie obscure, d'immenses tâches de lumières blanches et jaunes éclairaient dans une débauche d'énergie une énorme partie de la planète. Les plus grandes concentrations se situaient à proximité immédiate des océans ou des grands fleuves, qu'on devinait à peine. Le commentaire indiquait : "Cités géantes probables". Uselli écarquilla les yeux devant l'étendue des zones lumineuses. Instinctivement, il essayait d'imaginer la quantité énorme des populations qui devaient vivre là. Il posa la photo sur la table basse par-dessus la précédente puis regarda la suivante qu'il hésita à attraper. Il y renonça pour se lever et se dirigea jusqu'à un petit bar dont il fit le tour de l'autre côté de la pièce. Il se pencha pour attraper une boisson et un verre qu'il remplit à moitié. Verre à la main, il revint s'assoir, prit une gorgée de l'alcool brunâtre qu'il s'était servi, posa doucement le verre loin des photos, par précaution, et attrapa la suivante.

Cette photo était plus ancienne comme l'indiquait la légende. Elle avait été prise par une sonde en orbite basse quatre-vingt-cinq ans plus tôt. On y voyait un grand continent et une île de grande dimension, très effilée en croissant de lune, qui longeait par la droite la côte du grand continent. Dans la partie basse, on pouvait voir un violent éclair de lumière aveuglante. Uselli regarda la légende : "Explosion de très forte énergie". Uselli se concentra sur la tâche blanche de l'explosion. Quelle folie ou quel accident avait bien pu conduire à une telle catastrophe. Il posa la photo et s'adossa confortablement sur le dossier de son fauteuil. Cette explosion lui rappelait un souvenir, il avait déjà vu quelque chose qui y ressemblait dans un de ses livres d'histoire. Il se leva à nouveau et se dirigea vers une des bibliothèques murales. Il fit courir son index droit sur la tranche des ouvrages en penchant la tête pour lire les titres. Il en attrapa un et lut rapidement un petit texte sur le quatrième de couverture. Il reposa délicatement le livre à son emplacement et reprit sa recherche. Il s'arrêta soudain sur un livre à la couverture grise d'aspect presque métallique. Il tourna le livre pour regarder de face la première de couverture. Le titre était assez évocateur : les guerres de Ki.

Satisfait, il esquissa un sourire en rejoignant à grands pas son fauteuil. Il posa le livre sur la gauche de la chemise rouge. Tout en faisant tourner les pages rapidement de la main gauche en s'aidant de son pouce, il attrapa son verre et reprit une nouvelle gorgée puis reposa le verre. Il se saisit alors du livre à deux mains et parcourut les pages, s'arrêtant de temps en temps pour lire un passage. Les textes racontaient les confrontations des premiers seigneurs Anunnaki arrivés sur Terre il y a des milliers et des milliers d'années au sud d'une grande barrière montagneuse dont les sommets éternellement enneigés étaient parmi les plus élevés de Ki. Au sud des montagnes s'étendait une grande terre en forme de triangle[17]. Au nord de ce pays verdoyant, une grande vallée suivait la chaine de montagnes géantes en direction de l'Ouest.

Il était dit que ces seigneurs s'y étaient implantés, en marge des colonies de Sumer du Grand Roi Anou[18]. Ils s'étaient ensuite disputés les richesses de cette grande vallée et celles du pays plus au sud. Leurs querelles avaient déclenché des affrontements violents dans lesquels les armées de leurs serviteurs humains

---

[17] L'Inde.

[18] Le dieu An, grand monarque de tous les dieux Anunnaki.

s'étaient entretuées. Mais surtout, les seigneurs eux-mêmes en étaient venus à utiliser leurs propres armes entre eux. Les villes volantes avaient été attaquées par des hordes de vimnas, des chasseurs bombardiers transportant des armes meurtrières. Uselli finit par tomber sur une illustration. Une gigantesque explosion était en train de détruire entièrement une cité terrestre. En forme de champignon, une boule de feu d'un blanc éblouissant montait dans le ciel.

Il posa le livre, reprit son verre et s'adossa confortablement. Namrod avait vu juste, les hommes avaient acquis, il en était certain maintenant, une arme de destruction massive depuis au moins quatre-vingt-cinq ans. Une goutte d'eau dans la vie d'un Anunnaki, mais une grande période de temps pour les humains. Heureusement, Enki avait garanti que l'espérance de vie programmée des humains ne pourrait pas dépasser cent vingt et un ans, à quelque chose près. Toute la question était donc de savoir de quelles nouvelles armes encore plus puissantes les hommes avaient pu se doter depuis lors. Uselli attrapa la pile des photos restantes et les parcourut avec moins d'attention. Il s'attarda seulement sur quelques graphiques qui décrivaient l'évolution des énergies radioélectriques mesurées dans l'environnement de la planète. D'autres graphiques donnaient des informations sur l'augmentation de la température moyenne de la planète, du niveau de diminution des zones forestières ou encore de l'augmentation en pourcentage de certains gaz à effet de serre.

Sous les photographies se trouvait une épaisse enveloppe de papier blanc toujours estampillée du niveau de confidentialité et du symbole de la force spatiale. Uselli fronça les sourcils et retira l'enveloppe en constatant que c'était le dernier élément du dossier secret. Il ouvrit délicatement l'enveloppe. Elle contenait une nouvelle série de photographies et une page d'introduction. Le symbole qui y était inscrit n'était pas celui de la force spatiale, mais un autre qui lui était totalement inconnu. Ce symbole ressemblait à une épée pointe vers le bas. En bout, tout en haut, le pommeau dessinait une boule semblant représenter avec assez de précision

Nibirou. De part et d'autre de la garde, deux boules pouvaient représenter Ki en bleu à gauche et Lhamou[19] en orange à droite.

Autour de l'épée, deux serpents s'enroulaient de façon symétrique pour finir par se faire face juste sous la garde. Il se saisit du document et commença à lire. Le texte décrivait les conditions de prise de vue des photos suivantes à partir de plusieurs petits vaisseaux d'exploration. Uselli se frotta le menton de surprise. Comment se pouvait-il que des missions d'exploration aient eu lieu sur Ki, sans même que l'État-major de la flotte spatiale n'en soit informé. Se pouvait-il qu'au sein de la flotte ait existé une organisation si secrète qu'elle ne répondait qu'au roi ? Était-il possible qu'elle ait ses propres moyens stratégiques ? Mais alors où était-elle ? Certainement pas sur Dag-Aras, le contrôle spatial aurait forcément découvert ses adhérents. En penchant légèrement la tête Uselli se caressa la nuque de sa main droite pendant qu'il essayait de faire le tri des réflexions qui lui venaient en vrac. Finalement, il ne voyait qu'une seule possibilité, cette organisation secrète ne pouvait se trouver que sur Lhamou, solution la plus probable, ou sur Ki elle-même. Une autre idée lui vint soudain à l'esprit. Se pouvait-il que les anciennes mines de titane d'Anna, la lune de Ki aient servi de base secrète ? L'idée n'était pas si absurde que ça. D'importantes structures avaient été aménagées sous la surface. Les constructions métalliques gigantesques auraient pu servir de dock spatial sans problème, même pour des vaisseaux très grands.

Uselli fit défiler la quinzaine de photos qu'il étudia très rapidement. Il y découvrit des aéronefs aux formes très aérodynamiques, des fusées, des navires sillonnant les mers, des zones industrialisées parmi lesquelles, certaines en particulier, montraient des usines où manifestement l'énergie terrestre était fabriquée. Il put observer également d'immenses bases très militarisées. Uselli remit les photos dans l'enveloppe blanche qu'il reposa à son emplacement. Il fit de même avec les autres photos. Il ouvrit alors la première enveloppe ocre. Elle contenait un document agrafé d'une dizaine de pages.

---

[19] La planète Mars

Uselli reprit une grande gorgée avant de se lancer dans la lecture. Lorsqu'il eut fini, il remit tout en place et referma la chemise rouge qui émit un petit Bip lors de son verrouillage. Uselli légèrement penché en avant prit appui sur les deux accoudoirs de son fauteuil et posa son menton sur ses deux mains ramenées l'une contre l'autre. Lentement, il fit osciller sa tête plusieurs fois en frottant son menton sur ses deux index joints. Soudain. D'un air décidé, il reprit son verre et en vida le contenu d'un trait. Avec la télécommande, il ferma la baie vitrée, commanda l'extinction de la musique et se saisit d'un petit boitier de communication qu'il portait à la ceinture.

— Uselli à Rutilant, vous me recevez ?

— Fort et clair, Commandant.

— Envoyez une navette me chercher d'ici quinze minutes au dock trois de Dag-Aras.

— Dock trois dans quinze minutes, bien reçu Commandant.

— Attendez, passez-moi le capitaine Amourri.

— Tout de suite, Commandant, un instant s'il vous plait.

Le temps que la communication soit transférée, Uselli s'était levé et marchait machinalement en faisant le tour de sa table basse.

— Capitaine Amourri, je vous écoute, Commandant.

— Capitaine, je viens de prendre connaissance des ordres de l'Intendant Namrod. Faites rappeler en urgence les personnels non encore sur le vaisseau. Vérifiez et complétez les stocks d'armes et de nourritures, nous partirons dans moins de 12 heures dès que le Rutilant sera prêt.

— Où partons-nous, Commandant ?

— Je ne pourrais vous le dire que lorsque nous aurons quitté Nibirou. Le bâtiment sera-t-il prêt dans les temps ?

— Nous serons prêts avant Commandant, je pensais que nous aurions des manœuvres d'essais pour nous familiariser avec le Rutilant. Pendant votre absence, j'ai pris l'initiative de faire revenir tous les permissionnaires. J'envoie immédiatement des navettes aux soutes pour compléter notre armement.

— Excellent, je savais que je pouvais compter sur vous Capitaine. À tout de suite, Uselli, Terminé.

Le Commandant, esquissant un sourire de satisfaction, remit son communicateur à la ceinture. Il récupéra la chemise rouge et se dirigea rapidement vers la sortie. La porte s'ouvrit dans un doux chuintement. Uselli se retourna avant de sortir complètement. Un pressentiment soudain lui faisait deviner qu'il n'allait sans doute pas revenir ici de sitôt. Il se mordilla légèrement les lèvres en regardant derrière lui. La lumière s'éteignait tout doucement. Il secoua la tête pour chasser ce curieux présage désagréable. Déterminé, il s'engagea dans le couloir pour rejoindre les ascenseurs dont un menait au niveau du troisième dock.

4

Le Rutilant était un croiseur blindé géant de la toute dernière génération des vaisseaux de combat. Il venait juste de sortir des énormes chantiers de Gig-Dul quelques semaines plus tôt. Gig-Dul était la principale usine orbitale de construction des vaisseaux de la flotte. De loin, elle ressemblait à un immense échafaudage cubique dont les armatures gigantesques étaient constituées des magasins, des ateliers et des logements pour les centaines d'employés spécialisés qui y travaillaient. D'immenses projecteurs illuminaient les structures en construction. Plusieurs vaisseaux de toutes tailles y étaient en assemblage simultanément et une armada de robots autonomes s'y déplaçait telles les fourmis dans leur fourmilière pour accomplir les tâches de soudures et d'équipement des extérieurs hors atmosphère. Comme plusieurs autres grands vaisseaux de guerre qui n'avaient pas besoin d'être accostés, le

Rutilant était désormais stationné à la limite extérieure des orbites géostationnaires, assez loin de Nibirou.

Les ingénieurs Nibiriens avaient fait preuve d'originalité pour le design du Rutilant. Son aspect avait quelque chose de très surprenant. Il ressemblait à un gigantesque lézard à queue courte. La tête triangulaire légèrement surélevée par rapport au corps massif et un peu aplati de la carlingue comportait les postes de pilotage et les canons de la défense avancée. Des protubérances arrondies en forme de goutte d'eau laissaient presque croire qu'elle était munie de deux gros yeux. Ce n'était d'ailleurs pas totalement faux puisque ces parties comportaient les scanners avant courtes et longues distances. Des extensions en forme d'arches largement aplaties elles aussi ressemblaient à des pattes. Il y en avait deux devant et deux à l'arrière. Leurs extrémités permettaient l'accostage d'autres vaisseaux et disposaient des moyens de défenses rapprochées alors que les canons lourds d'attaque étaient installés dans des tours multidirectionnelles réparties sous le vaisseau ou sur la partie supérieure. L'arrière du vaisseau se terminait en plusieurs paliers, la partie la plus grande étant celle du dessus. Les parties basses logeaient trois moteurs en forme de tuyères géantes. La Partie ventrale du Rutilant était beaucoup plus aplatie que la partie supérieure. Celle-ci était structurée de plusieurs couches arrondies semblant empilées les unes sur les autres.

En cas de fortes avaries sur le poste de commandement avant, la partie supérieure du corps principal possédait un deuxième poste alternatif de commandement. De fait, le Rutilant demeurait opérationnel même si l'ensemble de sa partie avant était trop endommagée. D'ailleurs dans ce cas extrême la partie avant pouvait être détachée, de même elle avait un minimum d'autonomie en cas de séparation volontaire de la partie arrière. Les flancs latéraux permettaient à une multitude de chaloupes autonomes d'évacuer le vaisseau en cas de perdition.

Le Rutilant avait reçu ce nom à cause du grand nombre des baies transparentes réparties sur toute la surface externe. Hors alerte au combat, elles permettaient d'avoir une vue à l'extérieur de la structure. De loin, il ressemblait plus à une ville ambulante éclairée de mille fenêtres plutôt qu'à un vaisseau géant de combat de dernière génération. Dernier né de la technologie Nibirienne, le Rutilant bénéficiait des tout nouveaux moteurs sub et supraluminiques beaucoup plus efficaces que ceux de la génération précédente. Il était également équipé de deux générateurs très performants de champs d'énergie assurant en mode combat un bouclier en forme de coquille invisible entourant l'ensemble de la structure. L'armement n'était pas en reste puisque plusieurs tubes lance-missiles étaient équipés pour lancer des ogives autonomes à têtes multiples ou des missiles programmés capables d'exécuter de mini sauts dans l'espace, empêchant ainsi toute interception.

Le Capitaine Amourri traversait à grands pas le couloir abondamment éclairé qui conduisait à la porte d'accès du pont de commandement. Devant lui, la grande porte de six mètres par sept était gardée par deux gardes armés vêtus d'un uniforme serré au corps couleur kaki foncé. À son approche, les deux gardes saluèrent l'officier en se raidissant pieds joints et en portant la main droite à plat au-dessus du cœur. Celui à droite du Capitaine appuya de la main gauche sans se retourner sur un bouton de commande placé juste à côté de lui. La double porte blindée s'ouvrit instantanément sans aucun bruit.

— Capitaine sur la passerelle ! cria un des sous-officiers du pont.

Le pont de commandement était une vaste pièce rectangulaire agencée en trois gradins dont chacun donnait sur un couloir d'accès différent. Amourri venait d'arriver par le gradin supérieur dont la limite avant était définie par un alignement continu de pupitres couverts de consoles. De là on pouvait facilement voir ce qui se passait sur les deux gradins en dessous. Quatre sous-officiers y étaient occupés. Entre eux et la porte, une table en croissant de lune ouverte dans sa partie centrale entourait un fauteuil pivotant, place réservée occupée normalement par le commandant du navire.

Face à lui, le grand côté extérieur était occupé par une immense baie vitrée harmonieusement maintenue par des poutres métalliques noires. Cette partie donnait sur le noir profond de l'espace à l'avant du navire. Au-dessus de cette grande baie vitrée, une série parfaitement alignée d'écrans géants affichait les images fournies par les caméras extérieures à très haute résolution, mais aussi les situations à l'intérieur du navire, comme la salle des machines ou les docks des chasseurs par exemple. Le gradin intermédiaire et le gradin du bas étaient occupés par d'autres postes de surveillance des systèmes d'armes et de propulsions. En tout, au moins vingt techniciens et officiers assuraient la surveillance et le contrôle du bâtiment.

— Lieutenant Dakhos ! appela Amourri.

— Oui Capitaine ?

Amourri vit son adjoint monter rapidement l'escalier qui s'élevait depuis le deuxième gradin.

— Où en est-on des chargements de nourriture ?

— Nous attendons la dernière livraison en provenance de la plateforme de distribution d'Altaïr, le transport doit quitter la surface d'ici une heure environ.

— Excellent, avez-vous réussi à joindre tout le personnel pour sa réintégration ?

— Oui Capitaine, quatre-vingt-sept pour cent de l'effectif est déjà à bord. Nous avons trois navettes en approche et cinq autres qui vont bientôt quitter la capitale, nous serons au complet dans moins de deux heures.

— Très bien Lieutenant. Et en ce qui concerne l'armement ?

— Là c'est plus compliqué, Capitaine, l'ordre de réquisition est arrivé assez tard de Dag-Aras. Nos gars font au mieux pour donner un coup de main aux techniciens des soutes pour pouvoir rattraper le retard.

— Faut-il envoyer des renforts ?

— Non, Capitaine, Dag-Aras va nous envoyer ce qui ne pourra être prêt à temps sur Nibirou. Certaines de nos nouvelles munitions ne sont pas facilement transportables sans mesure de sécurité draconienne, ça va prendre du temps.

— Je sais, je sais, répondit Amourri.

— Des nouvelles du commandant ?

— Non, pas encore, nous avons envoyé sa navette, elle est en phase terminale d'approche de Dag-Aras. Si le commandant Uselli est au dock, elle sera revenue très vite.

— Il y sera, soyez-en sûr Lieutenant.

— Permission de poser une question Capitaine ?

L'officier fronça les sourcils, il n'était pas dans les habitudes de Dakhos de formuler ce type de demande.

— Allez-y Lieutenant.

— Nous avons chargé des missiles armés et d'importantes quantités d'armes offensives. Dag-Aras a aussi envoyé plusieurs commandos et quelques pilotes de combat expérimentés à la demande du seigneur Namrod. C'est vraiment surprenant pour une sortie de rodage. On dirait qu'on part pour une vraie guerre.

Amourri marqua une pause avant de répondre. Il ne s'était pas attendu à cette question et si lui-même se l'était déjà posée, il n'y avait pas encore trouvé de réponse.

— Écoutez, Lieutenant, je n'en sais vraiment pas plus que vous. Je dois attendre que le commandant soit de retour pour en apprendre davantage. Pour l'instant, tenons-nous-en à une manœuvre de mobilisation destinée à mesurer notre capacité de réaction face à une menace inattendue.

— Oui Capitaine, mais c'est quand même curieux, répondit Dakhos l'air peu rassuré.

Le lieutenant se retourna pour aller rejoindre son poste à l'étage plus bas. Lorsqu'il fut descendu, Amourri s'avança vers le poste de contrôle le plus à droite de la rangée des consoles. Il s'assit sur le siège pivotant matelassé particulièrement confortable. C'était son poste préféré, celui du commandant en second. Il tapota son code pour ouvrir une session et vérifia diverses données sur son écran principal. Il put constater effectivement que les opérations de chargement allaient bon train. La vérification des réserves énergétiques montrait un niveau maximum. Il lança le test des statuts de chaque section du bâtiment. Le temps que la machine réponde, il s'appuya sur le dossier et fit jouer le pivot de son siège en poussant alternativement sur chaque pied. Il n'eut pas longtemps à attendre, tous les statuts des tests venaient de s'afficher en vert. Si le commandant en avait donné l'ordre à cet instant précis, le Rutilant aurait pu bondir dans l'espace instantanément.

5

Uselli venait d'arriver dans la salle d'embarquement du dock trois. Par l'écran de contrôle il put voir la navette du Rutilant pénétrer dans le hangar. Elle avait une forme parallélépipédique de section légèrement ovalisée, environ deux fois plus large que haute. L'avant de la navette était arrondi avec une fuyante plus marquée vers le haut. Une grande vitre teintée permettait au pilote de faire une navigation visuelle, mais l'instrumentation de bord aurait très bien pu faire un appontage en automatique.

De chaque côté arrière un moteur assurait la propulsion. Une aile courte et effilée vers l'arrière de l'appareil partait du sommet de la carlingue et tombait en pente douce vers le bas jusqu'à mi-hauteur. Plusieurs petites tuyères réparties autour de la navette assuraient par petits jets de gaz une stabilisation correcte pendant la phase d'appontage. Lorsque l'engin fut posé sur ses quatre amortisseurs, Uselli s'engagea dans le tube pressurisé d'accès au dock. Il arriva rapidement près du flanc gauche de la navette. Une rampe télescopique y avait été déployée pour lui permettre de monter à bord. Lorsqu'il fut à l'intérieur, la rampe sembla être absorbée par la carcasse et une porte coulissante vint obturer le passage. Un instant plus tard, la navette décollait en un rapide demi-tour. Elle sortit du dock en accélérant.

Dans un doux ronronnement, elle traversa l'espace entre la station et le Rutilant en passant près de deux stations orbitales civiles. Leurs innombrables illuminations très colorées laissaient imaginer une vie intense à l'intérieur, en particulier dans les sections dont les parois extérieures étaient faites dans un matériau parfaitement transparent. Il y avait là des dômes ou encore d'immenses tubes dans lesquels de nombreuses tâches vertes indiquaient la présence de parcs ou de jardins. Uselli connaissait par cœur ces prouesses d'architecture spatiale et il préféra rester concentré à lire une tablette tactile connectée à distance au Rutilant. De la navette il pouvait déjà se rendre compte des paramètres de bord. Il interrogea l'ordinateur central sur les configurations les plus adaptées pour un saut sur Ki. La traversée ne prendrait pas plus de cinq jours avec le programme préactivé par les ingénieurs des chantiers de Gig-Dul. Uselli fit une demande d'accès sécurisé au routeur tactique en rentrant son code personnel. Une fois validé, il put accéder à d'autres possibilités en consultant les cartes des multiples routes militaires à travers l'espace intérieur du système solaire.

Dans sa feuille de route décrite dans le dossier secret de Namrod, parmi les nombreuses consignes de Namrod, il en avait lu une assez surprenante. Il devait envoyer aux contrôleurs de Dag-Aras des éléments de trajectoires fictifs. Namrod semblait craindre que l'organisation secrète qui avait travaillé dans la plus grande discrétion au service du roi Enki ne découvre l'objectif réel du Rutilant et n'intervienne pour faire échouer la mission.

Uselli se demandait comment ses membres auraient bien pu faire, le Rutilant était de son point de vue un vaisseau inégalable, que ce soit en rapidité, en puissance, en autonomie ou en armement, en tous cas sur le papier. Personnellement, il ne voyait pas l'intérêt de tenir cette exploration de Ki secrète, mais Namrod devait bien avoir ses raisons. S'il ne les avait pas révélées, c'était sans doute parce qu'il avait de bonnes raisons de croire que c'était mieux ainsi. Uselli hésita un instant puis ouvrit un menu lui permettant d'accéder aux coordonnées des destinations préprogrammées dans la base de données de l'ordinateur central. Il sélectionna Antou[20], la géante gazeuse bleue.

---

[20] Neptune

La partie suivante de ses consignes lui plaisait beaucoup moins. Pourtant le document de Namrod était sans équivoque. Il lui fallait pirater le système de communication longue distance. Namrod lui avait laissé pour cela un code spécial permettant de désactiver les communications à partir d'un événement à choisir dans une liste établie à l'avance en utilisant une routine normalement destinée aux tests de mise au point. L'objectif initial était de fournir des cas d'école pour former les nouveaux officiers du navire à des situations inattendues. Uselli sélectionna l'option : "Sortie d'un saut". Uselli commençait à comprendre la stratégie de l'Intendant : tout faire pour que le Rutilant passe inaperçu pendant son voyage vers la Terre. Ces manipulations terminées, il éteignit sa tablette qu'il rangea avec précaution dans la sacoche à côté de la chemise top secrète.

Il jeta un œil par le hublot à sa droite. La navette était en train de longer le Rutilant par la gauche. Vue de l'extérieur, comparée au mastodonte elle devait paraitre ridiculement petite. Presque aussitôt après, elle ralentit et incurva sa course sur la droite pour pénétrer dans un des docks. Celui où elle pénétra aurait pu accueillir au moins cinq ou six autres navettes de front. Lorsqu'elle fut posée sur ses quatre amortisseurs, une troupe d'une vingtaine de soldats vint se positionner au pas de course pour s'aligner sur deux rangées entre la navette et le sas du dock.

Amourri arriva juste au moment où la porte de la navette s'ouvrait avec un léger bruit de décompression. La rampe d'accès s'étira jusqu'à toucher le sol du hangar. Deux soldats en tunique d'apparat en descendirent pour venir se positionner de chaque côté de la rampe. Uselli fit alors son apparition. Il descendit la rampe et longea sans y prêter trop d'attention les deux rangées de soldats venus lui rendre les honneurs. Amourri attendit patiemment que le Commandant soit à moins de deux mètres puis il le salua.

— Bienvenue à bord Commandant.

— Merci Capitaine.

Les deux géants se dirigèrent ensuite l'un à côté de l'autre vers le sas du dock.

— Rien à signaler Capitaine ?

— Non, Commandant, tout se passe au mieux pour les préparatifs du départ. Nous sommes tous impatients de partir. C'est une chance incroyable que d'être à bord de ce fabuleux vaisseau.

— Je le pense aussi. Mais restons attentifs à tout bien contrôler jusqu'au moment de quitter Nibirou. Nous ne pouvons pas nous permettre de louper le premier saut du Rutilant. Notre départ sera suivi j'en suis certain par une bonne partie de la population.

— Oui Commandant.

— Bien, rejoignons mes quartiers, j'ai des choses à vous dire. Au fait, qui est sur la passerelle à votre place ?

— C'est le lieutenant Dakhos.

— Pas de soucis alors, c'est un jeune officier prometteur, il se débrouillera très bien sans vous le temps que je vous mette au courant de notre première mission.

Les deux officiers quittèrent le dock. Deux heures plus tard, Amourri était de retour sur le pont de commandement. Dakhos s'était écarté légèrement pour laisser la place à son supérieur sur le premier gradin. Une chose le tracassait, Amourri paraissait crispé, il avait dû se passer quelque chose depuis qu'il était parti rejoindre le commandant.

— Tout va bien Capitaine ?

— Oui, oui, ça va, ça va.

— Vous êtes sûr ?

— Tout va bien je vous dis Lieutenant, répliqua Amourri en haussant légèrement le ton. Retournez à votre poste et refaites-moi un nouveau point de notre situation.

— Oui Capitaine, répondit Dakhos avec inquiétude, cette réponse plutôt froide n'avait rien pour le rassurer.

Le Lieutenant connaissait bien son supérieur. Rien n'aurait pu le faire changer d'avis, il s'était forcément passé quelque chose de plus ou moins grave avec le commandant. Pour autant, il obéit et retourna à son travail. Six heures plus tard, tous les préparatifs étaient terminés. Le capitaine Amourri avait prévenu Uselli.

L'officier supérieur ne mit pas longtemps pour rejoindre son groupe de commandement. Lorsque la porte du gradin supérieur s'ouvrit, Amourri cria : « Commandant sur la passerelle !». Un des sous-officiers porta un instrument à la bouche et souffla dedans. Un son aigu à deux tonalités se fit entendre.

— Votre statut Capitaine ? questionna Uselli en s'approchant des consoles.

— Nous sommes prêts, Commandant. Le Rutilant est à vos ordres.

Uselli esquissa un sourire de satisfaction.

— Très bien. Pouvons-nous avoir l'Intendant Namrod sur écran ?

— Oui Commandant.

Amourri se retourna vers un sous-officier juste à côté de lui et lui fit un signe de la tête. Uselli s'avança vers son fauteuil et s'y installa en douceur en tapotant du plat des mains les deux accoudoirs. Un instant plus tard, le sous-officier porta une main à son oreille droite sur laquelle était placé un mono casque assez discret. Il fit un signe de la tête à Amourri qui en retour lui désigna l'écran central au-dessus de la baie vitrée. Presque aussitôt apparut Namrod. Il avait revêtu une grande robe blanche ornée de doublures dorées à l'or fin, un habit traditionnel sur Nibirou. Sur sa tête, il portait la tiare des Grands Seigneurs Anunnaki, une sorte de chapeau bas cylindrique formant sur la partie avant comme trois cornes se rejoignant en pointes incurvées vers le haut.

— Le Rutilant serait-il déjà prêt selon toutes mes recommandations Commandant ?

— Oui mon Seigneur. Le navire n'attend plus que votre ordre pour faire son premier saut.

— Très bien Commandant, je vous souhaite bon vent. Namrod, terminé !

Uselli ne fut pas surpris de cette façon expéditive de l'Intendant Namrod d'écourter la communication. C'était dans les habitudes de ce grand seigneur de ne pas perdre de temps en bavardages inutiles.

Uselli tapota quelques commandes sur son pupitre et se tourna vers Amourri qui avait rejoint entre-temps son siège pivotant préféré.

— Capitaine, c'est à nous de jouer maintenant, vous êtes prêt ?

— Fin prêt Commandant.

— Très bien. En avant toute alors, répondit Uselli en s'adossant confortablement au fond de son fauteuil.

Le Capitaine Amourri se tourna vers son pupitre et y engagea une sorte de clé. Il tourna en annonçant haut et fort : "Énergie !".

Le Rutilant qui s'éloignait de Nibirou en accélérant doucement fut soudain entouré d'éclairs électriques d'un bleu magnifique. Le vaisseau sembla devenir presque luminescent sous le cocon bleuté. Il y eut un flash d'un blanc étincelant puis plus rien. À la place du navire il ne restait plus désormais qu'une vague lueur blanchâtre qui disparut presque aussitôt.

6

La salle de travail du roi de Nibirou était une pièce magnifiquement décorée de pans de bibliothèques et de superbes ornements dorés qui descendaient du plafond en diverses successions de zones rectangulaires. À l'intérieur, comme encadrées par les boiseries ouvragées d'un tableau, de fines peintures évoquaient des scènes de vie des anciens rois. Il y avait aussi de somptueux paysages ou bien encore des représentations d'espèces animales disparues de la surface de la planète. Posés sur des meubles bas ou sur de petites colonnes de marbre, de nombreux bustes de personnalités importantes, presque toutes disparues, semblaient si réalistes qu'on aurait pu les croire vivantes. Ailleurs, de grandes statues aux formes humanoïdes ou reptiliennes contribuaient à donner à la salle une ambiance très spéciale, presque oppressante. Pourtant, un système très ingénieux de luminaires aux formes futuristes sphéroïdales ou pyramidales jetait d'une manière uniforme une lumière douce et accueillante.

À l'opposé de la porte d'entrée, un peu avant le pan de mur se trouvait un bureau très stylé d'un blanc éclatant, au plateau en ellipse, tenu par un pied central en forme de fer à cheval dont les branches reposaient sur le sol. Juste derrière le pan entier du mur était constitué d'une immense baie vitrée, sans tain. Elle ouvrait la vue sur une immense caverne dans laquelle un grand nombre de bâtiments aux formes arrondies se partageaient l'espace parsemé d'innombrables sources lumineuses multicolores. De nombreux tubes transparents serpentaient entre les grandes bâtisses. À l'intérieur circulaient, d'une manière incessante et à grande vitesse, des véhicules cylindriques aux extrémités arrondies. De chaque côté de ces rames articulées, une rangée de hublots laissait entrevoir les lumières internes et les formes diffuses des passagers. Certains tubes partaient en ligne droite vers des cavernes qu'on devinait très loin de là, d'autres plongeaient vers des zones urbaines encore plus profondes.

Namrod était assis à son bureau, baie vitrée dans le dos. Depuis déjà plusieurs heures, il était absorbé par la lecture de plusieurs documents papier empilés face à lui. Le bureau lui-même semblait se transformer selon les gestes de ses mains soit en écran couleur posé à plat, soit en plan de travail opaque. Les traits tirés par la fatigue, il s'obstinait à abattre le plus de travail possible. Une légère sonnerie lui fit lever le regard vers un intercom circulaire de couleur blanche. Sur le plan de dessus, légèrement incliné vers lui, un mini écran couleur laissait apparaître le visage d'un des gardes. Namrod tendit la main et la passa d'un geste rapide au-dessus du boitier.

— Namrod, c'est pour quoi ?

— Le conseiller Kalran est arrivé mon Seigneur.

— Très bien, il peut entrer.

Kalran était un vieil ami d'enfance de Namrod, il avait même été un temps son précepteur. Ancien pilote de chasse, il avait toujours de bons conseils sur la tenue des affaires militaires. Le commandeur en chef de Dag-Aras aimait discuter avec lui certains de ses points de vue sur la gestion de la grande station orbitale. Un des deux battants de la grande porte d'entrée qui faisait face à la baie vitrée s'ouvrit avec délicatesse, poussé par un garde en uniforme noir et rouge. Celui-ci s'écarta légèrement pour libérer le passage. Kalran pénétra dans la salle de travail et s'arrêta quatre ou cinq pas plus avant. Le garde sortit en refermant en silence la porte derrière lui.

Comme la grande majorité des Anunnaki, Kalran portait une barbe épaisse rousse grisonnante à la coupe parfaite et tressée avec une grande dextérité. Ses longs cheveux bouclés grisonnants étaient tirés en arrière et maintenus en position par un large bandeau de cuir ouvragé lui ceinturant le front un peu comme le ferait une couronne. Il portait une tunique légère et ample lui descendant jusqu'aux chevilles. Une grande cape rouge, bleu et or plus épaisse lui couvrait les épaules. Elle était maintenue en place par une chaine d'or assez imposante agrafée par un gros médaillon, lui aussi en or incrusté de diamants. Kalran s'inclina pour saluer l'Intendant du Royaume.

— Entre Kalran mon ami, entre.

— Je suis venu aussi vite que possible quand j'ai reçu votre appel, mon Seigneur.

Namrod s'était levé et faisait déjà le tour de la table pour venir rejoindre Kalran qu'il saisit par les deux bras à hauteur des biceps.

— Trêve de Seigneur entre nous, je n'ai cette fonction de roi que pour quelques jours seulement. Et si tu veux le savoir, j'espère que ce sera pour une période la plus courte possible.

Kalran répondit d'un large sourire.

— Je ne voudrais pas être à ta place.

— Je n'ai pas vraiment eu le choix, tu sais.

— Je sais.

— Veux-tu boire quelque chose ? En dehors du travail, il y a heureusement quelques doux avantages à occuper ce bureau. Tu sais quoi ? J'y ai découvert dans le buffet que tu vois là un petit alcool dont tu me diras des merveilles.

— Je n'en doute pas, tu as toujours eu un fin palai pour les meilleures boissons.

Namrod se retourna prestement et se dirigea vers le buffet dans lequel il attrapa deux verres et une bouteille en forme d'olive fermée par un bouchon de cire.

— C'est incroyable, c'est une bouteille de Cougnac. Elle date de l'époque où nous avions encore une base d'extraction de sel sur Lhamou, dit Namrod en servant deux bonnes doses dans les verres. Tu imagines ? Elle date des guerres de Ki. À la voir, elle semble presque aussi vieille que nous, ajouta-t-il en tendant un des verres à son ami en riant.

— Ce que j'imagine surtout, c'est que tu ne m'as pas fait venir seulement pour partager un verre, qu'est-ce qui se passe ? dit Kalran avant d'entamer une dégustation.

Namrod prit lui aussi une petite gorgée et fit une mine réjouie en goûtant le précieux breuvage, le temps de relever un peu le verre pour faire jouer la transparence du liquide brun dans la lumière des lampes. Puis presque aussitôt son visage se ferma pour redevenir tendu et fatigué.

— Vois-tu, beaucoup de choses qui se passent en ce moment ne me plaisent pas. Il y a très longtemps que je n'ai plus ressenti autant de crispations dans les assemblées et sur Dag-Aras. La dernière fois, c'était quand le conseil des Sept a banni Enlil. Depuis la mort d'Enki, il y a trop d'arrière-pensées ici sur la planète et sur les bases satellites. Les vieilles familles se réveillent et vont encore une fois se laisser entrainer dans des conflits d'intérêts dévastateurs. Le conseil des Sept devra se réunir au plus vite pour trouver un successeur et j'espère que ça calmera tout le monde. Le moins qu'on puisse dire c'est que le fils d'Enki ne fait pas pour l'instant l'unanimité, dit Namrod. Il est encore trop bouleversé par la mort de son père et son cœur crie vengeance.

— Je le pense aussi. Pour autant, à l'opposé, je ne pense pas que le fils d'Enlil soit pour l'instant capable de tenir les rênes du pouvoir, pas encore en tout cas.

— Nous sommes d'accord, mais qui alors ?

— Toi Namrod.

— Non, non, non ! Mauvais cheval mon ami ! Il n'en est pas question !

— Pourquoi pas, tu as tout ce qu'il faut pour être un grand roi. Le peuple te respecte, tout comme l'essentiel des familles dirigeantes.

— Le respect ne fait pas tout, surtout si comme je le pense c'est plus de la crainte que du respect. Vois-tu, je n'ai pas envie de finir empoisonné ici dans nos cavernes, pas plus qu'ailleurs.

— Il suffira de renforcer la sécurité, c'est bien dans ce domaine que tu excelles, non ?

— Ce n'est pas une raison. D'ailleurs, j'ai une petite idée de mon avenir qui n'est pas compatible avec la fonction.

— C'est-à-dire ?

— Je passe trop de temps loin de Sidouri, j'ai envie de mieux m'occuper d'elle maintenant. Même si ça va te surprendre, je pense que j'ai passé trop de temps au service de la communauté. J'aspire désormais à autre chose.

— Ça ne me surprend pas, pas du tout. À vrai dire, ce qui me surprend, c'est qu'il t'ait fallu autant de temps pour t'en rendre compte. Tu as raison, sois plus près d'elle. Tu as une femme merveilleusement jeune, belle et intelligente, c'est une chance qui ne se gâche pas.

Kalran marqua une pause le temps de porter son verre à la bouche. Il but une gorgée et inclina la tête en signe de satisfaction tout en regardant le verre qu'il avait gardé à hauteur de sa poitrine. Puis il continua :

— Depuis que ma tendre Héléna nous a quittés, il y a un grand vide dans ma vie. Certains jours, j'aimerais presque qu'elle ne fût pas aussi longue.

Namrod qui n'avait pas cessé de regarder son ami croisa avec surprise son regard.

— Vraiment ? questionna-t-il.

— Oui, vraiment.

— Tu sais, tu pourrais prendre une autre femme, j'imagine qu'il y en a beaucoup qui trouveraient ton parti intéressant, répondit Namrod portant son verre à la bouche pour en tirer une nouvelle et courte gorgée.

— Peut-être, mais ce n'est pas ma façon de voir la chose. Si tu veux bien, je préfèrerais qu'on revienne à ton sujet de préoccupation, dit Kalran qui n'avait pas pour habitude de parler de sa vie sentimentale.

Namrod lui jeta un coup d'œil teinté d'inquiétude, il y avait dans l'attitude de son ami quelque chose d'inhabituel. Il pinça les lèvres en inclinant légèrement la tête. Après tout peut-être que c'était lui qui sous le coup de la fatigue se faisait des idées. Kalran avait raison, mieux valait revenir aux impératifs de sa lourde charge.

— Très bien, comme tu voudras, dit-il en haussant discrètement les épaules tout en se dirigeant vers son fauteuil. Je t'en prie, prends le fauteuil en face de moi.

Tous deux s'assirent rapidement.

— Je dois recevoir tout à l'heure les représentants des Sept Familles. J'ai besoin d'un fin tacticien pour m'aider à négocier une trêve dans les invectives qui pleuvent déjà entre les clans, au moins le temps des funérailles. J'ai besoin de toi à mes côtés, est-ce que je peux compter sur toi ? demanda Namrod.

— J'ai toujours répondu présent quand tu as fait appel à moi par le passé, répondit Kalran avec cependant un certain embarras dans la voix.

L'inflexion de la voix de son ancien mentor n'avait pas échappé à Namrod.

— Kalran mon ami, depuis que tu es arrivé, je sens bien qu'il y a quelque chose qui ne va pas. Parle-moi franchement veux-tu ? Devrais-je savoir quelque chose d'important ? Qu'est-ce qui te perturbe ?

Kalran regarda Namrod, il allait prendre une nouvelle gorgée, mais y renonça.

— L'amitié est une chose sacrée pour moi, tu le sais. La loyauté l'est tout autant, répondit Kalran sans vouloir rentrer dans les détails.

— Tu n'as pas besoin de me le dire, je sais déjà tout ça, alors quoi ? Quel est le problème ?

— Oublierais-tu que je fais partie d'une des Sept ?

— Non je ne l'oublie pas, bien sûr que non. Depuis toujours tu as su accorder plus d'importance aux affaires de l'État plutôt qu'à ton appartenance familiale.

— Oui, et au final qu'en ai-je tiré ? Les honneurs ? Le respect ? Un statut enviable ? Oui, peut-être un peu tout ça, mais je suis fatigué, je voudrais tirer un trait maintenant. Si je le pouvais, j'aimerais partir vivre ailleurs, loin des soucis de la diplomatie et des coups tordus. Comprends-tu ?

Namrod se recula sur son siège sans se détourner du regard de Kalran. Il ramena ses bras pour prendre appui des deux coudes sur les accoudoirs de son fauteuil et plaqua ses deux mains doigts contre doigts juste au-devant de sa bouche. Il avait un choix difficile à faire. Rapidement, il analysa mentalement le problème dans tous les sens, jaugeant les avantages et les inconvénients de ce qu'il allait proposer à son ami.

— J'ai une solution qui devrait peut-être répondre à tes souhaits.

— Une solution à mes souhaits ? répondit Kalran avec soudain un intérêt plus attentif à la conversation.

— Oui, sans aucun doute, mais avant que je t'en parle je veux que tu me promettes de garder cette chose pour toi. Ça doit rester entre toi et moi.

— Et bien, cela ne sera pas la première fois que je ferai un tel serment. Le ciel m'en est témoin, je n'en ai jamais trahi un seul.

Namrod hésita encore une fraction de seconde, se pencha en avant puis continua.

— Notre planète se meurt, les dernières études encore secrètes montrent toutes que le noyau de Nibirou se refroidit très vite maintenant. Bientôt plus aucun gaz des profondeurs ne viendra renouveler notre atmosphère. Elle finira par s'échapper totalement dans l'espace, arrachée par le vent solaire. Le champ magnétique qui nous protégeait disparait déjà. Crois-moi, il faut quitter Nibirou, le plus vite possible, nous n'avons pas d'autres meilleurs choix. Tu pourrais être du voyage et vivre avec nous comme tu le souhaites.

— Quitter Nibirou ? Mais pour aller où ? Loin de tout sur notre astre errant au fin fond du système solaire nous nous sommes fait oublier de nos ennemis. Mais même après tout ce temps, après nos vieilles batailles dans les systèmes proches, nous ne serions pas les bienvenus, ni dans le système d'Orion, ni dans les pléiades, ni n'importe où ailleurs je pense.

— Tu as raison, c'est bien pour ça que nous devons trouver une autre solution.

— S'il te plait Namrod, ne me parle plus par énigmes, à quoi penses-tu ?

Namrod s'appuya à nouveau confortablement sur le dossier de son fauteuil. Il marqua une légère pause puis reprit :

— Avec ceux qui voudront me suivre, je vais partir vivre sur la Terre.

— Partir sur Ki ? Tu es sérieux ?

— Plus que sérieux, oui.

— Mais enfin, ne te rappelles-tu pas que son atmosphère et la promiscuité des hommes ne nous ont pas toujours réussi autrefois.

— Je suis d'accord, c'est vrai. Mais nous avions fait beaucoup d'erreurs à cette époque. Nous n'avions pas pris au sérieux la menace des hommes. Ces animaux primitifs n'en étaient pas moins capables de raisonner et de nous copier. Jamais nous n'aurions dû les laisser se reproduire aussi vite et prendre le risque de les voir copier notre technologie. Enki a eu tort.

— C'était il y a bien longtemps, tout a dû changer là-bas en quelques milliers d'années.

— C'est peu de le dire en effet, répondit Namrod avec une certaine amertume dans la voix.

— Comment ça, c'est peu de le dire ? demanda Kalran avec surprise.

— Écoute, écoute bien mon ami ! Enki nous a caché bien des choses sur les humains depuis plus de cent ans. Non seulement ils sont devenus très nombreux, mais aussi bien plus dangereux qu'avant.

— Même nombreux avec des lances et des arcs, ils ne peuvent quand même pas être devenus si effrayants que ça.

— Si justement, ils le sont.

— Encore une fois, ne parle pas par énigmes, je ne comprends rien à cette histoire. Où veux-tu en venir au final ?

— Ils ont maîtrisé l'atome et ils en sont à construire leur propre station orbitale. Certes avec bien moins de moyens que les nôtres, mais nous aurions tort de les sous-estimer.

— Une station orbitale ? Les Adamas[21] construisent des stations orbitales ? Non, je n'arrive pas à y croire. Mais d'abord, comment le sais-tu ?

— En prenant l'intérim du royaume, j'ai trouvé un dossier top secret qu'Enki avait alimenté d'informations à partir de nos sondes ou de missions exploratoires tellement bien ficelées que même moi je n'en avais jamais entendu parler à Dag-Aras.

— Ça alors, c'est incroyable, répondit Kalran, les yeux presque exorbités.

Namrod se leva pour marcher un peu. Comme à son habitude il reprit instinctivement sa position habituelle les deux mains croisées dans le dos. Sans rien dire, il s'immobilisa devant la baie vitrée. Au loin, les tubes translucides conduisaient à grandes vitesses les navettes cylindriques vers d'autres cavernes et d'autres niveaux très profonds sous la surface. Les centaines de milliers de gens qui vivaient en profondeur ne se posaient sans doute pas la question de savoir pourquoi les tremblements de la planète avaient cessé. Non, personne ne se doutait de la catastrophe à venir. Nibirou pouvait

---

[21] C'est ainsi que les Anunnaki appelaient les premiers hommes, ce qui pouvait se traduisait sensiblement en langue sumérienne par les animaux, le troupeau, ou encore le bétail.

bien mourir en silence, les Anunnaki et les autres peuplades de la planète avaient d'autres choses en tête. Kalran s'était levé sans faire de bruit. Avec discrétion il vint se placer sur la droite de Namrod. Celui-ci tourna la tête pour regarder son ami puis reposa son regard sur les tubes. Les deux géants restèrent quelques instants isolés dans leur contemplation. Namrod bougea le premier. Il s'était mis doucement sur la pointe des pieds. Lorsque ses talons touchèrent à nouveau le sol, il reprit la parole.

— Alors ? Je vais pouvoir compter sur toi ? dit-il en se tournant vers Kalran.

— Crois-tu que je pourrais te laisser affronter seul ce qui va se passer ?

— Les temps ont changé, nous changeons avec eux, et moi je dois sûrement vieillir si je me mets à douter des choses les plus solides. Je suis heureux que tu restes avec moi, dit-il en posant sa main droite sur l'épaule gauche de son ami.

Kalran esquissa un sourire. Peut-être que lui aussi finissait par douter de ses choix. La chose aurait pu lui paraitre grave et pourtant il ressentait comme une envie de s'en amuser, une envie de se moquer de lui-même et du ridicule de la situation. Comment allait-il se sortir de ce prochain pétrin. Pour aider Namrod, il allait devoir jouer contre sa propre famille. Les prétendants au trône étaient nombreux, certains ne s'en cachaient plus. Cette évidence en devenait presque suspicieuse. "Le pouvoir ne se partage pas, il se prend" pensa-t-il en imaginant avec pessimisme que les coups bas ne tarderaient plus à venir.

— Je t'aiderai oui. Mais il faudra m'en dire plus sur cette histoire de migration sur Ki. Je crois que le voyage ne sera pas pour me déplaire.

Kalran fixa le regard de Namrod. Il y décela une certaine espièglerie.

— Tu ne m'as pas tout dit, n'est-ce pas Namrod ?

Namrod afficha un large sourire.

— Disons que je n'en ai pas encore eu l'occasion, répliqua-t-il avec amusement en regardant Kalran qui semblait réfléchir à toute vitesse.

— Humm, j'aurais dû m'en douter, tu as déjà envoyé des éclaireurs vers la Terre pour en savoir plus, n'est-ce pas ?

— Tu m'étonneras toujours Kalran, décidément, on ne peut rien te cacher. Tu as raison, sous prétexte d'une manœuvre de rodage j'ai envoyé le commandant Uselli et notre Rutilant sur Terre. J'ai peur que notre prochain voyage ne soit pas aussi facile qu'on pourrait l'imaginer. Les humains sont certainement intelligents maintenant, mais ils doivent être aussi rebelles qu'avant. Même s'ils ont toujours été prompts à se faire la guerre entre eux avec cruauté, ils avaient une haute estime de leur race. La puissance de leur nouvelle technologie a certainement effacé les souvenirs de leur passé, de nous et de leurs anciennes croyances.

— Vraiment, tu crois que nous avons disparu de leur mémoire, de leurs temples, de leur vie ?

— Je ressens ça comme une certitude, oui. Ils nous ont certainement oubliés. Lorsque nous retournerons sur Ki, ils nous verront venir en envahisseurs et ils oublieront leurs ridicules querelles pour faire corps contre nous. J'espère me tromper.

— As-tu un retour de tes éclaireurs ?

— Non, c'est beaucoup trop tôt, ils ne sont partis que depuis un jour seulement. Il leur faudra au moins quatre jours encore pour atteindre la Terre. Si tout se passe bien j'aurais bientôt un message codé longue distance. On en rediscutera dans moins de cinq ou six jours avec mes premières informations fiables.

Kalran regarda Namrod en fronçant légèrement les sourcils.

— Si je comprends bien, c'est plus qu'à un simple voyage que tu m'invites.

Namrod fixa le regard sur une des navettes qui passait à toute vitesse dans un tube tout proche.

— Comment savoir ? J'ai toujours détesté les humains. Ils étaient puérils et vaniteux, assoiffés de pouvoir et d'orgueil, inconstants et rebelles. Peut-être qu'avec leur progression technologique seront-ils devenus plus sages.

Kalran secoua la tête en se pinçant doucement les lèvres.

— Enki n'avait pas été très inspiré dans sa création. Finalement, les humains nous ressemblaient beaucoup trop à cette époque, dit Kalran.

Namrod tourna la tête vers son ami avec un air amusé.

— Crois-tu que nous ayons changé depuis ? demanda-t-il.

— J'aimerais bien oui.

— Mais ?

— Tu n'es pas plus aveugle que moi, j'ai changé, toi aussi je pense, mais dans l'ensemble nous ne valons collectivement pas mieux qu'avant.

— Moi j'ai changé ? dit Namrod avec surprise en affichant un sourire amusé.

Le visage de Kalgan devint très sérieux.

— Depuis très longtemps, je te regarde. Nous sommes faits pareils. Les échecs et les trahisons nous ont fait grandir et maintenant tu vois les choses avec plus de recul. Je crois que, comme moi, tu es fatigué de notre mode de vie.

Namrod prit alors un air détaché. Tout en écoutant son ami, il lui semblait voir ressurgir en quelques millièmes de seconde des milliers d'images de sa mémoire.

— Peut-être bien. Je me demande si nos anciens ennemis n'avaient pas raison finalement, termina Namrod presque à de mi-voix.

— Nos anciens ennemis ?

— Oui, ceux que nous combattions sur Ki.

Namrod ne rajouta rien. Il se contenta de regarder très loin devant lui, presque dans le vide. L'image des vaisseaux s'échappant de Ki dans un hyper saut quelque quatre mille ans plus tôt revint à sa mémoire. Il réalisa soudain que, si la confrontation avait lieu maintenant, peut-être ne lâcherait-il pas ses missiles sans sommation. Peut-être tenterait-il de discuter un protocole de paix.

Après tout, Enki mort et Enlil en exil, il n'y aurait aucune raison de continuer une guerre fratricide. Tout ça lui semblait si lointain.

Namrod se rappelait n'avoir trouvé aucun indice sur le lieu de destination des fugitifs de Ki. Avec un hyper saut, ils avaient pu traverser la galaxie ou bien au contraire avoir trouvé un système accueillant beaucoup plus près. Dans les archives de Dag-Aras, il y avait bien une liste de planètes habitables, mais aucune ne satisfaisait mieux aux besoins des Anunnaki que la Terre, en tout cas, de ce qu'ils en avaient connu. Toujours en gardant le silence il essayait d'imaginer retrouver les anciennes implantations souterraines de ses vieux ennemis. Peut-être étaient-elles encore utilisables. Mais si les hommes les avaient découvertes, peut-être y avaient-ils découvert plus que de la technologie. Peut-être y avaient-ils trouvé des armes.

Namrod secoua la tête pour se débarrasser de ses pensées inquiétantes. Mieux valait s'en tenir pour l'instant à la réalité de sa charge.

— Les guerres du passé sont bien loin maintenant. Malheureusement, la confrontation des Sept n'en sera pas plus facile. Sans trahir les tiens, que peux-tu me dire sur ce qui se trame au sein de la famille Abilsin ? demanda Namrod en retournant à son fauteuil.

— Le Conseil de famille était convié hier soir à une réunion sur Dag-Ignus notre station orbitale. Il a été question de la succession du roi, mais pas seulement. Toujours est-il que le conseil souhaite présenter son candidat à l'investiture.

— Et quel sera-t-il ?

— Il s'agit de Dar-Aman mon frère.

— Ton frère ? Je comprends mieux maintenant ce qui te perturbait.

— Ce n'est pas ce qui me perturbait, non, en réalité, le conseil voulait que ce soit moi.

— Je peux comprendre leur avis, mais ton frère alors ?

— En fait, j'ai refusé l'investiture, ils ont été obligés de le désigner à ma place. La majorité d'entre eux m'en tient rigueur.

— Je vois, je vois très bien même. Sans vouloir t'offenser, leur premier choix était à mon humble avis le meilleur. Dar-Aman ton frère est un bon diplomate, sans doute, mais il n'a pas le charisme nécessaire au pilotage de Nibirou.

— Et bien il devra s'y faire s'il est élu. Je l'aiderai autant que je pourrai. Mais pour moi la politique, c'est fini, je désire m'en éloigner le plus possible. Tu sais, je regrette le temps où je pilotais. À cette époque au moins les choses étaient claires, on savait pourquoi on se battait et on le faisait avec conviction.

— Regretter le passé ne le fait pas revivre Kalran, argumenta Namrod.

— Bien sûr, ça ne me fait pas plus aimer notre avenir. L'élection du nouveau roi ne se fera pas sans soubresauts. Le futur élu ne va pas s'ennuyer.

— Tu as raison, je suis bien placé pour savoir que la tâche ne sera pas de tout repos. Toujours est-il qu'en attendant l'élection j'aimerais que tu te renseignes sur les autres prétendants. J'ai trop de travail ici pour m'en occuper moi-même. Il faudrait que tu sois revenu dans moins de quatre heures. Le lieutenant Kisham des services secrets est déjà prévenu que tu le rencontreras.

— Kisham ? Tiens, c'est curieux, je croyais qu'il avait été muté à d'autres fonctions.

— Si ce n'avait été que de moi, il l'aurait été, c'est certain. Il avait heureusement pour lui les faveurs d'Enki, je n'ai rien pu faire pour m'en débarrasser après son échec à identifier les traitres qui avaient permis le vol de quinze Ur-Kilibs. J'en viens même à le suspecter de faire partie de la Confrérie.

— Oui, je me rappelle cette histoire extraordinaire sur une soute à munitions. En tant qu'aviateur, je reconnais que le commando de Ki avait magnifiquement manœuvré avec son vieux transport Inka5.

— C'est ça, tous ennemis qu'ils furent, j'avoue qu'il y avait des gens de valeur dans cette équipe. Bon, revenons au plus urgent, il faut vraiment que j'avance maintenant. Je compte sur toi pour mes renseignements.

— Ne t'inquiète pas, je m'en occupe. Je serai de retour dans quatre heures comme tu me l'as demandé.

Namrod hocha la tête de satisfaction en suivant du regard Kalran qui partait déjà à grands pas vers la porte de sortie. Il prit une dernière gorgée de Cougnac en faisant rouler le précieux breuvage sur sa langue pour en profiter jusqu'au bout. Il posa délicatement le verre en attrapant de la main gauche une petite pile de feuilles puis se remit sans plus attendre à la lecture des documents qu'il avait encore à étudier.

7

En sortant du bureau de Namrod, Kalran fut salué par les deux gardes de faction. Il tourna à droite pour s'enfoncer dans un vaste couloir fait d'une matière blanche brillamment éclairée de l'intérieur comme par transparence. À espaces réguliers, des piliers en forme d'arceaux semblaient soutenir le poids de la voute ovalisée. Chaque pied de pilier était finement ouvragé d'étranges formes en hélices s'entrecroisant à l'intérieur d'un demi-hémisphère plaqué contre le mur. Entre les piliers, d'immenses encadrements contenaient de magnifiques représentations des différentes stations orbitales civiles.

Par endroit il y avait des renfoncements donnant accès à des salles de réception ou à des bureaux administratifs. Dans l'un d'eux, bien moins éclairé, une forme discrète se tenait immobile à l'abri d'un coin d'angle. Vêtue de la grande toge brune de la prêtrise, la tête recouverte d'une grande capuche, le visage indistinct, comme recouvert d'un masque, la forme s'avança pour mieux voir passer Kalran de dos. De la main droite, elle approcha de la bouche un petit boitier noir muni de quelques boutons faiblement rétro éclairés.

— Baal-Nash, tu m'entends ?

— Je t'écoute Marquesh, répondit presque aussitôt une voix nasillarde.

— C'était bien Kalran, dit l'intrus, il sort à l'instant de chez Namrod.

— Je m'en doutais. Ce fouineur finira bien par mettre son nez n'importe où. Suis-le sans te faire remarquer, il faut l'avoir à l'œil. On ne peut pas prendre le risque d'être découverts maintenant.

— Et s'il devient trop curieux ?

— Préviens-moi, nous aviserons, Enki ne sera peut-être pas le seul à avoir quelques ennuis de santé.

Marquesh regarda un instant son communicateur avec un regard perplexe puis hocha légèrement la tête se disant qu'après tout on en était plus à un assassinat près. Rapidement, il le rangea et s'engagea dans le couloir à la suite de Kalran.

Tal-Markhan n'était pas la principale ville souterraine de Nibirou, mais Enki en avait fait sa capitale depuis bien longtemps. Un immense dôme transparent donnait sur le ciel noir d'encre de l'espace. Le niveau supérieur était le siège du gouvernement et du Sénat. La ville elle-même s'étalait en une multitude de niveaux descendants profonds dans la croûte planétaire. Autour du dôme, de nombreux docks permettaient aux vaisseaux spatiaux de taille moyenne et aux navettes de rallier les plateformes orbitales, seuls endroits vraiment adaptés pour les grandes structures navigantes.

Près des docks, on trouvait de nombreux commerces, mais aussi des auberges et des tripots plus ou moins mal famés. C'est dans l'un d'eux, Le Molbac, que Baal-Nash avait pris rendez-vous. Il s'était installé dans un recoin d'une petite pièce légèrement en retrait de la grande salle du débit de boisson. Confortablement adossé sur le dossier de sa chaise rembourrée, d'un geste lent, Baal-Nash posa son communicateur sur la table carrée devant lui. Face à lui étaient attablés deux individus humanoïdes assez étranges. Ces derniers étaient vêtus d'une combinaison ample et sombre dont la capuche qui leur recouvrait la tête avait du mal à cacher l'aspect très étrange de leur visage.

Un tiers moins grand que Baal-Nash, les deux Talpacs faisaient partie d'une des quatre espèces intelligentes vivant sur Nibirou. Leurs ancêtres étaient originaires d'une planète extérieure au système solaire. Ils s'étaient réfugiés sur la planète des Anunnaki, leurs anciens alliés lors des grandes guerres qui avaient secoué une partie de la Voie lactée des centaines de milliers d'années plus tôt, sur Orion en particulier. Les Talpacs avaient la peau légèrement verdâtre, des mains à quatre longs doigts terminés chacun par une griffe acérée rétractile. Mais le plus impressionnant était leur visage en forme de tête de lézard ou de tortue au nez fortement aplati. Sur leur crâne une sorte de huppe vert clair haute d'une ou deux mains environ partait du haut du front et courait jusqu'entre leurs épaules. Leur tête avait deux grands yeux couleur ocre clair en forme d'amande à la pupille noire verticale. Ces yeux étranges bougeaient d'une façon autonome ce qui provoquait souvent un certain malaise chez les gens qu'ils regardaient.

Complètement immobiles, les trois personnages se tenaient en silence dans une ambiance pesante que la pénombre de l'endroit accentuait encore plus. Baal-Nash avait repéré un serveur qui s'avançait vers eux. Il apportait trois grands verres remplis au ras bord d'une bière sombre et mousseuse. Sans rien dire, il les posa sur la table puis repartit aussitôt. Plus loin d'autres clients étaient eux aussi attablés et se désaltéraient bruyamment. En plus d'une musique d'ambiance assez forte, les éclats de rire et le mouvement incessant des clients donnaient au lieu un aspect peu rassurant.

Sur de grands écrans s'affichait tout un tas d'animations sportives ou d'informations en temps réel. La taverne du Molbac était réputée pour les rixes entre gens alcoolisés. Le pouvoir avait bien essayé d'interdire les alcools et la bière, mais une forte opposition s'était élevée pour pouvoir conserver une des seules libertés que les habitants de la planète croyaient encore avoir. Le Molbac était disait-on le lieu de rendez-vous de brigands et de contrebandiers que la police locale venait rarement contrôler, en tout cas pas sans l'assistance d'un détachement de militaires en armes.

Baal-Nash s'avança lentement pour se saisir de sa chope de bière sans quitter des yeux les deux Talpacs. À leur tour, ils s'avancèrent pour faire de même et prirent une grande gorgée. Baal-Nash en fit autant puis regarda autour de lui pour s'assurer qu'il n'y avait pas d'oreilles indiscrètes. Personne ne devait entendre le nom de l'objet de la rencontre.

— Où est-il ? demanda-t-il à demi-mot.

— En lieu sûr, nous sommes arrivés hier soir à l'endroit convenu, répondit avec une certaine fierté celui qui s'appelait Amon-Ka.

— Il va bien ?

— Pour ça aucun problème, on a eu un mal fou à le convaincre de rester caché tant que tout ne sera pas prêt, répondit Ni-Shar, l'autre Talpac.

— Bien, ne le laissez surtout pas sans surveillance. Il est bien capable de nous fausser compagnie pour n'en faire qu'à sa tête.

— C'est ce que nous avons compris assez vite. Ne t'inquiète pas, il est bien gardé.

— Il vaudrait mieux pour vous. S'il venait à être aperçu avant que nous n'ayons procédé au plan, je ne donnerais pas cher de vos deux petites têtes.

— La tienne est sans doute plus grande que les nôtres, mais elle tombera de plus haut si elle est coupée.

— M'wouai ! Si tout le monde fait sa part du boulot, il n'y aura pas de problème. Et pour la bri…

Baal-Nash s'interrompit brusquement faisant mine de prendre une nouvelle rasade de bière le temps que deux géants passent à proximité. Il les suivit du regard pendant qu'ils s'éloignaient avant de reprendre le fil de la conversation lorsqu'il les estima assez loin.

— La brigade, des nouvelles ?

— Les fidèles sont finalement plus nombreux que prévu. Heureusement, nous avions des armes en assez grand nombre. Mais il y a eu un petit souci, nous avons dû éliminer un ancien officier de l'armée qui posait trop de questions.

— Vraiment ? Vous avez fait disparaitre le corps ?

— Nous prendrais-tu pour des débutants ? répliqua Amon-Ka avec un ton presque agressif. Évidemment qu'il a disparu. Le générateur de chaleur du crématoire des déchets de la cité manque de surveillance, on pourrait y désintégrer tous les gêneurs de Nibirou, que personne n'en saurait rien.

— Tant mieux, mais ce n'est pas une raison suffisante pour baisser notre garde. Il y a trop en jeu.

— Quand toucherons-nous notre part du gâteau ? questionna Amon-Ka.

— Dès que tout sera terminé.

— Et si ça venait à mal se passer ? Demanda Ni-Shar.

— Faites ce qui est prévu et tout se passera bien. Dans le cas contraire, nous n'aurons probablement plus jamais l'occasion de réclamer quoi que ce soit, ni vous ni moi.

— Ce n'est pas un bon arrangement, un tiers tout de suite compenserait déjà une partie de nos frais, dit Amon-Ka.

— Il fallait y penser avant, répliqua Baal-Nash, vous l'aurez bientôt votre part et moi la mienne alors concentrez-vous sur votre mission. Vous savez ce qu'il vous reste à faire, alors allez-y sans perdre de temps.

Les deux Talpacs vidèrent d'un trait leur verre. Ils se levèrent et allaient quitter la table lorsque le communicateur d'Amon-Ka se mit à bipper. Il l'attrapa, fit glisser sa capuche pour être plus à l'aise et le porta vivement à l'oreille. Baal-Nash vit les yeux du Talpac s'affoler pendant qu'il répondait à son correspondant une sorte d'ordre incompréhensible. Amon-ka raccrocha, rangea son communicateur puis se tourna vers Ni-Shar. Ce dernier prit soudainement un air très inquiet, surtout lorsqu'Amon-Ka lui annonça, toujours dans son dialecte fait de sons rugueux, ce qu'il venait d'apprendre. Ni-Shar eut une réaction assez facile à traduire qui fit craindre le pire à Baal-Nash.

— Quoi ? Qu'est-ce qu'il y a ? Lança-t-il avec beaucoup moins de discrétion que lors de la discussion précédente.

— Amon-Ka se tourna vers Baal-Nash, mais aucun son ne sortit tout de suite de sa gorge.

— Qu'est-ce qu'il y a enfin ? Parle ! cria l'Anunnaki pendant que le Talpac semblait déglutir.

— C'est lui…

— Qui lui ?

— Il s'est échappé !

Baal-Nash écarquilla les yeux.

— Échappé ? Non, mais ce n'est pas vrai ! Dites-moi que c'est un cauchemar. Alors là, chapeau les gars, félicitations ! Vous avez intérêt à vite me le retrouver parce que sinon nous voilà tous les trois dans un vrai et monstrueux merdier.

— Wouai, Wouai, Wouai, c'est bon, bien sûr qu'on s'en occupe et qu'on va le retrouver, il n'a pas dû aller bien loin.

— Loin où pas je m'en balance ! Il faut vite le remettre à l'abri !

Baal-Nash se leva brusquement soudain rempli de colère. Les deux Talpacs reculèrent assez pour se mettre hors d'atteinte. L'Anunnaki pointa d'une façon menaçante son index de la main droite vers Amon-Ka.

— Vous avez de la chance que je ne vous torde pas le cou tout de suite ! Foutez-moi le camp de là et trouvez-le-moi avant que tout ne tourne à la catastrophe.

Sans oser répondre, Amon-Ka poussa son compagnon pour déguerpir rapidement. Les Anunnaki étaient en effet connus pour leur agressivité irraisonnée, impulsive et souvent meurtrière. Les deux Talpacs partis, Baal-Nash se rassit la mine convulsive. Pour échapper aux regards qui s'étaient tournés vers lui, il prit une grande inspiration puis attrapa son verre de bière qu'il avala lui aussi d'un trait. Il attendit que les regards se détournent puis activa son communicateur.

— Marquesh, c'est Baal. Où es-tu ?

— Sur les talons de Kalran, qu'est-ce que tu crois, que je m'amuse ?

— C'est bon, ne t'énerve pas. J'ai une mauvaise nouvelle : ces incompétents de Talpacs ont laissé filer qui tu sais.

— Hein ? Non ! Je le savais bien qu'on aurait des soucis avec eux !

— D'après toi où a-t-il pu aller ?

— T'en as d'autres des questions faciles comme ça ? Attends un peu, laisse-moi deux minutes, que je réfléchisse. Voyons, où a-t-il pu aller ? Voilà, ça ce n'est pas une question facile. Humm ! Où a-t-il pu aller ? À mon avis, c'est surtout ce qu'il veut faire qui pourrait être préoccupant.

— Comment ça ce qu'il veut faire ? À quoi penses-tu ?

— Après toutes ces années, je pense qu'il a des comptes à régler. Vous autres Anunnaki, n'êtes pas très doués pour la patience.

— Fais attention à ce que tu vas dire, répliqua Baal-Nash déjà en colère.

— Tu veux mes idées ou pas ?

— C'est bon, c'est bon ! Vas-y, accouche !

— Il est armé ?

— Aucune idée, je suppose qu'il a piqué une arme à ses gardiens. C'est ce que j'aurais fait moi.

— Évidemment ! Bon, est-ce que tu te rappelles qui était le procureur à son procès ?

— Attends...Je crois que c'était le sénateur Ohourri de la famille Abilsin.

— C'est bien ça, et le premier témoin ? Tu te rappelles ?

— Non, pourquoi ?

— Parce que c'était Kalran, voilà pourquoi.

— Kalran ? Mais oui, c'est vrai, c'est ça. Marquesh, je t'adore, tu es trop doué.

— C’est bien de le reconnaitre, mais si j’ai raison, ma prime devra être revue à la hausse.

— Pas de soucis, les Talpacs seront à l’amende, ça équilibrera. La question est maintenant : lequel des deux a le plus à craindre.

— Je pencherais pour Kalran, répondit Marquesh après un court temps d’hésitation. Finalement, ça nous éviterait un certain travail.

— Tu es fou ? C’est le pire qui pourrait arriver maintenant ! Changement de programme mon cher, non seulement tu vas le filer, mais en plus tu vas le protéger.

— Hein ? Protéger Kalran ? Tu es sûr ?

— Oui, il n’y a pas d’autres choix. Il va nous servir d’appât, mais il ne doit rien lui arriver de la façon que tu imagines.

— Si tu crois que ça va être facile.

— Je ne te paie pas pour des boulots faciles.

— Celui-là ne me plait pas.

— Peut-être, mais encore une fois, on n’a pas le choix, la priorité est de récupérer notre fugitif.

— Si tu me tiens encore longtemps la jambe, Kalran va finir par me filer entre les doigts.

— C'est bon, file et tiens-moi au courant.

Sans répondre, Marquesh coupa son communicateur et accéléra le pas pour refaire le retard qu’il avait pris sur Kalran.

8

Un peu plus tard, de l’autre côté de la cité, à peu de distance du Molbac, Amon-Ka et Ni-Shar arrivaient précipitamment à leur repère. Le dock désaffecté était en état d'abandon. Une grande partie des installations avaient été démontées en prévision de futurs travaux de modernisation. En fait, tout était resté depuis dans un véritable état d'abandon sans que rien ne se passe. Un peu partout, des câbles électriques et des tuyauteries pendaient lamentablement dans un invraisemblable désordre. L'absence de chauffage et le manque d'éclairage rendaient l'endroit humide et lugubre.

Les deux Talpacs s'enfoncèrent dans un couloir de section semi-circulaire, encombré de divers objets. En évitant les flaques d'eau, ils arrivèrent devant une porte assez curieusement en bon état. Amon-ka tapota un code sur un clavier latéral et la porte s'ouvrit par le milieu en deux volets qui furent absorbés par les murs latéraux. La partie du couloir derrière cette porte était bien éclairée et en parfait état. Deux Talpacs se pressaient d'arriver en titubant à la rencontre d'Amon-Ka et de son compagnon. L'un d'eux avait sur le côté droit du crâne une vilaine blessure. Malgré un linge que le blessé maintenait plus ou moins bien en place par-dessus, la blessure saignait encore d'un liquide bleuâtre assez étrange. L'autre avait le bras droit en écharpe et quelques sévères contusions au visage.

— Comment a-t-il bien pu vous échapper ? Demanda Amon-Ka en colère, vous deviez le surveiller, non ?

Les deux blessés se regardèrent en hésitant. Seul Mak-Tar osa répondre.

— On était en train de jouer aux cartes. On se disputait sur le comptage des points. Il est arrivé par derrière moi faisant mine de venir voir et là il m'a frappé à la tête avec quelque chose de dur. J'ai failli perdre connaissance. Il m'a poussé et je suis tombé de la chaise. Ensuite, il a soulevé la table et l'a renversée sur Sout-Anka qui s'est cassé le bras en tombant sous le poids de la table.

— Et vos armes, elles sont où vos armes.

— Il nous les a prises pendant qu'on était à moitié assommés.

— Deux incapables, Arrgghhhh ! Vous êtes deux incapables, cria Amon-Ka encore plus en colère.

Ses deux yeux semblèrent presque grossir pendant que sa huppe verte prenait une forme hérissée. Il porta sa main droite à l'étui de son pistolet, dégaina et visa Mak-Tar. Avant qu'il n'ait eu le temps de tirer, Ni-Shar avait bondi et poussé le bras armé. Le coup de feu claqua et la charge explosa plus loin sur le plafond.

— Arrête ! Amon, arrête ! On a assez de problèmes comme ça.

Amon-Ka, réalisa que son coup de colère n'allait rien arranger, il se ravisa et rengaina son arme. Il crachat par terre, une réaction à la colère que tous les Talpacs connaissaient bien. Les deux Talpacs blessés restaient figés de terreur.

— Je devrais vous réduire tous les deux en miettes, vous savez ça ? À cause de vous on l'a perdu et notre prime certainement aussi ? cria-t-il avec haine en frappant le mur de la main gauche. Comment va-t-on rattraper ce coup-là ? Hein ? Comment ? Vous pouvez me le dire ?

La bouche légèrement entrouverte, Amon-Ka les toisa tous les deux du regard et poussa une sorte de sifflement étrange. De nombreuses dents apparentes et recourbées vers l'arrière des mâchoires le rendaient encore plus menaçant. Se redressant, il prit une grande inspiration dont le principal effet fut de faire cesser la tension de la huppe.

— Tous ces Anunnaki ne sont bons qu'à nous créer des problèmes. Reste à savoir comment on va faire pour se sortir de cette histoire sans trop y perdre. Est-ce qu'il a dit quelque chose avant de partir ? demanda Amon-Ka toujours menaçant.

— Il a marmonné quelque chose d'indistinct, oui. Ensuite il est sorti en courant juste après nous avoir volé une de nos capes.

— Il a dit quoi Mak-Tar, rappelle-toi, qu'est-ce qu'il a dit ? insista Amon-Ka.

— Je n'ai pas bien entendu je te dis, et puis il y a ce foutu mal de tête qui m'empêche de réfléchir.

— Fais un effort bon sang, qu'est-ce qu'il a marmonné ? dit Ni-Shar.

— Je ne sais plus, j'ai entendu quelque chose comme milsin ou bilsin, quelque chose comme ça.

— Milsin ? Bilsin ? répéta pour lui-même Amon-Ka en se grattant la tête. T'aurais pas une idée Ni-Shar ? dit-il en se tournant vers son compagnon.

Le Talpac fit une sorte de grimace pendant que ses deux yeux tournaient sur eux même.

— Franchement, je ne vois pas non.

Amon-ka poussa un nouveau sifflement puis reprit une forte inspiration pour tenter de calmer la colère qui semblait revenir, il cracha à nouveau.

— À moins que ... reprit Ni-Shar avec hésitation en regardant soudain un point fictif quelque part loin au-dessus du plafond.

– À moins que quoi ? demanda Amon-Ka avec une lueur d'espoir.

— Bilsin ! Ça ne pourrait pas être plutôt Abilsin ?

— Abilsin ? Mak-Tar, Abilsin, ça te dit quelque chose ?

— Abilsin ? Je ne suis pas sûr...Oui, ça pourrait être ça, oui, oui, plus j'y pense et plus je crois que c'était ce qu'il a dit, Abilsin, c'est ça, c'est exactement ça ! Oh ma pauvre tête ! répondit le Talpac souffrant manifestement de sa blessure.

— Bon, ça fait au moins un point de départ. Mais que viendrait faire la grande famille des Sept dans cette histoire ? questionna Amon-Ka.

— La famille ou bien quelqu'un qui en fait partie, répondit Ni-Shar.

— Tu as raison, mais qui ? Ce n'est pas comme s'ils étaient deux ou trois ! Dit Amon-Ka l'air démotivé.

— Réfléchissons. Pourquoi un Anunnaki en voudrait tant à un des Abilsin pour lui courir après aussi vite avec deux pistolets ? demanda Ni-Shar.

Amon-ka regarda avec un certain dégoût les deux blessés qui manifestement avaient perdu le fil de la discussion. Il décida finalement de les ignorer et se tourna vers Ni-Shar.

— Certainement qu'il en a gros quelque part à cause de l'Abilsin !

— C'est ça, il faut qu'il ait une sacrée bonne raison de se venger, mais de quoi, voilà la question, répliqua Ni-Shar.

— Se venger ? Humm oui, se venger, bien sûr ! Se venger de ceux qui l'ont envoyé sur la planète rouge, ça se tient, dit Amon-Ka. C'est donc à l'époque de son procès qu'il faut chercher. Allons voir ça sur ma console. On ne devrait pas mettre longtemps à trouver.

Amon-Ka et Ni-Shar partirent d'un pas décidé vers la salle au bout du couloir. Les deux blessés se regardèrent avec étonnement.

— Ben et nous alors ? demanda Mak-Tar en regardant avec inquiétude une de ses mains ensanglantées.

— Toujours pareil, on fait le sale boulot, et après on nous oublie. Allez, viens jusqu'à la navette, il devrait y avoir là-bas une trousse de secours.

Les deux blessés partirent à travers le dock pour rejoindre leur véhicule spatial. De leur côté, Amon-Ka et Ni-Shar s'étaient précipités vers la console reliée au réseau de télécommunications de la cité. Amon-Ka alluma l'appareil et tapota son code d'accès. Il se redressa légèrement le temps que la console se connecte. Il ouvrit ensuite une page de recherche et entra les critères de la session. Plusieurs choix apparurent. En faisant glisser sur l'écran tactile la griffe de son deuxième doigt de la main droite, il fit avancer les propositions du système. Soudain il bloqua sur une page.

— Voilà, c'est ça ! s'exclama-t-il avec victoire.

Les deux associés se penchèrent pour lire. Amon-Ka se redressa avec une expression de joie.

— Le Conseiller Kalran ! C'est ça, il en veut au Conseiller Kalran !

Ni-Shar se redressa à son tour. Ses deux yeux firent chacun un tour complet.

— Bon, on a plus qu'à le trouver et notre fugitif ne sera pas bien loin, répliqua-t-il.

— À condition qu'on les retrouve tous les deux avant qu'une fusillade commence, tempéra Amon-Ka.

— Est-ce que tu peux te connecter d'ici sur le réseau de surveillance ?

— Je dois pouvoir, tu as raison, les caméras de surveillance vont nous aider.

Amon-Ka tapa une nouvelle séquence de commandes sur son clavier. Il ne lui fallut pas beaucoup de temps pour accéder au réseau vidéo de surveillance de la cité. Dans les critères de recherche, il tapa le nom de Kalran et lança la routine du programme d'identification. Une succession de multiples images s'afficha sur lesquelles le système effectuait une reconnaissance faciale. Soudain, une page se figea. Le Conseiller Kalran y était filmé en train de se déplacer à pied. Du bout de sa griffe, Amon-Ka lança une requête de localisation. Presque instantanément une carte de la cité s'afficha en identifiant la position de Kalran par un point rouge.

— Le Pont de l'Hexagone ! Il va à pied vers le Sénat par le Pont de L'Hexagone ! Vite ! Il faut y être avant lui, s'exclama Amon-Ka. Vite, vite, suis-moi !

Les deux Talpacs sortirent en trombe de la pièce.

— Amon-Ka ! Hé ! On est obligés de courir si vite !

— Oui, si jamais Kalran atteint l'entrée du Sénat, nous allons le perdre, les robots policiers ne nous laisseront jamais passer.

La réponse sembla ne pas convaincre Ni-Shar qui soufflait comme un asthmatique. Ils arrivèrent très vite à l'entrée d'un tube. Comme beaucoup d'autres sous la cité, le boyau de communication était parcouru en permanence par des navettes cylindriques automatiques et ultras rapides. L'une d'elles arrivait justement. Lorsque la porte la plus proche s'ouvrit, les deux Talpacs s'y engouffrèrent aussitôt. La liaison qu'ils venaient de prendre avait une station juste à côté du Pont de l'Hexagone, du nom de la grande structure qui y trônait au milieu entre le palais du Gouvernement et le siège du Sénat. Le pont très large enjambait non pas un fleuve, il y avait déjà bien longtemps qu'ils ne coulaient plus d'eau sur Nibirou, mais une large artère verdoyante à la végétation épaisse et presque luxuriante.

9

Le dôme extérieur de Tal-Markhan, beaucoup plus haut que la surface, éclairait la végétation par de gigantesques et puissants luminaires. À l'extérieur du pont, à intervalles réguliers de chaque côté, étaient placées de petites tours de base carrée à toit plat crénelé. Ces tours servaient de terrasses sur lesquelles les promeneurs pouvaient venir admirer les frondaisons. Des escaliers mécanisés permettaient de rejoindre sous le pont les divers tubes qui assuraient les liaisons avec les endroits importants de la cité. D'autres traversaient en serpentant entre les arbres et les fougères dans une ambiance presque irréelle de forêt tropicale. Il y avait aussi à ce niveau plusieurs ascenseurs donnant accès aux différentes strates de la cité dont les étages les plus profonds étaient habités par les exclus ou les prisonniers condamnés à de lourdes sanctions. La réputation des bas-fonds n'était plus à faire, on savait quand on y entrait, rarement quand on pourrait en sortir.

La partie centrale du pont lui-même accueillait des plots de verdure bétonnés le long desquels on trouvait de nombreux bancs. Ici il y avait toujours des gens pour se promener et chercher des instants de détente que le confinement dans les étages souterrains n'assurait plus depuis bien longtemps. Lorsque le fugitif émergea sur une des tours latérales à droite du pont dans la direction du Sénat, il y avait déjà du monde en promenade. Lui aussi avait certainement dû faire une recherche grâce au réseau de surveillance. Il avait recouvert sa tête de la capuche Talpac, de sorte qu'on pouvait difficilement le reconnaitre. Une recherche rapide en direction du Palais du gouvernement ne donna rien alors il se précipita vers l'autre côté de la tour qui dominait légèrement l'allée centrale du pont.

À l'aide d'une jumelle électronique miniature il parcourut les passants quand soudain il crut voir Kalran, il centra son collimateur et grossit l'image. Il baissa la jumelle avec un rayonnement de plaisir. Le conseiller était déjà à mi-chemin entre l'hexagone et l'avenue transversale qui séparait le bout du pont du Sénat. Rapidement, il rabaissa sa capuche et se précipita vers l'accès d'une tour plus proche de sa cible. Dans sa précipitation, il ne fit pas attention à une autre forme capuchonnée qui suivait Kalran à une dizaine de mètres à peine.

Entre-temps, les deux Talpacs arrivaient enfin à l'accès de l'avant-dernière tour à gauche du pont. Ils se précipitèrent pour monter sur la terrasse de la tour. Chacun se positionna d'un côté et de l'autre pour inspecter le secteur à la recherche de Kalran et surtout de leur fugitif. C'est Amon-Ka qui vit Kalran le premier. Il était déjà presque au niveau de la tour et longeait les bancs de la partie centrale. Il fit signe à Ni-Shar de le rejoindre. Le conseiller leur passa devant en marchant d'un pas décidé. Il commençait à s'éloigner lorsqu'un coup de feu éclata en provenance de la tour en face de la leur.

Les Talpacs poussèrent un couinement de surprise pendant que leurs deux yeux s'affolaient. Le projectile énergétique rata Kalran de peu, mais toucha malheureusement un passant tout proche qui s'effondra au sol en hurlant de douleur. Kalran, en ancien militaire, avait réagi instantanément en se précipitant à l'abri d'un des plots bétonnés. Tout autour, les passants couraient, cherchant à s'éloigner le plus vite possible du blessé gisant au sol, souvent en criant de panique. Kalran osa relever la tête pour tenter d'identifier d'où venait l'attaque, mais un nouvel impact d'énergie explosa à moins d'un mètre. Il se retourna pour chercher un abri plus sûr, mais réalisa qu'il prendrait trop de risque à courir. De plus, il n'était pas armé.

Marquesh avait lui aussi réagi instantanément en se précipitant vers la tour du tireur. Il disparut en courant dans l'entrée où plusieurs personnes terrorisées ne savaient plus si elles devaient entrer ou sortir. Les deux Talpacs restaient stupéfiés, ne sachant que faire. Kalran se releva légèrement pour essayer de fuir un peu plus loin en se tenant le plus accroupi possible. Une nouvelle détonation explosa juste devant lui. Il se colla alors le plus possible contre le bloc de béton et décida de ne plus bouger. En regardant vers le

Sénat, il vit avec bonheur deux robots policiers qui arrivaient à grande vitesse.

En fait de robots, c'était plutôt deux drones ressemblant à deux assiettes, d'un mètre de diamètre, collées bord à bord. Ils volaient en apesanteur en émettant un bruit d'insecte. De chaque côté, ils étaient munis d'une arme offensive. La partie supérieure était surmontée d'une sorte de coupole transparente. À l'intérieur, étaient placés différents appareillages, dont en particulier, une caméra et des moyens de communication. Les deux robots vinrent se placer légèrement au-dessus de la terrasse de la tour qui s'était vidée très rapidement. L'un d'eux transmit un message vocal.

— Vous êtes en état d'arrestation, posez votre arme où nous ouvrons le feu.

Pour toute réponse, l'agresseur passa le bras rapidement dans l'encoignure d'un créneau et tira maladroitement sur le robot le plus proche. Les deux robots ouvrirent alors le feu sous le regard médusé des deux Talpacs. Une partie des créneaux se désagrégea sous les impacts obligeant le tireur à chercher un abri ailleurs en se baissant le plus possible. Mais les robots ouvraient à nouveau le feu. Amon-Ka écarquilla les yeux, il dégaina.

— Ni-Shar, vite il faut descendre ces robots sinon ils vont nous le dégommer avant qu'on ne puisse le récupérer.

Les deux Talpacs ouvrirent alors un feu nourri sur les robots, touchant presque aussitôt un des deux, qui tomba s'écraser plusieurs mètres plus bas. Le deuxième robot se retourna en pivotant pour faire face, sa caméra balaya le champ de son objectif à la recherche d'une trace thermique. Il identifia très vite les deux Talpacs qui lançaient une deuxième salve vers lui, mais qui le ratèrent. Le robot allait tirer à son tour, mais il n'en eut pas le temps, une nouvelle détonation dans son dos se fit entendre. Le robot explosa sous l'impact de la salve du tireur.

Deux autres robots arrivaient, sirènes hurlantes, depuis les bâtiments du Sénat. Marquesh rengaina son arme en s'adressant à son fugitif. Mon Seigneur, vite, il faut partir d'ici, venez, suivez-moi. Et il s'engouffra dans l'escalier sans attendre. L'Anunnaki passa rapidement la tête par-dessus le créneau et constata que les deux premiers robots avaient été descendus. Il vit au loin les deux nouveaux arriver à toute vitesse alors il se leva et se précipita dans l'escalier. C'était maintenant aux deux Talpacs de se retrouver dans une situation inconfortable. Ils avaient été clairement identifiés et se retrouvaient maintenant la cible principale. Ils tirèrent presque au hasard en direction des robots et se précipitèrent eux aussi dans l'escalier.

— Filons d'ici, cria Amon-Ka, le coin devient trop dangereux, suis-moi, vite. Descendons dans la basse ville, les robots ne nous suivront pas en bas.

— Tu es sûr de ça ? demanda Ni-Shar peu rassuré tout en courant derrière Amon-Ka.

— Pas vraiment, mais si nous restons près de la surface, c'est certain, c'en est fini de nous. Alors quitte à descendre en bas, je préfère y aller armé, plutôt qu'avec des chaines aux pieds.

Lorsque la porte de l'ascenseur s'ouvrit, Amon-Ka tira aussitôt sur la caméra intérieure de surveillance. Dès que la porte se referma, il lança la descente de la cabine. À mi-chemin, il arrêta la cabine pour changer d'ascenseur. Ils pénétrèrent dans le nouveau en prenant bien garde de cacher leur visage sous la capuche de leur cape. De son côté, Marquesh avait légèrement ralenti pour attendre son fugitif enfin retrouvé. Manifestement, l'Anunnaki n'était pas plus doué pour la course que pour le tir.

— Par ici, mon Seigneur, vite, nous ne sommes pas encore en sécurité.

— Qui êtes-vous donc pour me dire ce que je dois faire ? J'irai où je voudrais.

— Je fais partie de l'équipe qui vous a délivré, ça devrait vous rassurer, ne croyez-vous pas ?

— Pas vraiment, je ne vous ai jamais vu. En tout cas vous savez manier votre arme, et ça, je peux en avoir besoin.

— Peut-être bien, mais pas tout de suite, il nous faut avant tout rejoindre un abri sûr.

— Si vous comptez me ramener dans cette pièce infâme au vieux dock désaffecté, n'y comptez pas.

Marquesh s'arrêta et se retourna vers son protégé. Il prit sa capuche et la fit tomber lentement en arrière. Lorsqu'il vit la tête de Marquesh, l'Anunnaki ne put se retenir de faire une grimace. Son sauveur avait la moitié gauche de visage à demi-arrachée et une bonne partie de la joue droite brûlée. La restructuration du visage avait été faite d'une façon assez maladroite et l'œil gauche n'était, semblait-il, qu'entrouvert difficilement.

— Je suis Marquesh. Je me suis battu pour vous mon Seigneur. C'était pendant les guerres de Ki. Voilà ce que j'en ai gardé comme souvenir, et je ne vous en montre pas d'autres que je cache sous mes vêtements. Aujourd'hui encore, je reste à votre service, mais pas de la façon dont vous pouvez l'imaginer. Alors je ne peux que vous suggérer de me faire confiance.

— Les guerres sont finies depuis bien longtemps, je regrette ce qui vous y est arrivé, mais ça ne me donne pas plus confiance, je ne vous connais pas.

Marquesh prit une mine désabusée. Il remit prestement en place sa capuche, se retourna et reprit sa course.

— Attendez !

Marquesh s'arrêta, se retourna.

— Mon Seigneur ?

— C'est bon, je vous suis. Mais je veux savoir où on va.

— Au dock.

— Je viens de dire que je n'y retournerai pas.

Marquesh prit une longue inspiration pour calmer la colère qui commençait à gronder en lui.

— Libre à vous, je ne peux pas vous y contraindre mon Seigneur, mais c'est en ce moment le seul endroit fiable. La police va ratisser tout le secteur après votre exploit et je ne connais pas une meilleure planque qui soit sûre dans la cité. D'ailleurs, si nous restons ici plus longtemps, ils n'auront pas à ratisser très large.

— Emmenez-moi ailleurs.

— Non ! Soit vous me suivez, soit vous vous débrouillez seul. Je vais perdre un bon paquet d'argent si je vous perds, mais je m'en passerai sans difficulté. Si vous préférez avoir la tête coupée, ça vous regarde. Après ce qui vient de se passer, on ne vous enverra plus en balade de l'autre côté du système solaire, c'est certain.

L'Anunnaki grimaça, mais cette fois pour une autre raison, il n'avait manifestement pas l'habitude qu'on lui résiste et encore moins qu'on le commande.

— Vous êtes un chasseur de primes ? Je m'en doutais.

— Appelez ça comme vous voudrez, pour l'instant, je suis ce que vous pourriez appeler votre seul espoir de vous en sortir.

L'Anunnaki releva le menton comme pour prendre un air plus autoritaire, mais il se ravisa. Il se pinça la lèvre inférieure comme pour regretter ce qu'il allait dire.

— C'est bon, passez devant.

Sans répondre, Marquesh se retourna et reprit sa course dans le couloir étroit qu'il venait d'emprunter. Ce boyau qui servait de coursive de service n'était utilisé que très rarement par les techniciens chargés de l'entretien de la zone. Il descendait avec une pente assez raide jusqu'au niveau des racines des grands arbres, profondes sous la frondaison. En bas du tunnel, qui s'évasait sur la gauche, il faisait beaucoup plus sombre, l'éclairage était fortement réduit en dehors des périodes de maintenance. Marquesh s'arrêta un instant pour regarder sur le mur un grand panneau qui montrait les diverses ramifications horizontales du tunnel. Une explosion juste derrière lui le fit sursauter.

Un robot policier était à leur trousse dans le tube qu'il descendait à toute vitesse. Il avait tiré de loin sans sommation. Marquesh tira l'Anunnaki pour le mettre à l'abri du recoin du tube, évitant de peu un autre tir. Il dégaina, se pencha rapidement pour localiser le robot, prit une inspiration en bloquant sa respiration et roula à terre en faisant feu à son tour. Marquesh avait fait partie des commandos d'élite des armées Nibiriennes. Il avait toujours été un excellent tireur. Cette fois encore, sa dextérité lui sauva la mise, un de ses tirs toucha le robot sur le bord du disque inférieur. Il bascula sur son axe vertical en émettant une série d'étincelles puis vint taper sur le mur du tube avant de s'écraser au sol en émettant une fumée noire de câble électrique carbonisé.

— Joli tir ! s'exclama l'Anunnaki.

Marquesh ne répondit pas, il se releva aussi vite qu'il put en portant un regard inquiet vers le haut du tube. Affronter un robot policier n'était pas sans risques, mais en affronter plusieurs serait suicidaire. Il se précipita vers le panneau en fronçant les yeux pour mieux voir.

— Là, c'est là qu'il faut aller, dit-il en montrant du doigt une des extrémités d'un des couloirs horizontaux.

— Où ça ? questionna l'Anunnaki qui n'avait pas bien vu.

— Au Sas d'Ishtar.

— Au Sas d'Ishtar ? Vous êtes fou ? C'est une zone contaminée. Une pile à combustible y a explosé il y a longtemps, certes, mais le lieu doit être encore radioactif.

— C'est bien pour ça que nous n'y serons pas poursuivis.

— Et les rayonnements ? Vous y pensez aux rayonnements ?

— Ils seront moins dangereux que les canons d'une armée de robots à nos trousses. Et si nous nous dépêchons de traverser la zone, la dose sera tolérable.

— Vous n'étiez pas dans les forces spéciales pendant les guerres de Ki par hasard ? demanda l'Anunnaki qui trouvait soudain son guide trop insouciant.

— Si mon Seigneur, j'en faisais partie. Si vous voulez bien, suivez-moi en courant le plus vite possible. Vous pourrez me poser des questions plus tard, lorsque nous serons en sécurité.

Marquesh s'assura en se penchant une dernière fois vers le tube qu'aucun autre robot n'arrivait par cette voie. Puis il passa en courant devant son protégé en lui criant :

— Allons-y mon Seigneur, ce n'est pas le moment de lézarder dans le coin, suivez-moi, lui dit-il en s'engouffrant dans le tunnel semi-obscur.

L'Anunnaki le regarda l'air encore soupçonneux sur la solution trouvée. En haussant les épaules, il se mit à courir à son tour pour essayer de rattraper Marquesh. Celui-ci détalait aussi vite qu'il pouvait regardant en arrière juste par moment pour s'assurer que tout allait bien derrière lui.

Pendant ce temps, Kalran s'était relevé et après une brève hésitation il avait accouru porter les premiers secours au blessé. Ce dernier avait été touché juste au-dessous de la hanche droite. Avec beaucoup de chance, seulement une partie des chairs de la cuisse droite étaient brulées ou arrachées. Avec bonheur, il n'y avait aucun risque qu'un organe vital soit atteint. Kalran appliqua un mouchoir propre sur la blessure pour éviter une perte exagérée de sang qui coulait encore beaucoup. Les secours arrivèrent en quelques minutes et les robots spécialistes du service de santé prirent le blessé en charge. Les secouristes donnèrent au conseiller un gel désinfectant avant de s'éloigner rapidement vers le centre de soin le plus proche. Kalran attrapa son communicateur et composa un numéro.

— Namrod ?

— Oui Kalran, tu as déjà des nouvelles ?

— Plutôt oui, répondit-il en s'époussetant de la main gauche son vêtement au niveau des deux cuisses, mais pas de celles que tu attends.

— Ah ? Et alors ?

— Disons que tu as failli avoir deux enterrements sur les bras !

— Deux enterrements ? Je ne comprends pas.

— Celui d'Enki...et le mien ! Je l'ai échappé belle, mais ça va.

Malgré le sérieux de la situation, Kalran eut presque envie de rire en imaginant la tête de Namrod.

— Quoi ? Tu vas bien ?

— Oui, oui, ça va, ça va.

— Où es-tu ?

— Sur le Pont de l'Hexagone, pas très loin du Sénat.

— Ne bouge pas, je t'envoie tout de suite quelqu'un.

— Pas la peine, je ne risque plus rien, le coin grouille de robots policiers maintenant.

— Comme tu voudras. Raconte-moi, que s'est-il passé ?

— Disons que j'ai essuyé des tirs peu amicaux.

— Hein ? On a essayé de te tuer ?

— C'est ça, heureusement pour moi, le tireur n'avait pas l'air très doué.

— Tu as vu qui c'était ?

— Non, pas du tout, mais il n'était pas seul.

— Comment ça ?

— Il a été aidé par deux Talpacs.

— Deux Talpacs ? Incroyable ! Tu as réussi à échapper à trois tireurs ? dit Namrod plus qu'étonné.

— Pas exactement, c'est assez curieux, je ne comprends pas bien. Le tireur qui a essayé de m'avoir a été pris à partie par deux robots policiers. C'est là que les deux Talpacs ont tiré sur les drones et en ont descendu un.

— Et ils n'ont pas tiré sur toi ? Non, non, pourtant j'étais juste en face d'eux, s'ils en avaient voulu à ma vie je ne serais plus là pour en parler.

— Effectivement, c'est curieux cette histoire. Et le deuxième robot ?

— Lorsqu'il s'est retourné pour affronter les Talpacs il a été détruit par un nouveau tir du premier tireur. Après quoi tout le monde a disparu en quelques secondes.

Namrod qui s'était avancé vers sa table de travail prêt à appeler du secours se recula finalement pour venir appuyer confortablement son dos sur le dossier de son fauteuil.

— Bon, l'essentiel c'est que tu n'aies rien, dit Namrod.

— J'en ai vu d'autres, mais ça surprend toujours lorsque ça t'arrive.

— Tu veux que j'envoie une équipe pour te récupérer ?

— Non ça ira, je suis presque rendu au Sénat. Je vais perdre un peu de temps pour ma déposition. Du coup, je serai sans doute en retard à ta réunion, mais je viendrai, n'aies pas de crainte.

— Très bien. Sois prudent surtout.

Une fois raccroché, Namrod s'avança vers son intercom sur lequel il appuya.

— Oui mon Seigneur, répondit une voix féminine.

— J'ai besoin de voir en urgence le chef de la sécurité, trouvez-le et dites-lui de venir me rejoindre immédiatement à mon bureau.

— Oui mon Seigneur, tout de suite.

Namrod se leva et marcha pour aller jusqu'au petit meuble bas qui servait de bar. Il prit un verre et se servit une dose d'un alcool brun et très parfumé. Tout en prenant une petite gorgée, il vint se mettre face à la baie vitrée, main gauche dans le dos comme à son habitude. Il n'eut pas l'occasion d'y rester bien longtemps. Avant même qu'il ait fini son verre, l'intercom sonna. Namrod s'approcha et tendit la main vers l'appareil.

— Namrod ! dit-il.

— Mon Seigneur, le commandant Nassir est arrivé.

— Très bien, qu'il entre.

La grande porte fut ouverte par le soldat de garde qui s'écarta pour laisser passer le chef de la sécurité. Celui-ci pénétra dans la pièce d'environ quatre ou cinq pas puis il s'arrêta pour saluer Namrod. Une procédure protocolaire habituelle. Pendant ce temps, le garde referma délicatement la porte derrière lui.

— Entrez, Commandant.

— Merci mon Seigneur.

— J'ai un travail important à vous confier. Le conseiller Kalran a été victime d'une tentative d'assassinat.

— Oui mon Seigneur, mes services m'en ont informé aussitôt.

— Je veux que vous ouvriez immédiatement une enquête sur cette affaire. Je veux savoir exactement tout ce qui s'est passé et pourquoi nos robots policiers sont si vulnérables ?

— Je préparais une équipe pour ce travail lorsque vous m'avez appelé mon Seigneur.

— Bien, alors ça ira plus vite. Suivez cette histoire de près, il est hors de question que cela puisse se reproduire à si peu de temps des funérailles et de l'élection du nouveau roi.

— Oui mon Seigneur.

— Et les robots ? Dites-moi, qu'est-ce qui se passe avec ces machines bon sang ? demanda Namrod en fronçant les sourcils.

— Mon Seigneur, puis-je parler librement ?

— Faites Commandant, faites.

— Le roi Enki n'a jamais eu une politique sécuritaire qui nous aurait permis de renouveler nos robots policiers par des séries plus modernes et plus efficaces. Nos vieux modèles fonctionnent bien, c'est vrai, mais ils manquent de précision et de rapidité.

— Avez-vous une alternative ?

— Oui mon Seigneur. Notre technologie spatiale a beaucoup progressé ces derniers temps, beaucoup d'applications militaires sont transférables. Des prototypes sont en test et les résultats sont déjà très impressionnants.

— Bien, je n'ai pas trop de temps à vous consacrer, ne m'expliquez pas cela maintenant. Mais je veux aussi vite que possible un dossier précis et documenté de votre proposition, c'est compris ?

— Oui mon Seigneur, avec plaisir.

— C'est tout, vous pouvez disposer.

Le Commandant Nassir salua et sortit de la pièce.

10

Namrod regarda un instant la porte qui venait de se fermer, il porta son verre à la bouche et dégusta la dernière gorgée en se tournant vers la baie vitrée. Il resta un court instant pensif devant le paysage froid et inhospitalier qu'offrait l'immense caverne. Pourtant il préférait travailler ici que dans le palais en surface, à quelque quatre cent mètres au-dessus. Il allait poser son verre vide sur le bureau au moment où l'intercom sonna. Rapidement, il posa le verre et approcha sa main droite du boitier de communication.

— Namrod, c'est pour quoi ?

— Dame Sidouri demande à vous voir mon Seigneur.

— Qu'elle entre, bien sûr, qu'elle entre, dit-il en se dirigeant vers la porte pour accueillir son épouse.

Le garde ouvrit la porte et s'effaça pour laisser passer la Première Dame du Royaume. Il referma la porte aussitôt qu'elle fut entrée. Sidouri portait une robe faite d'un remarquable tissu fin et brillant couleur chair teinté de rose. Elle lui descendait de ses épaules jusqu'aux pieds ou la teinte passait du rose au bleu transparent dans un superbe dégradé à partir des genoux. Le décolleté largement ouvert sur ses seins pointus était mis en valeur par une broderie fine de fils d'or légèrement cintrée sous la poitrine. Deux lacets d'or au niveau de la taille mettaient en valeur sa belle silhouette. Un voile léger retenu par deux broches partait dans son dos de ses épaules pour courir en draperie jusqu'au derrière des genoux. Sur la tête elle portait deux grandes feuilles d'or qui venaient se recouvrir assez haut au-dessus de son front dégagé tel une superbe couronne. Namrod la regarda avec des yeux attendris. Il se félicitait à chaque fois qu'il la voyait d'avoir une jeune femme aussi sensuelle.

— Tu es vraiment magnifique dans cette robe Sidouri, lui dit-il avec amour, je ne l'avais jamais vue, il me semble.

— Une Première Dame doit être à la hauteur des responsabilités de son roi, répondit-elle avec un sourire de rêve que soulignaient ses grands yeux bleu ciel. Je l'ai fait faire tout spécialement pour que tu sois fier de moi.

Namrod sourit.

— Tu sais que tu n'as pas besoin de ça pour que je sois fier de toi ma tendre aimée.

— Alors ce sera un petit plus, dit-elle avec un sourire ravissant.

— Je ne vais pas pouvoir te garder longtemps avec moi, lui dit-il en la prenant dans ses bras tendrement pour l'embrasser sur le front, j'ai beaucoup à faire.

— Je sais, mais je viens d'apprendre une chose horrible que je voulais que tu m'expliques.

Namrod fronça les sourcils, allait-il avoir encore un autre problème à régler aujourd'hui ?

— Explique-moi, qu'arrive-t-il ? Demanda-t-il un peu inquiet.

— Kalran, notre ami Kalran a subi un attentat. J'en suis toute retournée !

— C'est assez incroyable cette histoire. Décidément, l'information circule presque plus vite que celle que mes propres services de renseignement sont capables de me donner. Mais oui, je suis au courant. Rassure-toi, je viens de parler avec lui, il va bien et n'a à souffrir d'aucune blessure.

— Ah ! Tant mieux, j'ai eu si peur pour lui.

— Ne t'inquiète pas, je viens de faire lancer une enquête spéciale, nous trouverons les auteurs de cette infamie.

— Comment voudrais-tu que je ne m'inquiète pas. Enki et maintenant Kalran, ça fait beaucoup trop à mon goût, je crains pour toi mon amour.

— Je sais, je sais, mais tu vois ici, je ne risque rien.

— Je n'en suis pas si sûre.

— Et que voudrais-tu que je fasse de plus pour être en sécurité ? Dis-moi ?

— Reste roi si tu le désires mon aimé, mais reprends tes armes comme lorsque je t'ai connu.

Namrod éclata de rire. Il prit gentiment les deux mains de Sidouri dans les siennes, la regarda dans les yeux avec douceur.

— Si je le faisais, on n'aurait jamais vu telle chose de toute l'histoire de Nibirou. Un roi avec son arme de poing attachée à son ceinturon, Sidouri mon amour, comment veux-tu que je fasse une chose pareille ?

— Fais-le pour moi. Je ne veux pas te perdre. Fais-le pour moi, s'il te plait.

Namrod secoua la tête d'incrédulité, mais où Sidouri avait-elle été chercher une idée aussi extraordinaire.

— Tu pourrais mettre une cape qui la masque. Je ne sais pas moi. Tu vas bien trouver une astuce. Mais je t'en prie mon aimé, reprends ton arme. J'en ressens la nécessité comme si c'était une urgence absolue. S'il te plait, fais-le pour moi.

Namrod secoua une nouvelle fois la tête avec un sourire très amusé. Malgré l'énormité de la demande de sa femme, l'idée n'était après tout pas si saugrenue que ça. Bien des choses avaient changé ces derniers temps. Il reprit un sérieux plus militaire. Elle le regarda avec une supplique muette dans le regard. Namrod se mordilla la lèvre inférieure. Il expira en soufflant, vaincu.

— C'est bon, tu as gagné, je vais regarder ce que je peux faire. Maintenant, laisse-moi travailler, s'il te plait.

Le visage de Sidouri devint rayonnant de bonheur. Elle lui sauta au cou et lui embrassa la joue droite. Elle chuchota à son oreille :

— Je t'aime mon Namrod.

Puis elle se recula prestement et partit rapidement vers la porte. Au moment de l'ouvrir, elle se retourna et lui adressa un de ses sourires magiques auquel il était incapable de résister.

— Tu m'as promis, tu te rappelles !

— Oui, oui, j'ai promis, j'ai promis ! Allez, file, laisse-moi travailler maintenant. S'il te plait.

Sidouri sortit rayonnante de bonheur. Namrod ressentait aussi en lui cette chaleur presque inexplicable qui réchauffait son cœur de soldat. Instinctivement, il porta sa main droite sur l'extérieur de sa cuisse droite. Il eut presque la sensation de sentir son grand pistolet accroché à son ceinturon comme des années et des années auparavant. De la main gauche il caressa la barbe de son menton. Il regarda vers la porte et se mit à sourire.

— Pourquoi pas, murmura-t-il pour lui-même, après tout, pourquoi pas.

Il s'imagina un instant avec son ancienne arme à sa ceinture. Pas encore complètement convaincu de l'utilité de cette précaution, il secoua la tête d'amusement et retourna à son bureau.

Loin de Nibirou, Le Rutilant continuait sa course folle au sein du système solaire. Le vaisseau n'avait pas encore eu le temps d'être engagé dans les nombreuses actions de test de ses capacités tactiques en combat. Seules les formations indispensables à l'équipage avaient été engagées. La plupart des entrainements se faisait d'ailleurs en environnement totalement virtuel. Le Rutilant était non seulement sur le papier un fantastique vaisseau de guerre de très haute technologie, mais c'était également une petite cité à lui tout seul. Il disposait de toutes les ressources indispensables à son autonomie sans qu'il lui soit nécessaire d'être accompagné d'une escadre.

L'équipage au complet ne comprenait pas moins de deux mille cinq cents membres, une énormité par rapport aux autres bâtiments de guerre qui constituaient la flotte Nibirienne. Les dimensions du bâtiment étaient elles aussi impressionnantes puisqu'il ne mesurait pas moins de mille deux cent cinquante mètres de long sur deux cent vingt mètres de large et cent quarante mètres de haut. L'organisation interne était rythmée par les périodes de quart, les périodes de sommeil, les temps de repas et de détentes sportives entre autres.

Les quartiers du Commandant étaient spacieux et organisés en trois parties. Il y avait en premier lieu le bureau de travail qui lui permettait d'avoir accès à toutes les informations fonctionnelles du bâtiment et à une partie des nécessités tactiques, dont en particulier une liaison audio et vidéo avec le pont de commandement principal à l'avant du Rutilant. Une autre partie était destinée à sa détente personnelle, aux réceptions des personnalités militaires et civiles ou encore à des réunions de travail avec son équipe de direction rapprochée. La dernière partie était réservée à un usage privatif.

Les trois parties donnaient sur l'extérieur du vaisseau de telle sorte que depuis le départ de Nibirou on pouvait voir à travers les larges ouvertures le défilement d'ondes lumineuses générées par la distorsion du saut subluminique. Pendant cette phase de déplacement à très grande vitesse, un champ intense d'énergie protégeait l'intérieur du vaisseau et son équipage des désagréments du saut, le mal de l'espace en particulier. Plus que pour les autres vaisseaux de la flotte, l'équipage avait été spécialement sélectionné pour sa résistance physique au stress et au confinement, tout autant que pour ses capacités intellectuelles et son professionnalisme militaire.

Pendant la longue période du saut, l'activité sur le Rutilant ne baissait pas. L'ensemble du personnel, cadres compris, devait se plier à des exercices obligatoires d'entrainement physique. Il devait suivre également des périodes de formations accélérées à l'aide de machines à enseigner. Des intelligences artificielles pouvaient accéder directement au cerveau des apprenants grâce à des casques spéciaux munis de sondes électromagnétiques et y implanter les connaissances en un temps record.

Uselli aimait s'isoler dans ses quartiers pour y travailler dans le calme, en particulier sur ses dossiers d'intendance et de liaisons avec le commandement militaire placé, au moins jusqu'à l'élection du prochain roi, sous la tutelle de l'Intendant Namrod. Uselli s'étira pour détendre son corps dont les muscles saturaient des effets d'un trop long immobilisme. Il allait se lever pour marcher un peu lorsque la sonnette de la porte s'activa. Uselli se rassit et actionna sur son bureau un écran tactile qui fit immédiatement apparaître une image vidéo du visiteur. C'était le capitaine Amourri. Uselli appuya sur une commande pour enclencher l'ouverture. Sans se lever, il cria depuis son bureau :

— Entrez, Capitaine, entrez, je suis à mon bureau.

Amourri se pencha légèrement pendant que la porte finissait de s'ouvrir. Ne voyant rien il pénétra dans le couloir principal qui amenait tout droit directement au bureau du commandant. À l'entrée du bureau une deuxième porte déjà à moitié ouverte s'ouvrit entièrement lorsqu'il arriva à son seuil. Uselli se leva pour le rejoindre.

— Entrez, venez vous assoir avec moi sur ces fauteuils, nous y serons plus à l'aise.

Une série de quatre fauteuils adossés contre la cloison faisait l'angle de la pièce entourant une table basse.

— Voulez-vous boire quelque chose Capitaine ?

— Non, merci Commandant, ça ira.

— Bien, allez-y, asseyez-vous, lui dit Uselli en lui désignant un des fauteuils.

— Merci.

— Rien à signaler ?

— Non, Commandant, tout se déroule parfaitement bien.

— Tant mieux. Dans quelques heures, nous sortirons de notre premier saut. Je voudrais que dès notre mise en orbite autour d'Antou[22], vous activiez une alerte au poste de combat. Faites lancer six drones d'entrainement pour simuler une attaque de chasseurs. Je veux vérifier les performances des canons de défense rapprochée. Lancez aussi deux drones cibles pour une formation de quatre chasseurs.

— Bien commandant. Combien de temps resterons-nous en orbite avant de sauter vers Ki ?

— Deux heures pas plus. Juste le temps de faire nos tests et leur bilan. Mais ce n'est pas de cela dont je voudrais vous parler. Je veux votre avis sur notre sortie de saut à proximité de la Terre.

---

[22] Neptune.

— Mon avis Commandant ?

— Oui, votre avis Capitaine. Je me pose la question de la meilleure approche de la planète. Auriez-vous une idée ?

— J'ai étudié la feuille de route que vous m'avez donnée hier. Je pense que le mieux serait de faire le saut pour rejoindre notre ancienne base d'Anna, la lune de Ki.

— C'est une idée, mais Anctabir, notre ancienne base de surveillance de la Terre, a été abandonnée il y a bien longtemps déjà. Ses générateurs d'énergie avaient été réparés des dommages d'un vieux conflit. Ils ont été partiellement démontés lorsque nous sommes revenus sur Nibirou, nous ne pourrons rien y faire.

— Oui Commandant, c'est exact, mais je ne pensais pas à rejoindre Anctabir. En fait, ce serait juste pour mettre le Rutilant à l'abri des observations humaines qui pourraient être faites depuis la Terre. Sur la face cachée nous serons totalement invisibles.

— Sauf si les humains ont installé un satellite autour d'Anna.

— Dans ce cas, il suffira de brouiller ses communications ou de le détruire.

— Dans un premier temps, contentons-nous de le brouiller, si nous sommes détectés, je ne veux pas que les humains aient l'impression d'être agressés, insista Uselli.

— Et si leur technologie leur donne les moyens d'envoyer jusqu'à Anna des vaisseaux d'attaque ? répliqua Amourri.

— Dès notre arrivée, nous pourrons mettre en place autour d'Anna des drones d'observation. Ils nous avertiront d'une approche potentiellement agressive. Capitaine, je ne veux employer la force qu'en cas d'absolue nécessité. Notre mission principale est seulement de faire une évaluation de la menace des armes qu'ils ont créées. S'il le faut, nous irons nous positionner plus loin dans une zone hors d'atteinte de leurs armes. Nous avons également une autre option, certes bien moins pratique.

— Voyez-vous une autre option Commandant ?

— Oui Capitaine, c’est une information de haute classification que j’ai trouvée en fouillant dans les archives embarquées du Rutilant. Anna possède notre station d’Anctabir en surface tout le monde le sait, mais c’est une chose assez peu connue, la lune est creuse en fait. Il y a très longtemps, nous y avons installé en profondeur un immense complexe dans lequel nous pourrions peut-être cacher le Rutilant.

— Je ne savais pas, intéressant. Je reste néanmoins préoccupé, une flotte spatiale n’est pas la seule difficulté que nous pourrions rencontrer.

— C’est possible, à laquelle pensez-vous ?

— Si nous devons pénétrer l’atmosphère dense de la planète, nous pourrions rencontrer des forces d’opposition.

— C'est vrai Capitaine, je suis bien d’accord, c’est pour cela que je voudrais que vous puissiez travailler avec le Capitaine Hanish, pendant le saut sur Ki. Il commandera l’escadrille des chasseurs bombardiers de Dag-Aras. Je veux qu’il me propose un plan d’évaluation des performances des aéronefs terrestres en pénétrant les espaces aériens des principales citées ou régions pour tester leur solidité. Je pense en particulier à leurs centrales d’énergie. Vous me présenterez tous les deux des alternatives nous permettant d’accomplir nos relevés sans avoir à essuyer de représailles.

— Et si nous venions à être surpris par leur force de frappe ? Si nous venions à perdre un de nos chasseurs ou bien une navette, Commandant ?

— Les ordres de l’Intendant Namrod sont clairs, pas d’interactions armées si nous pouvons l’éviter. Si nous manœuvrons bien, les humains seront pris au dépourvu et nous pourrons faire notre travail sans trop de risques.

— Mais si nous essuyons une attaque frontale ?

— Nous aviserons Capitaine, notre second impératif est de sauver nos personnels et notre matériel. Si nous venions à y être contraints, nous devrions montrer aux terriens qu’il n’est pas raisonnable de nous attaquer. Mais aussitôt cette démonstration faite, nous repartirons si notre mission principale d'information est terminée.

Amourri détourna la tête vers la baie vitrée qui laissait voir les traits lumineux très esthétiques des perturbations qui entouraient le vaisseau.

— À quoi pensez-vous Amourri, je vous connais trop bien pour savoir qu'autre chose vous tracasse.

Le Capitaine hésita un instant abaissant le regard vers le sol le temps de mettre ses idées en place.

— Les commandos envoyés par l'Intendant Namrod, nous n'en avons pas encore parlé Commandant. Quelle sera leur mission ?

— Assez simple Capitaine. Pour effectuer le maximum d'analyses scientifiques fiables, nous aurons besoin de nombreux échantillons, les commandos seront là pour protéger le personnel scientifique chargé des prélèvements au sol. Leur mission est claire, rien, absolument rien de notre technologie ne doit tomber dans les mains des terriens. Quel que soit le coût, nous devrons récupérer tout ce qui pourrait être utilisé contre nous plus tard ou donner des idées d'amélioration à leur propre technologie.

— Même si nous devons user de la force.

— Oui Capitaine, nous n'aurons pas le choix.

Amourri laissa courir son regard sur le perpétuel ballet des flashs de lumières à l'extérieur du navire. Malgré les informations que lui donnait Uselli, une chose restait floue dans son esprit. Lui qui normalement avait toujours un bon niveau de compréhension logique des choses ne comprenait toujours pas pourquoi la mission que le Rutilant devait remplir avait été lancée avec autant de secrets. Pourquoi le commandant semblait-il avoir autant de pression alors qu'une mission de reconnaissance n'avait finalement rien de bien extraordinaire. Ce qui évidemment entrainait d'autres questionnements dont un en particulier : Pourquoi le Rutilant ? Pourquoi un vaisseau aussi pointu pour de simples prélèvements de laboratoire. Décidément quelque chose d'essentiel lui échappait malgré tous ses efforts.

— D'autres questions Capitaine ?

Amourri regarda son supérieur, il allait oser effectivement demander plus d'explications, mais il se ravisa, sa mission à lui était de conduire le Rutilant à bon port et c'était bien ce qu'il comptait faire. Les questions trouveraient sans doute des réponses sans qu'il soit besoin de les formuler.

— Non, non Commandant, pas de question.

Uselli le regarda attentivement. Le Capitaine cachait mal sa perplexité.

— Très bien, je vous laisse retourner sur le pont.

— Oui Commandant.

Amourri se leva, salua et s'avança pour quitter la pièce.

— Capitaine !

Amourri stoppa net et se retourna aussitôt.

— Depuis quand n'avez-vous pas pris de repos ?

— Environ trois jours[23], mais tout va bien.

— Il n'y a rien d'urgent avant que nous sortions du saut lorsque nous arriverons sur Antou. Ce ne sera pas avant trois ou quatre heures, allez donc vous reposer pendant deux heures.

— Commandant, tout va bien je vous assure.

— Je vous veux en pleine forme pour mener les premiers tests opérationnels de nos moyens de défense. Passez vos ordres et allez vous reposer, c'est un ordre.

— Bien, Commandant, merci Commandant.

— Ce sera tout Capitaine. Nous nous retrouverons sur le pont. Vous pouvez disposer.

Amourri salua à nouveau, se retourna et sortit des quartiers de son supérieur. Uselli se leva et marcha jusqu'à la grande baie vitrée derrière son bureau. Il resta un court moment les bras croisés à regarder les distorsions lumineuses qui oscillaient ou clignotaient à l'extérieur de la coque du navire. Il porta ensuite sa main droite sur

---

[23] Les Anunnaki avaient semble-t-il des besoins en repos très limités.

sa nuque et fit osciller doucement sa tête pour tenter de détendre une contracture cervicale qui commençait à l'importuner. Toujours en se frottant le cou il revint à son siège, s'y assit et reprit les dossiers sur lesquels il travaillait avant la visite d'Amourri.

11

Le bruit des pas des deux coureurs pataugeant dans les flaques d'eau de condensation résonnait d'une façon alarmante. En ricochant sur les murs du tunnel, il devait s'entendre d'assez loin. La semi-obscurité du boyau n'était pas encore, et de loin, un gage de discrétion.

— Marquesh ! Attendez deux minutes ! cria l'Anunnaki.

Marquesh bloqua sa course et se retourna avec colère.

— Silence mon Seigneur ! Répondit-il aussi bas qu'il pouvait, nous ne sommes pas les seuls à avoir des oreilles. Nous faisons déjà assez de bruit à courir. Qu'y a-t-il ?

L'Anunnaki finissait de se rapprocher en marchant. Pour reprendre son souffle, il avait posé ses deux mains sur les hanches.

— Je n'ai pas votre endurance à la course. On respire mal ici, l'air est humide et malodorant, dit-il.

— C'est vrai, mais beaucoup moins que dans les couches basses de la cité, répondit le soldat en laissant planer la menace des prisons des profondeurs de la cité.

Pris d'un soudain accès de frustration, l'Anunnaki fronça les sourcils.

— La clandestinité vous ferait-elle perdre la mémoire ? Enlil ! Mon nom est Enlil ! Ce pays est mon royaume, tout guide que vous soyez, vous devriez mesurer votre façon de me parler !

Marquesh sembla marquer le coup, surpris par la menace.

— Mon Seigneur, sans vouloir vous offenser, votre seule armée pour vous protéger ici c'est moi. Nous ne sommes pas encore en sécurité. Les robots policiers sont bien plus rapides que nous. S'ils retrouvent notre trace, je crains que vous ne puissiez plus régner que sur des ombres. Je veux bien rester votre sujet, mais vivant, voyez-vous ? Alors, ne perdons pas de temps, le Sas d'Ishtar ne devrait plus être très loin maintenant. Quant à votre nom, il n'est pas prudent de le prononcer tant que nous ne serons pas à l'abri.

Le géant fit une grimace menaçante. Personne n'avait jamais osé lui parler de la sorte avec autant d'aplomb. Il fut un temps où Marquesh aurait déjà été tué pour avoir parlé avec si peu de respect. Enlil fit mine d'approcher sa main droite de son arme accrochée à son ceinturon. Marquesh ne bougea pas d'un poil.

— Mon Seigneur, aurais-je si souvent combattu pour vous que je finisse ainsi sous les coups de votre colère ?

Enlil, d'une façon inattendue se mit à sourire et éloigna sa main de son ceinturon.

— Vous êtes quelqu'un de surprenant Marquesh, plein d'assurances mal venues, mais je dois le reconnaitre, plein de courage et d'intelligence. C'est bon, oublions ça, je vous suis, passez devant.

Marquesh jeta sans rien dire un coup d'œil rapide au pistolet d'Enlil. Rapidement, il croisa le regard du Roi déchu avant de se retourner prestement et de reprendre la course. Effectivement, le Sas n'était plus bien loin et les deux fugitifs furent très vite devant l'accès verrouillé. Le Sas était une porte blindée dont le seuil était surélevé d'environ cinquante centimètres. Le haut de la porte large de deux bons mètres était cintré et culminait au moins à trois ou quatre mètres au sol. Tout le tour de l'huisserie était ceinturé par de petites lumières rouges qui clignotaient à espaces réguliers. Une mauvaise surprise les attendait. Un grand panneau jaune et rouge avait été placé en travers du passage rappelant par un message d'avertissement que la zone était interdite d'accès pour cause de radiations. Un verrou avait été placé sur la poignée de manœuvre.

— Bon, on dirait que votre idée tombe à l'eau Marquesh, nous ne pourrons pas passer. C'est quoi votre plan B ?

— Il n'y a pas de plan B, nous ne pouvons pas revenir en arrière. Laissez-moi réfléchir un peu.

Marquesh tourna sur lui-même pour inspecter les alentours et la porte blindée. Il n'y avait rien parmi les objets qui trainaient au sol qui puisse servir de levier pour forcer le verrou. Il se retourna brusquement vers le tunnel avec un regard très inquiet. Enlil fronça les sourcils, se demandant ce qui se passait et tourna lui aussi son regard dans la même direction.

— Qu'est-ce qu'il y a ?

— Chuttt, taisez-vous !

Marquesh fit glisser sa capuche d'un geste rapide et inclina légèrement la tête pour optimiser ses capacités auditives.

— Les robots policiers ! Les robots arrivent !

— Les robots ? Vous êtes sûr ? questionna Enlil en prenant aussitôt son arme en main.

Marquesh ne répondit pas, son cerveau en ébullition cherchait désespérément une solution. Il se précipita vers un objet métallique contondant près de lui. D'un geste rapide il arracha un morceau de tissu de son vêtement.

— Donnez-moi votre arme, vite, dit-il à Enlil sans formule de politesse.

— Quoi ?

— Donnez-moi votre arme je vous dis, vite !

Sans comprendre, Enlil tendit son pistolet. À peine Marquesh l'eut-il en main qu'il posa l'arme au sol et commença à la frapper comme un fou avec l'objet métallique qu'il avait ramassé un instant plus tôt.

— Hé ho !! Qu'est-ce que vous faites ? Ça ne va pas non ?

Marquesh ne répondit pas et continua à frapper l'arme. Très vite le magasin de la cartouche d'énergie céda sous les coups violents. La cartouche était une sorte de récipient parallélépipédique transparent dans lequel était confiné une sorte de liquide gélatineux jaune phosphorescent. Marquesh se précipita sur le verrou et y installa la pile au niveau de la serrure en la bloquant avec le tissu qu'il venait de déchirer de sa tunique. Il se recula et repoussa Enlil de son bras gauche. Il attrapa son propre pistolet.

— Baissez-vous ! cria-t-il et ne respirez plus si vous le pouvez.

Enlil ne se fit pas prier. Marquesh visa et tira sur la cartouche. Celle-ci se cassa en deux parties sous l'impact du tir et le liquide coula dans la serrure. Une forte odeur d'acide en ébullition se répandit aussitôt en même temps qu'une fumée verdâtre épaisse. Marquesh se précipita sur la serrure et la frappa violemment avec le bloc métallique qu'il avait gardé avec lui. Au cinquième coup, elle céda enfin. Enlil regardait le travail de Marquesh avec admiration. Un impact d'énergie vint frapper la porte en passant juste à côté de sa tête. Un robot policier venait d'ouvrir le feu de loin. Enlil se baissa instinctivement. Il attrapa aussitôt le deuxième pistolet qu'il avait pris aux Talpacs et ouvrit un feu nourri à son tour. Marquesh pendant ce temps poussait comme un fou sur la porte pour tenter de l'ouvrir.

— Arrêtez de tirer et venez plutôt m'aider à pousser la porte, vite ! Cria Marquesh, elle est trop lourde pour moi !

Enlil se retourna prêt à répondre de colère, mais renonça aussitôt pour venir prêter main-forte au soldat. Heureusement, le robot qui ouvrait à nouveau le feu tirait de loin et sa dernière salve frappa le mur juste à la gauche de Marquesh en le frôlant sans le toucher. Deux autres impacts produisirent une belle gerbe d'étincelles juste au moment où les deux fugitifs réussissaient à passer la porte du sas. Aussitôt fait, ils refermèrent la lourde porte derrière eux et Marquesh la verrouilla avec le bras de manœuvre prévu à cet effet.

— On l'a échappé belle, dit-il en s'essuyant le front recouvert de perles de sueur.

— Pour les robots policiers oui. Mais maintenant nous voilà dans un beau pétrin si jamais nous restons coincés ici, répondit Enlil.

Vous avez raison, ne restons pas là. On n'y voit rien ici. Attendez, je crois que j'ai ce qu'il nous faut.

Une brume de condensation sortait de sa bouche. Il faisait froid. Marquesh fouilla sous son vêtement et en sortit assez vite un petit tube qui projeta un faisceau de lumière. Il parcourut l'espace de la pièce dans laquelle ils venaient de pénétrer. Tout semblait avoir été abandonné depuis des milliers d'années. Marquesh tendit sa mini torche à Enlil.

— Tenez-moi cette lampe s'il vous plait, dit-il à l'ex-roi en essayant de retrouver des paroles plus révérencieuses.

Enlil ne répondit pas, il regardait Marquesh fouiller ses poches pour chercher autre chose. Celui-ci sortit rapidement son communicateur qu'il porta aussitôt près du visage.

— Baal-Nash ? Tu m'entends ?

Pour seule réponse, l'appareil ne renvoya qu'un important grésillement.

— Baal-Nash ? C'est Marquesh, tu m'entends ?

Le grésillement ne cessait pas et aucune réponse n'était audible.

— Argghhh ! cria Marquesh de rage et aussi de désespoir en frappant le mur avec sa main gauche le poing fermé.

Enlil regardait le soldat avec surprise. Le voir perdre ainsi son sang-froid ne le rassura pas du tout.

— Bon, qu'est-ce qu'on fait maintenant ? dit-il avec inquiétude en commençant sérieusement à greloter.

Marquesh fouilla une fois de plus la pièce avec le faisceau de sa lampe qu'il venait de reprendre à Enlil.

— Vous avez raison, filons d'ici avant de prendre une dose trop importante.

Les deux fugitifs partirent en courant.

Pour les deux Talpacs, les choses n'allaient pas beaucoup mieux. Ils venaient à peine de sortir de leur ascenseur qu'Amon-Ka aperçut trois policiers en train de se frayer un chemin à travers la chaussée encombrée par un groupe de gens rassemblés devant un point d'attraction captivant. Un jeune Igigi, une des quatre races vivant sur Nibirou se donnait en spectacle. Il attirait une belle foule très intéressée par les tours de magie qu'il enchainait les uns à la suite des autres.

Les Igigis étaient des humanoïdes à peine moins grands que la moyenne des Anunnaki. Bien que leurs corps ressemblassent beaucoup à celui des maîtres de Nibirou, ils avaient un visage étrange, fait semblait-il d'un mélange assez savant entre une tête d'homme et celle d'un reptile. Habituellement cantonnés à des activités subalternes, ils étaient souvent employés comme ouvriers peu qualifiés ou bien comme simples soldats.

Sur Nibirou, seuls les Anunnaki accédaient aux emplois plus valorisants ou aux activités politiques. La vie était organisée sur Nibirou selon des protocoles très rigides centrés sur une structure pyramidale orchestrée par le roi tout puissant. De leur côté, les sept grandes familles dirigeantes cherchaient en permanence à s'octroyer les rênes du pouvoir à travers de nombreux cercles d'influence. Amon-Ka poussa son ami assez brusquement vers le coin d'une ruelle mal éclairée qui donnait sur l'artère principale.

— On peut dire qu'il a foutu un sacré merdier notre ami l'Anunnaki. J'espère que ces policiers ne sont pas là pour nous, dit Amon-Ka.

— Wouai, ben on ne va quand même pas aller le leur demander, qu'est-ce qu'on fait ?

— On va essayer de se faire oublier un moment !

— Et Baal ? Tu l'oublies ?

— Tu as raison, si on ne retrouve pas notre fugitif très vite il va nous étriper vivant.

Amon-Ka jeta un œil inquisiteur par-dessus les têtes des nombreux passants. En général, les Talpacs n'étaient pas bien-aimés par la population. Se mêler à cette foule n'allait pas être simple. Une nouvelle fois, il jeta un regard inquiet vers les policiers. Ces derniers s'étaient finalement arrêtés et regardaient le spectacle avec les passants.

— Bon, on dirait qu'ils ont la tête ailleurs, profitons-en pour filer, le mieux est de retourner au dock le plus vite possible. Suis-moi, on doit pouvoir trouver un ascenseur pas trop loin d'ici qui nous y ramènera.

Les deux Talpacs tirèrent sur leur capuche pour masquer un peu plus leur visage et ils s'enfoncèrent dans la ruelle mal éclairée. Avançant comme deux ombres ils traversèrent une succession de travées peu fréquentées. L'endroit était en majorité habité par des Igigis. Plusieurs portèrent sur les deux Talpacs des regards réprobateurs, mais personne ne s'opposa à leur passage. Au bout d'un temps qui leur parut une éternité, ils arrivèrent sur une artère dégagée. Des cages d'ascenseurs étaient indiquées par des panneaux d'information lumineux de couleur rouge et bleu. Amon-Ka s'arrêta à l'angle de la ruelle qu'ils venaient de parcourir. Il y avait ici aussi une assez grande fréquentation, mais aucun signe visible de présence policière.

— C'est bon, on y est, plus que cette grande rue à traverser, on remonte sur cinquante mètres sur la gauche et on va pouvoir remonter au dock, dit-il à Ni-Shar.

— Très bien, je te suis.

Les deux Talpacs accélérèrent le pas. Arrivé devant un des ascenseurs, Amon-Ka appuya sur un bouton d'appel de la navette. Au moment où une sonnerie annonçait son arrivée, une voix autoritaire cria d'assez loin depuis la ruelle qu'ils venaient de quitter.

— Les Talpacs, vous là-bas, ne bougez plus ! Police !

Amon-Ka et Ni-Shar se tournèrent vers la ruelle. Trois nouveaux policiers arrivaient vers eux en courant. Amon-ka n'eut qu'une fraction de seconde pour prendre une décision. Il choisit finalement sans trop réfléchir de sortir son arme et de faire feu en direction des policiers. Les passants s'écartèrent dans un mouvement de panique compréhensible. De leur côté, les policiers, après un instant d'hésitation, commençaient à répliquer. Plusieurs impacts lancèrent des gerbes d'étincelles sur la structure de l'ascenseur. Ni-Shar venait lui aussi de sortir son arme avec un temps de retard.

La porte s'ouvrit et Amon-Ka s'y précipita aussitôt, suivi par Ni-Shar qui voulut lâcher une dernière salve. L'idée ne fut pas la meilleure qu'il ait eue. Un des tirs des policiers venait de faire mouche. Ni-Shar eut l'impression subite qu'un pan de mur venait de s'écraser sur sa poitrine et il tomba à la renverse. Amon-Ka vit avec horreur son ami rouler au sol devant la porte. Il se précipita vers lui et d'un effort gigantesque, il le tira dans la cabine de l'ascenseur puis actionna la commande de montée. La porte se ferma aussitôt. On entendit plusieurs tirs s'écraser sur la porte, mais elle résista. La cabine commença rapidement son ascension. Amon-Ka s'agenouilla devant son ami adossé sur la cloison.

— Ni-ni ! Ça va aller, dis ?

Le surnom amical n'eut pas l'effet escompté, Ni-Shar avait les yeux qui roulaient et son visage semblait perdre sa couleur verte. Sans répondre, il eut seulement la force d'attraper la main droite d'Amon-Ka qu'il serra aussi fort qu'il pouvait. Avec horreur, Amon-Ka vit un liquide bleuâtre sortir de la bouche de Ni-Shar qui eut soudain une quinte de toux. Amon-Ka baissa les yeux sur la blessure et écarta de sa main gauche le vêtement troué de son ami. Un grand filet du même liquide bleu s'écoulait de l'abdomen.

— N'aies pas peur Ni-Ni, je vais m'occuper de toi, on va te soigner.

Ni-Shar fit un signe négatif de la tête avec difficulté. Ses yeux globuleux s'immobilisèrent, sa poitrine se souleva, resta figée une fraction de seconde et s'affaissa brusquement. La tête du blessé eut un rictus de douleur et elle s'affaissa à son tour. Amon-Ka resta un moment pétrifié puis il se releva au moment où la cabine arrivait à destination. La porte s'ouvrit aussitôt apportant une odeur de moisissure désagréable. Amon-Ka actionna la commande de blocage de la porte. Il se pencha sur son ami et le tira par les bras hors de la cabine laissant derrière le corps du mort une trainée du liquide bleu de la blessure. Il enleva ensuite le blocage de la porte, appuya sur la commande de descente pour le niveau le plus bas et sortit. La cabine partie, il se laissa tomber à genoux près du corps inerte de Ni-Shar et se mit à pleurer.

Une sonnerie le sortit soudain de son abattement. Elle annonçait la proximité d'une cabine d'ascenseur. Amon-Ka tourna en sursaut la tête vers les trois portes juxtaposées des ascenseurs. Une lumière verte rectangulaire s'alluma au-dessus de la porte la plus à sa droite. Il chercha instinctivement du regard un abri. Rien ne lui aurait permis de se cacher alors il eut juste le temps de se saisir de son arme, la pointa et s'apprêta à tirer. À sa grande surprise, il vit sortir Marquesh.

—Who who who ! s'écria celui-ci en voyant l'arme pointée vers lui.

D'un mouvement rapide, il avait reculé le bras droit tendu, la main droite ouverte, paume pointée vers le tireur. Il avait gardé le bras gauche légèrement écarté comme pour faire obstacle à quelque chose derrière lui. Peine perdue, car le géant Anunnaki s'avançait déjà.

— Bas les armes Talpac ! s'écria Enlil d'une voix autoritaire.

Amon-ka obéit en baissant aussitôt son pistolet et se releva.

— Qu'est-ce qui s'est passé ici ? demanda Enlil.

— Pas ici Seigneur, mais dans les bas étages. Nous avons été pris à partie par trois policiers. Ni-Shar a été touché, il est mort.

Enlil et Marquesh posèrent le regard sur le corps sans vie adossé contre le mur. Sans rien dire, ils s'avancèrent vers le cadavre. Marquesh fouilla sa tunique et sortit un couteau dont la lame très pointue sortit vivement du manche lorsqu'il appuya sur le bouton d'éjection. Il s'agenouilla contre Ni-Shar, se saisit de sa main gauche et s'apprêta à l'entailler. Amon-ka releva son arme et la pointa dangereusement vers la tête de Marquesh.

— Bas les pattes Marquesh. C'est quoi ça ?

Marquesh sans paniquer tourna lentement le visage vers Amon-Ka. Bien que celui-ci soit habitué, voir le visage traumatisé du soldat lui donna un frisson le long du dos.

— La puce d'identification que Ni-Shar porte dans la paume de la main pourrait mettre des enquêteurs sur notre piste. Si nous n'avons pas les moyens ou le temps de faire disparaitre son corps, il ne faut pas que cette puce nous trahisse.

Amon-Ka savait bien que Marquesh avait raison, mais voir le corps de son ami charcuté par Marquesh, ne fût-ce que sa main, lui soulevait le cœur.

— Baissez votre arme ! dit Enlil.

Amon-Ka le regarda, puis Marquesh, puis le corps inerte de Ni-Shar. Il déglutit avant de répondre avec beaucoup de regrets dans la voix :

— C'est bon, je comprends.

Marquesh eut un petit hochement de la tête, sans doute pour dire subjectivement qu'il compatissait à l'hésitation d'Amon-Ka. Celui-ci ne put que détourner le regard le temps que le soldat d'élite trouve et retire le composant mi-organique et mi-artificiel intégré dans la partie charnue de la paume de la main. Ceci fait, il se releva, jeta le composant par terre et l'écrasa de sa botte.

— Bon, il est plus que temps d'aller prendre une douche et une injection antiradiations, dépêchons-nous Marquesh. Je n'ai pas attendu tout ce temps pour tomber en poussière en sortant irradié du Sas d'Ishtar.

— Le Sas d'Ishtar ? Vous sortez du Sas d'Ishtar ? s'écria Amon-Ka, en se reculant légèrement.

— Oui le Sas, et alors ? reprit Enlil. Marquesh ! courrons vite nous débarrasser des cochonneries de cette zone infernale, insista Enlil à l'attention du mercenaire qui ne semblait pas trop s'inquiéter.

— Et Ni-Shar ? questionna Amon-Ka complètement abattu.

— Occupe-toi de cacher son corps. Ensuite, rejoins-nous le plus vite possible au dock. Les choses vont se précipiter maintenant.

Sans se retourner, Enlil et Marquesh partirent à la course. Amon-Ka les regarda s'éloigner avec désapprobation. Il fit un tour sur lui-même pour trouver un endroit où placer le cadavre de son ami. Il le fit rouler sur son épaule, se releva péniblement et l'emporta loin des ascenseurs.

Manifestement, à le voir, on pouvait facilement constater que Namrod travaillait à son bureau depuis déjà trop longtemps. Face à une pile de dossiers qui ne semblait pas vouloir diminuer, il sentait sa concentration disparaitre petit à petit. Pour se détendre un instant, il se pencha en arrière et appuya son dos sur le fond de son fauteuil. Tout son corps réclamait un moment de repos. Malgré sa détermination, la fatigue commençait vraiment à miner sa résistance et son efficacité au travail. Il avait à peine posé ses deux mains sur son visage pour se masser le front du bout des doigts que l'interphone sonna. Avec une rage naissante, les sourcils froncés, il écarta légèrement les mains pour regarder l'afficheur du boitier de communication. Dépité, il prit sur lui et inspira profondément puis expulsa aussitôt l'air avec un brusque souffle nasal. Décidément, rien ne lui serait accordé, pensa-t-il, pas même un instant de répit pour se reposer un peu. Il se redressa néanmoins et s'avança rapidement pour passer la main droite au-dessus de l'appareil.

— Namrod, j'écoute, dit-il avec une légère crispation dans la voix.

— Le conseiller Kalran demande à vous voir mon Seigneur.

— Qu'il entre, qu'il entre, répondit Namrod avec soudain plus d'enthousiasme.

Le garde introduisit le diplomate puis s'effaça aussitôt en refermant la porte en silence. Namrod se levait déjà pour venir rejoindre son ami.

— Tu as été rapide Kalran, avec toute cette histoire d'attentat, je ne comptais vraiment pas sur toi si tôt.

— J'en ai été le premier surpris. Finalement, les formalités de l'enquête ont été vite remplies, bien plus vite que je ne le pensais. J'en ai profité pour faire, aussi vite que j'ai pu, le tour de mes contacts. Tu le vois, je reviens vers toi dans les délais prévus et avec les dernières informations fiables.

— C'est excellent, tu me sors une belle épine du pied, tu sais. Alors ? Comment se passent les discussions entre les familles ?

— Les tractations ont été menées bon train. Bien qu'elles ne soient pas encore tout à fait finalisées, il est plus que probable qu'il n'y ait plus, au final, que deux candidats : Dar-Aman, mon frère comme je te l'ai déjà dit et Baramoul, le chef de la famille Shar-Danish. Mon frère a finalement reçu le soutien, provisoire en tout cas, des Conseils de trois des Sept.

— Es-tu certain qu'il n'y aura pas plus de candidats ?

— J'ai comme l'impression que malgré l'attrait du pouvoir, la mort d'Enki en aura refroidi plus d'un, dit Kalran.

— Rien d'étonnant, non ?

— Si justement.

— Pourquoi donc ?

— Parce que le fils d'Enlil aurait pu tenter de monter sur l'ancien trône de son père. La succession en aurait été sans doute plus mouvementée. C'est étrange que sa famille soutienne Baramoul.

— Je vois, je suis d'accord avec toi. C'est assez surprenant que le fils d'Enlil ne montre pas plus le bout de sa barbe, reprit Namrod. Ceci dit, je ne vais pas m'en plaindre, car les vieux conflits entre les familles n'auraient pas été longs à ressurgir.

— C'est ça, mais je pensais quand même que loin de faire l'unanimité, il réclamerait logiquement, et malgré tout, la succession de son père.

— Bon, très bien, et le fils d'Enki ? Des nouvelles ? demanda Namrod.

— Il semble qu'il soit encore sous le choc, il est toujours au palais à veiller son père. Je pense qu'il y restera jusqu'à demain pour les funérailles. Je ne crois pas que diriger Nibirou soit sa volonté immédiate. Par contre, je le connais bien, passé cette période difficile, sa vengeance sera terrible s'il vient à identifier les empoisonneurs.

— Bien que je ne l'apprécie que moyennement. À sa place, je crois que je ferai pareil.

— Je veux bien te croire. Ceci dit, je pense que tu devrais mettre tes services de surveillance en alerte. J'ai bien peur que sur Bar-Sag, la station orbitale de sa famille, les gens ne préparent déjà des expéditions punitives.

— Qu'est-ce qui te fait dire ça, je n'ai pas d'info à ce sujet.

— Tu fatigues mon vieux camarade, ça ne te ressemble pas. Tu devrais te douter que comme Enki, les membres de sa famille adorent les cachoteries. Ils sont comme il était, plutôt doués dans ce domaine. Crois-moi, ils vont rester tranquilles le temps que ton enquête avance, mais sois certain que lorsqu'elle sera bouclée, ils ne louperont pas une occasion de régler les choses à leur manière.

Tout en discutant, d'un pas lent, Namrod et Kalran s'étaient dirigés vers la baie vitrée. Namrod croisa le regard de son ami puis le détourna vers la caverne. Il marqua une très courte pause avant de répondre.

– Que veux-tu, on ne change pas des milliers d'années de traditions en quelques jours. Tu as raison, peu de choses ont finalement changé depuis tout ce temps et toutes ces guerres que nous avons vues tous les deux. Même de nos jours, la violence appelle la violence. Il en sera sans doute toujours ainsi.

Kalran tourna sa tête à gauche pour regarder Namrod. Il se contenta de répondre par un simple « Humm humm !».

– Comme tu dis, je fatigue, reprit Namrod. J'arrive à me demander à quoi tout ça a servi. C'est un fait inquiétant pour nos jours, malgré toutes ses bonnes intentions, Enki n'a jamais fait en sorte de désarmer les sept familles.

– Tu as toujours les pouvoirs, fais mieux que lui Namrod !

– Non mon ami. Cela serait immédiatement perçu comme une ingérence. Ce n'est pas le moment. Cette action ne contribuerait qu'à compliquer la situation. Tu veux que je te dise ? J'ai assez de soucis comme ça, dit-il en croisant à nouveau le regard de Kalran.

– Bon, que suggères-tu alors ?

– Je ne sais pas, je crois que j'ai juste besoin de me détendre un peu avant que les délégués n'arrivent. Ils seront là dans moins d'un quart d'heure. Je vais m'isoler au calme pour récupérer un peu de lucidité. Est-ce que je peux compter sur toi pour t'occuper de recevoir les premiers qui arriveront ?

– Bien sûr. J'ai toujours aimé les civilités et les petits fours qui vont avec. Je suppose que tu en a bien prévu, n'est-ce pas ?

Namrod éclata de rire. Il posa sa main droite sur l'épaule gauche de Kalran en se tournant légèrement vers lui.

– Que ferais-je sans toi ?

Kalran se mit à rire également.

– Voilà, ça c'est une bonne question. Bon, va te détendre un moment, le temps passe vite. Ne t'inquiète pas je vais gérer les fauves politiciens, j'ai l'habitude. Je t'enverrai chercher lorsqu'ils seront assez nombreux.

Sans attendre de réponse, Kalran recula d'un demi-pas. Il posa lui aussi sa main droite sur l'épaule droite de Namrod. L'Intendant esquissa un sourire de remerciement. Kalran partait déjà d'un pas décidé. Namrod le regarda sortir de la pièce sans bouger. Lorsque la porte fut fermée, il se tourna à nouveau vers l'immense baie vitrée. Tout en regardant passer à grande vitesse une des navettes, il sourit une nouvelle fois en secouant légèrement la tête de satisfaction. Il se dirigea rapidement vers le confortable canapé qui trônait dans le coin de la pièce face à lui, il s'allongea et ferma les yeux.

12

Loin de là, la sirène qui venait de s'enclencher fit sursauter Uselli. Sa tonalité annonçait la sortie imminente d'un saut spatial. Uselli avait bien reconnu cette sirène, mais il fronça néanmoins les sourcils. Une fois de plus, il se demanda pourquoi diable les ingénieurs de Gig-Dul n'avaient pas gardé la sonnerie habituelle des autres vaisseaux de la Flotte. Rapidement, il éteignit la tablette sur laquelle il lisait des informations techniques sur le système de propulsion du Rutilant. Il repoussa légèrement la tablette sur son bureau et se leva pour rejoindre la passerelle. Dans le large couloir brillamment éclairé qui le conduisait vers les ascenseurs il croisa de jeunes recrues, qui au tournant du couloir, regagnaient leur poste au pas de course. Pris par l'élan, ils avaient failli le renverser.

– Hé, ho, du calme ! Allez-y doucement les gars ! Je n'ai pas envie de me retrouver à l'infirmerie.

– Oui Commandant, désolé Commandant, répondit l'un des jeunes Anunnaki en se retournant à peine.

Uselli regarda le groupe des cinq novices de l'équipage s'éloigner en marche rapide. Il se retourna pour reprendre sa direction en secouant la tête avec un léger sourire. Lorsqu'il appuya sur la commande d'appel de l'ascenseur, la porte s'ouvrit presque aussitôt. Une fois à l'intérieur, il allait se tourner vers un pupitre pour choisir sa destination, mais il n'y en avait pas. Merveille de la technologie, il se rappela qu'il avait juste à présenter sa main droite devant un capteur sensoriel. Une voix féminine l'interpella alors :

– Bonjour Commandant, quel niveau désirez-vous ?

– À la passerelle, s'il vous plait, répondit-il sans presque y réfléchir.

La voix avait un accent féminin sensuel. Très amusé, il secoua à nouveau la tête avec un large sourire. La voix n'était pas celle d'une opératrice, mais seulement celle d'un synthétiseur vocal. Il n'était pas certain d'ailleurs que l'ordinateur ait compris la formule de politesse. Plus que ça, pourrait-il savoir un jour si l'ordinateur avait une notion de ce qui pouvait être masculin ou féminin ? Décidément, il allait devoir s'habituer rapidement à toutes ces nouveautés qui le bousculaient hors du quotidien. Lorsqu'il arriva en très peu de temps à la porte blindée du poste de commandement, le garde de faction le salua et déclencha l'ouverture, sans qu'on ait besoin de lui en donner l'ordre.

– Commandant sur la passerelle, cria quelqu'un.

Tous les officiers présents qui n'étaient pas occupés à une console saluèrent aussitôt. Amourri s'avança rapidement pour venir à la hauteur de son supérieur.

– Vous avez l'air en meilleure forme Capitaine.

– Merci commandant, vous aviez raison, cette pause m'a fait le plus grand bien.

– Bon, et le Rutilant ?

– Tous les paramètres sont corrects, nous allons sortir du saut dans quelques secondes.

Amourri n'eut pas le temps d'en dire plus, une nouvelle sonnerie se fit entendre. Tout le monde se tourna alors vers l'écran géant sur lequel défilait le flux lumineux du tube spatio-temporel généré par le saut.

Les ondulations rapides et multicolores des perturbations électromagnétiques, à l'avant du vaisseau, cessèrent soudain pour se transformer en un brillant et puissant éclair de lumière blanche. Apparut alors quelque chose de fantastique. Une sphère monstrueusement grande semblait foncer vers le vaisseau. C'était la planète Antou[24], une magnifique boule de gaz d'un magnifique bleu électrique. Antou, la géante gazeuse à l'atmosphère d'hydrogène et d'hélium, n'était plus qu'à moins de cent mille kilomètres. Cependant, la précision des kamras donnait aux images en temps réel l'impression qu'elle était juste là à portée de main.

– Tout est-il prêt Capitaine pour les tests ?

– Oui Commandant, les cibles vont pouvoir être larguées. Nous enverrons notre première vague de chasseurs dès que nous serons en orbite.

– Capitaine ! Venez voir, cria le technicien qui officiait à la console des communications.

– Quoi ?

– Je ne comprends pas, je n'ai aucun contact avec Nibirou.

– Vous avez vérifié les statuts ?

– Oui, tout est normal, mais aucune liaison.

– Refaites un scan, ce n'est pas normal, dit Amourri en s'approchant de l'écran tactique du contrôleur.

– C'est confirmé, aucun système en panne. Pourtant tout marchait très bien avant notre départ.

– Avez-vous essayé avec l'émetteur à l'arrière du vaisseau ?

– Oui, c'est pareil, c'est comme si le signal n'existait pas. Je ne comprends pas, tous les tests montrent que les systèmes sont opérationnels. C'est incompréhensible.

---

[24] La planète Neptune.

Amourri se retourna vers Uselli. Ce dernier venait de s'installer tranquillement dans son fauteuil du Maitre de la passerelle. Amourri écarquilla les yeux d'étonnement, comment son supérieur pouvait-il ne pas s'inquiéter de l'impossibilité de communiquer avec Nibirou ? Pourtant, il était bien là, bien installé dans son fauteuil, à seulement profiter du somptueux spectacle de la géante bleue. Il allait s'approcher pour questionner Uselli sur l'incident, mais un officier de pont retint son attention.

– Capitaine, tous les drones pour le test ont été largués. Ils sont en train de se disperser autour du Rutilant.

Amourri se retourna vers l'officier, puis vers Uselli, mais finalement, il prit la décision de s'en tenir pour l'instant aux opérations tactiques. La communication avec Nibirou pouvait bien attendre un moment. Il s'occupa donc de répondre à son officier pour prendre le commandement de la première phase de test.

– Très bien, donnez l'ordre aux pilotes de décoller.
– Oui Capitaine, tout de suite.

Amourri jeta un œil rapide vers son supérieur. Uselli s'était maintenant avancé vers ses consoles et il s'occupait de vérifier sur ses écrans, les positions respectives des drones, ainsi que le largage des chasseurs. Amourri haussa les épaules et décida de ne plus s'occuper que de la poursuite des opérations. Pour cela, il rejoignit son siège d'officier en second sur la passerelle. Une caméra miniature fit une inspection de son œil droit et sa console se déverrouilla aussitôt.

Le Lieutenant Ishram avait été chargé de conduire le travail de l'escadrille de chasseurs. Lorsque les six astronefs furent dans l'espace, il les regroupa par binôme. Le Lieutenant Simti vint placer son chasseur à droite de celui d'Ishram. Simti était une pilote très douée. Elle avait fait sa place dans l'escadrille et promettait de prendre plus tard celle d'Ishram, s'il était amené à prendre un commandement sur Dag-Aras, la station orbitale du contrôle spatial de Nibirou. Son surnom de combat était Mus, ce qui signifiait Vipère. Celui d'Ishram était Lou, ce qui signifiait Aigle. Les pilotes pouvaient communiquer entre eux sur un canal spécial, ils ne s'en privaient pas, mais en général ils préféraient rester sur la fréquence de combat classique.

– Quel plaisir Lou, de se retrouver enfin dans un vrai cockpit, ceux des simulateurs commençaient à m'énerver, pas toi ?

– Ne m'en parle pas Mus, j'en avais presque des boutons.

– Bon, on se fait trois ou quatre drones et on rentre prendre un verre alors.

– Ne crie pas victoire sitôt. Nos vimnas sont tout neufs, mais cette génération de drone aussi, alors concentre-toi et surveille nos arrières, je n'ai pas envie de prendre un coup de pointeur laser dans les fesses.

– Tu crois qu'ils tirent aussi bien que nous ?

– On va bien voir, t'es prête ?

– Évidemment, tu me prends pour une débutante ?

– Très bien, alors allons-y.

Ishram bascula sur la fréquence de combat.

– Ishram à tous les vims, c'est parti les gars, nettoyez-moi le fond du ciel de nos moucherons !

Les vimnas prirent un virage serré sur l'aile pour s'éloigner du Rutilant. Les drones s'étaient largement écartés. Sans visuel, les pilotes ne pouvaient pour l'instant que les pointer sur le scanner courte portée. Ishram en compta huit, soit deux de plus que l'effectif de son équipe.

– Mus, tu les as ?

– Oui Lou, regarde, ils se séparent en trois groupes.

– C'est ça, à mon avis, on ferait mieux de se méfier des deux qui font bande à part.

– On n'a qu'à s'en occuper en premier.

– C'est une idée, Mus, voyons si elle est bonne. Vitesse d'attaque, suis-moi.

Comme l'avait suspecté Lou, les drones étaient loin d'être des cibles faciles et leurs changements de trajectoire particulièrement abrupts semblaient pour l'instant les mettre à l'abri des tirs des vimnas. Uselli et Amourri, depuis la passerelle, ne perdaient pas une bribe du combat.

– Mus ! attention, derrière toi ! il y en a un qui te colle.

– Mince, tu l'as dit Lou, c'est pas vrai ! une vraie sangsue. Je n'arrive pas à m'en débarrasser. Il est ou l'autre je ne le vois plus !

– D'après toi ? Tu crois que je m'amuse ?

– Bon sang, ils sont pires que des moustiques ces nouveaux drones.

– J'ai une idée, éloigne-toi un peu Mus et ensuite on se fait un face à face, je m'occupe du tien et toi du mien, c'est bon ?

– Ouais, reçu, mais ne trainons pas, c'est qu'il tire sacrément bien avec son laser, il va bien finir par me toucher si ça dure.

Uselli et Amourri échangèrent un regard surpris, deux de leurs meilleurs pilotes avaient du mal à se débarrasser des drones. De leur côté, les deux autres binômes ne s'en sortaient pas beaucoup mieux.

– T'es prête Mus ?

– Oui, finissons-en, j'en ai plein le dos !

Les deux vimnas prirent une trajectoire de collision, la tactique était risquée. Amourri voulu prendre la main, mais Uselli lui fit signe de n'en rien faire. Les deux vimnas étaient maintenant presque l'un sur l'autre. Lou cria :

– À toi, maintenant !

Les deux chasseurs firent chacun une barrique pour s'éviter au dernier moment et ouvrirent le feu presque en même temps. Les deux drones explosèrent en une magnifique gerbe de morceaux de métaux en fusion.

– Ah ah ! on les a eus Lou !

– T'es trop forte, allez, viens on va soulager les copains maintenant.

Amourri prit une large inspiration puis souffla par la bouche en gonflant légèrement ses joues. La manœuvre avait été très risquée à cette vitesse. Les deux chasseurs auraient très facilement pu se percuter. Le Capitaine regarda Uselli sans rien dire. Celui-ci lui fit un signe approbateur de la tête, il savait qu'il avait pris un gros risque à laisser faire ses pilotes, mais tout s'était bien passé. Malgré ce premier succès, il fallut néanmoins du temps aux trois binômes pour éliminer les six drones restants. Les chasseurs allaient rejoindre le dock quand l'officier de pont chargé de la surveillance détecta un vortex assez loin devant le rutilant.

– Commandant, je détecte une distorsion droit devant.

– Une distorsion ? Loin ?

– Moins de dix mille kilomètres.

– Sur écran, cria Uselli.

– Lieutenant Ishram, restez en formation avec vos Vims et placez-vous à l'avant du vaisseau, ordonna Amourri avant de se tourner lui aussi vers l'écran géant.

Le fond de l'espace paraissait comme soumis à de rapides vibrations. Il y eut un éclair puissant puis tout redevint calme. Uselli interpella son officier.

– Alors Lieutenant ?

– C'est incroyable Commandant, je détecte un objet super massif.

– Quel type d'objet ?

– On dirait…un boomerang ?

– Un quoi ?

– Un boomerang, Commandant, il fait presque deux fois la taille du Rutilant, c'est immense, incroyable.

– Agrandissez l'image au maximum.

L'officier enclencha le zoom, ce qui eut pour effet de provoquer une image assez floue et très hachurée. Uselli fronça les yeux pour tenter d'y voir mieux. Effectivement, un objet entièrement noir d'aspect métallique apparut. Il était relativement plat, un peu comme deux ailes d'aigle étendues et placées légèrement en pointe vers l'avant en forme de V.

– Que fait-il ? demanda Uselli.

– Il est immobile commandant, je ne détecte aucune montée en énergie.

– Amourri, vous en pensez quoi ?

– Je n'ai jamais entendu parler d'un vaisseau aussi grand. C'est hallucinant.

– Bon, voyons ça de plus près alors, que les vimnas fassent une reconnaissance en restant assez loin. Ce n'est peut-être pas le moment de faire de la provocation.

– Oui Commandant, répondit le Capitaine. Ishram ! faites-moi une reco de cet intrus. Abaissez vos armes, mais soyez prêts à revenir en cas d'hostilité.
– Ishram, bien reçu ! Vous avez entendu les gars, allons voir à quoi ressemble ce tas de ferraille.

Il ne fallut pas bien longtemps pour que les vimnas arrivent suffisamment près pour avoir un parfait visuel sur l'intrus. Dans la passerelle du Rutilant, tout le monde avait le souffle court de découvrir l'immensité du vaisseau inconnu.

– Lou ! C'est quoi ce machin ?
– Ça, c'est une bonne question, je n'ai jamais rien ne vu de pareil. À tous les vims, stoppez les moteurs.

Les six vimnas s'immobilisèrent en ligne face au gigantesque vaisseau spatial. Pendant un temps assez court, rien ne se passa. Puis plusieurs lumières s'allumèrent un peu partout sur la surface du boomerang. Ishram ne quittait pas des yeux l'écran de son scanner. Soudain il vit apparaitre une vingtaine de spots. Il jeta un œil vers l'objet, mais rien n'était encore visible. Cependant, les spots se rapprochaient à très grande vitesse.

– Lou à passerelle !
– Oui Lieutenant ? Que se passe-t-il ?
– Une vingtaine de petits objets ont été largués, ils se dirigent droit sur nous à grande vitesse.
– Vous voyez ce que c'est ?
– Non, pas encore. Qu'est-ce qu'on fait ?

Uselli regarda Amourri, il lui fallait prendre une décision rapide.

– Ishram, repliez-vous tout de suite, revenez.
– On pourrait peut-être voir ce dont il s'agit ?
– Non ! rentrez tout de suite à pleine vitesse.
– Reçu Rutilant, on rentre.

Les six chasseurs basculèrent en piquet pour revenir vers le Rutilant. Lou observait avec appréhension les spots qui se rapprochaient de plus en plus. Manifestement, quoi que ce fût, ils étaient bien plus rapides que les vimnas.

– Ishram à Rutilant ! Les trucs nous rattrapent, ils seront sur nous avant qu'on vous ait rejoints. Permission d'armer les canons ?

– C'est d'accord, armez les canons, mais n'engagez pas le combat c'est compris ?

– Bien reçu Rutilant.

Uselli se leva, il jeta un œil rapide à tous les officiers et techniciens puis se tourna vers Amourri.

– Capitaine, aux postes de combat.

Amourri se retourna vivement sur son pupitre et appuya sur un bouton de la console pour valider les haut-parleurs du vaisseau. L'action enclencha aussi une sirène d'alerte.

– Aux postes de combat, aux postes de combat. Ceci n'est pas un exercice, je répète, ceci n'est pas un exercice.

Une voix excitée résonna dans les haut-parleurs de la salle de commande :

– Ici Ishram, ils sont sur nous Rutilant, ils sont sur nous, c'est fou !

– Lou, répondit Uselli, que voyez-vous ?

Ishram se retourna à droite et à gauche pour voir ses poursuivants.

– C'est incroyable, c'est des boules de lumières vertes. Pas très grosses, un à deux mètres à peine. On ne voit aucun détail, ni canons ni moteur.

– D'accord et qu'est-ce qu'elles font ces sphères ?

– Quelques-unes sont venues se mettre entre les vims, les autres nous doublent par-dessus ou dessous puis repartent en arrière avant de revenir tout aussi vite.

– Elles ont l'air hostiles ?

– Non, pas pour l'instant.

– Bien, restez prêts à réagir s'il le faut, pour l'instant, revenez au plus vite.

– Reçu Rutilant, on arrive.

Uselli se tourna vers Amourri, la passerelle baignait maintenant dans une lumière rougeâtre assez glauque.

– Amourri, allons chercher nos gars, mais dès qu'on les aura récupérés stoppez les machines.

– Lieutenant ? Vos senseurs, ils disent quoi du vaisseau ?

– Il ne bouge toujours pas Commandant, je ne détecte aucune montée en énergie.

– Bien, espérons que ça dure.

Une nouvelle fois la voix d'Ishram résonna :

– Commandant, les sphères, elles repartent.

– Toutes ?

– Oui, Commandant, toutes.

– Rien d'autre à signaler ?

– Non, Commandant.

– Très bien, abaissez vos armes et rejoignez les docks au plus vite.

– Lieutenant ? le vaisseau ?

– Toujours rien Commandant, il est aussi immobile qu'une montagne.

Uselli se déplaça pour venir à côté de son second.

– Qu'en pensez-vous Capitaine ?

– C'est assez incroyable, leurs engins dépassent en performances nos tout nouveaux chasseurs. La question est : de quoi est capable leur vaisseau ?

– C'est ça, de quoi est-il donc capable ? Quoi qu'il en soit je n'ai pas trop envie de tenter une vérification.

– Que fait-on, Commandant ?

Uselli se tourna vers l'écran géant, l'image était toujours aussi mauvaise.

– Annulez l'alerte. Dès que l'on aura récupéré les chasseurs, on sautera vers Anna, la lune de Ki la Terre. Pour ma part, j'ai assez vu cet inconnu.

– Bien, Commandant, répondit Amourri.

Uselli se tourna alors vers l'officier de pont qui se trouvait près de lui sur sa gauche.

– Lieutenant, lorsque le chef de patrouille Ishram aura réintégré ses quartiers, faites-le venir ici pour son rapport, je veux un compte-rendu sur ce qu'il a vu de l'appareil inconnu. Donnez aussi l'ordre aux techniciens des quais d'extraire de son chasseur la vidéo du contact. Je veux la voir au plus vite.

L'officier de Pont salua et s'éloigna pour transmettre ses consignes. Amourri avait entretemps quitté sa console et était venu se placer près de son Supérieur.

– Capitaine, pensez-vous que nos anciens ennemis des Pléiades ou d'Orion aient réussi le tour de force de construire un spationef aussi impressionnant ?

– Non, Commandant, franchement cela m'étonnerait. Je suppose que s'ils l'avaient fait nous aurions déjà été attaqués. L'inconnu a juste envoyé ses boules pour observer nos chasseurs, il ne s'est même pas intéressé au Rutilant.

Les deux officiers observèrent machinalement l'écran géant sur lequel le vaisseau inconnu apparaissait maintenant d'une façon bien plus claire.

– Espérons qu'il ait des intentions pacifiques, reprit Uselli.

– Oui, à voir l'énormité de ce vaisseau, j'ai peur d'imaginer la puissance de ses canons s'il en a.

– De ses canons et certainement de ses chasseurs. Mieux vaut ne pas y penser. Regardez où nous en sommes de la récupération de vims, je veux m'éloigner le plus vite possible de notre visiteur inquiétant.

Amourri laissa le Commandant, le temps d'aller vérifier tous les statuts sur un des postes des contrôleurs de la passerelle. Satisfait, il revint un court moment plus tard.

– Tout est en ordre Seigneur, les vimnas sont tous à bord et les moteurs sont à pleine charge pour le départ.

– Très bien Capitaine, alors, en route pour Anna la lune.

Uselli se repoussa sur le fond de son fauteuil. L'air penseur, il ne quittait pas des yeux l'immense intrus sur l'écran géant. Amourri avait lui rejoint ses consoles de commandement. Il valida les paramètres de ses calculateurs et engagea le générateur de saut. L'espace autour du Rutilant sembla s'enrouler sur lui-même comme les bras d'un immense trou noir puis dans un éclat de lumière blanche éblouissante, le croiseur Nibirien disparut.

À l'intérieur du vaisseau inconnu, dans la pièce qui semblait être celle du pont de commandement, il régnait une lumière tamisée très faible. L'ensemble de la zone semblait baigner dans une semi-obscurité silencieuse. Il y avait une multitude d'écrans et un grand nombre de techniciens opérateurs tout de noir vêtus. Le manque de lumière n'aurait pas permis à un humain ou à un Anunnaki de bien comprendre ce qu'il se passait là. Un des techniciens était concentré à manipuler différentes commandes de son pupitre. Il n'avait que 3 doigts à sa main, mais des doigts très fins et très longs. Un des trois était plus court que les deux autres, un peu comme le pouce d'une main humaine. Une voix derrière lui l'interpella, il se retourna. La tête et le visage du technicien avaient quelque chose d'extraordinairement surprenant. La tête semblait disproportionnée par rapport au corps, au moins deux fois plus grosse, à taille du corps identique, que celle d'un homme. La peau était très pâle et le crâne était chauve. Il n'y avait quasiment pas de nez, mais seulement deux petits orifices ressemblants à deux narines. Les yeux étaient surprenants. Ils étaient énormes, d'un noir profond, à l'aspect presque globuleux. La bouche était si fine et si étroite qu'on aurait pu la confondre avec un rait tracé en travers du visage.

– Vous avez réussi la télémesure ?

– Oui Amiral.

– Alors ?

– Ils se dirigent vers le centre du système planétaire. D'après mes relevés, je pense qu'ils vont vers la troisième planète.

– La troisième ? Oui, bien sûr, ça n'a rien d'étonnant, ils vont sur la Terre. Bien, trouvez un vecteur pour rejoindre cette planète, nous y arriverons bien avant eux. Dès que nous serons sortis du vortex, passez aussitôt en mode occulté. La suite risque d'être intéressante, alors ne nous faisons pas plus remarquer des terriens que de notre gibier.

L'espace autour du grand boomerang se mit à vibrer soudainement et le grand vaisseau disparut presque instantanément.

13

Dans la grande salle de réception de Tal-Markhan la capitale souterraine de Namrod, toutes les délégations étaient arrivées dans les temps. Comme il l'avait promis, le conseiller Kalran avait envoyé quelqu'un prévenir Namrod, mais l'Intendant n'était pas encore arrivé. À vrai dire, cette absence momentanée n'avait rien pour choquer les membres des délégations des sept grandes familles dirigeantes. Elles avaient à disposition un grand buffet pour patienter agréablement. Mis à part les gardes de la sécurité, tout le monde discutait tranquillement autour de plusieurs grandes tables qui avaient été agrémentées d'un vaste choix de différents mets et de boissons rafraichissantes.

Les condiments ou les pâtisseries avaient été choisis en quantités égales à partir des standards culinaires de chaque délégation. Chacune d'elles était composée de dix représentants qui profitaient de cette occasion pour mettre en évidence les plus belles réalisations vestimentaires de leurs manufactures respectives. Les femmes Anunnaki en particulier avaient mis, comme à chaque fois en pareille circonstance, un point d'honneur à porter bijoux et parures de toutes sortes. Les membres masculins affichaient eux des tenues recherchées, mais toujours dans le cadre très strict du protocole et des traditions, c'est-à-dire de grandes robes de tissus fins et capes très colorées aux broderies d'or et d'argent incrustées de pierres précieuses. Ces dernières étaient issues des mines les plus réputées de la ceinture d'astéroïdes de la bordure extérieure du système solaire.

Une sonnerie de trompette retentit à l'extérieur de la salle de réception. Elle annonçait la venue imminente de Namrod. Tout le monde s'empressa de finir ce qu'il avait en bouche ou de poser sur les tables ce qu'il avait en main. Chaque délégation regroupa rapidement ses rangs. Lorsque la grande porte d'entrée s'ouvrit, il y eut un grand silence dans la salle. Deux agents des services de renseignements chargés de la sécurité pénétrèrent en premier. Avec un rapide coup d'œil, ils vérifièrent que tout était normal. Le plus grand sembla marmonner quelque chose. On entendit alors une nouvelle sonnerie. Presque aussitôt après Namrod arrivait enfin. Le peu de sommeil qu'il avait réussi à trouver pendant quelques minutes n'avait pas effacé sa grande fatigue et c'est les traits tirés qu'il pénétra dans la grande salle.

Les représentants des sept familles avaient, de par leurs positions respectives, mis en place une sorte de corridor qui allait amener Namrod jusqu'à une estrade sur laquelle était installé un trône en bois précieux. Namrod s'avança lentement non sans saluer au passage les représentants de la classe dirigeante de la planète. Arrivé sur l'estrade, Namrod se retourna vers les hauts dignitaires. De la main droite il appuya à la base gauche de son cou sur un petit bouton assez discret. Il se racla la gorge pour vérifier le fonctionnement de son équipement de sonorisation intégré. Tout semblait être opérationnel alors il prit la parole.

— Nobles représentants, les événements passés ou à venir qui nous réunissent aujourd'hui sont bien tristes pour toute la planète. Demain nous pourrons terminer le deuil qui nous unit tous, après la mort de notre Roi bien-aimé Enki. Vous le savez, les circonstances qui ont conduit à son décès restent bien mystérieuses. Les éléments que j'ai pour l'instant ne permettent pas de mettre en évidence des responsabilités qui permettraient de confondre les auteurs de cette ignominie. L'enquête policière que j'ai commandée, dès que vous avez bien voulu me donner la régence du royaume, cette enquête continue donc. Je viens d'augmenter les ressources des enquêteurs pour leur permettre d'aller plus vite sur la piste des assassins.

Namrod allait poursuivre lorsqu'il vit un soldat se précipiter dans la salle, loin face à lui à l'opposé de son trône. Le militaire marqua une pause, impressionné sans doute par tout ce déploiement diplomatique. Tout le monde se retourna aussitôt vers lui, le regard interrogateur. Assez mal à l'aise, le soldat vit avec soulagement le conseiller Kalran s'avancer rapidement vers lui. Lorsqu'il fut près de lui, il délivra son message. Une fois déchargé de cette obligation, il salua Kalran puis fit rapidement demi-tour avant de se précipiter vers la sortie. Aussitôt, Kalran pressa le pas jusqu'à Namrod. Celui-ci laissa son ami le rejoindre sur l'estrade. Kalran se plaça à la droite de l'Intendant qui appuya aussitôt sur la base de son cou pour couper la sonorisation.

Un murmure grandissant commença à poindre dans l'assemblée. Tout le monde eut bien conscience que cette interruption du protocole avait quelque chose d'exceptionnel. Il fallait en effet un événement majeur pour que le messager ait été autorisé à entrer dans la grande salle de réunion. Alors chacun et chacune se demanda bien ce qui avait pu arriver. Les gens échangèrent réflexions et questionnements. L'inquiétude générale grandit d'un cran de plus quand ses participants virent Namrod marquer manifestement le coup. Kalran s'écarta et descendit de l'estrade. Toujours debout, Namrod leva les deux mains pour ramener le silence. Il appuya une nouvelle fois sur le bouton à la base de son cou pour réinitialiser la sonorisation.

— Noble assemblée, ce que je viens d'apprendre est tout à la fois incroyable et particulièrement inquiétant, dit-il en marquant une pause avant de reprendre. On vient de m'apprendre que deux des personnels affectés à la surveillance de l'ancien roi banni Enlil ont été retrouvés assassinés à l'arme blanche. Leurs corps avaient été cachés pour ne pas éveiller de soupçons. C'est une certitude, Enlil s'est échappé de son exil de Lhamou[25] la planète rouge.

Aussitôt, les gens échangèrent leurs étonnements et commencèrent à débattre des incidences obligatoires que cette évasion allait avoir sur le processus de l'élection du nouveau roi. Namrod essaya de reprendre la main tout de suite en reprenant la parole.

— Nobles représentants, cette nouvelle arrive au mauvais moment, à moins que ce ne soit pas un hasard. Nous allons diligenter une enquête tout de suite pour faire toute la lumière sur cette affaire.

---

[25] La planète Mars.

Quelqu'un dans la salle cria une question :

— Seigneur Namrod, quand cela est-il arrivé ?

— D'après ce qu'on vient de m'apprendre, la découverte nous a été envoyée par une liaison longue distance depuis l'émetteur central de Lhamou. C'est l'équipe de relève, qui amenait eau et nourriture à la base souterraine sous le volcan le plus grand, qui vient de retrouver les corps.

— Et Enlil, Seigneur Namrod ?

— Il semble que nous n'ayons aucune trace de lui. Ce qui est certain, c'est que la mort des surveillants remonte à plusieurs jours, sans doute une quinzaine. Ce forfait n'a pas pu se réaliser sans une aide extérieure venue de Nibirou. Nous sommes donc confrontés à un acte de haute trahison.

— Quinze jours ? reprit quelqu'un d'autre.

— Oui, quinze jours environ. Il se pourrait donc qu'Enlil soit déjà revenu sur Nibirou.

Cette fois les échanges partirent bon train. Namrod ne chercha même pas à reprendre la main. Il savait que ce n'était pas la peine d'essayer de calmer tout de suite les esprits. Tous ces hauts représentants avaient une si grande opinion d'eux-mêmes qu'il aurait été impossible de leur faire admettre qu'on leur impose le silence sur une affaire aussi grave. Des regards inquisiteurs, presque accusateurs, se tournaient par-ci par-là vers les Délégués de la famille d'Enlil. Il était temps d'agir pour l'Intendant, car la situation pouvait désormais dégénérer très vite.

— Noble Assemblée, mes Seigneurs des Sept, écoutez-moi ! Quelles que soient les implications de ce que nous venons d'apprendre, cela ne doit pas nous détourner de notre devoir. Nous sommes ici pour déposer les bases de l'élection du nouveau roi. Comptez sur moi pour tout mettre en œuvre afin que le Sénat soit prêt, demain comme prévu avant les obsèques d'Enki, pour voter et désigner le successeur d'Enki. Quelle que soit la suite que nous connaitrons de cette affaire, nous aurons bien un nouveau souverain demain, j'en prends ici devant vous l'engagement. Je compte sur votre soutien et votre implication pour que loin des divagations spéculatives, nous puissions travailler à l'établissement et l'installation du nouveau roi de Nibirou.

Malgré la volonté affichée de Namrod de reprendre le cours de la cérémonie, les murmures ne cessaient pas dans l'assistance. Le retour probable d'Enlil changeait manifestement la donne pour plusieurs des familles. Les alliances qui avaient conduit à la désignation de deux candidats à la succession allaient peut-être voler en éclats. Namrod laissa un instant planer son regard sur l'assemblée. Il ressentait soudain une douleur diffuse descendre de son front et se concentrer à l'arrière de ses deux yeux. La fatigue et le stress de cette nouvelle situation lui donnaient une vision presque hallucinatoire de la situation dans laquelle les visages et les commentaires qu'il entendait lui faisaient maintenant tourner la tête. Dans un effort extraordinaire, il réussit cependant à se concentrer et à retrouver assez de lucidité pour reprendre le contrôle des diplomates. Encore une fois il leva les deux bras pour attirer toute l'attention sur lui.

— Mes amis, écoutez-moi. La situation exige raison et volonté. Écoutez-moi tous et toutes ! Dans notre longue histoire, nous avons traversé bien des épreuves, mais la paix a fini par tous nous rassembler. Cette paix a toujours été fragile, c'est vrai, mais depuis plus de trois mille ans, nous avons su ensemble la maintenir pour le bien de tous. Aujourd'hui, nous devons être encore plus forts face aux nouvelles difficultés. Elles ne sont pas si terribles que nous pourrions l'imaginer. D'autres viendront sûrement plus tard qui nous diviseront peut-être. Alors je vous le dis, restons unis et travaillons collectivement à ce qui nous réunit ici et maintenant. Travaillons pour notre avenir. Oui, travaillons pour qu'il soit meilleur. Mes amis, travaillons pour ne plus connaitre les haines, les rancœurs et les guerres. Mes amis, travaillons à élire le meilleur roi. Construisons pour lui et avec lui le monde nouveau dans lequel il nous conduira.

L'effet de ce court discours eut un effet incroyable. Les voix s'étaient tues et tout le monde était tourné vers Namrod. Il régnait d'un seul coup un étrange silence, à la fois lourd et salvateur. Mais la tension était à son comble et tout pouvait arriver. C'est alors qu'un applaudissement isolé se fit entendre sur le côté gauche de la salle. Tous les regards se tournèrent vers celui qui applaudissait. C'était Kalran. Namrod regarda avec soulagement son ami de toujours. A lui seul, il était en train de sauver la situation. Les membres de la famille Abilsin se mirent aussitôt à applaudir également, bientôt suivis par l'ensemble des Délégués des autres familles. Namrod sentit une bouffée d'énergie lui traverser tout le corps et il frissonna. Il laissa un instant de plus à l'assemblée l'occasion de manifester sa solidarité puis il reprit la parole :

— Nous avons la lourde tâche de faire le bon choix. Ce n'est pas une tâche facile parce qu'elle implique que chacun et chacune devra faire des concessions pour le bien de tous. Je vous le dis, restons unis et il n'y aura, ni vainqueurs ni vaincus. Chaque délégation va pouvoir exprimer ses positions, ses souhaits et sa vision de notre monde futur. Venez avec moi. Il est temps de nous mettre au travail. Suivez-moi dans la salle d'à côté, une place vous y a été réservée dans le respect de nos traditions.

Namrod descendit de l'estrade et se dirigea vers la porte qui donnait sur une autre grande pièce. Avant d'en passer le seuil, il passa devant Kalran. Il lui adressa un grand sourire et un clin d'œil complice. Les délégations suivirent le mouvement avec méthode et rigueur. La salle de travail avait une forme en hémicycle. Sur l'estrade, côté du mur rectiligne, se trouvait un trône de marbre rose recouvert de coussins magnifiquement décorés de rouge et d'or. Le sol était entièrement fait d'un marbre blanc aux nervures azur et laissait apparaitre par endroit des inclusions de pépite d'or. Les murs étaient recouverts d'une feutrine pourpre du plus bel effet. Des appliques lumineuses diffusaient une douce lumière qui donnait une sensation de quiétude. Les lampes ressemblaient à des flammes de torches, elles captivaient le regard.

Face au trône, l'hémicycle en forme de gradin était divisé en sept sections de tailles égales. Chacune des sections était repérée par l'écusson de la famille qui y siègerait. Chaque écusson était entouré de colonnades bleu azur et or. Chaque délégué avait un siège particulièrement confortable et un pupitre magnifiquement ouvragé. Chaque participant avait à sa disposition une tablette tactile reliée au réseau informatique de sa délégation et un micro pour prendre la parole. De chaque côté de l'estrade étaient exposés, à demi ouverts, les drapeaux de chaque famille. Au-dessus du trône, une grosse boule représentant Nibirou tournait lentement sur elle-même tandis que le plafond était décoré des représentations étoilées des douze principales constellations.

Tout le monde gagna assez rapidement sa place. Namrod allait maintenant pouvoir animer les débats. Avant de commencer, il se tourna vers la porte près de laquelle était resté Kalran. Il lui adressa un signe de la tête en guise de remerciement. Kalran inclina légèrement la tête pour y répondre, puis il se retourna et quitta l'hémicycle. Deux gardes refermèrent derrière lui les deux grands battants de la lourde porte en bois exotique. Kalran s'arrêta devant une table où il se servit une part de gâteau qu'il mangea avec délectation. Après s'être essayé les mains, il fouilla dans sa tunique et en ressortit un petit boitier de communication. Il composa une suite de symboles et colla le boitier à son oreille droite.

— C'est Kalran, Seigneur. Ça y est, c'est commencé, ils sont tous dans la salle des débats. Rien de spécial de ce côté-là, mais j'ai une mauvaise nouvelle. Enlil s'est échappé.

Le fils d'Enki sursauta presque en entendant l'annonce de Kalran.

— Quoi ? Comment ça il s'est échappé ? s'écria Amar-Outou[26].

— La nouvelle vient d'arriver de la base de Lhamou. Un commando est certainement venu le délivrer. On n'en sait pas plus, mais il est fortement probable qu'il soit déjà revenu sur Nibirou.

— Enlil sur Nibirou ? Oui, oui, oui. Mais bien sûr, je comprends mieux maintenant. La mort de mon père faisait sans doute partie d'un plan plus large.

— C'est bien ce que j'imagine aussi. D'ailleurs il s'en est fallu de peu que je sois tué moi-même sur le Pont de l'Hexagone.

— Un attentat contre vous ?

— Oui Seigneur. Je pense que tout ça est lié.

---

[26] Fils du dieu Enki.

— Humm, oui, ça parait être une évidence. Enlil n'a jamais été très patient. S'il est revenu, il va vouloir reprendre le pouvoir le plus vite possible. Mais avant ça il voudra se débarrasser de tous ceux qui pourraient le gêner ou qui lui ont fait du tort. Nous allons devoir être prudents.

— Oui Seigneur, je le crois aussi.

— Bien, venez au plus vite au palais me rejoindre, nous devons mettre au point un plan de bataille. Jamais je ne laisserai mon oncle reprendre le pouvoir. Non, jamais !

Au dock désaffecté, Enlil venait de sortir de la douche. Il avait pris un soin infini à frotter chaque partie de son corps avec un savon très mousseux. Il était en effet important de se débarrasser des particules ionisantes qui auraient pu rester collées sur sa peau après la traversée du Sas d'Ishtar. Marquesh en avait fait tout autant. Les Talpacs du dock leur avaient fourni de nouveaux vêtements, car, par précaution, ceux contaminés avaient dû être incinérés. Après avoir trouvé un endroit pour cacher le corps de son ami, Amon-Ka était tout récemment revenu à la cache secrète. Depuis qu'il avait appris à ses équipiers les circonstances de la mort de Ni-Shar, il régnait au dock une atmosphère froide et pesante. Amon-Ka ne pouvait s'empêcher, en regardant Enlil, de le tenir pour responsable de la mort du contrebandier. Il n'en parlerait sans doute jamais à personne, mais quelque chose en lui était cassé, quelque chose qui serait sans doute impossible à guérir. Ni-Shar avait été pour lui comme le frère qu'il n'avait jamais eu. Nini, comme il l'appelait parfois affectueusement, l'avait accompagné depuis sa plus tendre enfance, en tout cas aussi loin qu'il pouvait s'en souvenir.

De leur côté, les deux autres Talpacs n'avaient que très peu apprécié l'agression d'Enlil lorsque l'ancien roi s'était échappé du dock en leur volant leur arme. Leur allégeance n'aurait sans doute jamais plus la même adhésion. L'Anunnaki ne s'en rendait peut-être pas encore compte, mais il allait sans doute avoir beaucoup de mal à recoller les morceaux pour retrouver le plein soutien de l'équipe à son entreprise. Marquesh, lui, avait bien senti la différence. Quelque chose d'impalpable en lui l'alertait d'un danger potentiel. Était-ce la froideur du dock ou bien la peur de voir bientôt les robots policiers débouler devant la porte du complexe secret des contrebandiers ? En tout cas, il ressentait une pression désagréable dont il n'arrivait pas à se défaire. Il le réalisait, l'insouciance de l'ex-monarque avait failli lui coûter la vie à lui aussi. Il le savait bien, les robots policiers n'étaient pas connus pour être très diplomates. En fait ils tiraient souvent d'abord et négociaient rarement avec ceux qui n'obtempéraient pas à leurs injonctions.

Après être sorti de la douche, Enlil s'était isolé dans la pièce qui lui servait de chambre à coucher. Amon-ka et ses deux acolytes s'étaient regroupés dans un coin du hall d'entrée où ils discutaient à voix basse. Cette attitude inhabituelle inquiétait de plus en plus Marquesh. Un gyrophare orange se mit tout à coup à s'allumer au-dessus de la porte principale. Marquesh attrapa aussitôt son arme, suivi aussitôt par Amon-Ka. Les deux autres Talpacs se regardèrent sans trop savoir quoi faire, car depuis l'évasion d'Enlil, ils étaient désarmés. Apeurés ils se précipitèrent à l'abri d'un meuble au fond de la pièce. Marquesh et Amon-Ka avaient eux aussi cherché l'abri d'un meuble. Arme au poing, ils étaient tous les deux prêts à tirer. Un instant plus tard, la porte s'ouvrit. Personne. Amon-Ka jeta un coup d'œil interrogateur à Marquesh. Celui-ci lui fit signe de rester silencieux. Une voix appela à l'extérieur :

— Marquesh ? Tu es là ? C'est Baal.

D'un seul coup la pression retomba. Marquesh reconnut la voix de son complice. Il y répondit en prenant garde malgré tout de rester à l'abri d'un tir éventuel.

— Oui, je suis là, tu peux entrer !

Une imposante silhouette se dessina dans la pénombre derrière la porte. Elle avait en main une arme bien visible, mais manifestement dirigée vers le sol en signe de non-agression. Baal-Nash s'avança lentement en regardant de tous côtés, puis il rangea son arme.

— Il est là ?

— Oui, au fond à droite il y a une chambre où il s'est retiré.

— Ha ! Très bien. J'étais inquiet. Quand j'ai reçu ton appel, je devinais à peine ta voix à travers des grésillements incessants.

— C'était normal, on était dans le Sas d'Ishtar.

— Je comprends mieux pour les grésillements. Mais que diable faisiez-vous dans cet endroit contaminé ?

— Je n'ai pas eu le choix. Il fallait échapper aux robots policiers. Tu en as vu en venant ici ?

— Non.

Tout en parlant, Marquesh s'était relevé en rangeant lui aussi son pistolet pour aller rejoindre Baal. Celui-ci jetait un regard froid et soupçonneux aux Talpacs.

— Bon, vous avez fini par le retrouver, heureusement pour vous. Et Ni-Shar ? Il est où ?

— Il n'est pas là, répondit froidement Amon-Ka.

— Il s'est perdu ?

— Non, il est mort.

Baal-Nash se tourna vers Marquesh pour avoir une éventuelle explication.

— Ne me regarde pas comme ça, je n'y suis pour rien, ils sont tombés sur des policiers. Ni-Shar a pris un tir en pleine poitrine.

Baal-Nash se tourna à nouveau vers le Talpac. Celui-ci avait les yeux qui roulaient d'une façon désordonnée.

— Désolé Amon-Ka, dit Baal avec semblait-il une réelle sincérité.

Les yeux du Talpac s'immobilisèrent sous l'effet de la surprise. Baal n'était pas réputé pour ses amabilités.

— Est-ce qu'il y aurait quelque chose à boire ? demanda Baal-Nash. Pour venir jusqu'ici, j'ai dû faire pas mal de chemin en évitant les kamras de surveillance.

— De la bière moyennement fraiche, ça ira ?

— Très bien, j'ai la gorge en feu.

— Assis-toi à la table, j'arrive avec ce qu'il faut.

Marquesh se tourna vers les Talpacs.

— Et vous ?

Les trois Talpacs répondirent négativement. Marquesh les regarda une fois de plus avec étonnement. Que pouvait bien signifier ce brusque changement de comportement. Boire une bière avait toujours été bien accueilli chez les Talpacs. Marquesh sentait une nouvelle fois une alerte vibrer en lui. Quelque chose ne lui plaisait pas du tout, mais il n'arrivait pas à définir quoi. Finalement il haussa les épaules, la fatigue devait commencer à lui jouer des tours. Il décida de ne plus se préoccuper de la chose et partit chercher, dans une petite salle qui donnait dans le hall, la bière qu'il venait de proposer. Lorsqu'il fut de retour, il servit deux grands verres en céramique.

— Qu'est-ce qu'il fait ? Demanda Baal et portant son verre à la bouche, une partie de sa moustache dans la mousse.

Marquesh tourna la tête vers le fond de la pièce, du côté de la chambre d'Enlil.

— Je ne sais pas, il est vraiment curieux et imprévisible, répondit-il en prenant sa première gorgée.

— Avec cette histoire, on a perdu beaucoup de temps pour rien.

— Wouai, et on a perdu aussi Kalran, mais ce n'est pas grave, on le retrouvera comme la dernière fois.

— Non, pas besoin.

— Pourquoi ? questionna Marquesh.

— Parce que pendant que tu courais après Enlil, Namrod a reçu les délégations des Sept. Ils doivent être en train de finaliser les funérailles et l'élection du nouveau Roi.

— Justement, ça laisse à Kalran le temps de trouver des indices qui lui permettraient de nous découvrir. Il est malin comme un vieux renard.

— À mon avis il va avoir d'autres préoccupations plus importantes ?

— Plus importantes que de savoir qui lui a tiré dessus ?

— Oui ! Devine quoi ! C'est son frère qui sera candidat à l'investiture, répondit Baal-Nash, fier d'annoncer la nouveauté.

— Dar-Aman ? Roi de Nibirou ? Hé ben ! Si avec Enlil on sait ce qu'on aura, avec celui-là, on n'est pas près de s'en sortir. Militairement il ne vaut pas un clou, dit Marquesh avec une forte réprobation, tout en reprenant une grande rasade de sa bière.

— Clou ou pas, de toute façon, si on fait le boulot prévu, ce n'est pas lui qui va reprendre les rênes du pouvoir.

— Bon, qu'est-ce qu'on fait alors ? demanda Marquesh.

— On a un plan à peaufiner pour demain. Tout est prêt ou presque. Il faut qu'on explique tout ça à Enlil. Ce n'est pas le moment qu'il lui passe une autre idée par la tête et qu'il fasse tout foirer, reprit Baal-Nash.

Il releva son verre pour le finir d'un trait, accompagné dans son mouvement par Marquesh. Ils reposèrent ensemble les verres vides. D'un coup de manche, Baal essuya les restes de mousse de bière de sa moustache ?

— Viens, allons le voir.

— Tu es sûr de vouloir le déranger ? dit Marquesh.

— Oui, tant qu'on l'aura sous les yeux, on n'aura pas besoin de lui courir après. J'ai des informations importantes à lui donner, reprit-il, satisfait de sa pointe d'humour. Viens avec moi.

Les deux complices se levèrent et se dirigèrent jusqu'à la porte de la chambre d'Enlil. Marquesh frappa à la porte.

— C'est pour quoi ? répondit Enlil.

— Mon Seigneur, nous avons des informations à vous communiquer pour demain, dit Marquesh.

— Très bien, entrez.

Lorsque la porte se referma, Amon-Ka, qui avait suivi les événements de loin sans trop vouloir le montrer, se retourna vers les deux autres Talpacs.

— C'est le moment, tirons-nous d'ici.

— Tu es sûr de vouloir faire ça ? demanda Mak-Tar.

— Oui, on ne nous a jamais traités comme Enlil l'a fait. Qu'ils se débrouillent.

— Et notre prime ?

— À quoi veux-tu qu'elle te serve si on se fait descendre ici ?

— Tu as raison, c'est vrai. On va où alors ?

— On va aller se mettre au vert sur la ceinture d'astéroïdes de la bordure extérieure, j'ai de la famille là-bas qui travaille à la mine de Nickel.

— Ça fait loin.

— Justement, plus on sera loin, à mon avis, mieux cela vaudra. Qu'ils se débrouillent tous seuls, moi je les ai assez vus. Vous êtes d'accord ?

Mak-Tar et Sout-Anka échangèrent un rapide regard.

— Oui, c'est d'accord Amon-Ka, on te suit.

— Bien, alors ne perdons pas de temps, partons avant qu'ils ne décident de sortir de la chambre. Filons à la navette.

Les Talpacs se dépêchèrent de récupérer quelques affaires et ils sortirent rapidement. En pressant le pas, ils rejoignirent la navette qui leur avait servi à transporter discrètement Enlil depuis son exil de Lhamou. Un moment plus tard, l'astronef quittait Nibirou.

14

À peu près au même instant, Marquesh sortait de la chambre. Il remarqua aussitôt l'absence des Talpacs. D'un pas rapide, il vérifia à l'intérieur de toutes les pièces avant de se rendre à l'évidence : les Talpacs avaient déserté les lieux. D'un seul coup il réalisa que ses craintes intuitives étaient fondées. Tout cela ne lui plaisait pas du tout. Trop de choses ne marchaient pas comme prévu. Son instinct de soldat aguerri le mit une fois de plus en alerte. Mais que faire ? Tout en se mordillant la lèvre inférieure, il refit une inspection visuelle du hall en tournant sur lui-même. Après un tour complet, il s'immobilisa, se frotta un instant le menton de la main droite puis en secouant la tête il se dirigea vers la chambre pour prévenir les autres.

Pendant ce temps, Kalran venait d'arriver au palais avec une navette rapide. Un des gardes l'attendait et le conduisit directement aux appartements du Prince Amar-Outou. Lorsqu'il fut introduit, Kalran salua très protocolairement de fils d'Enki. Celui-ci était assis à un bureau qui faisait partie des appartements de la suite royale où résidait habituellement son père. La pièce était spacieuse et richement décorée de tableaux aux murs et de diverses œuvres d'art posées sur des socles en colonne ou sur du mobilier en bois rare. Une vaste bibliothèque mettait en évidence de très anciens manuscrits. L'équipement du bureau de travail tranchait profondément avec le reste de la pièce. On y voyait plusieurs outils de haute technologie.

– Conseiller Kalran, je suis heureux de vous recevoir, merci d'avoir fait aussi vite.

– C'est normal, mon Seigneur.

Amar-Outou se leva pour venir au-devant de Kalran. Un signe très démonstratif du respect qu'avait le Prince pour le Conseiller.

– Dites-moi, vous semblez convaincu qu'Enlil est revenu sur Nibirou. Je suis prêt à le croire moi aussi. Pensez-vous qu'il soit à l'origine de l'empoisonnement de mon père ?

– C'est difficile à dire. Il me parait difficile d'avoir pu organiser tout cela depuis son exil. De mon point de vue, c'est ici sur Nibirou que l'opération a dû être organisée, mise au point et matériellement déclenchée.

– Je vois. Si on fait une première approximation, il faut presque 10 jours pour aller jusque sur Lhamou et autant pour en revenir. En fouillant dans les archives de Dag-Aras, on doit pouvoir retrouver la trace du vaisseau qui a fait l'aller et retour, non ? dit le Prince.

– Ce n'est pas une évidence. Ceux qui ont organisé l'évasion devaient savoir que l'on orienterait l'enquête vers les enregistrements de la station du contrôle spatial. Ils ont dû s'arranger pour bénéficier d'une complicité sur place qui aura à mon avis effacé toutes les traces compromettantes. C'est ce que j'aurais fait à leur place.

Le Prince baissa le regard vers le sol le temps de réfléchir à ce que Kalran avançait. Rapidement, il redressa le regard pour regarder le Conseiller droit dans les yeux.

– Oui, bien sûr. Je comprends. On pourrait donc orienter nos soupçons vers des membres de sa famille, en poste sur Dag-Aras. Il faudrait bien sûr qu'ils soient capables de mener à bien ce travail sans se faire remarquer.

– En effet. Pour autant, ils sont certainement nombreux et nous n'avons guère de temps pour ce type d'enquête.

– Et que pourrions-nous faire d'autre ?

– Si Enlil est revenu, c'est forcément pour reprendre son trône. Il ne pourra pas le faire si le Sénat a désigné son successeur. En tout cas cela me paraitrait beaucoup plus compliqué.

– Quelle option verriez-vous à cette impossibilité ? demanda Amar-Outou. Mais ne restons pas debout plus longtemps, allons nous assoir confortablement sur les fauteuils. Venez, suivez-moi.

Le fils d'Enki passa devant puis s'assit sur un fauteuil à l'aspect très ancien. Mais cette apparence était trompeuse, il s'agissait en fait d'un mobilier très moderne à adaptation de forme automatique. Une fois assise dans ce type de fauteuil, la personne voyait le mobilier s'adapter parfaitement à la morphologie de son corps. Cela procurait une bien être très surprenant. Amar-Outou désigna à Kalran un des autres fauteuils face à lui. Kalran n'était pas habitué à ce luxe moderne. Il regarda avec étonnement le fauteuil changer de forme dès qu'il s'y installa.

– Revenons à notre affaire, quelle autre option imaginez-vous ?

– C'est une question bien difficile, mon Seigneur.

– Certes, mais je vous connais bien, je sais que vous avez déjà une petite idée derrière la tête. Je vous écoute.

Kalran n'avait pas vraiment le choix, ne pas répondre, aurait été vécu comme un manque de respect. Effectivement, Amar-Outou savait bien qu'il aurait déjà réfléchi à la chose. En fin tacticien, il aurait imaginé comment lui s'y serait pris pour mener le complot. Il se racla la gorge et prit la parole.

– Il y a plusieurs possibilités en fait.

– Plusieurs ? reprit le prince avec étonnement.

– Oui, mon Seigneur.

– Eh bien, commencez donc par la plus probable.

– La première chose que j'envisage est une série d'attentats.

– Oui, j'ai ouï dire que vous-même venez d'y survivre.

– J'ai eu beaucoup de chance.

– Des attentats, disiez-vous.

– Voici ce que j'envisagerais de plus facile. Il n'y a que deux prétendants, les éliminer permettrait d'engager aussitôt un coup d'état.

– Je ne vous suis pas. Namrod est déjà Roi. Tuer les prétendants confirmerait sa position.

– Pas forcément, il suffirait de faire une campagne de dénigrement en faisant courir la rumeur que c'est lui l'instigateur des meurtres. Enlil n'aurait plus qu'à arriver en sauveur intègre.

– Étrange idée, mais je reconnais qu'elle a du sens. Une autre ?

– Éliminer tout de suite Namrod, par exemple.

– Ce qui n'empêcherait pas l'élection du nouveau Roi.

– C'est vrai, mais avec beaucoup de retard. Ce temps serait mis à profit pour faire porter la responsabilité à un des candidats, répondit Kalran.

– Je reconnais bien là votre incroyable don pour anticiper les choses Conseiller Kalran.

– Merci, Mon Seigneur.

– Autres idées ?

– Infiltrer l'armée et provoquer un coup d'État militaire.

– Je crois assez peu à cette possibilité, dit le prince.

– Moi non plus à vrai dire, mais c'est une supposition.

– Soit, une autre ?

– Eh bien cela fait déjà beaucoup. Voyons, laissez-moi réfléchir. Humm, dans une version plus compliquée, Enlil pourrait laisser faire les élections, mais une fois celles-ci terminées, il pourrait gagner une partie de la population à sa cause et fomenter des troubles jusqu'à apparaitre comme le seul capable de ramener l'ordre. C'est beaucoup plus compliqué et beaucoup plus long, mais ce pourrait être terriblement efficace. Nous ne devons pas oublier qu'Enlil avait de nombreux partisans, y compris chez les Sept.

- C'est vrai, s'il n'avait pas commis autant d'agressions sexuelles, il serait toujours sur le trône. Cela fait tout de même beaucoup de possibilités et ne nous aide pas beaucoup.

- C'est vrai.

- Si vous aviez à faire un choix, quelle option prendriez-vous, Kalran ?

Le Conseiller hésita avant de répondre.

- Peut-être aucune de celles que j'ai évoquées.

- Ah bon ? Pourquoi ? Y en aurait-il d'autres ?

- J'étais en train d'y réfléchir justement. L'intendant Namrod est coincé à son palais de Tal-Markhan, du coup, le siège de la puissance militaire est sans son véritable chef, dit Kalran.

- Je ne comprends pas ? répliqua le prince.

- Dag-Aras est véritablement le cœur de la puissance. C'est depuis la station spatiale que tout le trafic autour de Nibirou se règle au quotidien. La force spatiale y est concentrée. Si des alliés d'Enlil y sont déjà implantés pour avoir fait disparaitre les traces du vaisseau pirate qui a ramené votre oncle, il se pourrait bien qu'ils soient aussi en mesure de verrouiller le trafic. Cela ferait une excellente porte d'entrée vers Nibirou.

- Vu comme cela effectivement la logique me parait plus claire. Cela impliquerait aussi qu'une partie de la force spatiale est déjà à la solde d'Enlil.

- Oui.

- Mais les militaires de Dag-Aras répondraient certainement à l'appel de l'Intendant pour mater une rébellion, non ?

- C'est ce que j'ai pensé en premier lieu moi aussi.

- Mais ?

- J'en suis beaucoup moins convaincu maintenant. Namrod est un excellent chef, mais ses méthodes ont toujours été rudes et je me demande si les servants de la station ne verraient pas d'un bon œil l'arrivée d'un nouveau commandant, moins rigide et moins sévère. Beaucoup d'officiers ont été sanctionnés sévèrement pour leurs erreurs, il se pourrait bien que ceux-là aient des comptes à régler avec Namrod.

- Humm, je vois, aussi incroyable que puisse être cette idée, elle a beaucoup de potentiel. Elle me parait tout de même un peu trop spéculative. Il faudrait que mon oncle ait réussi le tour de force de corrompre au moins un officier supérieur pour lui donner à la fin le commandement.

- La corruption a toujours existé, reste à savoir ce que les traitres pourraient avoir fait comme promesses, dit Kalran.

- Le commandement de la station ne me parait pas un élément très attirant ou très motivant. Après tout, la station n'est qu'une immense base militaire austère et dépourvue de lieux de détente.

- C'est vrai, ce n'est effectivement pas très attirant, je ne vois pas ce qui pourrait plaire à un officier supérieur qui voudrait se débarrasser de Namrod...à moins que...

- À moins que ? reprit le fils d'Enki avec curiosité.

- Mais oui, bien sûr, il y a mieux que la station spatiale, il y a le Rutilant !

- Hummm, oui, oui, oui, ça, c'est un joli paquet cadeau. Seulement voilà, vous savez combien il y a d'officiers sur la station ?

- Beaucoup trop, c'est certain.

- C'est bien ce que je pense aussi, le coup d'État aura déjà eu lieu que nous n'aurons pas commencé le moindre début d'enquête.

- À moins que nous ne la ciblions sur quelques cas seulement. Certes, avec le risque de passer à côté de la solution, répondit Kalran.

- Et à quels cas pensez-vous ?

- En réfléchissant un peu, qui en voudrait assez à Namrod pour avoir basculé du côté des traitres ?

- Je ne vois pas, dit le Prince.

- En toute logique, je ne vois qu'une solution. Je pense que c'est forcément un officier supérieur tombé en disgrâce.

- Kalran, vous êtes formidable, mais avec Namrod aux commandes depuis presque cinq mille ans, cela fait une belle quantité d'officiers supérieurs à soupçonner.

- Oui Seigneur, ce n'est pas simple, j'avoue.

- Votre dernière idée me semble néanmoins la plus intéressante. Mais comment faire pour agir au plus vite ? demanda Amar-Outou.

- Je ne vois qu'une solution, il faut que j'aille sur Dag-Aras prendre la température, peut-être que j'y trouverai des indices.

- C'est une bonne idée, quand pourrez-vous partir ?

- Je peux y aller maintenant.

- Très bien alors, faites donc et tenez-moi au courant au plus vite.

- Oui, mon Seigneur.

Kalran se leva et salua pour quitter la pièce. Il était presque arrivé à la porte lorsque le prince l'interpela.

- Conseiller Kalran ?

- Oui Seigneur ? répondit Kalran en se retournant.

- Dites-moi. Quelle est votre implication auprès de Namrod ? J'ai besoin de savoir.

- Il a tout mon respect, c'est un ami depuis très longtemps. Je ne suis pas toujours en accord avec ses décisions, mais je lui reconnais l'honnêteté et la franchise.

- Vous n'avez pas insisté sur une des hypothèses. Et si c'était lui le cerveau de tout ça ?

- Je ne peux pas le croire, non. C'est impossible.

- Très bien, si vous en êtes certain…

- Je le suis Seigneur.

- Je fais confiance en votre jugement. Allez-y et revenez vite vers moi si vous trouvez quelque chose, le temps presse de plus en plus.

- Oui Seigneur.

Kalran se détourna et quitta le prince pour se rendre directement au dock de la cité d'où il allait pouvoir rejoindre Dag-Aras au plus tôt.

Loin de là, sur le Rutilant, le commandant Uselli avait convoqué le Lieutenant Ishram. Lorsque celui-ci se présenta devant les quartiers du patron de l'astronef, un garde appuya sur un bouton près de la porte et annonça l'officier. L'autorisation fut accordée aussitôt. Le garde déverrouilla la porte et salua pour laisser entrer le pilote. Contrairement à la résidence du commandant sur Dag-Aras, les appartements de Uselli sur le Rutilant étaient plutôt sobres et somme toute relativement peu accueillants. Avec assez peu d'enthousiasme, Ishram avança lentement dans le couloir assez étroit qui conduisait au bureau de son supérieur. Lorsqu'il pénétra dans la pièce face à lui, il aperçut aussitôt sur la droite le commandant du Rutilant assis à son bureau de travail. Face à la porte d'entrée, il y avait une grande baie vitrée qui donnait sur l'espace extérieur. La distorsion du saut créait une sorte de vortex qui semblait s'entourer autour du Rutilant. Uselli interpela l'officier :

- Venez vous assoir face à moi Lieutenant.

Ishram salua et s'avança comme il lui avait été demandé.

- Bien, asseyez-vous sans attendre.
- Merci Commandant.
- J'ai visionné les enregistrements vidéo de votre sortie pour reconnaitre l'intrus. J'aimerais avoir votre avis Lieutenant, qu'avez-vous vu depuis votre cockpit.
- Le vaisseau étranger était tout simplement inimaginable. Sa dimension dépassait certainement deux fois la taille du Rutilant. Il ressemblait à un boomerang assez aplati vu depuis notre position. Nous étions malheureusement trop loin pour pouvoir observer vraiment tous les détails, mais je ne me rappelle pas avoir rien vu qui pouvait ressembler à des armes.
- C'est-à-dire ?
- En fait, la surface de l'astronef étranger semblait parfaitement lisse, il n'y avait ni protubérance ni même ce qui aurait pu ressembler à des moteurs.

Uselli regarda son pilote avec une certaine hésitation dans le regard. Manifestement il essayait de se représenter le vaisseau inconnu tel qu'Ishram tentait de le décrire.

- Pas de moteurs dites-vous ? C'est incroyable. Comment un astronef pourrait ne pas avoir de moteurs ?

- Ce n'est pas le plus impressionnant Commandant, les boules vertes nous ont rattrapés alors que nous étions à pleine vitesse. Elles non plus n'avaient pas de moteur.

- Justement, comment étaient-elles ces boules ?

- C'était vraiment incroyable, elles étaient parfaitement sphériques et ne semblaient n'être constituées que de lumières. Elles avaient des capacités de vol qu'aucun de nos appareils n'est capable d'égaler.

- Y a-t-il eu de leur part une tentative que vous pourriez qualifier d'agressive ?

- Non, Commandant, elles semblaient être juste là pour nous observer. Les changements de trajectoire étaient parfaitement maîtrisés et intelligents.

- Bon sang, mais qu'est-ce que ça pouvait-être ? Vous avez une idée ?

- Oui Commandant, mais elle ne vaut qu'un simple avis.

- Dites toujours.

- Je pense que nous avons eu affaire à une technologie spatiale très en avance sur la nôtre.

- Vous voulez dire que nous avons été confrontés à une intelligence venant d'ailleurs ?

- Je ne vois pas d'autre explication Commandant. Quelques boules vertes disparaissaient spontanément pour réapparaitre en une fraction de seconde ailleurs. Nous sommes à des milliers d'années d'être seulement capables d'imaginer comment faire.

Uselli ne répondit pas tout de suite. Il tentait d'imaginer comment il oserait faire un rapport à l'Intendant Namrod sans prendre le risque de perdre son commandement. Personne sur Nibirou ne prendrait au sérieux ce qu'il allait obligatoirement décrire. Un doute puissant commençait à l'envahir. Namrod lui accordait sa confiance, mais après le rapport sur cette rencontre incompréhensible, continuerait-il à la lui maintenir ?

- Autre chose, avez-vous ressenti des effets sur vous-même ou sur votre appareil pendant la rencontre ?

- Non, Commandant, à aucun moment.

- Et depuis ?

- Non, rien.

- Bon, faites tout de même passer un diagnostic complet aux vims[27], ils doivent rester parfaitement opérationnels. Ce sera tout pour moi Lieutenant. Si les choses évoluent, tenez-m'en informé immédiatement.
- Bien Commandant.
- Vous pouvez disposer.

L'officier se leva, salua puis sortit rapidement du bureau. Uselli baissa la tête, ramena ses deux mains près du visage et se massa les tempes du bout des doigts. Si comme il le concevait lui aussi, Ishram avait raison, même le vaisseau le plus moderne et puissant de la flotte se trouverait probablement incapable d'assurer sa propre sécurité et encore moins celle de Nibirou. Il prit une longue inspiration et décida d'oublier cette histoire pour le moment.

15

Lorsque la porte de son appartement s'ouvrit, Namrod avait toujours les traits tirés par la fatigue, mais son visage s'éclairait du réconfort produit par la sensation puissante du devoir accompli. Les représentants des Sept avaient sous sa gouverne effectué un travail constructif et efficace d'aménagement et de mise en place des procédures et des organisations indispensables au bon déroulement de la prochaine journée. Si tout se déroulait le lendemain comme prévu, l'élection du nouveau roi se tiendrait en matinée. Juste en suivant, il ouvrirait son investiture par la supervision des funérailles d'Enki.

---

[27] Diminutif utilisé pour parler des vimnas, les chasseurs embarqués sur le Rutilant.

— Sissi ? Tu es là ? interrogea Namrod en entrant.

Namrod adorait utiliser ce diminutif affectueux avec Sidouri lorsqu'ils étaient tous les deux isolés du monde alentour.

— Oui, j'arrive mon amour, je n'en ai que pour quelques minutes à peine.

— Bienvenue chez vous Seigneur Namrod, ajouta la voix synthétique de l'ordinateur dédié à la régulation des appartements de l'Intendant.

— Merci Aura, répondit-il à l'attention de l'ordinateur avec qui il lui semblait avoir presque une relation amicale.

Namrod sourit, il était enfin dégagé pour un temps de toutes les obligations contraignantes du pouvoir. Il s'immobilisa, ferma les yeux et prit une inspiration profonde. Il s'avança dans le vestibule d'entrée. Il dégrafa sa cape et l'accrocha sur un cintre. Il régnait dans l'appartement une douce chaleur. La lumière tamisée laissait l'attention se concentrer sur une musique instrumentale diffusée en sourdine. Namrod se dirigea directement vers une pièce complètement équipée pour faire de la cuisine à l'ancienne. Cependant, il s'approcha d'un ensemble encastré dans le mur. Face à lui il y avait un large écran tactile qui s'alluma tout seul dès qu'il fut placé immédiatement devant. Namrod appuya sur l'écran sur un symbole qui ressemblait à une tasse.

— Quelle boisson souhaitez-vous Seigneur Namrod ?

— Est-ce qu'on peut toujours avoir du café de la Terre, Aura ?

— Bien sûr, ne vous inquiétez pas Seigneur, j'ai appris à le synthétiser. Le mien est aussi bon que l'original. En fait j'en ai maintenant plusieurs à vous proposer.

— J'aimais bien celui qui venait des pays du sud de Kémet[28].

— J'en ai, souhaitez-vous un court ou un long ?

— Un long, Aura, sans sucre.

— Nature ou avec un zeste de poudre de cacao ?

– Nature, ça ira.

---

[28] Ancien nom de l'Égypte antique.

— Très bien

Presque aussitôt, une trappe dans le mur s'ouvrit en dessous de l'écran tactile. Une tasse de café était bien en place. Une forte odeur lui atteignit les narines. Un sourire de plaisir vint alors adoucir son visage fatigué quand il tendit la main pour attraper la tasse. Il ferma les yeux et respira doucement par le nez pour mieux saisir les aromes du café. De trop lointains souvenirs remontaient à sa mémoire. Il se revoyait en train de survoler les forêts, les savanes et les déserts de Ki la Terre. C'était un temps agréable datant de bien avant le déluge. Il prit une longue gorgée puis posa la tasse sur la table.

Sidouri entra dans la cuisine pile à ce moment-là. Elle affichait un sourire éclatant de jeunesse et de gaieté. Elle avait revêtu une nuisette transparente bleu azur par-dessus un sous-vêtement de dentelle bleu sombre. La nuisette partait de son cou en deux bandes venant chacune recouvrir un sein nu gracieusement proportionné. Sous les seins, une fine couture dentelée courait en descendant délicatement jusqu'au-dessus des reins. A partir du haut de ses hanches, la nuisette tombait en draperies élégantes jusqu'à mi-cuisse. Elle portait aux pieds des chaussures en feutre souple à talons mi-hauts du même bleu sombre.

Namrod s'émerveilla de cette vision si délicate qui tranchait tellement avec ses ennuis protocolaires de la journée. Sidouri s'aperçut tout de suite de l'immanquable effet que sa tenue légère venait de provoquer. Namrod restait silencieux, il ne trouvait rien à dire tant il était subjugué par la sensualité de sa jeune épouse. Satisfaite de son effet, elle s'avança délicatement vers lui. Namrod ouvrit les bras et referma ses mains sur la taille de Sidouri. Elle lui prit avec tendresse les joues entre ses deux mains et approcha ses lèvres des siennes pour venir tendrement les embrasser.

— Tu es merveilleusement belle ma tendre aimée.

— Comment ne pas me faire belle pour celui que j'aime ! répondit-elle dans un murmure tout en continuant de l'embrasser du bout des lèvres

— J'adore comme tu aimes me le montrer, répondit-il avec une tendresse dans les yeux qu'il cachait en permanence à toute autre que sa femme.

— Comment trouves-tu cette nouvelle nuisette ?

— Elle est magnifique, tout comme toi.

— Il me tardait tant que tu rentres me rejoindre, tu sais.

— Je suis là maintenant. La journée a été longue et difficile. C'est affreux, je n'ai plus de temps pour toi en ce moment. Quand je rentre, je suis si fatigué que je n'arrive plus à avoir assez de force pour m'occuper de toi comme je le devrais.

Elle le regarda intensément droit dans les yeux.

— Ne t'en inquiète pas, nous avons encore tant de jours et de nuits pour refaire le retard dès que le nouveau roi sera élu et que tu pourras enfin retrouver une vie normale.

Namrod eut un voile sombre sur son visage que son sourire n'arriva pas à masquer.

— J'espère tellement que tu as raison.

— Mais j'ai raison, tu verras.

— Vraiment, j'aimerais tellement. Aujourd'hui plus que jamais, j'ai besoin de toi.

— Qu'est-ce qu'il y a ? Aurais-tu encore de mauvaises nouvelles ?

— En quelque sorte oui, Enki s'est évadé de son exil de la planète rouge.

— Quoi ? Il y a longtemps ? répondit-elle en se redressant.

— Entre dix et quinze jours, personne ne sait vraiment, une enquête est en cours.

— Ne pense plus à ça, tu es avec moi maintenant, lui dit-elle pour éloigner ses pensées de son travail. Veux-tu manger un peu avant de te coucher ?

— Non, en sortant de la séance de travail avec les représentants des Sept, certains ont souhaité discuter avec moi de points de détails tout en piochant allègrement dans les bons plats que j'avais fait préparer pour eux.

— Et j'imagine que certains posaient plus de questions que nécessaire pour avoir le temps d'en reprendre, n'est-ce pas ?

Namrod regarda Sidouri avec un regard passionné et un grand sourire.

— Mais comment fais-tu pour tout deviner aussi bien à chaque fois ?

— L'intuition féminine mon cher, on ne t'en a jamais parlé ? répondit-elle en éclatant de rire.

Encore une fois elle embrassa avec tendresse Namrod. D'une flexion rapide des genoux, en un mouvement souple, mais puissant, il l'attrapa et la souleva dans ses bras. Elle enroula ses bras autour de son cou pour se tenir en poussant un petit cri de satisfaction. Namrod traversa la cuisine et prit la direction de la chambre. Sidouri se tortilla et glissa comme une anguille des bras de son mari. Elle se recula un petit peu en riant, le bras droit tendu vers Namrod, main écartée.

— Attends, attends. Va t'étendre Nam, c'est promis, j'arrive aussi vite qu'une étoile filante dit-elle avec un sourire joueur et un regard pétillant. Puis elle se précipita vers la salle de bain.

Namrod s'amusa de la situation et se dirigea vers la chambre. C'était une pièce vraiment spéciale. Elle était circulaire, avec une forme en hémisphère très aplati. Au centre siégeait un lit lui aussi circulaire mobile autour d'un axe central de sorte qu'on pouvait l'orienter manuellement à volonté. Lorsque Namrod pénétra dans la pièce, un éclairage d'ambiance s'alluma aussitôt en éclairant les murs de zones colorées mouvantes. Un son étrange ressemblant à celui de courtes vagues s'écrasant en gargouillis sur une plage de galets se fit entendre. L'ensemble fournissait une ambiance très reposante.

Namrod dégrafa sa tunique et ne résista pas plus longtemps à l'appel des draps dans lesquels il se glissa avec un soupir de soulagement. Malgré la fatigue qui le poussait à fermer les yeux, il résista jusqu'à ce que Sidouri pénètre dans la chambre à son tour. Il lui sembla que la nuisette était doucement bousculée comme par une légère brise. Très vite il remarqua qu'elle ne portait plus son sous-vêtement. Elle s'était parfumée d'une essence très sensuelle qu'il connaissait bien. Sidouri était magnifique. Il la suivit du regard le temps qu'elle vienne presque à sa hauteur. Avec un sourire éblouissant et un geste langoureux de ses bras, elle dégrafa la nuisette derrière son cou. Lentement elle ramena ses deux mains, chacune tenant une des bandes qui masquaient ses seins. Namrod se délecta de ce spectacle harmonieux. Dans un geste toujours aussi lent, sans rien dire et sans le quitter du regard, elle laissa glisser la nuisette jusqu'à ses chevilles, dévoilant enfin sa nudité. Elle avança d'un pas, tira le drap pour venir se positionner assise au-dessus de Namrod et plaça ses deux mains à plat sur la poitrine de son mari. Lui posa ses mains le long des cuisses de sa femme et les caressa doucement.

— J'ai tant attendu ce moment, dit Sidouri en se penchant vers lui.

— J'aimerais n'être que tout à toi, mais j'ai tellement à faire, ce sera heureusement bientôt le cas.

— Chuttt, lui dit-elle en posant l'index sur la bouche, ne pense plus à ton travail, ne pense plus qu'à nous.

Doucement Sidouri se recula un peu tout en gratifiant la poitrine de son mari de doux baisers. Namrod bascula la tête en arrière en fermant les yeux. Il devinait la chaleur des lèvres de sa femme glisser progressivement sur sa peau.

Parfois elle le mordillait du bout des lèvres, parfois elle laissait sa langue décrire quelques doux va-et-vient d'un côté à l'autre. Namrod glissa ses deux mains dans les cheveux de sa femme, la poussant délicatement de plus en plus loin sur son ventre puis son bas-ventre. Il redressa la tête pour la regarder. Il sentit alors avec délectation la chaleur des mains de Sidouri, puis le souffle chaud de sa respiration et enfin la douce chaleur de sa bouche contre lui. Il la regarda onduler, cherchant à deviner et à vivre chaque instant au maximum.

Un court moment plus tard, tirant le drap avec elle, elle revint vers lui en se laissant glisser. Namrod sentit les bouts durcis et chauds des seins de sa femme glisser sur sa peau. Elle se redressa doucement pour venir l'embrasser puis ramena ses cuisses contre les flancs de son mari. De ses mains elle reprit appui sur sa poitrine légèrement velue tout en basculant son bassin en arrière. Namrod poussa un léger gémissement. Il claqua des doigts pour faire baisser la lumière. Désormais on n'entendait plus que leurs souffles entremêlés, entrecoupés de gémissements de plaisir. Dans la pénombre, Sidouri joua de son corps avec la souplesse d'un félin jusqu'à ce que, quelque temps plus tard, le corps des deux amants se blottissent l'un contre l'autre sans plus bouger. Namrod couvrait délicatement le front de sa femme de doux baisers.

Elle le sentit petit à petit s'enfoncer dans une détente bien méritée. Doucement elle se leva. Namrod la suivit du regard comme un fantôme traversant la pièce. Elle revint un instant plus tard. Avec beaucoup de précautions, elle se faufila sous les draps à la gauche de Namrod. Tendrement elle vint se blottir contre lui en se tournant sur son épaule droite. Elle lui embrassa tendrement la joue sans rien dire. Elle approcha délicatement la main gauche de la poitrine de son mari et joua un moment du bout des doigts avec la pilosité bouclée qui recouvrait sans excès les pectoraux de Namrod. Il ne put lutter plus longtemps et céda au sommeil presque aussitôt. Sidouri le regarda un moment en souriant. Elle finit par se tourner sur le dos. Doucement elle claqua des doigts deux fois de suite et la lumière s'éteignit complètement.

Sur Nibirou, il y avait beaucoup moins de différence de luminosité entre jour et nuit que sur les corps plus près du soleil. La planète orbitant trop loin de l'étoile centrale, seule l'énergie interne permettait encore la vie de toute la civilisation Anunnaki. À l'extérieur, le froid glacial de l'espace congelait même les gaz. Heureusement, la technologie avait comblé les déficiences de Nibirou, mais pour combien de temps encore. À travers une grande baie vitrée de Dag-Aras, Kalran, les bras croisés, regardait l'atmosphère glacée briller sous l'éclat des rayons du soleil. La grande salle d'attente dans laquelle il se trouvait était vide. L'éclairage était réglé au minimum, ce qui laissait une impression oppressante qu'accentuaient le sol et le mobilier d'une couleur noire légèrement glacée.

Les annonces que lui avait faites Namrod sur la probable et prochaine évacuation vers la Terre ne le rassuraient pas du tout. La mission sur la station du contrôle spatial, qu'il avait lui-même suggéré, ne l'emballait pas vraiment, mais il n'avait pas le choix. Comme lui avait dit le fils d'Enki, il y avait beaucoup d'officiers qui auraient eu de bonnes raisons d'en vouloir à l'Intendant. Une chose le rassurait quand même, Namrod ne s'embarrassait pas des gens qu'il ne gardait pas en poste. En général, ces derniers avaient vite fait de se retrouver mutés à d'autres tâches sur Nibirou. Certains ne s'en plaignaient d'ailleurs pas. Malgré cette évidence, Kalran se demandait bien par où il allait commencer. Il jeta rapidement un œil à l'horodateur qu'il portait au poignet. Il n'avait pas beaucoup de temps devant lui pour trouver une solution. Un officier du service des relations avec le sénat pénétra dans la pièce. Le soldat à l'uniforme noir serré à la taille par un large ceinturon se dirigea vers lui avec empressement. Avec une véritable maîtrise protocolaire, il salua Kalran.

— Seigneur Conseiller, bienvenue sur Dag-Aras. Je suis le Lieutenant Dungi.

— Merci Lieutenant.

— Comment puis-je vous être utile ?

— Eh bien, nous allons le voir, tout va dépendre en fait des réponses que vous m'apporterez.

— Très bien, de quel ordre sont-elles ?

— C'est assez compliqué. J'étais justement en train de m'éclaircir les idées à ce propos au moment de votre arrivée. Au sénat, nous avons remarqué que le Seigneur Namrod bouscule parfois avec autorité la hiérarchie militaire sur Dag-Aras. J'aimerais comprendre pourquoi.

— C'est une question bien difficile Sénateur Kalran, pourriez-vous préciser votre demande ?

— Cette enquête est secrète, Lieutenant, les déclarations que vous ferez resteront confidentielles. J'aimerais savoir comment le Commandeur Namrod est perçu dans le cercle restreint de ces proches adjoints.

— Je ne suis pas sûr d'être habilité à répondre à ce genre de question Monsieur.

— Vous l'êtes assurément, sinon je ne serais pas venu pour vous rencontrer.

Le Lieutenant Dungi se figea, paralysé par le doute et la soudaineté de ce type de questionnement.

— Il n'est pas dans mes attributions de dire des choses compromettantes sur le commandement de mes supérieurs.

— Allons Lieutenant, je suis un pilote comme vous, vous savez bien que ce que vous me direz restera aussi secret que l'est ma mission. Soyons clairs, je ne souhaite pas que vous disiez du mal du Commandeur ni que vous dénonciez quoi ou qui que ce soit. Je veux juste des réponses pour me permettre de comprendre les mouvements au sein des hauts responsables militaires.

— Ce que je peux dire, c'est seulement que le Commandeur Namrod est plutôt expéditif dans ses méthodes de commandement. Tous les officiers craignent ses colères.

— Bon, c'est vraiment un sentiment très partagé ?

— Oui Seigneur.

Kalran regarda l'officier droit dans les yeux. C'était un jeune Lieutenant, sans doute trop jeune justement pour avoir des informations intéressantes. Il réfléchissait à toute vitesse pour choisir la meilleure stratégie. Une idée lui traversa l'esprit.

— Dites-moi Lieutenant, entre nous, n'auriez-vous pas eu envie d'être choisi pour être affecté sur le Rutilant ?

— Bien sûr, répondit Dungi.

— Ah ? Qu'est-ce qui vous en a empêché ?

— Une sale blessure à la colonne vertébrale, j'ai été réformé de pilotage.

— Croyez que j'en suis désolé pour vous. Cela parait compréhensible pour faire partie d'une escadrille, mais avez-vous pensé au pilotage des navettes ?

– Oui Seigneur, mais ce n'est pas pareil, je préfère finalement garder mon poste ici.

— C'est dommage, vous êtes encore jeune. Le Commandant du Rutilant est aussi un jeune officier plein de talents. Le connaissez-vous bien ?

— Je suis resté longtemps sous son commandement avant de me retrouver sur Dag-Aras.

— C'était sur quel bâtiment ?

— Sur le croiseur amiral Kaga.

— Je vois, je ne me rappelais pas que le Kaga avait été sous la direction du commandant Uselli.

— Ce n'était pas lui le commandant du croiseur. Il était seulement second avec le grade de capitaine.

— Je vois, qui était le commandant alors ?

— C'était le commandant La'um.

Intéressant, une chose m'étonne, comment se fait-il que ce ne soit pas La'um qui ait pris le commandement du Rutilant. La chose aurait été plus logique.

— Permission de parler librement Sénateur ?

— Je vous en prie, répondit Kalran soudain très intéressé.

— J'étais affecté à une escadrille sur le Kaga avant mon accident. Je me rappelle que c'était bien souvent le capitaine qui menait le bâtiment.

— Tiens donc, et le commandant La'um alors ?

— Il était souvent à ses quartiers et assez peu sur la passerelle.

— Peut-être que c'était suffisant, non ?

— Je ne sais pas trop. Ce que je sais, c'est qu'une fois au moins ça s'est mal passé pour lui.

— Pourquoi ça, questionna Kalran de plus en plus intéressé.

— C'était il y a déjà longtemps. À l'époque nous avions fait la chasse à des rebelles qui cherchaient à s'échapper de Ki.

— Je me rappelle oui, et alors ?

Le commandant La'um avait plutôt mal négocié avec les rebelles. Nous avions perdu un croiseur et tout son équipage. C'est le capitaine qui nous avait sortis du guêpier.

Kalran eu envie d'exulter. Il venait de réaliser en écoutant le jeune lieutenant qu'il avait certainement une piste très sérieuse, peut-être même la bonne, et du premier coup. Une chance presque incroyable.

— Si je comprends bien le commandeur Namrod a préféré confier le Rutilant au capitaine Uselli qu'il a promu commandant, c'est ça ?

— Je pense oui, Sénateur, à cause de cet épisode sans doute et de quelques autres moins importants.

Kalran réfléchissait à toute vitesse aux conséquences de ce qu'il venait d'apprendre.

— Dites-moi Lieutenant, est-ce que le commandant La'um a accès à la salle d'enregistrement des vols du contrôle planétaire.

— Je n'en suis pas certain à 100%, mais je pense que oui, comme beaucoup des officiers supérieurs de la station.

— Très bien, merci pour toutes ces informations Lieutenant Dungi.

— À votre service mon Seigneur. Puis-je me retirer ?

— Oui, j'ai assez d'informations pour l'instant.

Kalran regarda le jeune officier partir puis il se tourna vers la baie vitrée avec un grand sourire presque victorieux. La chance lui avait souri d'une façon inespérée. Presque aussitôt, il se retourna pour fouiller la salle du regard. Il identifia très vite l'objet de sa recherche. Quelques sièges, plus loin, face au mur à l'opposé de la baie vitrée, se trouvaient installés des consoles reliées au réseau informatique de la station. Il s'avança rapidement, s'assit à un siège et appuya sur un bouton pour allumer une console. Presque instantanément, l'écran s'illumina de la page d'accueil. Kalran y inscrit son code d'accès. Avec son ancienneté de pilote de chasse et sa fonction de sénateur, il avait accès à un bon nombre de données classifiées. Sur l'écran tactile, il fit défiler certaines pages pour arriver à une plateforme connectée à la sûreté militaire. Il introduisit un code d'accès, qui bien qu'assez ancien, était toujours valide. Dans la zone de recherche, il tapa : La'um.

Pendant un très court instant, l'écran s'éteignit sans que cela perturbe Kalran. Très vite une nouvelle page s'afficha. Kalran s'avança pour mieux voir et fit défiler les informations classifiées sur le commandant. Il put vérifier, comme le disait le lieutenant Dungi, que Namrod avait été à plusieurs reprises sanctionné pour des manquements aux règles de la marine spatiale Nibirienne. Étonnamment, La'um n'avait jamais eu à souffrir d'un déclassement, ni d'une éviction d'un poste de commandement.

Kalran se redressa en regardant l'écran de loin, le dos appuyé sur le dossier de sa chaise. De la main gauche il se caressait le bout de sa barbe. Il réfléchissait à tout ce que cela pouvait impliquer. Pour lui, il était inconcevable qu'avec les sanctions qu'il venait de lire, La'um soit toujours en poste. Il ne voyait qu'une seule explication. L'officier bénéficiait de la protection de quelque personne très haut placée, sans doute d'une personne plus puissante que le commandeur Namrod lui-même. Ne trouvant pas de réponse satisfaisante, il s'avança à nouveau et tapota une série de commandes sur l'écran tactile.

Il se connecta au serveur de la salle des enregistrements des vols extra planétaires. En cherchant un peu il trouva la commande pour afficher la liste des personnes qui avaient accédé soit à la salle, soit aux données du serveur. Il fit défiler la liste des noms. Il ne fut pas vraiment surpris de trouver celui de La'um. En affichant plus de détails, il découvrit que la dernière visite remontait à quatre jours seulement. Il fit une recherche étendue sur une période de soixante jours. La'um était bien venu vingt-huit jours plus tôt.

Cette fois-ci, Kalran projeta son dos sur le dossier de la chaise, puis il porta ses deux mains, les doigts croisés, derrière la tête. D'une façon évidente, La'um faisait un immanquable suspect pour ce qui était de l'effacement probable des données enregistrées sur le déplacement des spationefs. Tout le problème était maintenant de savoir s'il avait des complices. Kalran prit une inspiration, puis souffla en gonflant les joues, tout en faisant jouer du bout de sa lèvre inférieure de façon à hacher, avec un léger bruitage, la sortie de l'air de sa bouche. Il se rappelait la fatigue récente de Namrod et commençait par croire que lui non plus n'aurait sans doute pas beaucoup de sommeil d'ici aux funérailles.

Kalran se pencha à nouveau vers la console pour revenir à la page d'accueil des enregistrements de vols. Il attrapa un stylo et un petit carnet qu'il avait sur lui dans une poche intérieure. Il demanda alors la liste des données du dernier jour où La'um s'était connecté. Il fit défiler tous les numéros dans l'ordre et nota tous les numéros manquants, il y en avait quatre. Toujours grâce à son code d'accès du sénat, il put ouvrir la page normalement invisible de la corbeille. Il lui fallut pas mal de temps pour retrouver les quatre enregistrements effacés. Un seul lui parut avoir de l'intérêt. Il s'agissait de l'arrivée sur Nibirou d'une navette commerciale Talpac. Il nota à nouveau sur son carnet l'identification de la navette.

En revenant sur la page d'accueil, il ouvrit un outil de recherche. Dans la zone réservée, il tapa le code de la navette Talpac. Un écran apparut presque instantanément. Kalran pouvait maintenant voir une modélisation 3D de la navette en question. Il jeta un œil vers les caractéristiques du vaisseau. Aucun problème de ce côté-là, la navette, initialement destinée au transport de personnels miniers, était tout à fait capable d'une course sur Lhamou, la planète rouge. Il concentra son attention sur le pilote officiel dont le nom enregistré était Amon. Kalran se recula pour s'adosser sur son siège. Amon était un nom assez commun chez les Talpac. Il était surprenant qu'il ne soit pas mieux documenté. À moins, pensa-t-il, que ce soit voulu. Cette dernière option lui parut la meilleure, mais il n'en était pas pour autant plus avancé. En effet, la population des Talpacs était nombreuse sur Nibirou, retrouver un Amon parmi tous les autres serait impossible dans le temps qui lui restait. Il décida donc se s'en tenir à ses découvertes. L'important était de savoir qu'il serait nécessaire de surveiller le commandant La'um. Il éteignit sa console, se releva et sortit de la salle pour se rendre à la cabine qu'il avait réservée pour se reposer un peu.

16

— Lieutenant ! Lieutenant, venez voir !

La voix pleine d'angoisse venait du fond de la salle d'écoute d'une des quatre stations de télémesure de Dag-Aras. L'officier scientifique de permanence se tenait devant un écran plat holographique vertical. Il était occupé à la lecture d'une carte des objets en orbite basse autour de Nibirou. Il se tourna brusquement vers le technicien qui venait d'appeler. Les six autres personnes en poste tournèrent un regard interrogateur vers l'appelant, mais chacune resta à son poste. L'endroit était plutôt exigu et plongé dans une demi-obscurité qui mettait mieux en valeur les panneaux informatifs et les très nombreux voyants multicolores.

— Qu'est-ce qu'il y a Anthon ?

— Venez voir Lieutenant, nous avons un problème.

— Comment ça « nous avons un problème », répéta le Lieutenant Ankvar tout en marchant à vive allure vers son équipier.

Il arriva très vite au poste de travail d'Anthon. Sur deux rangées superposées, plusieurs écrans d'environ 70 cm de large pour moitié moins en hauteur affichaient des données de télémétrie sur l'espace environnant Nibirou.

— Alors ? C'est quoi le problème ?

— Regardez, Lieutenant, vous voyez ça ? C'est le satellite de la neuvième planète du système[29], dit Anthon en désignant une tache de couleur alignée sur une ligne rouge courbée.

— Oui, et alors ?

— Regardez bien ici, vous voyez ?

---

[29] Charon, le plus gros satellite de Pluton

— Bien sûr, et alors ?

— C'est un astéroïde énorme, un géocroiseur que la planète Nabidou et son satellite nous avaient caché jusqu'à aujourd'hui.

— Très bien et c'est quoi le problème, des géocroiseurs il y en a des millions dans le secteur. Il a quoi de spécial celui-là ?

— J'ai fait plusieurs fois mes mesures pour les vérifier, mes calculs sont corrects, il est en trajectoire de collision avec nous.

— Pardon ?

— Oui Lieutenant, notre orbite nous rapproche du centre du système solaire, nous savions que nous allions frôler la planète Nabidou[30], mais nous n'avions pas anticipé assez l'influence gravitationnelle de Nibirou. L'orbite de ses satellites va être légèrement modifiée et celle du planétoïde aussi. J'ai refait mes calculs par une autre méthode et le résultat est le même. Nous fonçons droit dessus.

— Droit dessus ? vous rigolez ?

— Non, Lieutenant, je ne plaisante pas, dans moins de 60 jours nous traverserons le champ gravitationnel de Nabidou et nous serons percutés de plein fouet par le géocroiseur.

— Bon sang, vous êtes sûr de vous Anthon ?

— Tout à fait sûr, Lieutenant.

L'officier se redressa et se retourna vers les autres membres de son équipe.

— Ce que vous venez d'entendre est top secret, vous entendez vous autres ? N'en parlez à personne avant que nous ayons vérifié les affirmations d'Anthon et que nous ayons reçu des consignes de Nibirou.

Toute l'équipe acquiesça d'un mouvement de tête. Ankvar sortit de sa poche une barrette de stockage.

— Anthon, faites-moi une sauvegarde de vos calculs sur cette barrette. Il fait quelle taille ce satellite ?

— Trente-trois kilomètres de diamètre.

---

[30] La planète Pluton, ou plutôt l'ex-planète Pluton.

— Si vous avez raison, ça va faire mal.

— Pas mal Lieutenant, Nibirou n'y survivra pas.

— Ne dites pas de bêtises, nous avons ce qu'il faut pour nous en débarrasser.

— Si vous le dites Lieutenant, mais je n'en suis pas si sûr.

— Bon, pour l'instant, silence radio sur tout ça. Faites-moi tout de site un rapport le plus précis possible.

— Tout de suite Lieutenant ? Et mon poste ?

— Ne vous inquiétez pas pour votre travail, on s'arrangera pour vous remplacer s'il le faut. Je veux tout ce que vous avez et dans les détails, compris ?

— Oui Lieutenant.

Le lieutenant Ankvar sortit de la salle de contrôle pour rejoindre son bureau, juste à côté. Une fois assis, il appuya sur un bouton de son intercom placé à droite de son plan de travail.

— Oui Lieutenant.

— Passez-moi le Commandant Lubau[31], c'est urgent.

— Il se repose Lieutenant.

— Ah ! il a dit quand on pourra le déranger ?

— Non, Lieutenant.

— Bon, faite en sorte qu'on m'appelle immédiatement à la station de télémesures n°3 dès qu'il sera disponible, c'est très important.

— Bien, c'est noté Lieutenant.

— Ankvar, terminé.

L'officier s'appuya sur le dossier de son siège et se prit le menton entre les doigts de sa main droite. Il se tira plusieurs fois en douceur sur le menton. Anthon était un sous-officier de pont très compétent. Il avait démontré assez souvent la justesse de ses calculs. S'il ne s'était pas trompé, sa remarque sur une catastrophe annoncée allait être totalement justifiée. La force spatiale Nibirienne n'aurait en aucune façon une puissance de feu assez

---

[31] Adjoint de Namrod, commandeur de Dag-Aras pendant l'intérim de Namrod.

importante pour détruire le rocher de plus de trente kilomètres de diamètre. En tous cas, pas dans un temps aussi court qu'une soixantaine de jours.

Tout cela lui rappelait les histoires à l'origine du système solaire où un énorme cataclysme planétaire avait semblait-il contribué à la création du système double de Ki la Terre et de son énorme satellite Anna, la lune. Il se leva et retourna dans sa salle de travail. Lorsqu'il pénétra à l'intérieur, les techniciens, qui étaient manifestement en train de parler entre eux, se remirent à leur travail. Ankvar ne fit aucune remarque. Il se contenta d'observer Anthon en train de rédiger son rapport. Sans plus attendre, il s'avança vers la carte holographique sur laquelle il travaillait précédemment et reprit son étude.

Lorsque son bruiteur d'alarme se mit à sonner, Kalran eut l'impression qu'il venait à peine de s'endormir. D'un geste mal assuré, il passa la main devant un capteur de sa table de chevet, ce qui alluma une lumière tamisée. Il resta un moment couché sur le dos, les yeux fermés. En poussant un soupir de dépit, il ramena ses deux mains sur son visage et se frotta assez fortement les joues pour se réveiller complètement. Avec un mouvement lent, il s'assit sur le bord de son lit et attrapa un peignoir dont il s'entoura le corps rapidement. La matière duveteuse eut tout de suite un effet sur sa peau, lui procurant une agréable sensation de chaleur. Cet effet n'était pas juste une sensation, mais une véritable élévation de température au sein même des fibres du vêtement. Kalran se fit d'ailleurs la réflexion que la technologie avait du bon.....parfois. En titubant légèrement il se dirigea, en bâillant, vers une console à écran tactile posée sur le mur de la chambre. Il appuya sur un bouton de commande et l'écran s'alluma instantanément.

– Bonjour, dit une voix synthétique, que désirez-vous ?

– Humm, un jus de fruit bien frais, répondit le sénateur en se frottant l'arrière de la tête de sa main droite.

– Jus de pomme, d'orange ou un mélange multifruit ?

– Un jus d'orange, et une portion de pain beurré avec un pot de miel.

– Ce sera tout ?

– Pour l’instant oui, répondit Kalran qui n’était manifestement pas encore complètement réveillé.

Une petite sonnerie se fit entendre presque aussitôt.

– Votre commande est prête, vous pouvez la retirer.

Kalran se baissa un peu en fléchissant les genoux pour vérifier à travers une petite ouverture vitrée que sa commande était bien terminée. Il ouvrit une petite porte et enleva le plateau-repas. Il avait toujours trouvé curieuse cette façon de fabriquer la nourriture ou la boisson, mais comme au goût le résultat était franchement agréable, il n’y voyait rien à redire. La chose avait, il fallait le reconnaitre un côté pratique incontournable. Le plateau une fois retiré de son logement, Kalran se dirigea vers une petite table ou il s’installa après avoir été chercher des couverts pour tartiner son pain. Son premier repas de la journée fut rapidement avalé. Kalran porta son plateau jusqu’à une trappe de recyclage dans le mur juste à côté du distributeur de nourriture. La porte une fois refermée il se dirigea directement vers la salle de bain pour prendre une douche bien chaude.

Un moment plus tard, il était déjà prêt à quitter sa chambre. Le temps avait passé trop vite, alors il décida de se diriger vers un des docks pour prendre la prochaine navette vers Tal-Markhan. Namrod avait dû lui aussi se lever de bonne heure pour se rendre au sénat. Le mieux était certainement de le rejoindre et de l’informer de vive voix des découvertes qu’il avait faites. Il serait toujours temps, pendant le trajet vers Nibirou, d’envoyer un message confidentiel au fils d’Enki.

Effectivement, il ne pouvait pas le savoir, mais il avait vu juste. Namrod et Sidouri étaient déjà prêts à partir vers le sénat. Sidouri avait insisté pour accompagner Namrod. Lui aurait préféré qu’elle reste sur place à l’attendre jusqu’à son retour. Bien sûr, il serait venu la chercher pour aller avec elle aux funérailles d’Enki. Seulement elle n’avait pas entendu la chose de cette oreille et avait fait pieds et mains pour le convaincre de la laisser l’accompagner. Depuis quelque temps, il avait eu peu de temps pour rester près d’elle, alors il accepta sans trop de résistance qu’elle vienne avec lui. Assez curieusement, chacun d’eux avait tenu à se préparer en s'isolant. La chose n'était pas coutumière, mais aucun n'y avait fait d'opposition.

Le temps que Sidouri se prépare, Namrod s'était assis à une table de travail équipée d'une console. Lorsque celle-ci s'alluma, un message d'alerte s'afficha. Namrod valida avec son index l'ouverture du message après avoir vu que l'expéditeur n'était autre que Kalran. « Bonjour Namrod. Je suis allé faire un saut sur Dag-Aras. J'ai des choses intéressantes à te raconter. On se retrouve au Sénat, je suppose que tu y seras avant moi. A tout de suite. ». Namrod relut une nouvelle fois le message. Il s'interrogea sur les choses qu'annonçait Kalran, et surtout pourquoi celui-ci n'en disait pas plus, mais un bruit de pas dans le couloir attira son attention.

Sidouri arrivait enfin de la chambre. Elle avait revêtu une magnifique robe longue blanche et bleu azur parfaitement plissée, qui lui descendait des épaules jusqu'aux chevilles. De l'épaule gauche, le fin tissu bleu très clair descendait en pente douce par-dessus son sein alors que du côté droit le tissu était d'un blanc parfait. Juste au-dessous des seins une large bande brodée de bleu et d'or lui ceinturait la poitrine. La robe sans manche descendait alors en une double vague inclinée et alternative de tissu bleu et blanc. Elle portait des chausses en lanières dorées à talons hauts qui affinaient magnifiquement sa silhouette. Sa tête portait une couronne ornée de pierres précieuses rouges et bleues assorties de diamants. Son cou enfin était entouré d'un large et magnifique collier en or qui s'évasait en triangle pointe vers le bas en une cascade de diamants. Quand Namrod la vit, il en resta pétrifié de bonheur.

— Comme tu es belle, ma Sissi adorée.

Elle afficha un large sourire, trop heureuse de son effet.

— Il ne sera pas dit que mon Nam Chéri n'est pas bien accompagné.

— Tu es adorable, j'en connais qui vont pâlir de jalousie, tu sais ?

— Tant mieux, j'aime être belle pour toi.

— Et tu l'es chaque jour mon amour, mais là franchement, tu t'es dépassée, c'est fantastique.

Elle afficha un sourire encore plus radieux.

— Ne passe pas la journée en admiration mon Nam, nous sommes attendus, te rappelles-tu ?

— Tu as raison, allons-y.

Accompagnés des gardes attachés à sa sécurité, Namrod et Sidouri rejoignirent une navette spéciale qui les conduisit directement au palais du sénat. Cette assemblée représentative des quatre races intelligentes vivant sur la planète avait pour but de fournir une assistance législative à l'administration du roi. Elle n'était en aucune façon un contre-pouvoir, mais plutôt une assemblée tempérant les décisions parfois autoritaires des monarques de Nibirou. Les Anunnaki y étaient majoritaires, mais le fait qu'ils représentent les sept grandes familles les amenait à s'opposer parfois avec fortes convictions aux aménagements des lois.

Dans la salle de contrôle de la station de télémétrie, une lumière clignotante orange attira l'attention du lieutenant Ankvar. Il se précipita vers un combiné placé sur un support mural juste à côté de son poste de travail. Il décrocha et porta l'appareil à son oreille.

— Lieutenant Ankvar, j'écoute.

— Ici le chef de cellule du commandeur Namrod, vous avez demandé à joindre en urgence son Adjoint le commandant Lubau, c'est cela.

— Oui, c'est exact, je travaille à la station de surveillance n° 3. Nous avons des télémesures très alarmantes qui nécessitent d'en avertir tout de suite le commandant Lubau ou l'Intendant Namrod.

— Allons Lieutenant, pas d'affolement, de quoi s'agit-il ?

— Nous avons une imminence de collision spatiale entre Nibirou et un corps céleste énorme.

— Une imminence ? De quoi parlez-vous donc ?

— Nibirou va heurter le plus gros géocroiseur que nous connaissons en frôlant la trajectoire la planète Nabidou.

— Quoi ? Vous êtes sûr de ce que vous avancez ?

— Malheureusement oui, toutes nos projections sont confirmées.

— Restez en ligne je vous transfère tout de suite.

Ankvar se tourna vers ses coéquipiers. Tous s'étaient immobilisés et le regardaient avec une tension visible. Ankvar se passa nerveusement la main droite sur le front. Une voix dans le combiné l'interpella.

— Lieutenant Ankvar ?

— Oui Seigneur.

— Cette histoire de collision est-elle vérifiée ?

— Oui Seigneur.

Il y eut un vide puis Lubau reprit :

— Très bien, prenez vos dossiers et venez me rejoindre pour me montrer tout ça. Cette information doit rester secrète, c'est compris ?

— Oui Seigneur, j'ai déjà donné des ordres dans ce sens à mon équipe.

— Très bien, foncez, je vous attends.

Ankvar raccrocha, il déglutit sous l'émotion puis réajusta son uniforme. Il prit sa tablette de travail et quitta précipitamment son unité. Lorsqu'il sortit de l'ascenseur qui venait de l'amener au centre de commandement de Dag-Aras, un soldat l'attendait et le conduisit directement au bureau de Lubau. Il salua son supérieur qui lui fit signe d'avancer. Dans la pièce se trouvaient également plusieurs officiers supérieurs.

— Prenez place Lieutenant, allez-y, expliquez-nous calmement cette histoire.

— Oui, Seigneur. Voilà, mon chef de quart Anthon s'est penché sur les relevés de télémétrie de l'orbite du plus gros satellite de la planète Nabidou que nous allons bientôt croiser comme c'était déjà prévu. Il s'est aperçu d'une distorsion de la trajectoire de ce gros corps orbital par rapport à la normale et il a trouvé la trace du géocroiseur qui nous était cachée par la planète. En reprenant les calculs de positionnement, il s'est aperçu que c'est la gravité de Nibirou qui va perturber sa trajectoire. Nous allons passer trop près. Cela placera le planétoïde de trente-trois kilomètres de diamètre en plein sur la trajectoire de Nibirou.

— Vous avez vérifié plusieurs fois ce que vous avancez ?

— Oui Seigneur, tout est confirmé.

— Dans combien de temps aura lieu la collision ?

— Cinquante-sept jours exactement.

— Cinqu.....QUOI ? Cinquante-sept jours ? s'exclama Lubau en s'étouffant presque.

— Oui Seigneur.

— Attendez, attendez, peut-être que nous ne ferons que frôler le satellite ! reprit le chef de cabinet de Namrod.

— Malheureusement non, répondit Ankvar.

— Réfléchissons, imaginons que vous ayez raison. Avez-vous fait une estimation des dégâts possibles ? poursuivit Lubau.

— Oui Seigneur, la collision sera frontale. La violence du choc va fracturer Nibirou, l'écorce de la planète va s'effondrer entrainant la destruction probable de toutes nos villes souterraines. En surface la température va atteindre plusieurs milliers de degrés, provoquant un souffle chaud qui va tout détruire sur son passage en faisant le tour de la planète, aucune de nos infrastructures de la surface ne pourra y résister.

— Attendez un peu, vous êtes en train de me dire que Nibirou sera détruite ? Vous vous rendez compte de ce que vous dites ?

— Je suis désolé Seigneur, nous avons tout revérifié, il n'y a aucun doute possible, ça va être une catastrophe terrible.

D'un seul coup il y eut un froid glacial dans la pièce. Tout le monde échangea un regard ahuri et incrédule. Aucun des officiers présents n'arrivait à imaginer que des centaines de milliers d'années de vie sur Nibirou allaient être détruites en une fraction de seconde dans quelques jours à peine. Le Chef de cabinet fut le premier à reprendre la parole.

— Pouvons-nous calculer l'endroit exact de l'impact, Lieutenant ?

— Mon personnel travaille déjà sur le sujet, c'est assez compliqué, nous avons été pris de court. Mais en théorie, oui nous devrions avoir une estimation assez précise.

— Sera-t-elle fiable ? reprit Lubau.

— Je pense que oui Seigneur.

— Quand pourrez-vous nous donner vos prévisions ?

— Dans vingt-quatre heures environ, peut-être moins.

Tous les regards se tournèrent vers le commandant Lubau.

— Très bien Lieutenant, merci, retournez à votre unité et assurez-vous que rien ne transpire de cette histoire.

Ankvar salua et sortit de la pièce. Lubau croisa tour à tour le regard de chacun de ses officiers. Tous attendaient qu'il reprenne la main.

— Messieurs, si ce qui vient d'être dit se confirme, nous avons à gérer la plus grave crise de notre longue histoire. Je veux que vous commenciez à travailler sur nos capacités d'évacuation de la planète.

— Jamais nous ne pourrons loger tout le monde dans les stations orbitales, dit l'un des officiers.

— Encore faudrait-il qu'elles-mêmes ne soient pas touchées par les impacts, reprit un autre.

— Même en surchargeant tous nos vaisseaux nous n'y arriverons pas !

— Le plus grand d'entre eux n'est même pas là, il faut faire revenir le Rutilant de ses tests, reprit un des officiers qui n'avait encore rien dit.

— Messieurs, messieurs !! Prenons l'affaire avec logique et rigueur avant tout. Il ne sert à rien de s'affoler. Réfléchissez à la question. Faites-moi un point de toutes les solutions possibles et leurs chances d'être menées à bien avant que nous ne soyons le dos au mur. Nous referons un bilan à la fin de la journée. D'ici là, ne mettez sur le coup que des gens de confiance. Il est hors de question de laisser la panique gagner la population, donc tout cela doit rester secret le plus longtemps possible. Je veux une évaluation de nos pertes en personnes et en matériels ainsi que la faisabilité de transformer nos stations orbitales en véhicules spatiaux pour éventuellement atteindre Antou et nous placer provisoirement en orbite autour de cette planète.

— Mais Seigneur, jamais nous ne pourrons les transformer en si peu de temps ! dit un des officiers.

— Ne me dites pas ça, ce n'est pas comme si nous avions le choix, vous avez tous compris que nous sommes obligés de réussir, alors pas de défaitismes, on travaille et on gagne, c'est compris ? Très bien, laissez-moi, on se retrouve dans dix heures ici même pour refaire le point.

Tout le monde salua et sortit de la pièce. Lubau se retourna vers la baie vitrée qui donnait une fantastique vision sur Nibirou. Il eut un coincement de gorge à imaginer que tout ce qu'il voyait serait sans doute entièrement détruit dans quelques jours. Jamais personne n'aurait pu imaginer que cela soit possible et pourtant les faits étaient là. Il se tourna vers son bureau, appuya sur son intercom.

— Oui Commandant ?

— Passez-moi l'Intendant Namrod sur une ligne sécurisée !

Le Palais du sénat était une construction en forme d'un vaste Pentagone, dont la partie centrale évidée était occupée par une construction en tour cylindrique à deux étages surmontés d'une coupole. Les rois de jadis occupaient cet endroit comme un lieu de villégiature. Autour de cette tour était disposé un jardin constitué d'un assemblage de différents motifs carrés, circulaires, trapézoïdaux entre lesquels on trouvait de nombreuses allées fleuries. Le Pentagone lui-même était constitué d'immeubles identiques à trois étages dont les façades étaient richement décorées de colonnades, de statues ou de fresques.

On pénétrait dans les jardins par une immense porte située en face du Pont de l'hexagone. Elle était encadrée de plusieurs piliers sculptés, le porche étant surmonté d'une coupole semi-vitrée. Au fond du jardin, à l'opposé, on accédait par un escalier de granite rose à une grande salle ovale. Les deux tiers seulement étaient occupés par des gradins très confortables équipés de tablettes escamotables. Lorsque le sénat votait, tout se passait depuis les gradins, grâce à de petits boitiers individuels reliés à un système de vote à distance.

Le dernier tiers de la pièce était occupé de belles colonnes de granite en arc de cercle entourant une vaste estrade où se trouvait un trône surélevé de marbre blanc, destiné au roi. Juste devant, mais plus bas, se trouvaient les pupitres du chef du Sénat et ceux des différents orateurs lors des séances de travail. Beaucoup de sénateurs étaient d'ailleurs déjà arrivés et commençaient déjà à regagner leur place. Face au trône vide, Namrod et Sidouri avaient rejoint à mi-hauteur des gradins l'emplacement réservé au Vice-roi que le roi désignait lui-même juste après sa propre élection. De part et d'autre de cet élément central, une murette en bois précieux séparait chaque niveau des gradins.

Devant le trône vide, le chef du Sénat était assis face aux gradins sur un siège surélevé. À sa droite et à sa gauche se tenaient déjà les deux prétendants. Une sonnerie de trompette annonça l'ouverture de la séance, obligeant les retardataires à vite venir rejoindre leur emplacement nominativement désigné. C'est à ce moment-là que le communicateur de Namrod se mit à sonner. Il l'attrapa rapidement et le colla à l'oreille, car le brouhaha de la grande salle n'avait pas encore cessé.

— Namrod, j'écoute.

Sidouri vit avec inquiétude le visage de son mari passer d'une gaité évidente à une sombre mine. Namrod, les sourcils froncés, écouta avec attention sans rien dire puis il ramena sa main gauche devant sa bouche pour répondre quelque chose d'indistinct qu'elle ne put déchiffrer. Un instant plus tard, sans quitter des yeux le chef du Sénat face à lui, Namrod rangea son communicateur.

— Qu'est-ce qui se passe Nam, lui demanda-t-elle discrètement.

— Rien, ne t'inquiète pas, je te raconterai quand nous serons sortis d'ici.

– Tu es sûr ? Tu sembles tellement bouleversé ?

— On a un petit souci sur Dag-Aras, ne t'inquiète pas, je te raconterai.

Elle le regarda tout d'abord d'un air soupçonneux, mais finit par se convaincre que de toute façon, la séance allait commencer. Elle comprenait que Namrod puisse souhaiter rester concentré sur les débats à venir.

Il y eut tout d'abord un long discours de chef du Sénat, puis ce fut le tour des deux prétendants de faire un discours d'intention beaucoup plus réduit. Un débat devait s'en suivre au cours duquel chaque candidat allait tenter de démontrer que son programme de gouvernement était plus intéressant que celui de son concurrent. Alors que le frère de Kalran prenait la parole, on entendit plusieurs détonations sourdes sur la gauche, dans le couloir d'accès à la grande salle. Presque aussitôt après, une bonne dizaine de géants firent irruption dans la salle en tirant en l'air et en criant des ordres de ne pas bouger à l'assistance. Plusieurs d'entre eux lancèrent des grenades fumigènes qui eurent vite fait d'enfumer une bonne partie des gradins. Plusieurs coups de feu furent tirés vers les candidats. Les quatre soldats de la sécurité de Namrod ripostaient déjà. Et plusieurs projectiles passèrent juste au-dessus des têtes de Namrod et Sidouri. Accroupi derrière la murette, Namrod se tourna sur sa gauche vers sa femme.

— Ne bouge pas de là, reste bien cachée derrière la murette.

— Où vas-tu ? lui cria-t-elle dans le bruit des détonations et les cris de paniques.

— Je reviens, ne bouge pas.

Sidouri vit alors Namrod soulever sa grande robe de cérémonie et dégrafer de sa cuisse droite un pistolet qu'il prit en main. Rapidement, il jeta un coup d'œil par-dessus la murette. Il compta sept ou huit assaillants. Il se baissa et avança à l'abri de la murette vers sa droite jusqu'à atteindre l'escalier qui descendait vers la partie centrale. Sidouri le vit ouvrir le feu vers les terroristes. C'était difficile à dire, mais on pouvait compter déjà plusieurs morts dans les deux camps. La fumée des fumigènes masquait de plus en plus le champ de vision. Namrod sans regarder derrière lui, s'avança dans l'escalier pour descendre vers la zone des combats. Il s'arrêta plusieurs fois derrière une murette pour se protéger. En bas dans la fumée épaisse tout redevenait maintenant calme, mais de là où il était, Namrod ne voyait plus grand-chose. Il allait se relever quand il entendit une voix nasillarde derrière lui.

— Sale imposteur, tu aurais mieux fait de rester planqué sur ta station. Lâche ton arme et regarde-moi si tu en as le courage.

Namrod écarta les bras doucement et lâcha son pistolet. Sans geste brusque il se redressa et se retourna. Il vit alors à quelques mètres à peine derrière lui un des terroristes qui le tenait en joue.

— Alors l'Intendant ? On fait moins le malin maintenant, hein ?

— Qui êtes-vous et pourquoi tout ceci ?

— Tu es trop curieux, c'est un vilain défaut.

— Attendez ! cria Namrod en levant la main droite, doigts écartés.

— Quoi ? Le grand chef a peur de mourir ?

— Moi non, mais vous vous devriez,

— Ah ah ah ! que c'est amusant. Assez de bla-bla, c'est fini pour toi.

L'intrus souleva son bras droit pour viser la tête de Namrod. Une détonation remplit une fois de plus la salle du Sénat. L'agresseur resta un instant figé, les yeux grands ouverts puis il s'effondra d'un coup. Une trace carbonisée et fumante apparaissait dans son dos. Sidouri se releva de derrière la murette où elle s'abritait encore. Dans sa main droite, le canon de son pistolet fumait légèrement lui aussi. Namrod fit un rapide tour sur lui-même, ramassa précipitamment son arme.

— Tu es vraiment incroyable ma Sissi. Mais enfin, d'où sors-tu ce pistolet ?

— À vrai dire, depuis l'attentat de Kalran, je l'avais caché avec mes affaires, des fois que.

— Des fois que ?

— Oui, des fois que, ça t'ennuie ? répondit-elle avec un sourire.

— Tu rigoles, tu n'imagines pas à quel point je trouve que c'était une bonne idée.

— Voilà, comme celle que je t'avais suggérée de reprendre ton arme.

— C'est vrai, répondit-il en éclatant de rire.

D'un seul coup la réalité de la situation le submergea, il se précipita vers sa femme, la prit par la main et la tira derrière lui.

— Viens, ne restons pas là où nous finirons bien par mourir asphyxiés.

Des sirènes d'alarme sonnaient maintenant un peu partout, dans le bâtiment et en dehors. Le couple descendit prudemment les escaliers. Les fumées commençaient heureusement à se dissiper, aspirées par le système de conditionnement de l'air. Namrod s'approcha des pupitres. Il s'arrêta, choqué par la vision des trois corps sans vie du chef du Sénat et des deux ex-prétendants au trône. C'est à cet instant précis que Kalran arriva en courant accompagné de plusieurs soldats. Ces derniers formèrent un cercle de protection autour de Namrod et Sidouri. Kalran s'agenouilla et prit la dépouille de son frère dans ses bras. Namrod le laissa un instant profiter de cette dernière intimité puis il s'approcha doucement et posa sa main gauche sur l'épaule droite de son ami.

— Je suis vraiment désolé, tout a été si vite.

Kalran ne réagit pas. Alors Namrod augmenta la pression de sa main.

— Viens mon ami, ne restons pas là, sortons d'ici, nous ne sommes peut-être pas encore sortis d'affaire.

Cette fois, Kalran releva la tête vers Namrod, ses yeux brillaient de nombreuses larmes.

— Viens, sortons d'ici, répéta Namrod.

Les trois amis sortirent du Sénat, toujours sous la protection des soldats. Ils les escortèrent jusqu'à un véhicule blindé de l'armée qui les prit en charge. À peine partis, ils croisèrent une meute de robots policiers qui fonçaient vers le Sénat.

17

Namrod tournait en rond dans son bureau en regardant avec crispation le sol devant lui. Un sentiment étrange l'habitait depuis le retour à son palais. Il y avait bien sûr la joie d'avoir échappé lui et Sidouri à l'attentat du sénat, mais aussi une colère sourde pour ne pas avoir anticipé cette attaque meurtrière. Il s'arrêta un instant pour regarder par la grande baie vitrée les tubes transparents dans lesquels se propulsaient à grande vitesse les navettes reliant les différentes villes souterraines. La sonnerie de son intercom du bureau se déclencha. Il s'approcha rapidement et passa sa main droite au-dessus de l'appareil pour éteindre la sonnerie et prendre la main.

— Namrod.

— Mon Seigneur, le commandant Nassir est arrivé.

— Très bien, qu'il entre.

— Oui Seigneur.

La porte du bureau s'ouvrit pendant que Namrod rejoignit sa place devant son fauteuil de travail, mais il resta debout. Le chef de la sécurité de Tal-Markhan entra et salua avant de s'avancer vers le plan de travail de l'Intendant. Il avait le visage inquiet. Sans rien dire, il s'arrêta face à Namrod. Celui-ci se pencha en avant pour venir s'appuyer des deux poings fermés sur le plan de travail.

— C'était quoi cette histoire Commandant ? Allez-vous m'expliquer, oui ou non ? Comment tout cela a-t-il pu se produire ? demanda Namrod particulièrement en colère.

— Je suis désolé mon Seigneur.

— Que vous soyez désolé m'importe peu, voyez-vous ? Vos états d'esprit ne m'intéressent pas, je veux des explications. Je veux des faits, rien que des faits. Alors, soyez clair. Comment vos services ont-ils pu à ce point être incompétents pour ne pas avoir réussi à anticiper l'attentat ?

— En fait, c'est ce que nous étions en train de faire, Mon Seigneur.

— La belle affaire ! Il y a eu plusieurs morts, voyez-vous ? Moi-même et ma femme avons failli y succomber. Alors j'espère que vous avez des arguments plus performants que ceux-là. Parce que sinon, je demanderai à quelqu'un d'autre de faire mieux que vous ! Vous comprenez de que je dis ? cria Namrod avec une intonation menaçante.

— Je comprends mon Seigneur.

— Vous comprenez ? C'est très bien. Alors ? C'est quoi votre explication ?

Nassir transpirait légèrement, il sentit une ou deux gouttes de sueur lui couler le long des tempes. Instinctivement il voulut s'essuyer le front, mais il se ravisa pour répondre sans attendre.

— En fait j'étais avec mes équipes au centre de traitement des messageries. Nos intelligences artificielles ont décelé, dans certains messages échangés à Tal-Markhan, des morceaux de codes suspects. Et plutôt même très suspects, à vrai dire. Nous n'avons pas encore réussi à casser les clés du cryptage, mais malgré tout, nous avons réussi à isoler quelques mots inquiétants.

— Quel est le lien ? reprit Namrod toujours aussi en colère.

— Justement, nous avons isolé des mots comme morts, attaque, révolte et encore d'autres qui nous faisaient penser à la préparation d'une attaque terroriste imminente. Alors j'ai mis tout le monde sur le chantier pour trouver une solution.

Namrod se redressa. Il regarda fixement Nassir droit dans les yeux en se pinçant la lèvre inférieure. D'un seul coup et sans rien dire, il se retourna et se dirigea vers la baie vitrée devant laquelle il s'immobilisa les deux mains croisées dans le dos. Nassir l'avait suivi du regard. Habillement il en profita pour essuyer son front.

— Avez-vous une idée de l'origine de ce trafic douteux Commandant ?

— Non, mon Seigneur. Le nombre d'interceptions est très important. C'est pour cela que j'ai voulu aller au plus vite. La quantité des échanges est si importante que les messages peuvent provenir d'une bonne partie de la population de la cité.

— Tant que ça ? répondit Namrod sans détourner le regard de l'intérieur de l'immense grotte face à lui.

— Oui, Seigneur Namrod.

Namrod ne répondit rien, il réfléchissait, en se dressant à intervalles réguliers sur la pointe des pieds. Il finit par s'immobiliser et tourna la tête vers Nassir.

— Combien de temps vous faudra-t-il pour décoder la clé ?

— C'est difficile à dire, ceux qui l'on créé sont de véritables experts en la matière. Ce dont je suis certain, c'est que ce travail leur aura pris beaucoup de temps.

— J'entends bien, mais je n'ai malheureusement pas beaucoup de temps devant moi. Toute la planète est déjà au courant de l'attentat. Il faut que je prenne la parole pour rassurer tout le monde, nous ne pouvons pas nous permettre de perdre le contrôle de la situation, vous comprenez ?

— Oui, Seigneur.

Namrod revint se placer devant son bureau face à Nassir.

— Commandant, j'ai absolument besoin que vous m'en disiez plus. Je peux, si vous le voulez, demander à un de mes plus grands experts en cryptage sur Dag-Aras de prendre une navette et de venir vous donner un coup de main.

— Ça devrait aller, Seigneur Namrod. Puis-je rejoindre mes équipes et faire le point d'avancement ?

— Oui Commandant, allez-y et tenez-moi informé dès que vous avez du neuf.

Nassir salua, puis se détourna prestement pour rejoindre la porte. Namrod le regarda s'éloigner. Au moment où l'officier allait l'atteindre, l'intendant l'interpella.

— Commandant !

— Oui Seigneur ? répondit Nassir en se retournant aussitôt.

— Bon travail !

— Merci mon Seigneur, répondit l'officier après un bref instant d'hésitation. Puis il se retourna pour sortir.

— Commandant !

— Oui Seigneur, reprit Nassir étonné.

— J'allais oublier, je tiens toujours à voir vos propositions sur les évolutions de notre parc de robots policiers.

— Oui Seigneur Namrod, j'y travaille, répondit-il avec un léger sourire.

Puis il sortit rapidement. Sans doute voulait-il éviter d'être interpellé une fois de plus. Namrod le regarda partir, puis, lorsque la porte fut refermée, il se passa la main droite dans le cou pour se masser un instant la nuque. La colère lui avait raidi tout le corps. Il aurait aimé prendre un moment de détente, mais le temps pressait, il n'avait pas une seconde à perdre. Il se pencha sur le plan de travail du bureau et passa la main au-dessus de l'intercom.

— Oui Seigneur ? répondit une voix féminine à son appel.

— Le studio est-il prêt ?

— Oui Seigneur, les techniciens de maintenance viennent de partir. Un seul est resté pour intervenir aussitôt en cas d'urgence.

— Bien, j'arrive.

Il ajusta sa tunique, posa instinctivement sa main sur sa cuisse droite. À travers le tissu, il ressentit la présence rassurante de son pistolet. Un large sourire emplit alors son visage. Il venait de se rappeler la supplique de Sidouri qui avait fini par le convaincre de prendre son arme avec lui. Il secoua la tête. Se pouvait-il que sa jeune femme ait sans le savoir des talents cachés de liseuse d'avenir ? En tout cas, sans elle, les choses auraient certainement très mal tourné au sénat. Il prit une longue inspiration pour se motiver à revenir dans le réel. Décidé, il se dirigea rapidement vers la porte. Accompagné par deux gardes lourdement armés, il se dirigea ensuite vers les ascenseurs pour descendre au niveau des médias du palais.

Arrivé sur place il se dirigea aussitôt vers un espace un peu spécial. Une pièce avait été intégralement équipée pour servir de studio d'enregistrement vidéo. Tous les rois précédents avaient plus ou moins utilisé ce moyen technique pratique pour communiquer avec l'ensemble de la population de la planète. La pièce était parfaitement circulaire avec les murs légèrement incurvés vers le centre pour venir faire une sorte de dôme très aplati à la surface parfaitement lisse et brillante. Cette disposition conférait à la pièce une acoustique extraordinaire.

À centre de la pièce siégeait un espace circulaire. Un pupitre qui y était disposé permettait de déposer des documents de lecture sur une sorte de petite tablette en bois. Devant le pupitre, plusieurs techniciens travaillaient à la qualité d'enregistrement du son et de la vidéo. Ils étaient placés en arc de cercle le dos tourné vers le mur. De nombreux appareillages placés à des endroits stratégiques permettaient de parfaire les enregistrements. Namrod s'installa à l'arrière du pupitre et se plaça face aux caméras principales, il y en avait d'autres, placées tout autour de la pièce en hauteur. Namrod prit plusieurs longues inspirations pour se détendre.

Face à lui, au-dessus des techniciens, il y avait un écran géant sur lequel Namrod pouvait se voir. D'un signe de tête, il avertit le chef du studio qu'il était prêt à commencer. Un des techniciens leva alors le bras assez haut en regardant Namrod, puis il le rabaissa en pointant de l'index l'Intendant du royaume pour lui signifier que c'était à lui de jouer. Namrod se racla la gorge et commença à parler.

— Aujourd'hui est une journée de deuil pour toutes nos communautés. Le sénat, qui s'apprêtait à voter pour désigner notre nouveau Roi, a été la victime d'une attaque terroriste lâche et meurtrière. Parmi d'autres victimes, Alciman le chef du Sénat et les deux candidats à l'investiture Dar-Aman et Baramoul ont été tués. C'est une immense perte pour notre planète dont l'avenir s'annonce de plus en plus difficile. Cette attaque odieuse contre le cœur même de nos institutions se produit le jour des funérailles du Roi Enki. Ce n'est pas un hasard. Mais, je vous le dis, nous ne laisserons pas les terroristes nous enfermer dans la peur.

Namrod fit une pause très courte pour reprendre son souffle. À l'extérieur, partout sur la planète d'immenses écrans diffusaient son allocution en direct sur les murs des immeubles. Ailleurs, quasiment partout où c'était possible, il y avait de gigantesques projections holographiques qui donnaient l'impression d'être particulièrement réalistes. Malgré tout, elles n'arrivaient pas à concurrencer les affichages incessants des informations locales ou des publicités envahissantes qui tournaient en boucles. Sur un deuxième écran plus petit placé près de l'écran géant central, Namrod pouvait observer les hologrammes qui s'affichaient les uns après les autres. Il continua.

— Ces crimes ne resteront pas impunis. Nos services de sécurité travaillent d'arrache-pied pour retrouver le plus vite possible les coupables. Nous allons sécuriser les cités souterraines avec un renfort de policiers. Je demande donc à la population de ne pas s'inquiéter, les services d'ordre vont ….

Namrod s'interrompit brutalement. Sur l'écran où un instant il visionnait ses hologrammes, il ne voyait plus qu'une image déformée de soubresauts. Il regarda les techniciens présents qui s'occupaient de la prise d'images et du son. Tous s'affairaient comme des fous sur leurs écrans. Namrod regarda une fois de plus l'écran de contrôle des hologrammes et des panneaux d'affichage. Il y avait toujours une image hachée et complètement déformée.

— Qu'est-ce qui se passe ici ? cria Namrod.

— Mon Seigneur, nous avons un bombardement de codes néfastes qui paralyse tous nos systèmes de transmission.

— Ça veut dire quoi exactement ?

— Nous sommes attaqués par des pirates qui pénètrent nos systèmes informatiques ?

— Quoi ? Non, mais ce n'est pas possible ça, vous n'allez pas me dire que vous ne pouvez rien faire pour arrêter cette contamination de nos serveurs.

— Malheureusement si mon Seigneur. C'est une invasion massive.

Le technicien n'eut pas le temps d'en dire plus. Une image apparut subitement sur les écrans de contrôle, d'abord très diffuse puis de plus en plus nette malgré des hachures et des sautes d'images intempestives. On pouvait maintenant distinguer le torse d'une personne. Le temps que les techniciens s'affairent sur leurs consoles, Namrod fronça les yeux pour essayer de distinguer le visage. S'il avait eu un siège derrière lui il serait sans doute tombé assis. Il cligna des yeux plusieurs fois, comme pour essayer d'effacer ce qu'il devinait à l'écran.

— Coupez-moi les communications tout de suite, cria-t-il aux techniciens.

— C'est ce qu'on essaie de faire Seigneur, mais on n'arrive plus à accéder à nos machines, c'est comme si les codes d'accès venaient d'être changés ou invalidés, répondit le responsable du plateau qui était manifestement en mode panique, tout comme les autres techniciens.

— Coupez les relais, je ne sais pas moi, coupez tout si vous pouvez, mais faites-moi disparaitre tout ça.

Sur les écrans de contrôle, l'image était maintenant d'une assez bonne qualité. Manifestement la personne finissait de s'installer devant des caméras. Elle prit la parole.

— J'ai attendu si longtemps pour revenir vers vous. Maintenant je suis là et tout va changer. Je suis revenu pour vous, pour vous sortir des griffes d'Enki et de ses promesses non tenues. Depuis mon exil, je n'ai jamais cessé de penser à reprendre ce qui m'a été volé. Je n'ai jamais cessé de penser à vous redonner la grandeur de notre passé. Je vous le dis, rejoignez-moi et ensemble reformons un grand royaume, battons-nous pour jeter dehors ceux qui vous ont trop longtemps ignorés et maintenus dans le silence. Prenez les armes s'il le faut et venez avec moi pour reprendre les rênes de notre destin…

— Vous allez me couper ça oui ! exulta Namrod.

— Mais Seigneur, c'est le Roi, c'est Enlil !!

– Évidemment que c'est Enlil, je ne suis pas aveugle. Coupez-moi toutes les communications de la planète je vous dis, tout de suite, c'est un ordre ! Coupez-moi le son, vous entendez ?

Les techniciens se replongèrent immédiatement sur leurs consoles. Couper le son n'était pas le plus compliqué. Pour l'image, là ce n'était pas pareil. Namrod dut attendre encore un long moment à regarder, impuissant, l'ancien roi. Son communicateur portable se mit à vibrer. Il l'attrapa rapidement et identifia l'appel.

— Oui Sissi ?

— Nam adoré, Enlil est sur tous les écrans !

— Je sais oui, on est en train de chercher une solution pour interrompre la transmission, mais pour l'instant les techniciens n'ont pas réussi.

— C'est fou, comment est-ce possible ?

— Ça je n'en sais rien, par contre prépare vite tes affaires, je ne te veux plus à Tal-Markhan. Je ne sais pas comment tout ça va tourner, alors nous allons retourner sur Dag-Aras voir ce qui s'y passe. Là-bas, tu seras en sécurité.

— D'accord. Mais ici, qu'est-ce qui va se passer ?

— Rien de bon, ça tombe au plus mal et tout ça s'annonce mal. J'ai peur qu'avec un caractériel comme Enlil, tout finisse en bains de sang.

— C'est affreux ce que tu dis.

— Oui, mais on en rediscutera sur la station, prépare-toi, j'arrive.

— Rentre vite mon Nam.

— Promis, répondit-il avant de couper.

Namrod appela aussitôt son secrétariat.

— Oui Seigneur, répondit une fois de plus la même voie féminine.

— Passez-moi une liaison sécurisée avec le Commandant Lubau sur Dag-Aras et réservez-moi en urgence une navette pour y aller.

Le temps d'être transféré, Namrod eut enfin la satisfaction de voir les écrans s'éteindre.

— Depuis vos consoles, pouvez-vous identifier d'où est parti le signal qui a permis au Roi Enlil de nous pirater la transmission.

— Non, mon Seigneur, répondit le chef de studio. Mais les services de renseignements le peuvent certainement, eux.

Namrod se pinça les lèvres. Décidément rien n'allait comme il voulait.

— Bon, faites ce qu'il faut pour verrouiller les accès, il est hors de question que l'on soit piraté une seconde fois, c'est compris ?

— Oui mon Seigneur.

Namrod sortit et reprit la communication à l'extérieur de la pièce.

— Commandant Lubau ?

— Oui Seigneur Namrod.

— Je suppose que vous êtes au courant ?

— Oui, le Roi Enlil est revenu et il s'apprête à reprendre le pouvoir sur Nibirou.

— C'est ça, Commandant. Je rentre à Dag-Aras, mettez la flotte en alerte. En attendant, je veux que tout vaisseau entrant ou sortant de l'atmosphère soit arraisonné et contrôlé. Il faut que nous puissions intercepter tout trafic d'armes. Dès que je serai revenu, il faudra mettre au point notre riposte. Ce qui vient de se passer est inadmissible et il ne sera pas dit que nous l'aurons cautionné.

— Oui Seigneur, mais nous avons un autre souci, peut-être plus inquiétant.

— Avec Enlil ?

— Non, pas avec Enlil, mais avec le géocroiseur, c'est confirmé, l'impact que je vous ai déjà annoncé aura bien lieu dans moins de cinquante-cinq jours. L'astéroïde géant va percuter Nibirou.

— Géant comment au fait ?

— Ça aussi, c'est confirmé, trente-trois kilomètres de diamètre.

— Trente-trois, franchement il ne manquait plus que ça ! Vous êtes certain ?

— Oui Seigneur, c'est bien ça, trente-trois kilomètres.

Alors nous allons avoir deux guerres à mener, une contre l'ancien roi et celle contre cet astéroïde.

— Je viens de voir les derniers relevés et les derniers calculs, Nibirou sera frappée de plein fouet. Avec un tel diamètre, le choc sera immensément puissant. Nibirou n'y résistera pas.

— Pas de panique commandant, on va trouver une solution, j'arrive.

— Oui Seigneur, nous vous attendons.

Namrod coupa la communication. Il prit une grande inspiration en penchant la tête loin en arrière puis souffla brusquement en la ramenant. Les deux gardes attendaient toujours ses ordres. Sans rien dire, il partit rapidement vers les ascenseurs. Arrivé près de son bureau, il s'arrêta à son secrétariat et confirma qu'il partait pour Dag-Aras très vite. Dans son bureau il récupéra assez nerveusement tout ce dont il pensait avoir besoin. Une fois fait, il fit convoquer le Commandant Nassir. Celui-ci fut assez rapide pour arriver. Namrod était assis à son bureau et fit assoir l'officier face à lui.

— Alors Commandant ? Vos codes ?

— Nous avons bien progressé, mais nous n'avons pas encore la solution idéale de décryptage. Franchement, ceux qui ont fait ça sont parmi les meilleurs experts de la planète.

— C'est une bonne nouvelle non ? Ça réduit le champ des enquêtes.

— C'est vrai Seigneur.

— Très bien, qu'avez-vous réussi à reconstituer ?

— Nous avons seulement des morceaux de phrase. C'est comme un puzzle géant, plus on a de pièces, moins c'est facile de les organiser. Là, nous avons des milliers d'échanges enregistrés, beaucoup de ceux qu'on a traités ne concernaient pas l'attentat, mais seulement des affaires du quotidien.

— Donc en fait, vous allez me dire que vous n'avez rien, c'est ça ?

— Si si, Seigneur, nous avons des choses intéressantes.

— Comme quoi ? interrogea Namrod.

— Hé bien, par exemple, une bonne partie des échanges ont été faits depuis un débit de boisson bien connu de mes services, Le

Molbac. C'est un endroit mal famé, un repère de brigands ou de contrebandiers contre lequel Enki n'a jamais voulu sévir.

— Bien, il doit le regretter maintenant. Bon, c'est un départ. Déployez nos robots policiers tout autour de la zone et lorsque ce sera fait, investissez le Molbac. Peu importe qui s'y trouvera, je veux tout le monde en prison sans aucune exception jusqu'à ce qu'on ait établi qui est qui.

— Oui Seigneur.

— Bien, Commandant, tenez-moi au courant.

Nassir se leva, salua et se dirigea rapidement vers la sortie. Namrod passa rapidement sa main au-dessus de l'intercom du bureau.

— Oui Seigneur ?

— La navette que j'ai commandée est-elle prête ?

— Oui Seigneur, elle vous attend au dock 5.

— Très bien, faites chercher ma femme à ses appartements avec quelqu'un pour l'aider avec ses bagages. Je pars avec elle sur Dag-Aras. Qu'ils me rejoignent à la navette. Avant ça, passez-moi le Conseiller Kalran.

— Oui Seigneur.

Un instant plus tard, Kalran appelait.

— Kalran, mon ami, comment ça va ?

— Comme à chaque fois qu'on perd quelqu'un de proche.

— J'imagine, vraiment je suis désolé. Nous avons mis tout en œuvre pour retrouver les coupables.

— Je ne pense pas que tu aies le temps de faire ton enquête. Enlil rabat ses troupes et je pense qu'elles seront nombreuses. Il va repasser à l'attaque.

— Nous verrons bien. Je pars tout de suite pour Dag-Aras, nous avons un autre problème important à résoudre là-bas. Veux-tu venir avec nous ?

— C'est gentil Namrod, mais non, j'ai des choses à faire ici. Je vais retourner au Sénat et mener ma propre enquête.

— Comme tu voudras, appelle-moi si tu changes d'avis.

— C’est d’accord. Faites bien attention à vous. Mes salutations à ta femme.

— Namrod, terminé.

Kalran abaissa la main droite de son oreille et regarda un instant son communicateur sans bouger. Il se pinça les lèvres. Se passa la main gauche dans les cheveux à l’arrière de sa tête puis manipula son boitier de communication qu’il porta à l’oreille à nouveau.

— Oui Prince, c’est Kalran. .... Non, rien ne s’est passé comme prévu.

Kalran écarquilla les yeux en écoutant la réponse du fils d’Enki.

— Vous êtes certain de vouloir faire ça Seigneur ?

Kalran porta sa main gauche sur le visage et se pinça la bouche. Ce qu’il venait d’entendre l’inquiéta au plus haut point.

— C’est d’accord Seigneur, je viens tout de suite, dit-il, et il coupa le signal.

18

Profond sous le dock désaffecté se trouvait une grande caverne d’origine volcanique. Elle n’avait jamais été vraiment exploitée pour en faire un lieu de vie. L’atmosphère fraiche et humide y était néanmoins renouvelée. L’immense espace avait été utilisé à une époque reculée pour stocker divers matériels encombrants. D’une façon surprenante, depuis quelques heures il y avait foule. Baal-Nash arpentait les différents niveaux où avaient été entassées de grandes caisses. Les symboles qu’on y lisait ne laissaient aucun doute quant à l’utilisation de ce qu’elles contenaient. Il attrapa son communicateur qui vibrait dans une de ses poches.

– J'écoute.

– Baal, c'est Marquesh.

– Ah ! alors ? où es-tu ?

– Près du palais, tu sais, ça grouille de policiers ici.

– Rien d'étonnant, est-ce que tu es prêt ?

– Oui, j'ai réussi à atteindre l'objectif. Je suis planqué dans une anfractuosité de la paroi assez haut au-dessus du palais face à moi.

– Bon, ici aussi tout est fini, on va bientôt y aller.

– T'es au courant pour le Molbac ?

– Bien sûr. Que croient-ils ces crétins, qu'on est assez idiots pour les attendre ?

– C'est ça, à croire qu'ils n'ont jamais rien appris.

– Bien, reste planqué jusqu'à ce que je te donne le top, c'est bon ?

– J'attends.

Baal rangea le communicateur et pivota sur lui-même pour faire un point visuel. Quantités de gens s'assemblaient en plusieurs groupes d'une vingtaine de personnes. Certains portaient des uniformes militaires, mais tous donnaient l'impression d'être armés jusqu'aux dents. Baal vit enfin l'officier qu'il cherchait, il s'approcha rapidement.

– Capitaine ! cria-t-il d'une forte voix au soldat qui se retourna aussitôt.

– Oui ?

– Avez-vous les statuts des autres caches ?

– Oui, tout est conforme au plan.

– Et Enlil ?

– On m'a dit qu'il bout d'impatience en tournant en rond comme un vieux fauve en cage.

– Ça n'est pas pour me surprendre, répondit Baal avec un grand sourire pendant qu'il imaginait mentalement la scène. Marquesh est en place, pour moi, tout est bon.

– Très bien, nous serons au top dans 2 minutes, répondit l'officier en regardant un cadran horaire qu'il portait à son poignet gauche. Vous pouvez rejoindre vos gens.

Baal-Nash allait tourner des talons, mais il s'arrêta brusquement pour se retourner vers l'officier.

– Capitaine !

– Oui !

– On en est où sur Dag-Aras.

– Je n'ai pas d'infos, la station a été mise en alerte maximale et nous avons perdu la liaison avec nos agents.

– Ah ! répondit Baal-Nash en faisant une mauvaise mine. Ce n'est pas bon ça, Dag-Aras est une pièce maîtresse de notre plan, si nous la perdons, tout sera beaucoup plus compliqué.

– Ne vous inquiétez pas, le plan est au point, tout se passera comme prévu.

– Je l'espère. Si la flotte n'est pas avec nous, nous serons cloués au sol.

– Sans doute, mais il n'y a pas sur Dag-Aras de troupes de choc en assez grand nombre pour venir nous déloger de nos cavernes. Alors, ne vous inquiétez pas.

– Je l'espère Capitaine, je l'espère, répondit Baal en se retournant pour rejoindre ceux qui l'attendaient.

Le capitaine regarda Baal s'éloigner sans rien dire. Il jeta un dernier coup d'œil à son cadran horaire, dégaina son pistolet et vérifia qu'il était à son niveau maximum de chargement. Il rengaina, attrapa un sifflet qui pendait à son cou, le porta à la bouche et souffla aussi fort qu'il pouvait. Le son strident se répercuta en rebondissant sur les parois de la caverne. Il y eut alors partout un mouvement coordonné des troupes qui se précipitaient vers les ascenseurs ou les navettes en attente dans les quais des tubes.

Au même instant, loin au-dessus de Nibirou, Namrod regardait par le grand hublot de droite l'immensité de Dag-Aras le long de laquelle la navette était en train de voler pour atteindre le dock principal. Celui-ci se trouvait au trente-troisième niveau seulement sous le centre de commandement. Sidouri était assise à sa gauche, elle n'avait pratiquement rien dit depuis le départ de Tal-Markhan.

Elle s'était contentée de tenir la main gauche de Namrod et de regarder avec tristesse ce qu'elle pouvait observer depuis sa place à travers les hublots. Lorsque la navette pénétra dans le dock, les deux chasseurs vimnas, qui l'escortaient, pivotèrent en virant sur l'aile gauche et piquèrent vers la planète pour rejoindre une trajectoire orbitale plus basse.

Avec souplesse la navette se posa dans le dock. Il régnait ici une ambiance perturbée comme on n'en avait pas vu depuis longtemps. Des dizaines de techniciens travaillaient avec empressement autour des vimnas et des transports de troupes. Des blocs d'énergie avaient été disposés à proximité sur lesquels les vaisseaux étaient en train de s'approvisionner grâce à un véritable fatras de tuyauteries et de raccordements électriques. Accompagné d'une vingtaine de soldats qui s'étaient déjà positionnés en deux lignes parfaites, Lubau attendait patiemment que Namrod sorte de la navette. Une porte latérale du côté gauche s'ouvrit et un escalier amovible se détendit rapidement. Namrod suivi de Sidouri ne fut pas long à sortir. Lubau salua l'Intendant et sa femme.

– Où en êtes-vous commandant ? demanda Namrod, à peine arrivé en bas de l'escalier. Sans attendre, il commença à se diriger à pas mesurés vers les ascenseurs.

– La station est en alerte maximale Seigneur, répondit son second qui venait de se positionner à sa gauche. Nous sommes en train d'armer les commandos, les transports sont en train d'être alimentés. Nous avons déjà arraisonné plusieurs bâtiments qui quittaient la planète. Les fouilles à bord n'ont rien donné d'anormal.

Sidouri suivait à quelques pas en arrière avec un certain détachement.

– Bien. Dites-moi, savez-vous où est affecté le Commandant La'um ?

– Il vient de partir en urgence rejoindre son croiseur le Kaga.

– Mince, faites intercepter sa navette si on le peut encore, répliqua Namrod.

– Intercepter sa navette ? Je ne comprends pas Commandeur.

– Je vous expliquerai plus tard.

– Ce sera impossible, il est certainement déjà en approche d'appontage.

– Bon, tant pis, envoyez un ordre à sa passerelle : interdiction d'armer ses canons, je veux que son croiseur se positionne sur une orbite d'attente au plus loin de la planète.

– Vraiment commandeur ? Nous pourrions peut-être avoir peut-être besoin de son armement.

– Justement non Commandant, il est probable, d'après des informations que j'ai eues il y a peu, que le commandant La'um soit impliqué d'une façon ou d'une autre dans ce qui arrive. Je ne veux pas prendre le risque de l'avoir lui et son croiseur dans la zone de tir si les choses tournent mal.

– Et s'il n'obtempère pas Commandeur ?

– Utilisez les canons ioniques de la station pour immobiliser ses moteurs.

– Oui Commandeur.

– Bien, occupez-vous de ça et je vous rejoins au plus vite sur la passerelle.

Namrod et Sidouri accompagnés de deux soldats prirent un des ascenseurs tandis que Lubau en prenait un autre pour monter à la passerelle de commandement.

Au même moment Kalran arrivait sur la station orbitale du fils d'Enki. Lorsqu'il descendit de sa navette, il vit avec effroi qu'il y avait ici une activité fébrile autour de plusieurs navettes en train d'être armées de canons. Des soldats entassaient leurs équipements en lignes aux pieds des navettes. Manifestement, Amar-Outou[32] n'avait pas envie de faire dans la demi-mesure. Il avait déjà prévenu Kalran, jamais il n'accepterait de laisser Enlil reprendre le pouvoir après l'assassinat de son père. Cela n'avait rien d'étonnant, Kalran le savait bien, chez les Anunnaki, la vengeance était un plat qui se mangeait chaud, et tant pis pour les dégâts collatéraux s'il y en avait. Le sénateur se dirigea rapidement vers les ascenseurs et en

[32] Le fils d'Enki.

prit un qui allait l'amener aux appartements du Prince Amar-Outou, le fils d'Enki. Lorsqu'il arriva devant la porte principale, un soldat de garde lui ouvrit aussitôt. Manifestement, le prince était pressé de le voir. D'ailleurs, à peine avait-il franchi le seuil de la porte qu'il entendit au fond du couloir une voix qui l'appelait. Kalran accéléra le pas et pénétra dans une grande pièce. Sur la droite, la pièce s'enfonçait d'une bonne trentaine de mètres. Plusieurs tables étaient recouvertes d'effets militaires dont plusieurs semblaient déjà très anciens.

– Ah, Kalran, je désespérais de ne pas avoir le temps de vous voir. Heureusement voyez-vous, je perds du temps à essayer mes tenues de combat. J'ai été négligeant avec mon tour de taille, j'ai bien peur que la plupart ne me soient trop petites.

– Mais vous n'allez pas descendre au combat Seigneur ?

– Et pourquoi pas ? Je ne suis pas encore si vieux que je ne puisse tenir une arme.

– Certainement, mon Prince, mais tout de même, ça risque d'être très dangereux. Enlil à l'air sûr de lui. Je serais étonné que ce ne soit que par vantardise. À mon avis il a déjà un soutien massif de la population qui l'adulait à son époque et je ne serais pas surpris d'apprendre qu'une partie de l'armée est derrière lui.

– C'est probable, mais quoi qu'il en soit, il n'accèdera pas au trône tant que je serais vivant. Vous avez vous-même un frère à venger, n'est-ce pas ?

– Oui, Seigneur, c'est certain, mon frère a été lâchement exécuté.

– Bien alors je vous invite à m'accompagner. Faites votre choix, plusieurs de ces tenues sont sans doute bien plus à votre taille qu'à la mienne, profitez-en.

– Seigneur Amar-Outou, il est peut-être prématuré de nous lancer dans une bataille incertaine. Nous ne savons pas encore à quoi nous allons être confrontés. D'ailleurs, nous ne savons pas plus comment les autres familles vont réagir.

– Sénateur Kalran, je reconnais bien là toute la finesse de votre expérience. Mais je ne partage pas votre avis. Si nous laissons la possibilité à Enki d'investir le palais, beaucoup de ceux qui ne le soutiennent pas encore pourraient se rallier à sa bannière. Il serait alors pour nous bien plus difficile de le déloger. D'autre part, un de mes contacts sur Dag-Aras vient de me prévenir que le commandeur Namrod a repris le contrôle de la flotte. Je lui souhaite bien du courage. Une bonne partie des officiers de la station orbitale a fait partie des troupes d'Enlil, lorsqu'il avait la gestion de Ki la Terre, avant de revenir sur Nibirou pour remplacer son père. Vous devriez vous rappeler qu'il traitait ses officiers avec de belles largesses. Alors, il n'est pas dit que notre intendant n'ait pas une fronde à gérer sur sa propre station. À ce que j'en sais, il a toujours eu beaucoup moins d'indulgence que ses prédécesseurs.

– C'est vrai Seigneur, ce n'est pas faute de l'avoir conseillé d'être moins rigide ou moins sévère, mais il a quelque chose d'Enlil en lui, une certaine incapacité à tenir compte des conseils, même s'ils viennent de ses amis. Encore que ces derniers temps, il a une oreille plus attentive, ce n'est plus tout à fait le cas.

– Bon, mais vous, viendrez-vous avec nous ou pas, sénateur ?

Kalran se retrouvait coincé. Lui qui ne souhaitait rien de plus que s'éloigner de la politique et des affaires de la planète allait se retrouver en première ligne, sans doute contraint et forcé par les événements. Il regarda avec scepticisme les tenues de combat étalées sur les tables.

– Alors ? Je vous ai connu plus prompt à faire des choix Sénateur, qu'est-ce qui vous retient ?

– J'ai vécu plusieurs guerres, mais aucune dans laquelle je ne me sois engagé dans les combats sans en avoir mesuré les tenants et les aboutissants. Tout va trop vite aujourd'hui.

– Oui, tout va trop vite. C'est bien pour cela qu'on ne peut se permettre de perdre un temps. Nos ennemis l'utiliseraient au mieux contre nous. Alors ? Viendrez-vous ou pas ?

Kalran regarda un nouvelle fois les tables devant lui. Il se tourna finalement vers le prince.

– Je viens avec vous Seigneur.

– Ah la bonne heure mon ami, j'en suis très heureux !

Kalran ne répondit rien et se dirigea vers une tenue qu'il avait repérée. Lorsqu'il la prit en main, il se sentit animé d'une force nouvelle. Son visage s'éclaira, de vieux souvenirs venaient de revenir à sa mémoire. Finalement, peut-être que c'était ça le destin, pensa-t-il.

Baal-Nash venait de sortir de son ascenseur suivi par une cinquantaine de brigands. Chacun se plaça de part et d'autre de l'artère quasiment vide, mis à part quelques passants qui pressèrent le pas pour s'éloigner au plus vite lorsqu'ils virent les armes braquées sur eux. Baal-Nash s'était replié dans l'encoignure d'un porche. Il avait en main une mini tablette sur laquelle les positions des autres groupes d'attaques s'affichaient sous forme de points rouges ou verts. La plupart étaient encore rouges, mais les points basculaient maintenant de plus en plus vite en vert. Encore un peu et tous le seraient. Baal attrapa son communicateur et tapota un code. Puis il colla le communicateur à son oreille.

– Oui Baal ?

– Rien à signaler ?

– Non, il y a toujours autant de policiers, mais très peu de soldats.

– Bien, à toi de jouer.

Marquesh raccrocha. Il rangea son communicateur et se saisit d'un petit boitier qu'il avait à ses pieds. Sur le boitier on pouvait voir plusieurs leviers de micro-interrupteurs. Marquesh regarda une dernière fois vers le palais puis il se recula pour se mettre à l'abri derrière l'avancée de la roche. D'un geste rapide, il actionna tous les leviers. Plusieurs explosions puissantes se déclenchèrent sur le côté le plus à gauche et aussi deux autres au niveau de la porte principale du palais dont le porche s'effondra. De nombreux policiers gisaient à terre. Ceux qui n'avaient pas été touchés se précipitèrent vers les blessés pour leur porter secours. L'entrée du palais venait subitement de se dégarnir de ses protecteurs.

C'est alors qu'on entendit une immense clameur qui venait du côté droit. Plusieurs dizaines de soldats et de civils en arme se précipitèrent vers l'entrée du palais. À travers les nuages de fumées consécutives aux explosions, on voyait maintenant les éclairs des tirs nourris qui fusaient de part et d'autre. Marquesh se débarrassa du boitier de commande des détonateurs en le jetant dans une faille profonde de la roche, juste à côté de sa position. Il se saisit alors d'un fusil muni sur le dessus d'un boitier électronique. Il prit appui sur le rebord de la roche et balaya la zone des explosions. Dans sa lunette de visée à l'écran vert, il ajusta son réticule en grossissant l'image affichée. Dès qu'il eut le premier policier en visuel sur ses collimateurs, il tira. Le policier s'effondra, mortellement touché. Il continua ainsi à tirer tant qu'il trouvait des cibles. De leur côté, plusieurs dizaines d'attaquants venaient de pénétrer dans le palais. On pouvait maintenant entendre des coups de feu nombreux venant de l'intérieur du palais.

Namrod arrivait en courant à la salle de commandement de la station orbitale. Lubau s'était penché sur une grande console, ses deux mains appuyées sur la table de travail.

– Qu'est-ce qui se passe, Commandant ?

– Le palais des rois est attaqué, Seigneur Namrod.

– Attaqué ? Le palais attaqué ? Bon sang. On peut avoir ça sur écran ?

– Oui, Seigneur, répondit Lubau tout en actionnant une commande de son pupitre.

L'écran géant de la salle de contrôle s'alluma aussitôt. La zone du palais était maintenant affichée en plein écran, d'épais nuages de fumée empêchaient de voir correctement. Tous les techniciens et officiers de la salle s'arrêtèrent de travailler pour regarder l'écran géant. Un sous-officier qui avait un casque le retira précipitamment.

– Seigneur Namrod, Seigneur Namrod s'écria-t-il.

– Quoi ?

– J'ai d'autres alertes sur la planète, les principales villes sont l'objet d'attaques simultanées. Le palais du sénat vient d'être envahi lui aussi.

– C'est impossible ! Enlil est devenu fou ! Qu'est-ce qu'il veut faire ? dit Namrod sous le choc des images qui arrivaient maintenant des différentes villes et qui s'affichaient sur les autres écrans de la salle de commandement.

– Seigneur Namrod !

– Quoi encore ?

– C'est le Kaga, Seigneur, il vient de quitter sa position, il arme ses canons. Attendez, reprit le technicien qui s'affolait devant son écran de travail. Il a lâché deux escadrilles de vimnas.

– Quelle trajectoire ?

– Ils filent droit sur nous, mon Seigneur !

– Namrod se tourna vers Lubau.

– Aux postes de combat, Commandant, vite.

– C'est fou ça, qu'est-ce que La'um veut faire ? demanda Lubau après avoir actionné l'alarme d'appel au combat.

– Ses vimnas ne sont pas de taille à causer des dégâts importants à Dag-Aras, mais ils pourraient très bien en causer sur nos canons ioniques. Ça mettrait son croiseur à l'abri de nos tirs.

– Commandeur ! cria un autre officier.

– Oui Lieutenant, répondit Namrod.

– Toute une escadrille de transport de troupes vient de partir de la station du Prince Amar-Outou, elle pique à toute vitesse vers Nibirou.

Namrod se tourna une fois de plus vers Lubau.

– On n'a pas le temps de voir ce que le prince veut faire, Commandant. Faites sortir la chasse, il nous faut bloquer l'attaque des escadrilles du Kaga.

Namrod se tourna vers le lieutenant de pont.

– Lieutenant, trouvez-moi une fréquence pour le Kaga.

– Tout de suite, Seigneur, répliqua l'officier en se penchant sur une console.

Un instant à peine plus tard, il faisait signe à Namrod que la liaison était établie. Namrod demanda une vision sur écran. Lorsque l'image du pont de commandement du Kaga apparut, Namrod interpella La'um.

– À quoi jouez-vous, Commandant ? Stopper immédiatement vos machines et vos vimnas.

– Je ne crois pas non, Commandeur. Dans quelques heures à peine, Enlil sera de nouveau sur le trône de Nibirou et vous ne commanderez plus cette station.

– Rien n'est moins sûr, les coups d'État ne réussissent pas toujours.

– Celui-là réussira.

– Croyez-vous que nous vous laisserons faire ?

– Vous n'aurez pas le choix. Lorsqu'Enlil sera aux commandes, je prendrai votre place.

– C'est ce que nous verrons, vous pouvez toujours essayer.

– C'est déjà tout vu, Commandeur.

La porte d'entrée de la salle de commandement s'ouvrit brusquement. Une dizaine de soldats en arme se précipitèrent à l'intérieur. Un Capitaine qui semblait mener le groupe d'assaut cria à tout le monde :

– Que personne ne bouge, au nom du Roi Enlil, nous prenons le commandement de la station.

Il y eut un silence soudain seulement perturbé par les bruits des bottes sur le sol métallique. Deux soldats s'approchèrent de Namrod et de Lubau en les mettant en joue. Le capitaine s'adressa alors à Namrod.

– Commandeur, je vous relève de votre commandement, vous et le commandant Lubau êtes aux arrêts. Vous allez être conduits en cellule le temps que votre sort soit décidé par le Roi Enlil. Je ne vous conseille pas de résister, nous n'avons pas de consignes pour vous garder vivants.

– Vous faites là une erreur magistrale, Capitaine. Lorsque tout sera réglé, vous devrez répondre de vos actes.

– Pour l'instant, c'est vous qui devriez vous préoccuper de votre avenir. C'en est fini de votre tyrannie à la tête de Dag-Aras, nous allons enfin être libres.

– Votre liberté ne durera que peu de temps, dans moins de soixante jours, Nibirou sera détruite par un impact monstrueux avec un géocroiseur.

– Un quoi ?

– Un géocroiseur, n'avez-vous pas été à l'université ?

– Si, mais on ne nous a pas parlé de ça. De quoi parlez-vous, Commandeur ?

– D'un gigantesque astéroïde qui va s'écraser sur Nibirou, votre misérable révolte ne durera qu'un instant. Vous feriez mieux de nous laisser travailler à trouver des solutions pour qu'on sauve la planète et sa population.

– C'est quoi cette histoire à dormir debout ?

– C'est la réalité, Capitaine, répondit Lubau. Unissons nos forces pour survivre, il sera toujours temps de se disputer une fois qu'on aura évité la catastrophe.

Le capitaine fronça les yeux et jaugea Namrod et Lubau du regard en silence. Il essaya de déceler un indice de mensonge sur la manœuvre qui semblait complètement folle. Mais il se rendit compte que rien dans l'attitude des deux officiers supérieurs ne laissait transparaitre la moindre affabulation. Il hésita un instant et finit par dire :

– Nous verrons ça plus tard.

Le capitaine se retourna vers les gardes.

– Mettez-les en cellule.

Pendant que les deux officiers étaient poussés vers la sortie, le capitaine s'avança vers la console de Lubau et actionna la commande du réseau vocal d'alerte.

– C'est le capitaine Nassouli qui vous parle. Le Roi Enlil est de retour pour reprendre son trône aux imposteurs. En son nom, je prends provisoirement le commandement de Dag-Aras. Tous ceux qui tenteront de s'opposer à nous seront immédiatement exécutés. Restez tranquilles et tout se passera bien. Le commandant La'um est en route pour nous rejoindre, ce sera lui le nouveau Commandeur. Encore une fois, restez tranquilles et tout se passera bien.

Sidouri avait écouté l'annonce des haut-parleurs avec une réelle angoisse. Elle n'avait jamais entendu parler de ce Capitaine Nassouli. Quel qu'il fût, elle ne s'en inquiétait pas trop, mais Namrod ? Qu'est-ce qu'il lui était arrivé ? Tournant en rond dans la pièce, elle cherchait comment faire pour se sortir de cette situation catastrophique. Ne sachant que faire elle se précipita sur son pistolet qu'elle remit en place dans son étui. Il était resté accroché à sa cuisse. Elle venait à peine de faire redescendre sa robe pour masquer son arme que quelqu'un frappa à la porte. Elle s'approcha de la porte et questionna.

– C'est pour quoi ? demanda-t-elle en regardant sur l'écran d'aperçu la vue plongeante donnée par la caméra de seuil de porte sur le lieutenant qui venait de frapper.

– C'est le lieutenant Sousouda Ma Dame. Il ne faut pas rester là, c'est dangereux, venez avec moi pour trouver un lieu sûr.

– Vous êtes qui ?

– Un ami, croyez-moi, le commandeur a été arrêté, vous ne pouvez pas rester ici, ils vont venir vous chercher. Nous n'avons que très peu de temps, venez Ma Dame.

Sidouri dévisagea le lieutenant, son visage semblait inquiet, mais il n'avait rien d'agressif. Elle valida l'ouverture de la porte.

– Où allons-nous ?

– Aux docks, il faut trouver une navette pour partir d'ici.

– Pour aller où ? Tal-Markhan est en guerre ? répliqua-t-elle

– C'est vrai Ma Dame, mais il y a des lieux plus sûrs sur les stations orbitales des familles qui soutenaient Enki.

– Et mon mari ?

– On ne peut rien pour lui, je suis désolé.

– Vous savez où il a été emmené ?

– Je n'en suis pas sûr, il y a des cellules d'isolement pas très loin de la salle de commandement, c'est certainement là qu'il est. Venez, il faut partir, reprit le lieutenant en saisissant la main de Sidouri.

Elle se dégagea aussitôt.

– Pas question, je ne pars pas sans lui.

Sans laisser le temps au soldat de réagir, elle partit en courant vers les ascenseurs. Le lieutenant la regarda avec un air incrédule. Malgré le danger, il fut impressionné par le courage un peu fou de Sidouri. Il secoua la tête.

– C'est pas vrai ! ça alors ? se dit-il et il se précipita pour la rattraper.

– C'est dangereux, Ma Dame, ils sont armés.

– Moi aussi, répondit-elle en attendant que la porte de l'ascenseur s'ouvre.

– Vous aussi ? répondit l'officier qui décidément n'en revenait pas.

Sidouri lui sourit. Elle releva sa robe pour montrer fugacement sa cuisse armée du pistolet.

– Ça alors ! s'exclama-t-il

– Bon, on va où ? dit-elle en entrant dans la cabine.

Le soldat réfléchit, il ne s'attendait pas à autant de volonté de la part de la femme de Namrod. La vue de la cuisse de sa Dame l'avait quelque peu retourné. Il reprit malgré tout rapidement ses esprits.

– Allons au niveau vingt-huit, nous serons juste en dessous des cellules. Il y a des escaliers de service, on doit pouvoir monter au niveau des cellules sans se faire repérer.

– Très bien alors, vingt-huit, c'est parti, dit-elle en validant la commande.

L'ascenseur ne mit pas longtemps à faire le trajet. Lorsque la porte s'ouvrit, Sidouri se pencha juste assez pour faire dépasser sa tête. Rien à droite, rien à gauche.

– C'est désert, dit-elle en sortant la première au grand dam du lieutenant.

Celui-ci la rattrapa très vite et la dépassa en lui faisant signe, avec son index droit sur la bouche, de ne pas faire de bruit. Il lui montra sans rien dire, la porte qui donnait sur la cage des escaliers de service. Il accéléra le mouvement. Il ouvrit la porte qui s'écarta avec un léger couinement. Sousouda tendit l'oreille, il ne perçut aucun autre bruit que celui du courant d'air de la ventilation assez puissante.

– C'est bon, Ma Dame, suivez-moi, dit-il en passant le premier.

– Vous êtes armé ? répondit-elle.

– Non, je n'ai pas accès aux armureries.

– Alors il vaut mieux que ce soit moi qui passe en premier.

– Mais, Ma Dame, c'est à moi de faire ce travail, répondit le jeune officier.

– Ils ne tireront pas sur une femme, par contre sur vous, allez savoir.

Sousouda réalisa que Sidouri avait sans doute raison. Il ne s'opposa pas à son passage. Arrivée au palier, elle tira doucement sur la porte et jeta un œil sur le couloir à sa gauche. En ouvrant un peu plus, elle repéra un garde attablé devant un écran dans une guérite devant la porte d'accès aux cellules. Il semblait être seul. Avec le maximum de précaution possible, elle referma la porte et s'adressa à Sousouda en chuchotant.

– Je ne vois qu'un seul garde. Je vais m'avancer jusqu'à lui. Et je me mettrai sur le côté opposé du couloir de façon à ce que vous soyez dans son dos. À ce moment-là, vous attirerez son attention, je m'occupe du reste.

– Vous êtes sûre de pouvoir faire ça ?

– Non, mais tant pis, il faut bien essayer quelque chose.

Devant Sousouda complètement ahuri, Sidouri releva le côté gauche de sa robe et déchira une grande partie du tissu jusqu'à mi-cuisse. Elle mit ses cheveux en bataille. Encore une fois elle tira la porte avec mille précautions et s'avança dans le couloir. La forte lumière tranchait énormément avec la pénombre de l'escalier. Elle avança autant qu'elle pouvait avant que le garde, qui était en train de lire quelque chose sur sa console, ne se rende compte de sa présence. Elle fit mine de tituber en se tenant la tête de la main droite.

– Hé là, vous allez où comme ça ? s'écria le soldat en se levant brusquement

– Je ne me sens pas bien, il y a des gaz en bas, c'est terrible.

– Des gaz ? En bas ? De quoi parlez-vous ? répondit le garde en sortant de sa cabine pour s'avancer vers Sidouri, la main droite posée sur la poignée de l'arme accrochée à son ceinturon.

En avançant, son regard se porta vers la très séduisante cuisse dénudée. Manifestement le garde y portait beaucoup plus d'attention qu'au visage de Sidouri. La jeune femme sentit son cœur battre à un rythme effréné. Sa tension était au maximum. Elle réussit pourtant à se calmer, juste assez pour garder sa pensée lucide. Heureusement, Sousouda vint interrompre son malaise en ouvrant la porte de l'escalier en criant :

– Ah ! la voilà !

Le garde se retourna vers le lieutenant, prêt à dégainer.

– Pas un pas de plus Lieutenant.
– Sousouda leva les deux mains vides pour bien les montrer.
– Who who who ! Du calme soldat, du calme, je ne suis pas armé.
– Armé ou pas, vous ne bougez pas de là où je tire.

Il y eut une détonation. Le garde s'immobilisa, comme pétrifié sur place. Ses yeux se fermèrent et il chuta lourdement sur le côté. Sidouri tenait son pistolet à deux mains, pointé sur le garde. Elle regardait, l'air presque absente, le corps immobile sur le sol. Sousouda s'était déjà précipité en courant vers le mort pour le délester de son arme et de la clé électronique qui pendait à son cou au bout d'une courte cordelette. Sans attendre que Sidouri reprenne ses esprits, il se précipita vers le boitier de commande de l'ouverture. La grille d'entrée s'effaça en glissant vers le mur, libérant l'accès à un grand couloir tout droit dont les murs étaient faits d'une grande succession de cellules. En avançant le plus vite possible, il laissait sa clé passer au-dessus des serrures qui se déverrouillaient aussitôt.

– Seigneur Namrod ! Seigneur Namrod ! criait le lieutenant.
– Ici, je suis ici, par ici !

Il ne fallut pas longtemps pour que toutes les cellules soient libérées de leurs occupants. Namrod avançait maintenant au pas de course vers la sortie, suivi de Lubau et de près d'une centaine d'officiers et de soldats. Lorsque Namrod vit Sidouri, il se précipita vers elle pour la prendre dans ses bras.

– Sissi mon ange, comme j'étais inquiet pour toi.

Namrod se recula un peu et la regarda, inquiet de son apparence.

– Mais, dis-moi, que t'est-il arrivé ?

– Rien il a juste fallu que je trouve une solution pour attirer l'attention du garde.

– Comment diable as-tu réussi ce coup-là ? Tu m'étonneras toujours.

Elle eut juste la force de lui adresser un sourire de bonheur, les yeux embrumés de larmes naissantes. Namrod ne lui laissa finalement pas le temps de répondre, il se saisit du pistoler qu'elle tenait encore en main et cria à sa troupe :

– À l'armurerie ! à l'armurerie ! vite, suivez-moi !

19

L'espace sembla vibrer près de la Lune. Un observateur attentif aurait pu voir le fond de l'espace devenir flou juste avant qu'un immense objet effilé et noir en forme de boomerang apparaisse. Le vaisseau Jounien avait navigué bien plus vite que le Rutilant, malgré que celui-ci soit le dernier cri de la technologie Nibirienne.

— Amiral, nous sommes en vue de la Terre.

Le commandant du vaisseaux Jounien tourna la tête sur la droite pour regarder son second. Comme tous les Jouniens, l'Amiral avait une tête assez effilée. Sans aucune pilosité, elle avait un crâne volumineux légèrement aplati en arrière. Deux grands yeux globuleux d'un noir profond étaient placés très en avant. Mesurant près de trois mètres, les Jouniens avaient un corps assez filiforme avec des bras relativement longs. Les mains étaient très particulières. Elles ne comptaient que trois doigts très fins dont l'extrémité se terminait par une griffe légèrement crochue.

— Très bien Capitaine, mettez sur écran et passons en mode occulté. Rapprochons-nous en douceur et amenez-nous au-dessus de l'océan que les terriens appellent Pacifique. Ensuite prenez Cap à l'Est. Nous avons de la chance il fait nuit sur le grand pays à cet endroit. Lorsque nous arriverons près de la ville appelée Phoenix, sortez de l'occultation que nous puissions faire des relevés.

— Les habitants qui vont nous voir vont avoir une belle surprise.

— Oui, peut-être ou peut-être pas, il n'est pas sûr qu'ils aient gardé la mémoire de notre dernier passage au-dessus de leur ville. Trente-trois ans dans la vie d'un humain c'est beaucoup[33].

— Oui Amiral. Nous y serons dans quelques minutes. Mais pourquoi ne pas rester occultés ?

— Parce que je veux voir comment leur sécurité aérienne va réagir. Nos sondes nous ont déjà appris pas mal de choses sur leurs évolutions technologiques, mais je veux savoir quel est leur niveau d'agressivité.

— Croyez-vous, Amiral, qu'ils prendraient le risque de nous attaquer ?

— Sans doute Capitaine, les humains semblent n'avoir jamais su contrôler leurs émotions. Ça pourrait être intéressant de voir s'ils sont devenus plus raisonnables.

— Oui, en effet. Dois-je faire venir l'humain ?

— Non, pas encore. Son temps n'est pas encore venu.

— Et ses amis les barbus ?

— Non plus, il n'est pas nécessaire qu'on les mêle à cette approche. Nous verrons, lorsque le vaisseau Nibirien arrivera, s'il est souhaitable qu'ils observent ce qui se passe.

— Bien Amiral.

Un peu plus de quatre mille ans plus tôt, les rebelles Anunnaki avaient quitté in extrémis la Terre. Ils avaient heureusement réussi à échapper à leur exil forcé des souterrains des douze royaumes oubliés de la terre. Vaincus par les Nibiriens qui soutenaient Enlil contre son demi-frère Enki à l'époque de la colonisation de la Terre,

---

[33] Événement connu sous l'appellation « Les lumières de Phoenix » en mars 1997 (Arizona _US).

ils avaient vécu des milliers d'années prisonniers de leur monde à l'abri des regards humains. Aidés par trois jeunes Sumériens[34], le roi Namgal, dont le royaume s'étendait sous les riches terres comprises entre les deux fleuves Tigre et Euphrate, dans le sud de Sumer en Mésopotamie, avait fédéré les douze royaumes. En associant leurs moyens technologiques, ils avaient fait un hyper saut spatial qui les avait emmenés près de la planète Jounia, très loin dans la galaxie. Les Jouniens disposaient déjà de plusieurs milliers d'années d'avance technologique sur les rebelles Anunnaki. Ces derniers avaient montré de bonnes intentions et avaient obtenu l'aide des Jouniens pour trouver une planète d'accueil. Ils l'avaient baptisée Ninrah.

Ninrah avait un relief et des conditions de vie assez proches de la Terre. Elle avait une taille similaire et une atmosphère respirable très proche de celle de Nibirou, bien plus adaptée en fait à leur exigence corporelle que l'atmosphère terrestre. Les Jouniens, qui ne connaissaient pas encore l'existence de la Terre, avaient souhaité découvrir notre planète. C'est un de leur vaisseau qui avait ramené la famille d'Askerot à Tergal pour venir y chercher Mardouk. Ce n'était pourtant pas le premier voyage Jounien. Le roi Namgal avait dû insister personnellement auprès des Jouniens pour réussir à les convaincre après plusieurs années de recevoir l'humain qui les avait libérés de leurs entraves souterraines de Namsis[35].

Depuis lors, leurs vaisseaux n'avaient jamais cessé de faire des visites régulières sur Terre. Elle était devenue pour eux un excellent terrain d'étude de notre écosystème, beaucoup plus riche que ce qu'ils connaissaient ailleurs dans les systèmes qu'ils avaient déjà explorés. Ils avaient aussi souhaité suivre notre évolution sociétale, tout en se gardant bien d'intervenir dans notre processus d'évolution. D'autres civilisations en contact avec les Jouniens avaient grâce à eux mené elles aussi différentes études de la Terre, avec à vrai dire beaucoup moins de précautions non interventionnistes. Le monde humain, englué dans son inébranlable

---

[34] Mardouk, Énenlil et Barzil (voir Anunnaki, tomes 1 et 2).

[35] Voir tome 1.

fausse idée de supériorité, n'avait jamais voulu ouvrir les yeux sur les preuves évidentes de la présence dans le ciel terrestre d'objets dépassant de loin ses capacités de compréhension. Quand une vérité dérange, il suffit de dire que c'est une affabulation.

— Amiral Storck !

— Oui Capitaine Krilki !

— Nous y sommes, Amiral, la cité de Phoenix est droit devant.

— Très bien, sortez-nous de l'occultation et mettez-nous presque immobiles au-dessus du centre-ville. Altitude trois mille mètres. Vitesse vers l'Est dix kilomètres par heure.

Storck se pencha en avant comme pour se rapprocher un peu plus de l'écran géant face à lui. Malgré l'heure tardive, l'image affichait une ville loin d'être endormie. Les grandes artères de la ville étaient encombrées de milliers de véhicules. La multitude des illuminations donnait l'impression d'un immense tableau mouvant. L'amiral essaya de se souvenir du passage qu'il avait déjà fait trente-trois ans terrestres plus tôt. Il se fit la réflexion que tout avait vraiment changé. La ville paraissait plus grande. Sa population avait dû fortement augmenter. D'un autre côté la dépense énergétique pour garder allumés autant de points d'éclairages aussi puissants devait être gigantesque.

— Vous pouvez lancer les télémesures Capitaine. Rien à signaler sur la défense aérienne ?

— Non Amiral. Le moins qu'on puisse dire, c'est que les humains sont fidèles à eux-mêmes, toujours en retard.

Plus bas, plusieurs conducteurs avaient repéré les étranges lumières qui flottaient dans le ciel, haut au-dessus de la ville. Les gens commençaient à ralentir pour les observer, certains s'étaient même arrêtés au milieu de la circulation. De nombreux accidents furent évités de justesse. Sur les trottoirs, beaucoup de passants levaient un peu partout leurs téléphones portables pour essayer de saisir l'apparition formidable qui recouvrait Phoenix. Plusieurs patrouilles en voiture de la police avaient elles aussi repéré l'énorme objet sombre qui masquait le ciel étoilé. Une des patrouilles était composée des officiers Jack Grospman et Bill Burdy. Le sergent Grospman qui conduisait une Ford Crown blanche et noire alluma ses gyrophares pour traverser le carrefour qu'il allait emprunter et accéléra pied au plancher pour trouver une place où se garer. Son équipier qui était en train de finir son burger-frites n'avait encore rien vu.

— Jack, mais qu'est-ce que tu fous bon sang, j'ai failli tout renverser !

— Avec ton nez dans les frites, c'est sûr que tu ne pouvais rien voir.

— Quoi donc ? Qu'est-ce que je ne pouvais pas voir ?

— Regarde donc par le parebrise.

Bill se pencha en prenant bien soin d'écarter son burger.

— Ben quoi ? Ça ne va pas mieux toi, il n'y a rien à voir.

— C'est justement ça qui cloche y a un truc immense juste au-dessus de nous qui masque le ciel.

— Hein ? dit Bill en se repenchant.

La Ford arriva enfin à un endroit dégagé pour se garer sans prendre le risque de créer un accident. Jack fut le premier à se précipiter hors de la voiture, très vite suivi par son équipier. Tous les deux levèrent les yeux au ciel. Ce qu'ils virent était énorme, silencieux et presque immobile. Jack attrapa aussitôt son talkie pour appeler le central. Bill ne quittait plus l'objet des yeux. Sans s'en rendre compte, il était en train de verser ses frites sur ses chaussures.

— Central, ici Grospman de la 22, vous m'entendez ?

— Oui sergent, qu'est-ce qu'il y a ?

— On est sur Thomas Road. Il y a un truc énorme dans le ciel juste au-dessus de nous, c'est géant.

— On est au courant, oui, le standard est en train d'exploser, tout le monde appelle pour nous signaler la chose.

— C'est quoi ?

— Aucune idée, on essaie d'avoir l'Air Force pour voir si c'est eux qui nous font une blague, mais leur standard doit être aussi encombré que le nôtre, impossible de les avoir.

— Bon, on fait quoi ?

— Notez ce que vous voyez et soyez prêt à intervenir on nous signale plein d'accrochages un peu partout.

— Ok central, pour l'instant ici, c'est calme. On va prendre l'objet en photo et on y va, terminé.

— Au nord-ouest de Phoenix, à Luke AFB près de Glendale, une des plus grandes bases opérationnelles de l'US Air Force, c'était branlebas de combat. La tour de contrôle était en effervescence. Le sergent John Graham qui avait le secteur de Phoenix Nord en surveillance avait appelé son chef de quart le lieutenant Tom Brooks.

— Lieutenant Brooks ! Venez voir !

— Qu'est-ce qu'il y a ?

— Lieutenant, venez voir je vous dis, c'est vraiment énorme !

— Ok, ok, j'arrive, pas de panique. Ça donne quoi ?

— L'écho me donne une largeur d'un mile et demi[36], vitesse environ six nœuds[37], altitude neuf mille pieds[38].

— Incroyable, il sort d'où celui-là ?

— De nulle part Lieutenant. Il est apparu d'un seul coup à environ 20 miles à l'ouest de Phoenix. Il survole la ville vers l'Est à vitesse constante.

— On a des jets en l'air ?

— Non, les deux derniers F35 ont atterri il y a déjà une heure.

— Vous avez demandé confirmation à Tucson ?

— Oui Lieutenant, ils l'ont aussi au radar.

— Ok, surveillez-moi ça de près, je vois ça avec les opérations.

Le lieutenant rejoignit d'un pas accéléré son bureau. Il décrocha son combiné téléphonique et appela l'officier supérieur de permanence.

---

[36] Environ 2000 mètres

[37] Un nœud valant 1,852 km/heure.

[38] Environ 3000 mètres.

— Williams, j'écoute.

— Mon colonel, on a un problème à la tour. Nous avons un UFO[39] de taille sur Phoenix.

— De taille ?

— Oui Colonel, pas moins d'un mile et demi, l'écho est vraiment curieux, on dirait une aile en V.

— Ok, ça confirme les appels qu'on a au standard, merci. Ne le perdez pas.

Le Colonel raccrocha et composa le numéro de la cellule d'alerte.

— Capitaine Millard, j'écoute.

— Capitaine, c'est le colonel williams, mettez-moi vos deux intercepteurs en chauffe, nous avons un alien au-dessus de Phoenix en visuel et au radar.

— Bien Monsieur.

— Attendez mon ordre pour le décollage.

— À vos ordres, je mets les chasseurs en attente prêts pour le décollage

Williams raccrocha une nouvelle fois. Il se leva de son bureau et se dirigea vers la grande baie vitrée qui donnait sur les hangars. Il regarda le ciel en direction du Sud-est, mais le ciel ici était parfaitement dégagé mais trop noir pour y voir quelque chose. Alors il revint à son bureau, s'assis et composa le numéro de la tour.

— Lieutenant Brooks j'écoute.

— Lieutenant, c'est le colonel Williams, votre UFO est toujours sur Phoenix ?

— Oui Monsieur, il bouge tout doucement, cap, vitesse et altitude identiques. On a un fort vent de Sud à dix mille pieds, mais ça ne semble pas le déranger.

— Bon, continuez à le suivre, prévenez-moi s'il change de paramètres.

---

[39] L'équivalent d'OVNI en américain.

— Oui Monsieur.

— Ok Lieutenant, c'est tout.

— Monsieur ?

— Oui Lieutenant !

— On n'envoie pas la chasse ?

— Non, pas tant que l'objet est au-dessus de la ville, on a déjà assez de soucis comme ça, je ne veux pas en ajouter avec nos jets. Les gens vont avoir assez peur sans ça.

— Bien Monsieur.

Williams raccrocha. Lentement il s'adossa au dossier de son fauteuil. Presque instinctivement il se gratta la tête. D'un seul coup, il réalisa que la journée du lendemain allait être difficile, avec le debrief au commandant de la base, mais plus probablement avec les huiles du Pentagone au quartier général de l'USAF[40]. Le pire étant probablement la horde de journalistes et de photographes qui n'allait pas tarder à faire la queue à l'entrée de la base. Il se rappelait que tout cela s'était déjà produit un peu plus de trente ans plus tôt. À l'époque l'armée avait eu un mal fou à justifier les observations des lumières nocturnes dans le ciel de la ville par des manœuvres de fusées éclairantes accrochées à des parachutes.

Le Gouverneur de l'Arizona lui-même avait dû faire des pieds et des mains pour dégonfler la bulle médiatique qui menaçait la sécurité nationale. Bref, tout ça avait été tourné en ridicule assez vite et la page fut rapidement tournée. Mais cette fois tout promettait d'être différent, les gens avec internet allaient se partager photos et vidéos en quantité. Il ne serait sans doute plus possible d'enrayer l'épidémie médiatique qui allait suivre. Il ferma les yeux et se demanda pourquoi fallait-il que ça tombe sur lui. Sa carrière allait sûrement en prendre un coup. Quelles que soient les décisions qu'il allait prendre, on lui reprocherait de ne pas en avoir pris de meilleures.

Williams se pencha à nouveau sur son téléphone et appela le standard.

---

40 US Air Force.

— Oui Colonel.

— Passez-moi l'officier de service du Général Richmond aux opérations spatiales du Space Delta 7 à Peterson AFB[41].

— Oui Monsieur, un instant s'il vous plait.

Williams tapotait le dessus de son bureau en jouant des doigts de sa main gauche en attendant d'avoir la communication. Il eut assez vite un retour.

— Monsieur, je vous passe le Colonel Blanchard qui est de permanence à Peterson AFB.

— Très bien.

Il y eut un petit clic qui indiquait le basculement de la ligne sécurisée.

— Colonel Blanchard ?

— Oui,

— Bonsoir Colonel, c'est le colonel Williams à Luke AFB. Désolé de vous appeler à cette heure tardive, nous avons un problème à Phoenix. La ville est en ce moment même survolé par un UFO d'un mile et demi.

— Pardon ? Un mile et demi ?

— Absolument, un mile et demi. Il est apparu subitement à l'ouest de la ville. Il se dirige très lentement vers l'Est. Je me demandais si vous aviez un contact avec vos satellites.

— Désolé Colonel, je n'ai aucune info sur cet objet, si nous l'avions accroché, j'en aurais été averti aussitôt.

— Bon, merci, on va voir ce qu'on peut faire.

— Je vais moi aussi voir ce que je peux faire ici. Si je ne vous rappelle pas, c'est que nous n'avons rien.

— Merci Colonel, bonne soirée.

Williams raccrocha et se gratta une nouvelle fois la tête. Si les services de renseignement de la Force Spatiale n'avaient rien, c'est que l'UFO avait une capacité de camouflage supérieure aux

---

[41] Peterson Air Force Base, Colorado, une des neuf sections du United States Space Force.

meilleurs outils de surveillance de la défense du pays. Rien que cette éventualité lui donna un frisson qui lui parcourut tout le long du dos. La sonnerie de son téléphone le ramena à la réalité de la situation.

— Williams, j'écoute.

— Colonel c'est le lieutenant Brooks, on a du nouveau Colonel.

— Quoi donc ?

— L'objet a accéléré à 15 nœuds, il quitte la ville et a changé légèrement de trajectoire, il se dirige maintenant vers les Mazalzat Montains au Nord-est.

— Toujours à la même altitude ?

— Oui Monsieur.

— Très bien, je vais envoyer la chasse en reconnaissance. Que dit Tucson ?

— Rien de spécial, Monsieur, ils le suivent au radar comme nous.

— Bien, tenez-moi au courant.

Williams raccrocha et composa le numéro de la patrouille d'alerte.

— Capitaine Millard, j'écoute.

— C'est le Colonel Williams, feu vert pour vos limiers Capitaine. La cible est au nord-est de Phoenix et va en ce moment vers les Mazalzats. Je veux une reconnaissance vidéo, ne tirez que si l'objet se montre menaçant, c'est compris ?

— Oui Monsieur, reconnaissance vidéo, pas de tir sauf pour la défense.

— C'est ça, je vais à la tour, tenez-moi au courant.

— Oui Monsieur.

Williams raccrocha une fois de plus. Il prit sa casquette, la calla sur sa tête, se leva et sortit avec empressement de son bureau. À l'appel de la sirène d'alarme, les deux pilotes de garde se précipitèrent au pas de course vers les deux F35 Lightning II dont les moteurs avaient déjà été allumés. Les mécaniciens aidèrent les deux pilotes à s'installer. Les deux jets purent prendre rapidement les airs. Les deux avions monoplaces prirent rapidement de l'altitude pour venir se placer à 12000 pieds de façon à avoir un aperçu vers le bas du dessus de l'objet. Celui-ci s'éloignait à très faible vitesse, les avions de chasse le rattrapèrent très vite. Arrivés sur ses arrières, ils ralentirent pour ne pas le doubler et se mirent à zigzaguer pour ne pas perdre ni en vitesse ni en altitude. Pendant ce temps, le Colonel Williams s'était approché avec le lieutenant Brooks du poste radar du sergent Graham. Tous les deux suivaient les traces des deux F35 en approche.

— Luke leader à Fox leader, avez-vous un visuel.

— Fox leader à Luke leader, affirmatif, la cible est juste en dessous de nous à deux nautique.

— Que voyez-vous fox leader ?

— L'objet à la forme d'une aile géante en V, on dirait un immense YB-49[42].

— Que voyez-vous d'autres Fox leader ?

— Pas grand-chose, l'objet est très sombre, il semble lisse, sans coupole ou quoi que ce soit qui ressemble à une partie centrale. Il est immense et se détache parfaitement en masquant les lumières au sol.

— Reçu, descendez à sa hauteur et essayez de vous approcher.

— Roger, Luke Leader, on descend à 9000.

Dans le vaisseau Jounien, le manège des avions de chasse était suivi de près.

— Amiral, ils descendent à notre niveau.

— Je vois ça oui. Scannez leur armement.

Krilki fit glisser ses longs doigts sur un écran holographique placé devant lui. Une vue interne des appareils s'afficha. Il la fit tourner pour analyser chaque partie.

---

[42] Bombardier américain en forme d'aile volante qui n'est resté qu'au stade du prototype.

— Les deux chasseurs ont une structure assez ancienne. La poussée des moteurs semble assez faible. J'ai trouvé plusieurs missiles, dont un qui ne nous est pas inconnu. S'ils les arment, nous n'aurons aucun mal à les désactiver.

— Bien, lâcher deux sphères et filons en orbite en occultation, je veux voir les performances de ces avions.

Dans le F35A de tête, le Capitaine Newman avait réduit les gaz au minimum. Il observait avec attention le dessous de l'aile inconnue qu'il avait maintenant à moins de deux cents mètres. Soudain il observa une chose inattendue et en informa immédiatement la tour de Glendale.

— Fox leader à Luke, on vient de voir une sorte de flash sous l'aile gauche. Attendez.... On a maintenant deux échos au radar qui viennent vers nous, s'écria le pilote.

Dans les avions les deux pilotes n'en croyaient par leurs yeux tellement l'engin volant était gigantesque comparé aux quelques quinze malheureux mètres de leurs F35. Pour le coup les deux contacts radar avaient de quoi les inquiéter.

— Luke leader à Fox leader, éloignez-vous en revenant à douze mille pieds.

— Roger, on décroche.

Alors que les deux F35 prenez cap au Nord-ouest pour s'éloigner, Newman reprit :

— Attendez Luke, c'est incroyable…

— Quoi ? Qu'est-ce qui est incroyable ? insista Williams.

— L'engin, il est devenu tout flou et il vient de disparaitre. C'est incroyable, il n'est plus là.

— Il a accéléré ?

— Non, Monsieur, il a disparu sur place, sous nos yeux. Je n'ai plus rien d'autre sur mon radar que les deux petits contacts toujours en approche, ils nous rattrapent.

— Fox leader, nous non plus nous n'avons plus rien à l'écran que les deux traces de vos jets.

— Luke leader, nous avons toujours deux spots en approche rapide à 0,5 nautique dans nos 8 heures. Ils vont bientôt être sur nous. Ils sont hyper rapides.

— Roger Fox leader, abandonnez la mission, je répète, abandonnez la mission.

— Reçu Luke, mais on a un problème ils nous ont rattrapés et ils nous collent aux fesses maintenant, comme deux sangsues, incroyable.

– Qu'est-ce que c'est ?

Les deux pilotes avaient le cœur qui battait la chamade à 180, malgré tous leurs efforts et toutes les manœuvres d'évitement, ils n'arrivaient pas à se débarrasser de leurs poursuivants. Incrédules, les officiers de la tour de contrôle suivaient sur leurs écrans les manœuvres désespérées et inutiles des deux chasseurs. Le souffle court, le capitaine Newman réussit à donner quelques informations à sa base.

— Deux sphères vertes lumineuses, pas d'ailes et pas de moteur, juste des boules de lumières. Impossible de s'en débarrasser.

— Lâcher des leurres !

— C'est fait, rien à faire, que dalle, nada, elles nous collent au train.

— Ok, piquez au sol à 600 pieds.

Les deux pilotes virèrent sur l'aile gauche pour entamer une descente vertigineuse jusqu'au plafond demandé par Luke.

— Luke à Fox leader, ça va ?

— Négatif Luke, les deux boules viennent de nous doubler.

— Vous doubler ? Qu'est-ce qu'elles font ?

— Elles sont juste devant nous à 300 pieds…un moment…c'est bon, on les a accrochées radar. Luke Leader, Autorisation de déverrouiller les vecteurs ?

— Ok, armez les missiles, mais ne tirez pas.

— Roger…Attendez…c'est dingue, elles viennent de monter en chandelle à la vitesse d'un éclair. Disparues, elles ont disparu.

— Fox leader, vos caméras fonctionnaient ?

— Oui Monsieur.

— Ok, Fox leader, rentrez et présentez-vous aussitôt au rapport à mon bureau, dit Williams en se redressant.

— Roger, Luke, on rentre.

Loin de la Terre, le vaisseau Jounien venait de s'immobiliser sur une orbite géostationnaire.

— Qu'en pensez-vous Capitaine ?

— Assez peu impressionnant Amiral, leurs aéronefs manquent toujours d'agilité et de reprise. Nous n'en ferions qu'une bouchée.

— Je suis d'accord, mais c'est un peu normal, non ?

— Certainement, ils sont encore si primitifs.

— Bien, attendons tranquillement que les Nibiriens arrivent, la suite risque d'être intéressante.

20

Sur Nibirou, rien n'allait plus. Les combats continuaient de plus belle dans la zone du palais royal. Malheureusement, il y avait déjà, ici comme ailleurs, beaucoup de victimes civiles et militaires. De son côté, Enlil pouvait être satisfait, son appel à la rébellion avait été plus qu'entendu, que ce soit au sein de la population ou dans les rangs de l'armée. Le palais du sénat venait de tomber. Les partisans du roi déchu paradaient dans la cour en brandissant leurs armes au-dessus de leur tête en poussant quantité de cris de victoire. Malgré le muselage précoce des réseaux d'information, la rébellion des pros Enlil s'était répandue sur la planète comme une trainée de poudre. Les principales cités avaient en un temps record, les unes après les autres, basculé dans l'horreur de la guerre civile.

Parmi les combattants, beaucoup voulaient profiter de l'occasion pour régler à leur façon quelques désaccords jamais résolus par l'administration des différents ministères d'Enki. Malgré des avancées sociales certaines, le roi n'avait pas été le grand réformateur que les gens avaient souhaité. De sourdes rancœurs envers le pouvoir grondaient déjà depuis longtemps, surtout dans les basses villes où la mixité était plus que problématique entre les quatre espèces vivant sur la planète. Certaines arrestations arbitraires et la répression souvent violente des poussées sociales revendicatives avaient activé un feu dormant qui n'attendait plus que la bouffée d'oxygène qui allait le rallumer. C'était une chose très connue depuis des millénaires, lorsque les Anunnaki et les Igigis basculaient dans la guerre, le raisonnement et l'intelligence n'avaient que peu de prise sur les belligérants et les choses allaient souvent de mal en pis. Bien sûr, tout finissait par se calmer, mais à quel prix.

Les navettes du prince Amar-Outou arrivaient enfin au dock principal de Tal-Markhan. Les deux premières essuyèrent un peu tard les tirs de la défense aérienne. La tour de protection avait été prise de court, tant le désordre régnait un peu partout dans la ville. Son action avait été nettement en dessous de ses capacités défensives. Volontairement ou pas, personne ne le sut, la première navette, gravement touchée, vint s'écraser en flammes sur les canons du dock. Une autre, touchée aussi par les tirs de canons, perdit le contrôle de sa trajectoire et percuta le mur d'accès au dock en libérant une gigantesque explosion, qui faillit à elle seule endommager les navettes qui la suivaient. Une fois au sol, les troupes d'assaut engagèrent immédiatement le combat pour éliminer les tireurs qui pouvaient présenter un danger pour le prince. Sa navette se posa d'ailleurs la dernière. Kalran descendit parmi les premiers soldats de l'escorte du fils d'Enki. Une fois le dock sécurisé, le prince descendit et l'ensemble de la troupe put se diriger vers le quai du tube reliant le dock au palais. Tout en avançant avec prudence, Kalran et Amar-Outou échangèrent quelques mots :

— Vous n'auriez pas dû venir, mon Seigneur, dit Kalran.

— Et pourquoi donc, dites-moi ?

— Cette offensive est dangereuse, il se peut que nous rencontrions une résistance importante aux abords du palais.

— Je sais, mais aujourd'hui, voyez-vous, beaucoup vont mourir pour notre cause ou celle d'Enlil, c'est ainsi qu'est faite la vie. Grâce à notre médication millénaire, nous avons tous déjà vécu bien plus longtemps que la normale. Nous sommes tous appelés à mourir un jour, autant que ce soit pour ce en quoi on croit. Avez-vous peur de mourir Kalran ?

— Non, Seigneur. Je suis un soldat depuis ma jeunesse. Peut-être que j'espère découvrir d'autres horizons derrière la mort que ceux gelés de notre planète.

Amar-Outou regarda Kalran avec surprise.

— Seriez-vous tenté de croire en une autre vie après la mort ?

— C'est un fait que j'y pense de plus en plus, répondit Kalran.

— Je vais vous surprendre, mais j'y songe aussi. Père m'en avait parlé quelques fois. Il m'avait dit que c'est une croyance répandue sur Ki la Terre. Beaucoup d'humains semblaient selon lui y accorder une grande importance.

— Les humains ont une vie bien courte, c'est normal qu'ils aient l'angoisse de l'inconnu après le trépas.

— Certainement, ce n'est pas ce qui les a empêchés de s'autodétruire perpétuellement à ce que j'en sais, répliqua le prince.

— C'est une espèce très étrange, capable du meilleur et du pire. Votre père n'y était pas pour rien.

Amar-Outou, s'immobilisa et regarda Kalran avec un air sévère, droit dans les yeux. Puis il éclata d'un grand rire en poursuivant :

— Dans quel domaine avait-il été l'initiateur, le meilleur ou le pire ?

Kalran d'un seul coup se sentit plus tranquille. Bien qu'il connût le prince depuis très longtemps, il n'avait pas été très prudent de laisser planer le doute sur la traduction de ses pensées.

— Le meilleur Seigneur, le meilleur. Mais sans vouloir lui jeter la pierre, à ce que j'en avais vu, il restait encore du travail.

Encore une fois Amar-Outou éclata d'un grand rire.

— Voyez-vous Sénateur, voilà bien pourquoi je vous admire. Vous avez ce qui manque beaucoup à la quasi-totalité des Anunnaki, vous avez le talent de dire des mots amusants.

— Merci, mon Seigneur, répondit Kalran en inclinant la tête en remerciement.

— Bien ! Nous en reparlerons plus tard. Pour l'instant nous devons avancer. Venez, allons à la guerre.

Les deux Grands Anunnaki repartirent d'un bon pas pour rejoindre la troupe qui attendait son chef avant de progresser plus avant.

Sur Dag-Aras les choses bougeaient aussi très vite. Namrod et sa colonne de soldats libérés de la prison arrivaient près de l'armurerie. L'accès se faisait depuis un couloir en renfoncement transversal sur la gauche. Ici, il n'offrait quasiment aucun abri en cas de difficultés. Tout était d'un blanc lumineux impressionnant. Namrod, qui ouvrait la marche, s'arrêta à l'angle du couloir d'accès. Il leva le bras pour faire signe à la troupe de s'arrêter. Le commandant Lubau s'avança jusqu'à son supérieur. Namrod se pencha prudemment pour voir comment la chose se présentait. Il se remit aussitôt à l'abri puis se tourna vers Lubau.

— Commandant, nous n'avons que deux armes, il est fort probable que ce ne soit pas assez. Mais on va tenter quand même le coup, nous n'avons pas le choix. Il y a deux caméras de surveillance, une de chaque côté du couloir dans le coin du plafond. L'armurerie est protégée par une grande porte blindée. Nous ne pourrons malheureusement pénétrer à l'intérieur, que si c'est le gardien qui l'ouvre.

— Nos chances sont donc bien minces, Commandeur, comment comptez-vous faire ?

— Je ne sais pas, si c'est un des nôtres, tout se passera bien, mais je n'y crois pas. Le capitaine Nassouli n'est sans doute pas assez idiot pour ne pas avoir mis un ou plusieurs de ses commandos pour protéger l'armurerie.

— Ça me parait une évidence à moi aussi. Si c'est le cas, jamais ils n'ouvriront.

Namrod releva sa main gauche et la passa plusieurs fois sur sa nuque. Il avait les lèvres tiraillées sous la tension de ses réflexions.

— C'est ça, Commandant, jamais ils n'ouvriront. Donc c'est moi qui dois ouvrir.

— Mais, c'est impossible ! Comment voulez-vous faire ?

— Et bien avec un peu de chance, lorsque le capitaine Nassouli nous a fait enfermer, peut-être a-t-il oublié un détail.

— Un détail ? Commandeur ?

— Oui, un tout petit détail qui pourrait lui coûter très cher. En tant que commandeur de la station, il y a bien longtemps, j'ai fait sécuriser les accès des docks et de toutes les zones sensibles. Il est donc impossible pour n'importe qui d'aller où il veut quand il veut.

Namrod s'interrompit, il se repencha discrètement pour regarder la configuration de la porte blindée. Il repéra très vite sur la droite de la porte une petite surépaisseur de la paroi, quelque chose qui ressemblait à un couvercle aplati qui aurait pu passer inaperçu. Il se retourna vers Lubau, le visage soudain éclairé d'un grand sourire.

— N'importe qui, non, mais moi oui.

Lubau restait figé dans son incompréhension.

— Voyez-vous, Commandant, lorsque j'ai fait modifier les systèmes de sécurité, j'ai pris la précaution de me laisser la possibilité de déverrouiller au besoin les codes d'accès. Il n'y a pas d'autre clé de déverrouillage en dehors du système normal que la puce que j'ai dans la paume de ma main droite.

D'un seul coup Lubau venait de comprendre.

— C'est très risqué Commandeur.

— Oui, mais n'est-ce pas cela qui donne du piment à la vie. Attendez-moi ici, prêt à intervenir. En cas de coup dur il faudra envoyer un autre tireur de l'autre côté du couloir pour avoir au besoin un feu croisé. Je vais m'avancer jusqu'à la caméra du scanner que j'ai repéré à droite de la porte. Si tout se passe bien, lorsque la caméra scannera ma puce, le porte devrait se déverrouiller, si je suis pris à partie, ouvrez le feu et essayer de passer.

— Mais, et vous Commandeur, si vous étiez touché ?

— Ne vous occupez pas de moi, s'il m'arrive quelque chose, finissez le travail et reprenez cette station pour ramener l'ordre ici et sur Nibirou.

Namrod s'interrompit. Il se souleva un petit peu pour regarder loin derrière. Il vit Sidouri encadrée par plusieurs soldats qui formaient une protection autour d'elle. Il regarda Lubau et lui tendit son arme.

— Commandant, si je n'en reviens pas, occupez-vous de ma femme s'il vous plait. Vous lui direz pour moi que je l'ai aimée plus que tout.

Lubau eut un instant d'hésitation, surpris par cette demande très spéciale. Lui aussi se tourna vers le fond du couloir pour regarder où était Sidouri. Il se retourna aussitôt vers Namrod.

— Vous pouvez compter sur moi, Commandeur.

Namrod esquissa un sourire, il prit une inspiration profonde et s'avança dans le couloir d'un pas tranquille en faisant bien attention à montrer ses deux mains libres de toute arme. Comme il l'avait imaginé, il se dirigea directement vers le coffret où devait se trouver la caméra du scanner. D'un œil discret, il surveilla chacune des caméras de surveillance qui l'avaient détecté et qui le suivaient dans son approche. Jusque-là tout allait bien. Si le capitaine Nassouli avait blacklisté son nom, l'alarme n'allait pas tarder à sonner. L'intelligence artificielle, qui avait dû analyser son visage en moins de temps qu'il n'en faut pour le dire, ne réagissait pas pour l'instant. Namrod savait cependant que l'image des caméras était retransmise en temps réel sur les écrans de contrôle du poste de gardiennage.

Namrod n'aurait jamais pu croire qu'il avait avoir un tel allié s'il avait vu ce qui se passait justement à l'intérieur du poste. Le gardien avait fait pivoter son siège et s'était penché pour caresser un petit animal poilu, aussi adorable qu'étrange. La boule de poils roux faisait le dos rond et se frottait en douceur sur le bas des jambes du soldat. Le Chichiam ressemblait vaguement à un lapin terrestre à six pattes, depuis longtemps déjà il était considéré comme un des plus adorables animaux de compagnie sur Nibirou. Namrod put donc arriver sans entrave devant le décodeur, il souleva délicatement le couvercle qui bascula vers la droite. Il plaça ensuite sa main droite sur une vitre semi-opaque et attendit en retenant son souffle. Il eut enfin un immense soulagement quand un léger chuintement se fit entendre au moment où la porte s'ouvrit en glissant vers le mur de gauche. Sans perdre une seconde il s'infiltra à travers la porte qui s'ouvrait lentement. Lubau avança prudemment la tête vers la porte blindée. Il n'en crut pas ses yeux lorsqu'il constata que Namrod venait de réussir son pari. Mais rien n'était encore gagné, la porte pouvait tout aussi bien se refermer sur le commandeur. Sans rien dire, il leva le bras droit et fit signe d'avancer. Lui et un soldat doué au tir au pistolet ouvrirent la marche au pas de course.

Le garde n'avait rien entendu. Contrairement à la discipline qu'exigeait son poste, il avait branché une petite enceinte connectée et s'écoutait en boucle des musiques suffisamment fortes pour qu'elles couvrent le bruit provoqué par l'ouverture de la porte. Namrod avança en se penchant pour être masqué par le bas de la cloison vitrée qui donnait par une porte entrouverte dans les sas d'entrée. Au dernier moment Namrod se redressa et ouvrit brutalement la porte. Le soldat de garde, malgré sa surprise, eut le réflexe de se jeter sur Namrod. Ce dernier n'avait pas réussi à transformer l'effet de surprise en arme d'attaque et le garde, très costaud, prenait le dessus dans le corps à corps. Réalisant qu'il était maintenant en mauvaise position, le commandeur s'efforçait d'empêcher le soldat de saisir son arme.

Un violent coup à la tête lui fit lâcher prise et il vit avec horreur un pistolet jaillir face à lui. En une fraction de seconde, il se rendit compte que dans la situation inconfortable où il se trouvait, tout était fini pour lui, il ne pourrait pas empêcher le coup de feu. Par réflexe, il ferma les yeux et entendit une violente détonation. Avec surprise il n'avait ressenti aucune douleur. Il ouvrit les yeux juste assez tôt pour voir le corps du grade s'écrouler. Il tourna la tête vers la porte. Lubau était là, il venait au dernier moment de lui sauver la vie. Le commandant se précipita sur Namrod, l'aida à se débarrasser du poids du cadavre et à se remettre debout.

— Merci Commandant, sans vous je crois bien que s'en était fini.

Namrod réalisa instantanément que c'était la deuxième fois qu'on lui sauvait la mise in extrémis. Mentalement il se promit de ne plus tenter la chance une troisième fois.

— Sans vous, Commandeur, tout serait déjà fini pour nous tous, répondit Lubau avec un regard plein d'admiration pour le courage de son supérieur.

— Tout le mérite en revient à ma femme, sans elle nous serions encore en prison avec un bien triste avenir. Où est-elle ? s'inquiéta soudain le Commandeur.

— N'ayez crainte, Seigneur Namrod, elle va bien, nos gens la gardent en sureté.

Namrod s'épousseta, tout en tournant sur lui-même pour chercher un indice sur l'action la plus urgente à mener maintenant. Il se précipita sur une des consoles et entra son code d'accès à la sécurité de la base. Il ouvrit alors le gestionnaire des soutes de l'armurerie et déverrouilla les sécurités. Les cases qui affichaient à l'écran le statut des portes des différentes salles de stockage passèrent très vite du rouge au vert. Namrod se tourna alors vers son second.

— Allez-y, Commandant, armez nos gens, nous devons reprendre au plus vite la salle de contrôle. La'um ne doit plus être très loin maintenant. Il doit être impatient de prendre possession, comme il le croit, de notre passerelle. Le temps que vous fassiez ça, je m'assure que l'on aura la voie libre.

— Bien commandeur, à vos ordres.

Lubau se retourna vers le soldat qui tenait le second pistolet. Il lui donna le sien, pour le Commandeur en cas de besoin, et donna l'ordre aux autres soldats de le suivre jusqu'aux râteliers des fusils et des pistolets. Pendant ce temps, d'autres iraient à la soute à munitions récupérer de quoi alimenter tout le monde en matériel. Namrod se connecta à une application sécurisée réservée aux officiers supérieurs de Dag-Aras. Avec cette application, il avait accès à la gestion de toute la structure de la station. Sur le grand écran devant lui, il fit défiler les différentes sections de l'architecture jusqu'à faire apparaitre la partie entre l'armurerie du niveau où ils se trouvaient et le niveau de la passerelle de commandement quelques étages plus haut.

En navigant dans l'image 3D des couloirs d'accès, il verrouilla les unes après les autres les portes étanches qui protégeaient, en les isolant, chaque partie de la station en cas de dépressurisation. Son objectif était clair, en verrouillant les accès par les portes étanches il empêcherait tout renfort à la passerelle lorsqu'il tenterait d'en reprendre le contrôle. Les seules voies non verrouillées seraient celles des ascenseurs, en particulier celle permettant de monter du dock principal jusqu'à la passerelle. Mais il fallait faire vite, c'était forcément par-là que le commandant La'um allait arriver bientôt. De son côté, Lubau ne trainait pas. Sous sa houlette, les officiers et les soldats se saisirent en file indienne d'armes et de divers équipements de combat. D'autres arrivèrent des soutes avec des caisses de munitions énergétiques. En très peu de temps, tout le monde fut équipé. Lorsque les combattants revinrent à la porte blindée, ils avaient fière allure. Namrod venait de terminer ses paramétrages. Il prit la parole.

— Les traitres, qui ont voulu nous voler Dag-Aras, en ont encore la maitrise au centre de commandement. Nous devons les déloger et reprendre le contrôle total de la station. Nous ne savons pas s'ils sont très nombreux ou mieux armés que nous, mais ils ne s'attendent certainement pas à nous voir arriver. Lorsque nous pénètrerons dans la salle de commande, vous devrez tirer à coups sûrs. Nous ne pouvons pas nous permettre de détruire le matériel de la salle de commande, pas plus que de raison en tous cas. Soyez précis et ne tirez que sur les pirates armés, notre personnel est pris en otage, nous avons besoin de lui. C'est compris ?

Tout le monde acquiesça d'un hochement de tête. Pour certains, aller au combat serait une première, ils ne le laissaient pas transparaitre, mais ils en avaient déjà des nœuds au ventre. Mais Namrod reprit déjà la parole.

— Bien alors, voilà comment nous allons procéder : deux sections d'assaut de dix membres chacune vont se charger du poste de commandement. J'en prends la tête. Commandant Lubau, désignez quatre autres groupes de quinze personnes pour tenir nos arrières et défendre les ascenseurs le temps que nous reprenions la salle de commandement. Les autres resteront ici pour assurer la sécurité de l'armurerie et celle de ma femme. J'ai besoin de 20 volontaires pour les deux sections qui m'accompagnent.

Il y eut un moment d'incertitude dans l'attroupement pendant lequel les gens échangèrent rapidement des regards indécis. Puis très vite, les volontaires sortirent des rangs. Lubau n'eut alors qu'à former les quatre sections chargées de la sécurité. Il prit la précaution d'éliminer les moins bien armés et ceux qui manifestement montraient des signes d'incertitude ou de peur. Ceux-là seraient mieux occupés à défendre l'armurerie où les risques seraient certainement moins grands.

— Bien, on y va ! Mes deux sections avec moi. Les autres avec le Commandant Lubau. Bonne chance à tous.

Le lieutenant Sousouda était resté avec Dame Sidouri. À un moment, celle-ci avait bien failli suivre les sections sans crier gare. Il avait dû déployer quantité de bons arguments pour être persuasif et la convaincre de n'en rien faire. Intérieurement, il était admiratif de la spontanéité et du courage de la femme du commandeur. Lorsque la porte blindée de l'armurerie s'était refermée, elle était restée figée. Des larmes avaient glissé sur ses joues. Sousouda avait heureusement un mouchoir tout propre dans une poche. Il s'empressa de le lui apporter.

— Tenez ma Dame, lui avait-il dit avec douceur, n'ayez pas de craintes, tout va bien se passer.

Sidouri avait alors croisé son regard pendant une fraction de seconde avant de se saisir du mouchoir et de s'en sécher les joues. Le jeune lieutenant avait eu l'impression d'être presque aveuglé par le bleu magnifique des yeux de Sidouri. Un frisson l'avait parcouru tout le long du dos. Sidouri replia adroitement le mouchoir et le tendit à Sousouda pour le lui rendre.

— Merci beaucoup Lieutenant, c'était très gentil.

Sousouda répondit juste d'un sourire mal assuré. Elle se retourna rapidement sans y avoir prêté attention et s'éloigna pour aller s'assoir sur une chaise dans le poste de garde. Les soldats avaient heureusement pris assez tôt la précaution d'y enlever le corps du garde. Sousouda était resté immobile. Il l'avait regardée s'éloigner, avec un plaisir mal dissimulé à suivre les mouvements de la belle silhouette de Sidouri. Sans trop faire attention à ce qu'on puisse le voir, il regarda le mouchoir, hésita un instant puis le porta devant son nez. Il inspira doucement avec une grande attention pour y trouver un parfum hypothétique. Il regarda à nouveau le mouchoir et allait une nouvelle fois le sentir quand une violente tape sur son épaule droite faillit lui faire perdre son équilibre. Un autre lieutenant le doubla par la droite en se retournant vers Sousouda avec un rire franc et joueur.

– On se calme Sousouda ! la Dame est déjà prise. Tu ferais mieux de t'occuper de moi, dit le soldat en partant d'un énorme rire tout en poursuivant son chemin.

– Crétin ! répliqua Sousouda, dont la réplique ne servit qu'à dynamiser le rire de l'autre lieutenant.

Rapidement, Sousouda rangea le mouchoir et fit un tour sur lui-même pour trouver quelque chose à faire. Deux soldats assis sur un banc intégré dans le mur le regardaient avec un large sourire, manifestement très amusés.

– Vous n'avez rien d'autre à faire vous deux ? cria Sousouda, assez remonté. Venez avec moi, il y a des armes à nettoyer là-bas, je vais vous occuper moi !

Namrod prit un des ascenseurs avec le premier groupe tandis que la deuxième section prenait un des deux autres ascenseurs disponibles. Le niveau de la salle de commande n'était pas très loin et ils arrivèrent quasi en même temps. L'effet de surprise tourna court, car quatre Igigis en armes étaient postés devant la porte d'entrée de la passerelle. Pour autant, à quatre contre deux sections lourdement armées, ils ne firent pas le poids longtemps. Namrod avait aussitôt pris pour cibles les deux caméras qui permettaient de contrôler ce qui se passait à l'extérieur de la salle de commandement. Dès qu'il eut entendu les premiers tirs, le capitaine Nassouli se précipita vers le fauteuil du commandeur et verrouilla la porte d'entrée. Il voulut basculer sur l'écran qui permettait de visualiser ce qui se passait à l'extérieur, mais les deux caméras détruites, il ne put rien voir. Il cria ses ordres à ses compagnons.

– Tous face à la porte, tous face à la porte ! soyez prêts à tirer.

Namrod et sa troupe se précipita vers l'entrée en enjambant les corps des pirates abattus. Mais impossible de l'ouvrir. A ce niveau, il n'y avait pas de borne de sécurité comme à l'armurerie.

– Que fait-on Commandeur ? demanda un des sous-officiers du groupe.

– On ne peut pas perdre de temps, on va faire sauter la porte.

– Faire sauter la porte ? Vous êtes sûr Commandeur ? questionna le sergent.

– Oui, nous n'avons pas le choix et de toutes façons, il est peu probable qu'elle serve encore longtemps.

Le sergent se retourna vers un de ses coéquipiers sans chercher à comprendre la dernière phrase du commandeur. Il l'aida à attraper plusieurs charges d'explosifs que le soldat avait dans les poches de sa tenue de combat. Le sergent les plaça sur la porte d'entrée. Puis revint aussi vite que possible. Il se tourna vers les attaquants en criant :

– Tout le monde à l'abri dans les ascenseurs et fermez les portes ! vite !

Tout le monde se rua vers les deux ascenseurs qui restaient encore ouverts. Les commandes de fermeture furent enclenchées ainsi que le verrouillage des positions pour éviter que les ascenseurs ne partent à l'appel depuis un autre niveau. Le sergent tenait dans sa main droite un boitier rectangulaire assez plat, muni de deux petits interrupteurs protégés par un capot transparent.

Dès que la porte de l'ascenseur fut fermée, il souleva le capot et appuya sur les deux interrupteurs. Une énorme explosion se produisit. Aussitôt, les portes des ascenseurs furent réouvertes. Il régnait maintenant dans le couloir une forte odeur de produit chimique mélangée à celle de la matière calcinée. Une épaisse fumée noire empêchait de bien voir, à la fois l'effet de l'explosion, mais aussi comment progresser sans prendre trop de risques. A nouveau le sergent se tourna vers Namrod.

— Et maintenant Commandeur ?

— Attendons un peu que le système de ventilation élimine la plus grosse quantité des fumées, quand nous pourrons voir si la porte est détruite nous aviserons.

— Oui, mon Seigneur.

Effectivement, comme l'avait prévu Namrod, les fumées furent assez vite absorbées par le système de retraitement de l'air. Il put enfin voir le résultat de l'explosion. La porte coulissante avait été sérieusement endommagée, mais pas assez pour permettre le passage rapide de ses soldats. La chance allait-elle l'abandonner si près du but ? Il se tourna vers le sous-officier.

— Sergent, voyez, la porte n'est pas assez ouverte, si nous passons par-là nos adversaires vont nous abattre les uns après les autres. S'ils sont nombreux, nous pourrions tous y passer.

— Oui, Commandeur. C'est une certitude. Il nous reste encore des charges, si je vais les placer aux endroits stratégiques, la porte complète pourrait tomber.

— Peut-être, ou peut-être pas. J'ai une autre idée.

— Dites, Commandeur.

— Voilà, en prenant une section avec vous, vous pourrez par les escaliers descendre jusqu'à la porte du niveau inférieur. Elle donne sur la partie basse de la salle de commande. La salle est configurée en trois gradins. Ici nous sommes sur celui du haut. Si nous simulons une attaque par la porte entrouverte avec un tir nourri, vous pourriez sans doute pouvoir entrer par la porte d'en dessous, quitte à la faire exploser elle aussi. Je pense que l'ennemi viendra tout à ce niveau pour nous empêcher de pénétrer à l'intérieur par cette voie. Qu'en pensez-vous ?

— Ça pourrait marcher, Commandeur, à condition que nous puissions entrer en bas.

— Bon, de toute façon, c'est la seule que j'imagine réalisable sans que nous ayons trop de pertes.

— C'est vrai Seigneur, mais le matériel de la salle risque de souffrir énormément.

— Tant pis, ce n'est pas comme si on avait beaucoup de choix. Prenez l'escalier là devant l'ascenseur, dans 30 secondes vous devriez y être. Passé ce délai nous ouvrirons le feu en jetant des grenades à l'intérieur. Le bruit devrait à lui seul faire une partie du travail.

— Ou Seigneur, essayons ça, répondit le sergent.

Au pas de course, lui et ses combattants traversèrent le couloir encore enfumé. Namrod demanda à deux soldats de s'approcher de la porte en rampant. Chacun d'eux avait avec lui quatre grenades. Ils furent assez vite en position. Aucun bruit d'explosion ou de détonations d'armes ne parvint des escaliers. Le sergent n'avait probablement rencontré aucune opposition par cette voie. Plus que cinq secondes. Namrod donna enfin le top de l'attaque. Les deux soldats près de la porte lancèrent leurs quatre premières grenades, mais on entendit clairement cinq détonations. Plus bas, le sergent avait dû être obligé de faire sauter la porte de son niveau. Namrod n'eut alors qu'une crainte : que la nouvelle voie d'accès ne soit pas plus grande que la première. Les soldats toujours allongés au sol lancèrent leurs deux dernières grenades. Elles explosèrent dans un bruit assourdissant. C'était maintenant l'heure de vérité. Il donna l'ordre de charger en tirant un feu nourri. Quatre des cinq premiers attaquants s'écroulèrent, mais les suivants réussirent à passer.

La salle de commandement avait maintenant un aspect incroyablement hallucinant. Les nuages de fumée des grenades s'éclairaient un peu partout des coups de feu en provenance des deux camps. A bien écouter, on pouvait identifier que certains arrivaient du bas des gradins. Namrod fut à demi soulagé, le sergent avait probablement réussi à ouvrir la porte, mais avait-il pu la traverser ? Namrod pénétra à son tour dans la salle. Il courut aussi vite qu'il put jusqu'à son fauteuil et ses consoles de travail derrière lesquelles il s'abrita. Dans la semi-pénombre, il devina de nombreux corps au sol. La quantité d'échange de coup de feu diminuait maintenant assez vite. La ventilation, comme dans le couloir d'accès finissait par avoir raison des épaisses fumées et on y voyait déjà beaucoup mieux. Namrod se mit alors à espérer que de l'air frais puisse arriver rapidement, car sa gorge était en feu et ses yeux pleuraient.

Il voulut se relever un instant pour mieux voir. Une nouvelle détonation le fit tressaillir. Touché à son épaule gauche, il s'effondra au sol. Celui qui venait de lui tirer dessus ne s'en sortit pas aussi bien, il succomba presque aussitôt sous les nombreux impacts des tirs des soldats de Namrod. Deux d'entre eux se précipitèrent pour le mettre à l'abri. Encore un instant de plus et tout devint plus calme. On n'entendait plus que les gémissements des blessés et les crépitements des courts-circuits des installations touchées pendant le combat. Un des soldats qui lui avait porté secours cria :

— Un médecin par ici ! on a besoin d'un médecin ici ! Il y a un médecin ? Le Commandeur Namrod est blessé !

Manifestement il n'y avait aucun médecin sur place, mais le sergent qui était sain et sauf arriva en courant. Il se pencha sur Namrod et avec un couteau il dégagea rapidement l'épaule du commandeur. Il se retourna vers un des soldats et lui ordonna de descendre à l'armurerie. Il y avait, à l'intérieur, une salle médicale de première urgence.

— Ne bougez pas Seigneur Namrod, ce n'est pas très joli à voir, mais on va vous arranger ça. Vous l'avez échappé belle.

— Je pourrais vous dire que c'est mon jour de chance Sergent, mais je me serais bien passé de ce coup-là. On a repris le contrôle ?

— Oui Seigneur.

— Beaucoup de pertes ?

— Je ne sais pas encore, je ferai le point dès qu'un infirmier s'occupera de vous.

— Et la salle ?

Le sergent se releva un peu, il jeta un œil tout autour puis reprit sa position accroupie.

— Je pense que ça ne va pas vous plaire, Commandeur.

— Ah ? Je m'en doutais un peu.

Namrod voulut se relever pour voir par lui-même, mais la violence de la douleur l'obligea à rester tranquille.

— Ne bougez pas Seigneur Namrod, il faut rester allongé.

— Bon sang que ça fait mal, répondit Namrod en grimaçant.

On entendit très vite de nombreux pas de course dans le couloir. Un soldat pénétra dans la salle avec une grande mallette sur laquelle était écrit « Secours ». Plusieurs autres personnes le suivaient. Sidouri en faisait partie.

— Sidouri, mais que fais-tu là, c'est dangereux, vas chercher un abri sûr, dit Namrod.

— Pas tant que je ne serais pas rassurée, j'ai tellement eu peur pour toi, lui dit-elle en s'agenouillant près de lui.

Le soldat qui portait la mallette avait attrapé divers produits et matériels.

— Ma Dame, j'ai besoin d'un peu de place s'il vous plait, dit-il à Sidouri.

— Bien sûr, je suis désolée, répondit-elle en se poussant, tout en restant à proximité.

L'Anunnaki avait l'air de s'y connaitre en matière de premiers secours. Une chose naturelle puisque cela faisait partie de la formation initiale au même titre que le maniement des armes, l'organisation des différentes armées, les moyens de communication et bien d'autres choses encore. Lubau avait envoyé une section de plus en renfort pour secourir les blessés des deux camps et aussi ceux des techniciens de la passerelle qui s'étaient malheureusement retrouvés coincés dans l'affrontement. Lorsque Namrod eut reçu les soins nécessaires, il put se relever. Le soldat lui avait administré un antalgique puissant par injection. L'effet avait été presque immédiat. Le bras gauche désormais en écharpe, Namrod s'efforça de reprendre le cours de la bataille qui n'était pas encore gagnée.

Beaucoup d'équipements de la passerelle avaient souffert de l'assaut. Quelques-uns étaient malheureusement complètement détruits et une bonne partie des techniciens avaient été blessés soit par des impacts directs, soit par des projections diverses, soit par le bruit des grenades. Namrod réalisa que rien n'était encore gagné, il ignorait toujours l'importance de la rébellion sur Dag-Aras, l'état de l'évolution des choses sur Nibirou et plus près de lui, ce que pouvait être en train de faire La'um et son croiseur d'attaque. Tant bien que mal, il s'assit sur son fauteuil devant ses consoles de commandement et lança plusieurs routines de test.

21

Tal-Markhan était toujours le siège d'un important accrochage entre les différentes forces en opposition. Derrière l'abri de la roche de son promontoire, Marquesh s'était assis dos au rocher et attendait tranquillement que les rebelles finissent d'installer Enlil sur son nouveau trône. Cependant, les choses trainaient en longueur, cela commençait à l'inquiéter. Il finit par attraper son communicateur, tapota rapidement un code et mis son appareil à l'oreille.

— Baal, c'est Marquesh.

— J'ai vu oui, qu'est-ce que tu veux ?

— Vous en êtes où en bas ? Je commence à avoir les fesses en compote. Les rochers ici sont tout, sauf confortables.

— Et quoi, tu crois qu'on s'amuse ? Les loyalistes se battent comme des fauves, mais on y est presque.

— Et Enlil ?

— Je l'ai à l'œil, il est si pressé de retrouver son trône, qu'il serait bien capable d'y aller en courant.

— J'imagine bien ça. Bon, je vais descendre alors.

— Si tu veux, mais fais attention, par moment ça tire de tous les côtés.

— Ok, à tout de suite.

Marquesh rangea son appareil, puis il se leva. Par acquit de conscience il s'avança pour voir du côté de l'entrée du palais ce qui se passait. De ce côté-là, les combats avaient cessé depuis un bon moment déjà et tout était calme. Il allait se reculer pour quitter son point d'observation, mais il eut alors une belle surprise, les commandos d'Amar-Outou arrivaient par la droite à proximité de l'entrée du palais royal. L'unité de combat semblait connaitre son affaire. Les soldats lourdement armés avançaient rapidement en file indienne vers le porche effondré en se tenant à l'abri derrière la murette ornée de grilles. Les soldats se rassemblaient avant de monter à l'assaut de l'entrée.

Marquesh hésita, allait-il reprendre ses tirs ou bien allait-il chercher à rejoindre ses amis en passant par les tunnels. Finalement, contre toute attente, il décida de reprendre ses tirs. Il se pencha pour ramasser son fusil et se posta pour préparer son coup. Il ajusta sa première cible en la centrant dans ses collimateurs et fit feu. Les camarades du soldat se retournèrent sans comprendre, car il ne voyait aucun ennemi. L'un d'eux s'avança pour voir l'état du blessé, ou peut-être du mort. Le groupe entendit une faible détonation et le deuxième soldat tomba à son tour devant les regards incrédules du reste du groupe. Le chef de la première section d'assaut comprit et réagit aussitôt.

— Tout le monde à couvert de l'autre côté de la murette, le tireur est de ce côté, vite ! vite !

Tous les soldats se levèrent et se précipitèrent à travers les décombres du porche pour aller chercher un abri. L'officier, une fois accroupi derrière la murette attrapa une paire de jumelles électronique et se mis à inspecter la paroi rocheuse. Il identifia une large anfractuosité assez haut. Il repoussa la paire de jumelles pour la situer plus largement à l'œil nu. L'ayant localisée, il réutilisa la paire de jumelles pour voir en grossissant plus ce qu'il pouvait y avoir là. Il aller renoncer lorsqu'il vit bouger un fin trait d'aspect métallique.

Il activa un bouton de commande pour faire un suivi de l'objet tout en grossissant au maximum. Il put alors voir que ce qu'il venait de détecter était tout simplement le bout d'un fusil de tireur d'élite. Il se baissa et appela un des soldats qui portait une sorte de tube.

— Caporal, vous voyez sur cette corniche là-bas ? Il y a comme une cavité dans la montagne juste derrière. Vous la voyez ?

— Oui Capitaine.

— Très bien, faites-moi une visée laser dans la cavité et balancez-moi une ogive à fragmentation.

Le soldat équipa rapidement son tube avec une sorte de fusée. Il fit pivoter un œilleton mobile pour l'amener devant son œil droit en posant le tube sur son épaule. Rapidement il se releva légèrement ajusta le pointeur laser et tira. La fusée partit à grande vitesse en laissant derrière elle une trainée de fumée. Marquesh qui n'avait pas vu l'opération s'avança pour chercher une autre cible. C'est à ce moment qu'il aperçut l'ogive grimper vers lui à toute vitesse.

— Merde ! cria-t-il en jetant son fusil pour se relever et partir en courant.

Malheureusement pour lui, l'arme était plus rapide. Elle explosa au moment où il allait pénétrer dans une sorte d'étroit tunnel entre deux immenses blocs. Touché à mort dans le dos par plusieurs fragments, il s'écroula au sol.

Le chef de la section inspecta l'anfractuosité avec ses jumelles. Manifestement, le tir avait été efficace, Il attrapa rapidement un boitier de communication et appuya sur le bouton d'appel.

— Groupe 1 à tous, la voie est dégagée, nous avançons jusqu'au prochain objectif.

— Reçu Groupe 1, on arrive.

Le lieutenant rangea le communicateur. Il jeta un rapide coup d'œil sur ses soldats et tout autour de lui. Puis donna son ordre.

— Aller, aller ! on y va, on y va en deux colonnes.

Les soldats se levèrent aussitôt et se mirent à courir aussi vite que possible pour venir se positionner de part et d'autre de la grande entrée. Par la droite, devant la murette, les autres groupes arrivèrent en renfort. Ils franchirent le porche effondré sans trop faire de cas des nombreux corps étendus au sol. Tous savaient que la guerre n'est pas jolie à voir. Pour l'instant, seule la mission comptait. Kalran accompagnait le fils d'Enki depuis le dock. À chaque fois qu'il voyait de nouveaux morts, il sentait le désespoir l'envahir un peu plus. Son cœur de vieux soldat avait trop vu d'atrocités pendant les guerres. C'était il y avait déjà si longtemps. Il ne comprenait plus pourquoi tout recommençait à nouveau. Pris dans ses pensées, il s'arrêta devant un jeune soldat fauché par un tir des rebelles beaucoup plus tôt. Sans rien dire, il eut une pensée pour ce jeune et pour les parents de ce jeune. Il secoua la tête en signe de protestation. Tout cela n'avait aucun sens. Il se demandait pourquoi d'un seul coup ce spectacle de désolation l'affectait autant, il n'avait jamais ressenti une telle réprobation monter en lui.

— Kalran ! Il ne faut pas rester là en terrain découvert, venez ! cria Amar-Outou.

Kalran se tourna vers le prince puis il regarda à nouveau le visage du jeune. « Le destin est vraiment mal fait », pensa-t-il.

— Kalran !

— Me voilà Seigneur, me voilà ! répondit-il en partant à la course pour refaire son retard sur le groupe.

Kalran arriva assez vite avec le gros de la troupe à l'entrée du palais. Des combats avaient fait rage ici, car une forte odeur d'impacts d'énergie emplissait l'air et on pouvait compter plusieurs victimes visibles sous les décombres et dans les escaliers. Les commandos se séparèrent en trois entités. Deux avancèrent en longeant de chaque côté les pièces qui étaient nombreuses. Elles pouvaient représenter un danger potentiel. Le plus gros de la troupe avançait au centre par bonds successifs, d'un abri à un autre. Jusque-là, il n'y avait pas encore eu d'accrochage, mais les commandos d'Amar-Outou arrivaient au niveau des grandes salles de réception, avant d'aboutir finalement à la salle du trône. C'est là que tout se compliqua. La première section de reconnaissance se trouva coincée face à un nombre important des partisans d'Enlil.

La section avait avancé assez loin dans le bâtiment. Elle allait être prise au piège, car d'autres rebelles arrivaient maintenant par un autre accès au palais. Le lieutenant fit signe à ses hommes de se tapir le plus possible. Dans la zone où ils se trouvaient, l'éclairage était éteint, sans doute du fait des courts-circuits à cause des combats. Les tenues sombres des membres du commando leur assuraient jusque-là une certaine invisibilité. Si l'éclairage venait à être rallumé, il n'en serait plus de même et ils se retrouveraient en sous nombre. Le lieutenant prit son communicateur.

— Ici groupe 1, vous me recevez ?

— Oui groupe 1, on écoute, répondit la voix d'un autre officier.

— Nous sommes en difficulté, il y a du monde devant et autour de nous. Nous sommes dans la grande salle juste avant celle du trône. Enlil est certainement là. On ne peut pas reculer. Il faut venir nous sortir de là.

— Tenez bon, on arrive, on y est presque.

— Faites vite, si la lumière est rétablie, on est vraiment mal.

— Ok, reçu.

L'officier s'avança rapidement vers Amar-Outou.

— Des nouvelles, Capitaine ? demanda le prince.

— Oui, Seigneur, notre groupe de reconnaissance est en mauvaise posture. L'ennemi est, semble-t-il, nombreux. Ça va être compliqué de les sortir de là.

— Le groupe a avancé trop vite et trop loin, c'est ça ?

— C'est ça.

— On pourrait tenter une diversion, répondit le capitaine avec un regard qui manifestement n'adhérait pas à ce que l'officier venait d'annoncer.

— Mais ? questionna le fils d'Enki.

— On va perdre beaucoup de temps à faire un détour.

— Donc on continue c'est ça ?

— Ça me parait le mieux effectivement mon Seigneur.

Amar-Outou se tourna vers Kalran.

— Sénateur ? Votre avis ?

Kalran hésita. La stratégie spatiale ne lui posait pas de problème, mais il n'était pas spécialiste des commandos urbains.

— Le capitaine a raison, si nous perdons du temps, nous risquons de perdre notre section et Enlil pourrait en profiter pour quitter le palais.

— Sauf s'ils sont plus nombreux que nous. Répondit le prince.

— C'est vrai, s'ils sont plus nombreux que nous, ils auront l'avantage.

Le prince se pinça les lèvres, foncer dans le tas n'avait pas été le premier de ses objectifs, mais cela semblait être la solution la plus rapide pour aller au contact d'Enlil. Il regarda Kalran puis le capitaine droit dans les yeux.

— On ne peut pas se permettre de perdre Enlil, il est là, alors allons le chercher. Capitaine, on charge !

Sur Dag-Aras, malgré son handicap, Namrod s'acharnait à rétablir un fonctionnement minimal de la salle de commandement. Une partie des installations était désormais totalement détruite et plusieurs techniciens indispensables avaient été blessés ou avaient perdu la vie dans l'assaut. La ventilation forcée avait bien aspiré la plupart des fumées, mais une forte odeur de différentes choses carbonisées lui prenait le nez et la gorge. Le commandant Lubau se chargeait de son côté d'organiser la défense de la passerelle. Il organisait aussi les secours aux blessés. Namrod était inquiet, les statuts des différents niveaux montraient que plusieurs quartiers de la station étaient toujours soumis à des combats. Mais pour l'instant, ce qui préoccupait le commandeur au plus haut point, était de savoir ce que La'um pouvait être en train de faire. Après de nombreux essais et avec l'aide des techniciens encore valides, il réussit à retrouver finalement assez vite l'usage d'une partie des systèmes de surveillance ou de contrôle.

Le Kaga était en approche lente, presque immobile, toujours escorté par plusieurs escadrilles de vimnas. A ce qu'il semblait, le croiseur n'avait pas été prévenu de la contrattaque au poste de commandement.

— Commandeur, pourquoi ne pas lancer nos torpilles, à cette distance les vimnas n'auraient pas le temps d'en intercepter beaucoup. Nous pourrions détruire le croiseur.

— Non Commandant, nous aurons très bientôt besoin de tous nos astronefs pour évacuer la planète. Si nous n'arrivons pas à maitriser le futur impact avec l'astéroïde, il faudra sauver un maximum de personnes.

— De toute façon Commandeur, il est bien trop gros et bien trop près pour que nous puissions éviter la catastrophe.

— C'est exact Commandant, nous ne pourrons pas l'éviter, c'est trop tard, mais peut-être pourrons-nous en diminuer les effets, répondit Namrod sans grande conviction.

— Personne n'a jamais pensé que cela pourrait arriver un jour. Et même si cela avait été le cas, nous n'aurions jamais mis en place les moyens de nous en sortir. La question est Commandeur : comment mettre autant de monde à l'abri ?

Namrod regarda l'état de la salle de contrôle et fit une grimace, car la douleur revenait progressivement. Il hésita un instant puis tourna le regard vers Lubau.

— Commandant, beaucoup n'en réchapperont pas, on n'y peut rien. Notre flotte au complet n'y suffirait pas.

— Il y a Dag-Aras et les stations orbitales des sept familles.

— C'est vrai, nous pourrions accueillir ici beaucoup de monde. Par contre, je doute que les familles acceptent de s'abaisser à laisser monter dans leurs stations la population, sans doute les Igigis, oui peut-être, mais certainement pas les Talpacs et encore moins les Édinkas, qui pour elles, ne sont que les résidus modifiés des anciens esclaves de Ki, créés par Enki.

— Peut-être, mais on ne pourra pas se passer de bons travailleurs.

— Je suis d'accord, seulement nous allons devoir faire un choix. Donc pour en revenir au Kaga, pas question de l'abîmer. Nous avons un autre problème. Nous ne savons toujours pas ce qui se passe sur Nibirou, pas plus que sur Dag-Aras, d'ailleurs.

— Que fait-on alors, Seigneur Namrod ?

Namrod posa sa main droite sur le dessus de la tête et se massa le cuir chevelu tout en refaisant mentalement le point. Lubau avait raison, il devait trouver une solution, mais laquelle ?

— Nous allons tenter un coup de bluff, lança-t-il.

— Un coup de bluff ? Commandeur ?

— Oui, Commandant, un bon et bien gros bluff. Écoutez, partons du principe que La'um n'a pas plus de contacts que nous en provenance de Nibirou. Essayons de lui faire croire qu'Enlil a été arrêté ou bien qu'il a été tué. La rébellion n'aurait plus de chef et pas plus de raisons de continuer sa croisade. Proposons à La'um une amnistie générale pour pouvoir unir nos forces contre l'astéroïde. Si ça marche, nous aurons le temps de voir comment gérer la situation plus tard avec les rebelles.

— Vous feriez vraiment une amnistie, Commandeur ?

— Voyons Commandant, vous savez bien que les promesses n'engagent que ceux qui y croient ! répondit Namrod avec un sourire malicieux, mais bon, La'um pourrait encore nous être utile, si nous le manœuvrons bien.

Lubau resta un instant sidéré, lui-même avait failli y croire. Il reconnaissait bien là son supérieur, Namrod n'en était plus à une ruse près, et depuis longtemps.

— C'est quand même un peu gros, La'um n'y croira sûrement pas.

— La'um est un idiot. Vous savez Commandant, plus c'est gros et plus ça passe.

— J'espère que vous avez raison. Mais si ça ne marche pas ?

— Il ne nous restera plus qu'à tirer aux canons ioniques pour mettre ses moteurs en panne.

— Et s'il riposte ?

— On règlera le problème définitivement avec les missiles. Je souhaite vraiment qu'on n'en arrive pas là, le Kaga est un excellent navire avec un équipage performant, ce serait pour nous une grande perte. Avez-vous une autre proposition Commandant ?

— Non, mon Seigneur, j'avais pensé initialement laisser La'um arriver au dock principal avec sa navette et nous aurions pu l'arrêter à ce moment-là.

— Pourquoi pas, mais quel problème y voyez-vous ?

— Le capitaine Nassouli est mort, La'um n'acceptera pas de venir se jeter dans la gueule du loup sans avoir un visuel avec Nassouli sur écran.

— Tout à fait Commandant, je suis d'accord. Bon, reste donc ma méthode. Alors essayons ça, nous verrons bien. Il nous faut un technicien valide pour ouvrir une fréquence avec le Kaga.

— Je sais le faire Commandeur, j'étais instructeur avant de grimper la hiérarchie. C'est-à-dire, enfin je veux dire, je pense que je dois m'en rappeler, c'est vieux.

— Très bien, essayons, nous verrons bien.

Lubau se précipita vers sa console de second de la passerelle. Elle n'avait subi aucun dégât. Il eut bien quelques difficultés à retrouver les procédures enfouies dans sa mémoire. De loin, Namrod le regardait faire avec un air sceptique, mais les choses bougeaient tellement vite ces derniers temps, qu'une bonne surprise ne lui ferait pas de mal. En attendant, il posa sa main droite sur son épaule, car la douleur se réveillait de plus en plus. Sidouri s'était assise un peu plus loin. Elle s'était faite presque invisible, car elle savait que rien n'était encore réglé et que son mari avait besoin de sa concentration maximale. Avec bonheur, Namrod vit Lubau, l'air rayonnant annoncer avec une certaine fierté : « Sur le canal 2 Commandeur ». Namrod actionna sa commande de sélection du canal puis enclencha la vidéo sur un des écrans latéraux qui n'avait pas été touché pendant l'attaque.

— Kaga, ici le Commandeur Namrod de Dag-Aras, vous me recevez ?

— Parfaitement Commandeur, répondit une voix féminine.

— Bien, passez-moi le Commandant La'um.

— Oui, mon Seigneur, un instant.

Namrod n'eut pas longtemps à attendre. La voix féminine reprit la parole.

— Je vous passe le commandant La'um, Seigneur Commandeur.

Namrod appuya sur une commande pour mettre la liaison sur écran.

— Commandant La'um, comme vous pouvez le constater, nous avons repris le contrôle de Dag-Aras. Vos pirates ont été éliminés. Vos projets sont terminés Commandant.

— Croyez-vous Commandeur ? Dag-Aras n'est pas le centre de l'univers. Quand Enlil sera remonté sur le trône, vous n'aurez d'autre choix que de me remettre votre commandement.

— Encore faudrait-il qu'Enlil redevienne roi. Vous semblez ignorer qu'Enlil a été arrêté. Ses projets comme les vôtres n'ont plus aucune chance de se réaliser.

La'um marqua un temps d'arrêt avant de répondre.

— Ce n'est pas les informations que j'ai Commandeur. Vos services de renseignement sont pitoyables.

Namrod se tourna vers Lubau. La partie allait sans doute ressembler à un jeu de qui dit vrai, ment. Il s'étonna que La'um eut autant de réparti.

— Commandant, je suis prêt à négocier votre reddition, vous avez été trompé, et votre rébellion est une trahison qui mérite la plus sévère des sanctions. Cependant, j'ai une proposition à vous faire.

— Quoi donc, vous renoncez à Dag-Aras ? Répondit La'um avec ironie.

— Ne soyez pas stupide, il n'est pas question de ça. Nous avons vous et moi un gros souci.

— Vous surtout, il me semble.

— C'est vrai, un énorme souci, un souci de trente-trois kilomètres de diamètre en fait.

— La prison vous aurait-elle dérangé la cervelle Commandeur ? De quoi parlez-vous donc ?

— Nous avons gardé l'information secrète pour ne pas troubler les funérailles et le couronnement. La population entière de la planète aurait paniqué. Un astéroïde inconnu de trente-trois kilomètres de diamètre va percuter Nibirou dans quelques dizaines de jours. Alors voilà ma négociation. Votre amnistie et celle de votre équipage contre votre aide à tenter de détruire le planétoïde meurtrier et à évacuer le maximum de personnes si besoin. C'est à prendre ou à laisser.

— Attendez, attendez là, vous ne croyez tout de même pas que je vais avaler ça ? Répondit La'um, pas du tout convaincu.

— Écoutez La'um, je vous fais parvenir un rapport complet d'ici quelques minutes, vous verrez que je ne cherche pas à vous enfumer. Prenez le temps de le lire at rappelez-moi. Je ne ferai pas d'autre proposition. Je vous demande de bien réfléchir. Commandant, comprenez bien, sans ce danger imminent j'aurais déjà donné l'ordre de détruire le Kaga. Seulement voilà, j'ai besoin de votre vaisseau pour joindre sa puissance de feu à la mienne. Nous devons absolument détruire l'astéroïde avant qu'il ne touche Nibirou. Si nous n'y arrivons pas, la planète entière subira le contrecoup de l'impact et elle risque même d'être complètement détruite. Nous y perdrions tout ce pour quoi nous avons tant luté depuis des milliers d'années. Et même dans cette dernière extrémité j'aurais quand même besoin du Kaga pour sauver un maximum d'habitants. Donc je le répète une dernière fois, votre amnistie contre votre aide. Je vous envoie le dossier. Namrod, terminé.

Lubau regardait Namrod avec admiration. Comment pouvait-il réussir à négocier de cette façon, malgré la haine qu'il devait ressentir envers le Commandant du Kaga ? Comment pouvait-il négocier aussi tranquillement, après tout ce qui venait d'arriver depuis le coup d'État lancé par Enlil ?

Namrod se tourna vers Lubau.

— Commandant, pouvez-vous accéder à votre dossier personnel depuis votre console pour récupérer le dossier de l'astéroïde et l'envoyer au Kaga en crypté ?

— Je pense que oui, Commandeur.

— Bien, faites ça tout de suite, il faut battre le métal tant qu'il est chaud. Ne laissons pas à La'um le temps de réfléchir.

— Tout de suite, Seigneur.

A Tal-Markhan, les coups de feu venaient d'éclater dans la direction de la salle du trône. La section des éclaireurs venait sans doute d'être découverte. Amar-Outou donna l'ordre d'accélérer le pas pour se porter à son secours. Comme le craignait le lieutenant dans son dernier message, la lumière avait été rallumée dans la grande salle qui précédait celle du trône et ses commandos ne pouvaient plus rester cachés au regard des rebelles. Il y avait des échanges nourris qui laissaient imaginer un grand nombre de tireurs. Kalran et le prince s'étaient arrêtés pour reprendre leur souffle et laisser le temps aux équipes de s'organiser pour l'attaque finale.

— J'espère qu'avec tout ce raffut, Enlil ne se décidera pas à quitter le palais, dit le prince.

— J'en serais étonné, répondit le sénateur, il est si près du but, que rien ne pourra plus le faire reculer.

— Tant mieux, nous l'avons sous la main. L'heure de vérité va bientôt venir. Je ne laisserai pas la mort de mon père invengée.

— Je le comprends bien, mais faites attention à vous Seigneur, tout ça n'aurait servi à rien si vous veniez à disparaitre. Enlil pourrait régner alors sans opposition.

— C'est vrai, je dois être prudent, mais pas attentiste. Mon père a sans doute fait beaucoup d'erreurs, mais tout au long de sa longue vie, il a réalisé quantité de choses biens, ici comme ailleurs. Ceux qui ne lui reconnaissent pas ces réussites ne sont que des ingrats.

Les soldats du prince étaient manifestement des gens efficaces et très disciplinés. L'ordre fut donné d'attaquer. Toutes les sections montèrent de front par bonds successifs en file indienne, celles sur les côtés légèrement en avant, car les plus protégées des tirs de face. Il était temps d'arriver, des renforts de rebelles se positionnaient eux aussi en sortant de la salle du trône. Le soldat qui avait tiré sur Marquesh un peu plus tôt lança une autre fusée à ogive à fragmentation en direction de la salle du Trône. Elle causa un vrai ravage dans les rangs serrés des rebelles. Mais pour tirer, gêné par un obstacle, il avait dû se mettre debout. Son geste n'était pas passé inaperçu et un tir direct le faucha aussitôt. Les rebelles paraissaient plus nombreux, mais les soldats du prince avaient l'avantage d'un meilleur armement.

Le prince, amoureux des choses militaires, s'était doté depuis longtemps de troupes d'élite particulièrement bien armées et entrainées. Manifestement, elles faisaient merveille au combat. Malgré l'afflux des combattants d'Enlil, elles continuaient d'avancer et venaient déjà de rejoindre la section de reconnaissance. Baal-Nash avait fait tout ce qui était en son pouvoir pour dissuader Enlil d'aller au front. Mais ce dernier avait trop de bons souvenirs de l'époque où, sous le règne de son père, le grand roi An, il avait eu la gestion de la Terre.

Bien avant le déluge, il avait eu la tâche ardue de ramener l'ordre sur la planète après les grandes batailles des guerres de Ki. À cette époque, les Seigneurs Anunnaki, avides de pouvoir, avaient voulu se partager la planète en plusieurs grands territoires. La chose avait créé d'incroyables jalousies qui avaient dégénéré en batailles sanglantes entre armées humaines appartenant à chaque Seigneur. Plus tard, la guerre des hommes s'était transformée en gigantesques combats entre les seigneurs eux-mêmes, mais cette fois avec des armes extrêmement puissantes et dévastatrices dont certaines parties de la Terre montrent encore les traces inexplicables pour ceux qui n'ont pas gardé la mémoire de ces temps troublés.

Amar-Outou et Kalran avaient progressé assez vite en suivant la troupe. Ils venaient de se mettre à l'abri des tirs derrière du mobilier renversé.

— C'est de la folie ! Tout ça pour un trône, dit Kalran avec une touche d'écœurement dans la voix.

— Je suis d'accord Sénateur, mais il en a toujours été ainsi, non ? La soif de pouvoir corrompt tout et conduit à tous les excès. Devons-nous laisser le trône à un assassin ? répondit le prince sans se retourner, le regard toujours tourné vers la zone la plus chaude des accrochages.

— Non, bien sûr que non, dit Kalran en se retournant, dos contre l'abri.

— Bon, vous êtes prêt ? On va y aller. Maintenant, venez ! s'écria le prince en se relevant pour repartir à l'assaut derrière ses soldats.

Kalran allait se relever lui aussi pour le suivre, mais son regard fut subitement attiré par un mouvement suspect dans les décombres. Il eut à peine le temps d'identifier un pistolet qui se relevait en direction du fils d'Enki. Sans réfléchir, il se jeta sur le prince dans une détente désespérée pour le pousser à terre, en criant :

— Amar ! Attention !

Il n'eut pas le temps d'en dire plus, un coup de feu éclata et Kalran sentit une douleur brulante lui traverser le dos, avant de s'effondrer au sol. Le prince se retourna aussi vite qu'il pouvait, se jeta à terre, identifia rapidement le rebelle blessé qui venait de faire feu et tira. Il jeta aussitôt son pistolet à terre et s'agenouilla près de Kalran. Le sénateur avait un filet de sang qui coulait de sa bouche, mais il était encore conscient.

— Pourquoi avoir fait ça, Kalran, pourquoi m'avoir sauvé ?

— Je …pas le choix… je suis un …soldat, répondit Kalran avec difficulté, presque en s'étouffant.

Il toussa plusieurs fois un crachant un peu du sang qui coulait entre ses lèvres. Son visage était crispé sous la douleur qui envahissait son dos et ses poumons. Il ferma les yeux et se sentit partir.

— Kalran, Kalran, restez avec moi, un infirmier va venir, il va s'occuper de vous, il faut rester éveillé, parlez-moi, Kalran, parlez-moi, restez avec moi ! Kalran !!

— Trop tard… Amar…

— Non non non, vous êtes un soldat, vous devez vous battre, Kalran !

Le Sénateur ouvrit les yeux. Il regarda Amar-Outou comme si c'était un adieu. Son regard fut soudain attiré sur son côté gauche. Il tourna la tête et son visage se détendit. Ses yeux s'humectèrent de fines larmes.

— Kalran, restez avec moi.

Kalran regarda le prince avec un sourire esquissé, il toussa fortement.

— Elle est là, elle est ...venue pour moi.

— Qui ça ? Qui est là Kalran ? Qui est venue ?

— Ma Héléna, elle est venue... me...cher...cher, réussit à dire le blessé dans un dernier soupir en tournant une nouvelle fois la tête vers le vide.

— Kalran ! Kalran !

C'en était fini. Amar-Outou regarda autour de lui. Il ne vit rien d'autre que des gravats et des corps dans la poussière. Les détonations emplissaient la grande salle. Une immense colère monta en lui. Il attrapa son pistolet, se releva en criant de rage puis il se précipita dans la bataille.

22

La sirène d'alarme résonnait sans tout le vaisseau depuis quelques minutes. Le commandant Uselli arriva tranquillement sur la passerelle du Rutilant. Amourri était déjà en train de préparer la sortie du saut. Jusque-là, tout s'était bien passé.

— Bonjour, Commandant, dit Amourri.

— Bonjour Capitaine, quels statuts ?

— Aucun problème technique, Commandant, le Rutilant fonctionne à merveille. Tous les paramètres sont conformes, nous allons sortir du saut dans moins d'une minute maintenant.

— À quelle distance de Ki la Terre sortirons-nous ?

— J'ai vérifié les calculs, juste avant votre arrivée, nous devrions être comme prévu à environ cinq cent mille kilomètres de la planète, Anna la Lune devrait être droit devant à un peu plus de deux cent mille kilomètres.

— Excellent, dès que nous serons sortis du saut, amenez-nous en orbite basse sur la face cachée au-dessus d'Anctabir, je voudrais avoir un aperçu de l'état de notre ancienne base de surface.

— Est-ce que j'envoie une navette sur place pour que nos ingénieurs vérifient l'état de fonctionnement ?

— Non, Capitaine, une reconnaissance et un sondage me suffiront pour l'instant. Par contre, préparer une expédition pour vérifier l'entrée de nos anciennes mines. Si nous en avons besoin, je veux savoir si nous pourrons y cacher le Rutilant sans prendre le risque de provoquer des effondrements.

— Bien Commandant, je m'en occupe tout de suite.

— Capitaine !

— Oui Commandant ?

— Dès que nous serons en orbite basse, établissez une liaison avec Dag-Aras, j'ai besoin d'avoir une liaison sécurisée avec le Commandeur Namrod.

— Oui Commandant.

Uselli s'installa sur son fauteuil au poste de commandement. Sans empressement, il alluma ses consoles et rentra ses codes secrets. Il lança une analyse automatique des systèmes d'armes. Assez vite, tous les statuts s'affichèrent en vert, tout fonctionnait normalement. Il se recula pour s'adosser confortablement et dirigea son regard vers l'écran géant de la passerelle face à lui pour regarder le fabuleux ballet coloré que provoquait les distorsions du champ d'énergie autour du vaisseau. L'alarme changea de ton. C'était le signal de sortie du saut. D'un seul coup, les traits de lumière disparurent sur l'écran géant pour laisser la place au noir profond de l'espace sur lequel se détachaient maintenant deux boules encore loin devant. La plus proche était Anna, comme l'avait prévu Amourri. Bien plus loin apparaissait Ki la Terre, une magnifique petite boule d'une superbe couleur bleue zébrée de taches blanches. Uselli s'amusa à jouer sur le grandissement de l'image pour zoomer sur Ki. L'effet était saisissant. Les caméras longue distance fonctionnaient parfaitement bien et le rendu était tout simplement extraordinaire. La seule chose que le commandant Uselli ne pouvez pas imaginer, c'était que le Rutilant n'était pas passé inaperçu.

Sur la base aérienne de Peterson dans le Colorado, le centre de détection spatiale de la *21st Space Wing* entrait en effervescence, les opérateurs radar venaient de capter un signal d'une présence insolite dans l'espace.

— Capitaine Spencer, venez voir.

L'officier se déplaça vers le Caporal qui venait de l'appeler. Il se pencha sur les écrans du sous-officier pour mieux voir.

— Qu'est-ce qu'il y a Bill ?

— Regardez ça, Capitaine, ça vient de sortir de nulle part.

— C'est quoi, d'après vous ?

— Aucune idée, mais c'est sacrément grand.

— Grand ? OK, mais grand comment ?

Le sous-officier sélectionna la trace inconnue puis manipula quelques commandes pour passer en télémesures plus précises.

— Incroyable, l'objet fait plus d'un kilomètre de long sur au moins deux cents mètres de large.

— Un kilomètre ? Vous êtes sûr ?

— Oui Capitaine, un kilomètre, peut-être même un peu plus..

— Et qu'est-ce qu'il fait ?

— Il se rapproche assez vite.

— Vers nous.

— Non, Monsieur, on dirait qu'il va vers la lune.

— Bon, il vaut mieux qu'il s'écrase là-bas qu'ici.

— C'est-à-dire qu'il ne va pas s'écraser, il ralentit.

— Il ralentit ? Comment ça il ralentit ?

— Oui Monsieur, il ralentit. Dans moins de dix minutes, il sera sur la lune.

— Bon sang. Surtout, ne le perdez pas.

Le capitaine Spencer regagna rapidement son bureau et se saisit de son téléphone d'urgence. Une voie répondit.

— Bureau du lieutenant général Barnes j'écoute.

— C'est le Capitaine Spencer au contrôle radar, on a une urgence maximale, passez-moi le lieutenant général.

— Tout de suite Capitaine, ne raccrochez pas.

— Barnes, j'écoute.

— Désolé de vous déranger Général, c'est le Capitaine Spencer. Je suis de permanence au contrôle spatial. Nous venons d'avoir un contact alien en approche.

— Peut-être un autre astéroïde comme celui d'hier.

— Non, Général, l'objet fait un kilomètre de long, il va en direction de la lune et il ralentit.

— Comment se fait-il que vous ne m'appeliez que maintenant ?

— Selon les propres mots de mon opérateur, l'objet est sorti de nulle part. Il sera sur la lune dans moins de 10 minutes, mon Général.

— Merci Capitaine, ne le perdez pas de vue. Rappelez-moi tout de suite si vous avez du nouveau.

— Oui Monsieur.

Le lieutenant général Barnes raccrocha puis décrocha aussitôt pour composer le standard.

— Oui mon général ?

— Passez-moi le Général Foster au Space Operations Command à Vanderberg AFB[43], c'est urgent.

— Tout de suite Monsieur.

---

[43] Space Operations Command West, Vandenberg Air Force Base, Californie

Barnes se gratta le dessus de la tête en attendant que la communication soit établie.

— Barnes ? C'est Foster, qu'est-ce qui vous arrive ?

— Bonjour Général, je viens d'être prévenu à l'instant, nos contrôleurs ont détecté la présence d'un UFO[44] gigantesque en approche de la Lune.

— En approche ?

— Oui général, l'objet ralentit. Il est énorme, un kilomètre de long selon mes informations.

— Un kilomètre, bon, c'est déjà moins que celui de Phoenix il y a quelques jours. C'est une autre aile volante ?

— Je ne sais pas Général. Je vais voir si on peut rediriger un satellite pour le filmer ou le prendre en photo.

— Ok Barnes, faites ça oui. Pour l'instant ce n'est pas la peine de s'alarmer. Appelez-moi directement sur mon portable si vous avez du nouveau. Si vous avez des photos, envoyez-moi les copies aussitôt. S'il n'y a rien de plus, on refait le point dans dix minutes lorsque l'objet sera près de la lune.

— Très bien général, je vous rappelle d'ici dix minutes.

Sur le Rutilant, tout le monde se tenait prêt pour la mise en orbite. Amourri interpella subitement son supérieur.

— Commandant, on a un problème.

— De quoi s'agit-il ?

— C'est Anctabir, les senseurs ont trouvé des sources d'énergie actives sur la station.

— Des sources d'énergie actives ? Tiens donc, comment cela est-il possible ? Il y a au moins deux mille ans que nous ne sommes plus revenus sur Anna la Lune.

— C'est ça, la question est donc qui les a mises en marche ?

— Est-ce qu'on peut avoir un scan de l'intérieur de la station ?

---

[44] Équivalent du terme OVNI en anglais

— Non, Commandant, pas encore répondit Amourri après avoir interrogé sa console, on est encore un peu trop loin mais par contre on peut avoir sur écran une image d'Anctabir assez précise.

— Très bien, mettez-nous ça sur écran.

Amourri s'activa sur différentes commandes, assez vite l'écran géant s'éclaira d'une zone de la surface lunaire illuminée par le soleil. On y voyait les ruines de l'ancienne base spatiale Nibirienne. Un détail attira l'attention du Capitaine. Certaines constructions semblaient plus récentes. Il le signala à Uselli qui lui demanda de grossir. Tous les deux regardaient maintenant avec une attention soutenue les images des caméras longue distance.

— Alors ? demanda Uselli, vous en pensez quoi Capitaine ?

— Ces constructions ne sont pas de chez nous, c'est très curieux, dit-il.

— Je le pense aussi, répondit Uselli en prenant les commandes et en continuant à manipuler les caméras pour faire glisser le zoom sur plusieurs parties de la station jusqu'à s'arrêter en s'exclamant :

— Bon sang, vous voyez ça, Capitaine ?

— Oui Commandant, incroyable, c'est un vaisseau, trop petit pour être des nôtres.

Uselli s'accouda sur le bras gauche, la main refermée devant la bouche, mais sans quitter l'écran des yeux. Il réfléchissait à toutes les conséquences de cette découverte.

— Capitaine, je pense que nous avons devant les yeux une partie de la technologie humaine. Ils ont découvert Anctabir et sont venus s'y installer. Il faut identifier ce que c'est et voir s'ils utilisent un moyen de communication avec la planète. Il faut brouiller leurs communications, voire même détruire le relais ou le satellite qui leur servirait de liaison.

— Pourquoi ne pas les détruire eux, ce serait plus simple, nos canons n'en feront qu'une bouchée, d'autant qu'Anctabir ne nous sert plus à rien maintenant.

— Non, Capitaine, nos consignes sont claires, pas d'engagement de combat avec les terriens, sauf en cas d'attaque de leur part. Par contre, ne les laissons pas communiquer. Trouvons quel est leur moyen de liaison et détruisons-le tout de suite. Faites décoller une escadrille et donnez l'ordre de détruire tous les satellites autour d'Anna, ne perdons pas de temps.

Amourri marqua un moment d'hésitation, si les ordres étaient de ne pas attaquer, sans aucun doute, détruire les équipements des terriens y contreviendrait. Il décida d'en parler.

— Si nous faisons ça, Commandant, ne serait-ce pas la meilleure façon de montrer que nous avons des intentions agressives ?

Uselli regarda son second droit dans les yeux, mais il n'y avait pas dans son regard de reproche.

— C'est vrai, vous avez certainement raison. Seulement voilà, on ne peut pas leur montrer où se trouve l'entrée secrète de la partie intérieure d'Anna, dit le commandant.

— Laissons-le Rutilant immobile au-dessus d'Anctabir, ça va les occuper un bon moment. Pendant ce temps, envoyons simplement une navette en reconnaissance pour vérifier si l'entrée est toujours fonctionnelle, répondit Amourri.

— Très bien, faisons comme vous dites, mais je veux deux escadrilles en vol, une pour la protection rapprochée du vaisseau et une autre en patrouille à mi-distance entre Anna et la planète. Ne nous laissons pas surprendre par leur capacité de défense.

— Bien Commandant, je m'en occupe immédiatement.

Uselli se leva et fit un tour des différents postes sur lesquels travaillaient des techniciens et des officiers très spécialisés. Il s'arrêta près de l'officier chargé des liaisons longue distance.

— Lieutenant, donnez-moi une fréquence sécurisée avec Dag-Aras, et passez-moi le Commandeur Namrod.

— Bien, Commandant, tout de suite.

Uselli retourna à son fauteuil. Un instant plus tard, le lieutenant bascula sur sa console la communication demandée.

— Bonjour Commandeur.

— Bonjour Commandant, comment se passe la mission ?

— Nous venons d'arriver sur Anctabir. La station est occupée, sans doute par des terriens. Nous avons envoyé une navette pour vérifier nos anciennes installations minières. Nous allons pouvoir commencer l'évaluation de la planète.

— Les choses ont changé, Commandant, Je vais avoir besoin impérativement de votre vaisseau. Un astéroïde gigantesque va s'écraser sur Nibirou. Nous devons évacuer un maximum de personne. Donc changement de programme. Faites-moi seulement une reconnaissance aérienne la plus rapide possible. Je veux la cartographie de la planète et un état des installations énergétiques et militaires des terriens. Dès que vous aurez ces informations, revenez aussitôt sur Nibirou. Nous devons constituer une flotte de combat pour détruire ce qu'on pourra de l'astéroïde. Pendant le voyage, faites aménager le Rutilant pour permettre d'y accueillir le plus de gens possible et aussi les réserves d'eau et de nourriture nécessaire pour une évacuation sur Ki.

— Vous voulez quitter Nibirou Commandeur ?

— Nous n'aurons peut-être pas le choix. Mettez-vous tout de suite sur ce travail, allez à l'essentiel et revenez à vitesse maximale.

— Bien reçu Commandeur, à vos ordres.

— Très bien, Namrod, terminé.

Amourri revenait vers Uselli après avoir lancé ses opérations. Le commandant se leva de son poste et demanda au Capitaine de le suivre sans trop donner d'explications. Ils prirent l'ascenseur qui conduisait au niveau des appartements du Commandant. Une fois arrivés, Uselli invita le capitaine à s'assoir confortablement. Avant de s'installer lui-même, Uselli se dirigea vers un minibar.

— Voulez-vous boire quelque chose ?

— Eh bien, ça dépend ce que vous voudrez proposer, Commandant.

— Je ne suis pas très riche vous savez, nous sommes partis si vite de Nibirou, que je n'ai même pas eu le temps de me préoccuper de l'intendance de mon frigo, répondit Uselli en éclatant de rire. Alors voyons, il y a de la bière ou de l'alcool de prune agrémenté de jus de fruits. Avec de la glace, c'est très vivifiant.

— C'est une bonne idée, je vais prendre ça.

— Vous ne le regretterez pas. C'est vraiment très bon. J'ai aussi quelques petites galettes de gâteaux secs si ça vous dit.

— Avec plaisir, merci.

Uselli eut assez vite fait de porter sur la table basse qui siégeait au centre de quatre fauteuils très agréables. Il posa sur la table le plateau dans lequel il avait disposé les deux verres remplis et de petites assiettes chargées de gâteaux secs.

— Il nous faut changer nos plans Capitaine, Namrod m'a informé que Nibirou va être heurtée pas un gros astéroïde. Il veut qu'on rentre au plus tôt. Nous allons devoir utiliser toutes nos sondes et toutes nos navettes pour faire un travail le plus rapidement possible sur les centrales d'énergie, les bases militaires et les centres urbains. Il nous faut aussi une cartographie très détaillée. D'un autre côté, dans combien de temps pensez-vous avoir un retour sur l'entrée des mines ?

— D'ici une petite heure normalement. C'est un travail délicat, il ne faut pas seulement vérifier la porte, mais aussi la structure interne.

— Bien sûr. J'espère que tout sera fonctionnel. Nos anciennes installations métalliques feront un formidable écran aux sondages radar profonds, mais aussi aux sondes gravitationnelles. Elles masqueront le Rutilant si nous avons besoin de le cacher, dit Uselli.

— Nos sondes peuvent passer complètement inaperçues sur Terre, il suffira de les placer dans les zones où il fera nuit. Par contre nos navettes sont de tailles imposantes, même la nuit elles sont détectables. Si les humains ont pu s'installer sur Anctabir, il est possible qu'ils y aient trouvé des technologies que nous y avons laissées et qu'ils auront probablement utilisées pour leurs propres technologies. Du coup il se pourrait que nos navettes soient des cibles atteignables. Je ne pense pas qu'il soit prudent qu'on utilise nos navettes tout de suite. Je pense, Commandant, qu'il serait plus sécurisant de tester les défenses de la planète avec nos chasseurs. Ils seront plus rapides et plus agiles en cas de présence d'intercepteurs si les humains en disposent.

— Je suis assez de votre avis, mais nous devons faire vite. Le Commandeur Namrod semblait très inquiet. Il a parlé d'évacuation de Nibirou. Je ne vois pas comment nous pourrons faire. Même si le Rutilant est gigantesque, il ne pourra accueillir que peu de monde, dit Uselli après avoir pris une grande gorgée.

Les deux Anunnaki continuèrent à élaborer une stratégie tout en finissant les gâteaux secs et leur verre. Ils en étaient presque à la fin lorsque le communicateur de Uselli se mit à vibrer.

— Uselli, j'écoute.

— Commandant, vous devriez venir à la passerelle, il y a du nouveau.

— Quoi donc ?

— Le vaisseau humain s'en va.

— J'arrive.

Uselli et Amourri quittèrent les appartements du commandant à la course. Il ne leur fallut pas beaucoup de temps pour arriver sur la passerelle de commandement. Les caméras du Rutilant suivaient la trajectoire de l'astronef terrien dont l'image était retranscrite sur l'écran géant. Il suivait une trajectoire à faible altitude.

— Amourri, faites un scan de ce vaisseau, je veux savoir s'il y a des passagers, combien et si le vaisseau est armé.

Le Capitaine se précipita sur ses consoles. Uselli l'avait suivi jusqu'à son siège et regardait maintenant par-dessus l'épaule de son second les différents écrans d'analyse qui se succédaient. Le capitaine se retourna vers Uselli.

— Commandant, il y a quatre signatures caractéristiques, sans doute quatre humains. Le vaisseau ne semble pas armé.

— Ne le laissons pas filer. Brouillez ses communications. Est-ce qu'on peut mettre ses moteurs en panne ?

— La conception à l'air assez primitive, je pense qu'un tir au canon ionique devrait surcharger ses systèmes. Une des navettes pourra ensuite le prendre en remorque.

— Très bien, il nous le faut, à vous de jouer. Lancer aussi les sondes, ne perdons pas de temps.

Tout alla très vite, l'escadrille qui était en protection du croiseur prit le fugitif en chasse. Ce fut relativement facile, les vimnas étaient nettement plus rapides. Le chef d'escadrille ajusta son tir et fit feu. Toute la partie arrière du vaisseau terrien fut entourée d'éclairs de lumière bleue électrostatique et l'engin s'immobilisa. Une navette Nibirienne s'arrima sur le dessus de l'engin et le ramena rapidement dans un des docks. Elle déposa délicatement son chargement sur la plateforme puis se détacha et se posa un peu plus loin. Plusieurs dizaines de soldats se positionnèrent tout autour de l'astronef des terriens. Une délégation de quatre Anunnaki s'avança vers le vaisseau. Ils s'arrêtèrent alignés face à lui. Chacun prit la parole à son tour et s'adressa aux passagers. Le sumérien n'eut pas beaucoup de succès, pas plus que le Babylonien ou la langue sémitique communément parlée dans tout le bassin du croissant fertile quelque deux mille ans plus tôt. Les quatre Anunnaki se concertèrent et le dernier prit la parole en grec. Cette langue était parlée dans la même région orientale depuis l'âge du bronze.

— Nous ne vous voulons pas de mal. Sortez de votre char. Nous avons des choses à vous dire.

L'Anunnaki répéta plusieurs fois son message et y associant des mouvements de bras suffisamment expressifs, puis il se tut et plus rien ne se passa pendant au moins deux minutes. Soudain, une porte s'ouvrit sur le côté gauche de l'appareil. Timidement, le premier passager sortit et s'avança de quelques pas. Il était vêtu d'une combinaison spatiale lourde et très rigide. Les autres passagers restaient bien à l'abri à l'intérieur. L'Anunnaki reprit la Parole :

— Vous pouvez sortir votre casque, nous respirons le même air, dit-il en accompagnant une fois de plus sa phrase d'une gestuelle explicite.

L'homme hésita, se tourna vers ses camarades restés dans l'appareil puis entreprit de retirer son casque comme on le lui demandait. Un moment, il retint sa respiration puis finit pas tenter une inspiration, prêt à remettre son casque. À sa grande surprise, l'air était frais. Il avait une drôle d'odeur, mais il était parfaitement respirable. Il jeta un regard inquiet autour de lui. Comme il ne décela aucun danger immédiat, il appela ses camarades à le rejoindre. Lorsqu'ils furent tous réunis, ils purent eux aussi enlever leur casque. Le colonel Jackson qui pilotait le vaisseau avait dans sa jeunesse fait des études de langues anciennes. Si le grec antique ne lui était pas coutumier, il en comprenait quelques mots. Il murmura quelque chose à ses équipiers puis s'avança vers les quatre Anunnaki qui n'avaient pas bougé d'un millimètre. Manifestement, la haute taille des trois à quatre mètres des extraterrestres qu'il avait devant lui l'impressionnait. Il s'arrêta à environ cinq mètres devant eux. En cherchant ses mots, il tenta de communiquer.

— Je suis le colonel David Jackson de la Force Spatiale des Etats-Unis d'Amérique, nous venons de la terre, et vous ?

— Je suis Oudoul-Kalma, nous venons de Nibirou, répondit celui qui parlait le grec antique.

— Je ne connais pas, c'est un astre ?

— Oui, comme votre terre.

— Comment savez-vous parler le grec ?

— Nous étions sur la Terre il y a très longtemps.

— Que voulez-vous ? demanda Jackson toujours inquiet.

— Vous connaître, partager.

— Partager quoi ? dit le colonel d'un seul coup moins réservé.

— Partager la vie.

— Je ne comprends pas.

— Vous connaitre, partager la Terre.

— Vous voulez vivre sur la Terre ? C'est ça ?

— Oui et non, ça va dépendre de vous. Nous venons en paix.

— Pourquoi avoir endommagé notre vaisseau alors ?

— Pas le choix, mais nous le réparerons. Nous aurions pu vous détruire, nous ne l'avons pas fait. Vous devriez comprendre. Nous venons en paix pour apprendre comment vous avez grandi depuis que nous sommes partis.

— Vous avez vécu avec mes ancêtres.

— Oui, et même avant eux.

— Avant beaucoup ?

— Oui, beaucoup.

Jackson écarquilla les yeux. Se pouvait-il que tout cela soit vrai.

— Que voulez-vous de nous ?

— Entraide.

— Pourquoi ? Vous êtes plus puissants avec votre science ?

— Pour éviter la guerre

— La guerre avec nous ?

— Peut-être

— Vous voulez nous envahir ?

— Nous ne souhaitons pas, mais c'est possible, votre monde était à nous avant que vos ancêtres existent. C'est aussi notre monde.

— Nos gouvernements ne vous laisseront jamais faire.

— Alors ce sera la guerre.

— Nous sommes donc prisonniers ?

— Non, vous êtes invités, il ne vous sera pas fait de mal, mais nous avons besoin de votre mémoire.

— Comment cela, pourquoi notre mémoire ?

— Nous l'avons dit, pour éviter la guerre.

— Et si nous refusons ?

— Alors nous pratiquerons d'une autre façon sans votre accord. Il y a trop en jeu. Vous ne pouvez pas imaginer. Nous allons bientôt partir, le temps nous presse. Répondez à nos demandes et nous partagerons avec vous nos connaissances.

— Vous allez nous libérer ?

— Vous n'êtes pas prisonniers, vous pourrez partir lorsque nous-mêmes nous partirons.

— Sains et saufs ?

— Oui si vous répondez à notre proposition. Sinon nous effacerons de votre mémoire ce que vous aurez vu ici.

Le colonel Jackson retourna vers ses équipiers et il y eut pas mal de palabres. Au bout d'un moment, il revint vers les quatre Anunnaki qui n'avaient toujours pas bougé.

— C'est d'accord.

— Très bien. Nous n'en avons pas pour très longtemps, environ deux heures. Les autres humains peuvent rester ici et nous guider pour le dépannage s'ils le veulent. Allez leur dire, ensuite revenez vers nous.

Après avoir fait signe à des techniciens qui attendaient derrière le rang des soldats en arme, Oudoul-Kalma demanda à Jackson de le suivre. Il le conduisit à travers une multitude de coursives et quelques ascenseurs jusqu'à une salle toute blanche équipée de quantité d'appareillages sophistiqués. Le colonel eut quelques appréhensions, car le lieu lui rappelait les salles d'opération des hôpitaux militaires. Le grand Anunnaki devina son trouble et le rassura en lui expliquant tant bien que mal le but de la visite en ce lieu. Jackson fut installé sur un fauteuil fait d'une matière souple et agréable qui s'ajusta parfaitement à son corps, lui donnant l'impression de flotter. On lui mit un casque qui englobait pratiquement toute sa tête.

La lumière de la salle s'estompa progressivement et trois femmes Anunnaki commencèrent à travailler sur leur console. Sur les écrans, une grande quantité d'images ou ce qui ressemblait à des films défilaient à grande vitesse. Jackson ne pouvait pas le voir, mais en fait, les Anunnaki étaient en train de sonder toute sa mémoire. L'appareillage scannait et stockait tout ce que son cerveau avait enregistré depuis l'époque lointaine de sa naissance. Comme Oudoul-Kalma l'avait annoncé, le sondage mémoriel avait duré presque deux heures. Lorsqu'on lui ôta son casque, Jackson ressentit un léger mal de crâne qui disparut très vite. On le ramena alors jusqu'au dock où l'attendaient, avec un peu d'anxiété, ses camarades.

Lorsque Jackson expliqua rapidement son expérience, les autres lui racontèrent avec enthousiasme comment les extraterrestres géants avaient réussi à remettre en état le fonctionnement de leur astronef. Jackson voulut vérifier lui-même et resta émerveillé de constater cette prouesse. Lorsque Oudoul-Kalma vint le rejoindre, il le remercia.

— Merci pour la réparation Monsieur.

— Monsieur ?

— Oui, c'est une marque de respect.

— Ha ! Nous tenons nos promesses, c'est normal.

— Donc nous pouvons partir ?

— Oui, manœuvrez doucement en sortant, mais vous pouvez retourner sur la planète.

— Vous reviendrez ? demanda Jackson.

— Oui, sans doute.

— Ça n'engage que moi, mais j'espère vous revoir. J'ai une infinité de questions à vous poser.

— Nous verrons, vous portez maintenant en vous quelque chose qui nous permettra de vous retrouver, quel que soit l'endroit où vous serez sur la planète. Bon retour.

Le colonel remit son casque, fit un signe d'au revoir de la main avant de réintégrer son appareil. Un instant plus tard, les moteurs furent allumés, l'engin s'éleva délicatement, pivota, puis sortit du dock. Lorsqu'il accéléra pour se diriger vers la Terre, deux vimnas vinrent se positionner un de chaque côté et l'escortèrent presque jusqu'à la rentrée dans les couches denses de l'atmosphère, après quoi ils firent demi-tour à grande vitesse.

Entretemps, les sondes avaient survolé et scanné les bases militaires les plus importantes, les centrales nucléaires, les plus grandes villes, les stations de télécommunications, les pas de tir de fusées, les escadres en mer et aussi la plupart des sites ultra-secrets des différentes nations terrestres. Malgré les alarmes qui avaient retenti un peu partout, aucune des sondes ne put être abattue par des tirs de protection des défenses au sol ou des avions de combat qui les avaient un temps, prise en chasse. La dernière navette, dont la mission de cartographie de la Terre venait de se terminer, arrivait en approche du dock principal. Depuis son fauteuil de la salle de commandement, Uselli regardait la navette en train de se poser. Oudoul-Kalma pénétra à ce moment-là sur la passerelle.

— Ah, Docteur ! Avez-vous réussi à récupérer dans la mémoire du terrien assez d'informations sur l'organisation des humains et de leur structure militaire ?

— Oui Commandant. L'homme s'est montré très collaboratif. C'est un humain intéressant.

— Avez-vous assez d'informations pour analyser le langage qu'il utilisait avec ses équipiers ?

— Oui, j'ai déjà lancé une intelligence artificielle sur ce travail. Nous devrions avoir très vite un support finalisé pour apprendre cette langue. On en aura besoin si on revient.

Uselli approuva avec un hochement de tête.

— Vous l'avez marqué ?

— Bien sûr, sa balise nous permettra de le retrouver quand on voudra. Nous lui avons aussi implanté une sonde miniaturisée qui devrait passer inaperçue aux examens qu'il pourrait subir plus tard. Depuis une orbite basse ou depuis une navette, nous pourrons récupérer d'autres informations, si on le veut.

— Vous lui avez dit ?

— Non, il est des vérités qu'il vaut mieux ignorer pour vivre tranquille.

— Très bien, merci Docteur, bien joué.

Oudoul-Kalma salua et quitta la passerelle. Uselli se tourna vers Amourri qui attendait tranquillement que le commandant l'interpelle.

— Capitaine, la route est-elle programmée ?

— Oui Commandant, le Rutilant est à vos ordres.

— Très bien ! Alors droit devant à vitesse maximale !

Amourri sourit en se tournant vers ses consoles. Il activa le saut et le Rutilant disparut, comme absorbé par le vide de l'espace. Ce que son équipage ne pouvait pas savoir c'est qu'un immense vaisseau noir en forme de boomerang venait également de s'activer pour le suivre à la trace.

23

Namrod allait quitter la passerelle, avec Sidouri, pour aller se reposer un peu. Elle avait passé son bras gauche sous son épaule droite et avait posé délicatement sa main sur la hanche gauche de son mari. Depuis l'assaut de la salle de commandement, il avait travaillé sans relâche malgré la douleur à son épaule pour guider les soldats de la station, qui lui étaient restés fidèles, dans leurs tentatives de reprendre le contrôle de toutes les sections de Dag-Aras. La porte de la passerelle avait été rapidement remise en état pour s'ouvrir et se fermer malgré les forts dégâts provoqués par les charges explosives. Au moment où ils allaient franchir le pas de la porte, un des officiers interpella le commandeur.

— Seigneur Namrod, vous avez un appel du Commandant La'um.

Namrod regarda sa femme avec un regard las et désabusé. Elle lui adressa sans rien dire un regard compatissant puis un sourire d'assentiment. Namrod se retourna et regarda la salle. Il vit Amourri qui se précipitait pour prendre la communication.

— Commandant ! Laissez tomber, c'est bon, je vais le prendre, dit Namrod.

Lubau s'immobilisa et acquiesça de la tête. Namrod accéléra le pas pour revenir à son fauteuil. Une fois installé, il s'avança dans une position offensive. Puis il fit signe de la main droite pour qu'on lui bascule la communication.

— Sur écran, Lieutenant.

— Oui, Seigneur.

L'image du pont de commandement du Kaga apparut presque aussitôt. Le commandant La'um était cadré en gros plan, il occupait presque tout le champ visuel.

— Namrod, je vous écoute, Commandant, avez-vous pris une décision ?

— Oui Commandeur. Quelles que soient les différences qui nous séparent, je ne ferai jamais passer mon propre intérêt avant celui de Nibirou et de son peuple. J'ai étudié en détail les éléments qui m'ont été transmis. Tout concorde en effet pour annoncer une catastrophe planétaire.

— Très bien, est-ce qu'on peut compter sur vous pour oublier nos querelles et anéantir le danger meurtrier qui fonce droit sur nous.

— Oui Commandeur, Le Kaga participera à ce combat pour sauver la planète.

— Je n'en attendais pas moi d'un vrai militaire, que vous êtes. Je fais un dernier point avec mes ingénieurs spécialistes de ce problème et je vous fais envoyer aussitôt les dernières coordonnées et les propositions de mes conseillers scientifiques.

— Que souhaitez-vous que je fasse pour vous aider en attendant ?

— Avec la tournure des derniers événements, nous n'avons pas encore eu l'occasion d'envoyer de reconnaissance pour voir ce qu'on peut faire. Dès que vous aurez nos informations, faites un saut sur place pour mener une analyse du planétoïde. Il nous faut savoir comment il est structuré en surface et en profondeur pour choisir la technique le plus adaptée pour tenter de le détruire.

— C'est faisable, mon vaisseau dispose de toutes les technologies les plus abouties pour faire ce travail, mais trente-trois kilomètres, ce n'est pas une mince affaire. Le Kaga n'aura jamais une puissance de feu suffisante, même avec l'ensemble de la flotte, je ne crois pas qu'on en viendra à bout en si peu de temps.

— Nous essaierons.

— Au fait, où est passé le Rutilant, son armement nous serait bien utile.

— Il est en chemin, mais il lui faudra plusieurs jours pour arriver, nous n'avons pas le temps, il faut agir maintenant.

— Bon, on va voir ce qu'on peut faire avec ce gros caillou.

— Le temps que vous receviez nos paramètres, d'ici deux heures environ, je vous propose du personnel pour vous aider à reconfigurer le Kaga. Il devra être capable d'accueillir le maximum de population si on en vient à évacuer en urgence. Pouvez-vous envoyer vos transports de troupes pour les récupérer ?

— Bien sûr, dans combien de temps ?

— Disons 30 minutes.

— Très bien, je m'occupe d'organiser ça. Au fait, Commandeur, vous me voyez désolé de découvrir que vous êtes blessé.

— Merci, Namrod, terminé ! répondit Namrod qui n'avait pas du tout envie de s'éterniser sur la chose.

Namrod bascula en arrière en soufflant, pour se détendre, confortablement soutenu par le dossier matelassé de son fauteuil. Amourri vint à ses côtés. Il arborait un énorme sourire.

— Quelle négociation de Maître, Commandeur, s'exclama-t-il.

— La'um est un idiot, mais c'est tout de même un officier expérimenté. Le Kaga nous aurait terriblement manqué, Commandant, s'il ne nous avait pas rejoints.

— C'est certain, bon, je donne les ordres pour les équipes à transférer. Il me tarde déjà d'en apprendre plus sur cet énorme astéroïde.

— Moi aussi. Bon je vais aller me faire soigner cette épaule, elle recommence à me faire terriblement souffrir.

Sur ce, Namrod bascula en avant, se leva, tendit sa main droite à Sidouri pour qu'elle lui tende sa main gauche. Tous les deux se dirigèrent tout heureux vers la porte et s'arrêtèrent juste devant le temps qu'elle s'ouvre à nouveau. Elle n'était qu'à mi-course lorsque Namrod entendit encore une voix qui l'appelait dans son dos.

— Commandeur ! Commandeur attendez !

Namrod bascula la tête en arrière, bouche ouverte, les yeux fixés sur les taches noires de fumées sur le plafond. Il prit une profonde bouffée d'air en désespoir de cause, expira et se retourna en pensant que tout ça n'allait décidément jamais s'arrêter. Sidouri le regarda tristement revenir sur ses pas. Elle aussi commençait à souffrir de ces péripéties.

— Qu'est-ce qu'il y a ?

— Commandeur, c'est Tal-Markhan, mon Seigneur, un message urgent de l'aide de camp du Prince Amar-Outou.

Namrod fronça les sourcils en se tournant vers Lubau qui venait de le rejoindre. Il le regarda sans rien dire puis souleva les paupières en signe d'étonnement. Rapidement il se dirigea vers son fauteuil sur lequel il essaya de trouver une position aussi confortable que possible. Puis il fit à nouveau signe qu'on lui bascule la communication.

— Namrod, j'écoute.

— Commandeur, c'est Eliaskabir. Je viens vous donner, aussi vite que j'ai pu, des nouvelles de mon Seigneur Amar-Outou. Il y a eu de très violents combats au palais du roi. J'ai malheureusement de tristes nouvelles à vous annoncer.

— Dites.

— Il y a eu beaucoup de dégâts, beaucoup de morts et encore plus de blessés.

— Mais encore, allez au bout.

— C'est mon Seigneur, mon Prince, il a été gravement blessé pendant l'assaut du palais. Nous l'avons évacué sur notre station en urgence. Son diagnostic vital est mal engagé.

— Quelle triste nouvelle, j'espère que vos médecins pourront le sauver. Mais que faisait-il au palais ?

— Mon Prince a voulu participer à la bataille avec ses légions pour venger l'assassinat de son père. Il savait que le paria Enlil y était.

— Ah ! et alors ? Que s'est-il passé ?

— Les combats ont fait rage, mais il n'y aura sans doute pas de vainqueur, Enlil a été tué presque en même temps que mon Seigneur le prince.

— Vous êtes sûr de ce que vous avancez ?

— Oui Commandeur, j'ai peur qu'aucun des deux ne puisse jamais voir le succès de ses projets.

— Je suis bien triste pour votre prince, vous m'en voyez profondément ému. Donnez toutes mes condoléances à sa famille. Tenez-moi au courant de l'état de santé du prince. À plus tard donc.

— Seigneur Commandeur !

— Oui ?

— J'ai malheureusement une autre mauvaise nouvelle.

Namrod, qui commençait à s'attendre à tout maintenant, se tourna vers Amourri qui était tout aussi dubitatif.

— Quoi donc ?

— C'est le Conseiller Kalran.

— Et bien quoi, qu'est-ce qui est arrivé à mon ami Sénateur ?

— Il est mort, mon Seigneur.

— Mort ? Kalran mort ? Comment est-ce arrivé ?

— Il participait au raid sur Tal-Markhan avec mon Prince. Il a été mortellement touché alors qu'il tentait de sauver la vie de mon Seigneur en le protégeant d'un tir qui le toucha lui. Son acte héroïque fut couronné de succès. Il n'a pas malheureusement évité le pire plus tard.

— Kalran, mon ami mort, murmura Namrod profondément affecté par cette triste nouvelle. Puis, reprenant sa posture de souverain, il demanda :

— Qu'en est-il des combats à Tal-Markhan ?

— Ils sont finis Commandeur, beaucoup de monde est en train de porter secours aux blessés.

— Merci de nous avoir prévenus. Namrod, terminé.

Namrod se retourna vers Sidouri. De grosses larmes coulaient sur les joues de la jeune Anunnaki. Il se leva prestement et elle se jeta dans ses bras dans lesquels elle se serra fortement. Une violente douleur à son épaule fit gémir Namrod. Sidouri se recula aussitôt,

— Excuse-moi, je suis désolée, je t'ai fait mal, lui dit-elle effondrée.

Namrod s'avança doucement, de son bras droit, il la tira tendrement à lui, pour qu'elle vienne trouver son épaule valide. Il la serra alors contre lui. Il avait la gorge serrée sous l'émotion, mais il se battait aussi fort qu'il pouvait pour ne pas laisser apparaitre sa propre douleur devant tous ses officiers. Dès qu'il eut repris le contrôle total de son chagrin, il se tourna vers Amourri.

— Commandant, je vous laisse la passerelle. S'il y a du nouveau, je serai à mes appartements.

— Oui Seigneur Namrod. À vos ordres.

Namrod et Sidouri retournèrent à la porte qui s'ouvrit aussitôt. Tous les deux restèrent immobiles sans doute de peur d'un nouvel appel. Mais cette fois, rien ne vint troubler leur peine et ils s'éloignèrent doucement dans le couloir qui menait aux ascenseurs.

Nibirou continuait sa course folle vers le centre du système solaire. À chaque instant elle s'approchait un peu plus de la catastrophe annoncée. La planète Nabidou[45] était maintenant assez proche. Le mini saut spatial du Kaga l'avait amené à destination en très peu de temps. Lorsque le croiseur sortit du saut, le commandant La'um demanda à ses officiers de passerelle de sonder l'espace pour identifier le corps céleste dont avait parlé les documents transmis par Dag-Aras. Les résultats ne se firent pas attendre et le vaisseau put prendre un cap d'interception pour s'approcher au plus près. En arrivant tout près de l'astéroïde, les scanners permirent de détecter à l'arrière du gros planétoïde un nombre assez important de corps beaucoup plus petits entrainés par son champ gravitationnel.

La'um était assis tranquillement sur son fauteuil au poste de commandement du croiseur amiral Nibirien. Habituellement escorté par d'autres croiseurs stellaires plus petits et par des cargos de logistique, cette fois il était parti en urgence. À vrai dire, La'um avait réagi plus par curiosité que par empressement à aider Namrod. Être le premier à voir de près le futur exterminateur de Nibirou le remplissait de bonne humeur. En voyant la masse imposante du géocroiseur, l'horizon probablement funeste de Nibirou le ramena

[45] L'ex-planète Pluton.

à des considérations plus immédiates. Son second le Capitaine Akiya revenait juste d'une tournée d'inspection du vaisseau. Tout en se dirigeant vers son supérieur, il concentra son regard sur l'écran géant qui retransmettait les images très haute définition de la surface de l'Astéroïde.

— Il est vraiment sombre, sa surface est comme recouverte d'une couche de cendre ou de bitume durci, pas étonnant que les gars de Dag-Aras ne l'aient vu qu'au dernier moment. Je me demande bien d'où il sort.

— Sans doute un résidu de l'explosion d'une supernova, ou d'une planète détruite dans l'explosion de son étoile. Il aura traversé l'espace depuis des millions d'années.

— Peut-être bien.

— Il est vraiment impressionnant, comment allons-nous faire pour le détruire, Commandant, il est immense.

— Vous voulez mon avis Capitaine ? J'ai bien peur que même avec la meilleure des volontés nous serons incapables de le détruire, répondit La'um en continuant d'observer le corps rocheux en train de tourner lentement sur lui-même d'une façon désordonnée.

— Quel nom a-t-il reçu ?

— Aucun, répondit La'um en se tournant vers son premier officier, auriez-vous une idée ?

— Non, Commandant, mais en réfléchissant un peu, voyons, si je regarde sa puissance et que j'estime l'immensité des dégâts qu'il pourrait provoquer, je l'appellerais bien Alal, le destructeur.

— Alal[46] ? Oui Capitaine, ça sonne bien, j'avoue que je n'ai pas mieux. Vous savez quoi ? Allons-y pour « Alal le destructeur ».

Akiya fut assez heureux de son idée. En observant attentivement l'objet céleste, il remarqua quelques larges fissures dans le sol.

---

[46] Ancien mot babylonien.

— Pensez-vous commandant qu'en utilisant les grandes failles visibles de temps en temps, qu'il soit possible de déposer des bombes en profondeur, pour le fracturer en plusieurs morceaux.

— Des bombes à faible profondeur n'auraient que peu d'effets. Pour déposer des bombes efficaces, encore faudrait-il que nous puissions percer sur une profondeur suffisamment grande. Seulement voilà, les relevés que je viens de voir montrent que c'est un géocroiseur très massif, presque une petite planète, il est chargé de masses métalliques importantes, sans doute du fer et d'autres métaux lourds. Nous n'aurons pas le temps de faire des forages. C'est bien dommage qu'on ne l'ait découvert que si tardivement, il aurait pu être une source minière intéressante.

— Et si nous faisions un essai ? répondit Akiya.

— Un essai ? À quoi pensez-vous ?

— On ne manque pas de missiles et de canons. Tirons quelques salves pour voir.

La'um regarda avec un air sceptique son Capitaine. L'idée n'était pas saugrenue, mais il n'était pas convaincu qu'elle n'engendre pas d'autres soucis.

— Commandant ? insista Akiya.

— Après tout pourquoi pas, ça fait tellement longtemps que nous n'avons pas tiré sur quelque chose que nos canons doivent commencer à rouiller, répondit La'um avec un large sourire. À votre convenance Capitaine, faites un scan pour trouver une fragilité et essayons.

Tout heureux, Akiya se précipita vers ses consoles sous le regard amusé du Commandant. Un moment plus tard, le Capitaine se tourna vers La'um.

— Tous les canons chargés au maximum. Quatre tubes prêts aussi.

— Bien, éloignez-nous le plus possible, je n'ai pas envie de prendre un éclat de trop près. Concentrez le tir des canons sur une seule cible.

Un moment plus tard, le Kaga s'était suffisamment éloigné pour être à l'abri des explosions de surface. La'um donna l'ordre de tirer.

De nombreux traits d'énergie traversèrent l'espace en direction d'Alal. Il y eut de violentes explosions qui produisirent des boules de plasma aveuglantes. Les tirs continuèrent quelques secondes puis La'um reprit la parole.

— Cessez-le-feu ! Voyons le résultat.

Un nuage de débris rocheux et métalliques en fusion s'échappait de la surface de l'astéroïde. Il fallut attendre que tout se dissipe pour voir l'effet des coups portés. La'um s'avança sur son fauteuil comme s'il voulait mieux voir les détails.

— Capitaine, je vous le disais, nous l'avons à peine égratigné.

— C'est vrai commandant, ce n'est pas avec nos canons que nous détruirons cette énorme masse.

— Avec l'aide des nouvelles armes du Rutilant peut-être arriverons-nous à quelque chose. Les impacts ont-ils eu un effet sur la trajectoire ?

Akiya se pencha sur ses consoles pour lancer un calcul compliqué. Un moment plus tard, il se tourna vers La'um.

— La masse est vraiment trop importante, son inertie n'a pas du tout été impactée, nos armes ne sont pas suffisantes c'est évident.

— Bon, ramenez-nous au plus près après avoir enclenché les boucliers. Je ne tiens pas à abimer le Kaga avec tous les débris qui se baladent maintenant en orbite basse. Ensuite, faites-moi une cartographie complète et un sondage radar de la composition interne du géocroiseur. Je vais à mes appartements, appelez-moi lorsque tout sera fini.

— Bien, Commandant, à vos ordres.

24

Plusieurs jours s'écoulèrent pendant lesquels le Kaga fit une inspection très détaillée du géocroiseur Alal. Entre-temps, ses informations étaient envoyées en temps réel à Dag-Aras pour traitement immédiat. L'objectif était clairement de mettre au point un plan réaliste, en urgence, afin d'éliminer le risque mortel du planétoïde. Sur Nibirou, le secret de la menace planétaire avait jusque-là été bien gardé. Rien n'avait transpiré des informations top secrètes. Namrod avait en effet tout mis en œuvre pour verrouiller l'information. Il s'était pour cela appuyé sur l'état d'urgence décrété sur Nibirou suite aux événements dramatiques de la guerre civile. Tout n'était d'ailleurs pas fini, car après les combats des premiers jours, les rancœurs n'avaient pas disparu. On comptait par-ci par-là de nombreux affrontements sporadiques et aussi quelques règlements de comptes.

La'um avait appris la mort d'Enlil par un circuit parallèle. Sa confiance dans les promesses de Namrod en avait été fortement ébranlée. Malgré tout, il avait voulu faire son maximum pour fournir le plus possible de détails aux spécialistes de Dag-Aras. Il avait longtemps tenu conseil avec Akiya pour adopter la meilleure stratégie à tenir vis-à-vis du Commandeur. Ils devaient tout faire pour diminuer les risques de poursuites, qu'ils devinaient tous les deux à leur encontre si tout se terminait bien pour la planète. Ainsi ils avaient eu largement le temps de chercher et de faire disparaitre le maximum de preuves de leur implication dans l'évasion d'Enlil et son rapatriement sur Nibirou.

Malgré tous les efforts de ses médecins, le fils d'Enki avait succombé à ses blessures. La'um ne pouvait pas le savoir, mais ce décès avait à nouveau attisé les vieilles querelles entre les sept familles dirigeantes. La situation sur Nibirou en était devenue explosive. Namrod avait été contraint d'annoncer qu'il gardait le pouvoir tant que la situation, aussi bien sur les stations orbitales que dans les villes souterraines, ne se soit calmée. Les combats lors de la rébellion d'Enlil, et de ses très nombreux partisans, avaient été extrêmement violents et nombre des infrastructures avaient été détruites ou fortement dégradées. Sur Dag-Aras, les troupes loyalistes avaient vite repris le contrôle et ses prisons étaient bien remplies des insurgés. Sidouri avait tenté d'intervenir auprès de son mari pour mettre en avant que les compétences de certains prisonniers auraient mieux été utilisées à la préparation en vue de la prochaine catastrophe. Namrod était jusque-là resté sourd à ses demandes.

Sur le Rutilant, les machines étaient poussées au maximum de leur capacité pour obtenir la vitesse la plus grande possible. Uselli avait mis en place un conseil de défense, avec certains des officiers supérieurs, dans le but d'analyser l'ensemble des données récoltées sur Ki la Terre. Le travail était énorme, tant les données étaient nombreuses et diversifiées. Il avait fallu étudier la masse énorme des vidéos, des photos et des enregistrements divers concernant les centres urbains, mais aussi les zones non habitées, les mers, les ressources en eau potable ou encore la qualité de l'atmosphère en divers endroits de la planète. Seul le programme d'analyse d'échantillons, à prélever au sol ou dans les océans, n'avait pu être mené à bien, faute de temps.

La moisson d'informations était néanmoins très riche. Les membres du conseil avaient été fortement choqués de ce qu'ils avaient constaté. La plupart avaient connu Ki un peu plus de trois mille ans plus tôt. Ce qu'ils avaient découvert était incompréhensible. Comment les hommes avaient-ils pu autant progresser technologiquement tout en ayant détruit l'essentiel des biotopes qui avaient fait la richesse de Ki ? Ils ne comprenaient pas plus comment l'humanité avait pu se multiplier autant, sans tenir compte des ressources disponibles.

Ils avaient été unanimes. S'ils devaient revenir, ils ne laisseraient pas les choses en l'état. Il leur faudrait en priorité nettoyer l'atmosphère polluée avant de pouvoir s'installer sur leurs anciennes bases du croissant fertile. Et même là, il y aurait beaucoup de travail pour remodeler les déserts afin de redonner à cette partie de la planète des terres arrosées et fertiles comme ils les avaient connues. Ils avaient constaté, avec colère, que la plupart des forêts avaient disparu et que les données d'imagerie des zones déforestées montraient un appauvrissement des sols en éléments organiques ainsi qu'une pollution alarmante en éléments chimiques d'origine artificielle.

Certains sondages en mer posaient également des interrogations. Plusieurs structures avaient été détectées dans les profondeurs des océans et sous les calottes polaires du sud de la Terre. Ils savaient que lorsque les colonies Nibiriennes avaient exploité les ressources terrestres pour enrichir Nibirou, d'immenses réseaux souterrains de communication avaient été creusés un peu partout sur la planète. Pour autant, jamais les Anunnaki n'avaient cherché à s'implanter dans les grands fonds. La question restait donc en suspens, car les relevés montraient la présence d'une technologie avancée et fonctionnelle. Était-il possible qu'une partie de l'humanité ait décidé de vivre dans les océans ? Et si ces structures de haute technologie n'appartenaient pas aux humains, quelle civilisation s'était implantée là à leur insu ? À leur retour sur Ki, si jamais ils devaient revenir, il serait urgent de lever le voile sur cette menace potentielle d'une technologie étrangère à la Terre.

Des informations malheureusement succinctes venaient compléter celles déjà analysées, il s'agissait des analyses du système économique et social des hommes. La quasi-totalité de la population était, semblait-il, assujettie à un réseau d'information électronique étendu à l'ensemble de la planète. Chaque individu était potentiellement l'objet d'une surveillance par une multitude de capteurs installés un peu partout, principalement dans les centres urbains. La maîtrise de la population semblait reposer sur un système monétaire virtuel. La chose était pour le conseil d'une importance capitale. En effet, en cas de difficulté avec l'humanité, il suffirait de bloquer leurs centres de traitement informatique pour provoquer une immense pagaille dans la population. Ce système d'information étant essentiellement supporté par un réseau de satellites en orbite géostationnaire et un réseau d'antennes à haut débit, en cas de nécessité, il suffirait de les rendre aveugles en brouillant les communications ou en détruisant les satellites.

Le rapport que le commandant Uselli allait présenter au commandeur Namrod n'avait rien de bien réjouissant. Les humains avaient atteint un niveau technique bien plus important que prévu. Ils disposaient d'armes de destruction massive susceptibles de provoquer des dommages importants aux vaisseaux Nibiriens sans boucliers de protection comme les navettes de transport et les cargos de logistique. Bien que leur technologie spatiale soit archaïque, les humains avaient, malgré tout, la capacité d'envoyer dans l'espace des vecteurs chargés d'ogives fortement énergétique ou encore des vaisseaux armés.

Sur Dag-Aras, Namrod se remettait doucement de sa blessure à l'épaule gauche. Les représentants des sept familles avaient été conviés à une réunion secrète. Comme à son habitude, Namrod s'était isolé dans la grande salle juste à côté de la salle de commandement. Il se tenait droit comme un tronc d'arbre face à l'immense baie vitrée qui offrait une vue panoramique sur la haute atmosphère gelée de la planète. Il avait revêtu sa longue tunique noire préférée, cintrée à la taille par un large ceinturon. La tunique lui descendait jusqu'aux chevilles laissant juste apparaître des bottes de cuir noir très brillant. Les deux mains croisées dans le dos, il se soulevait de temps en temps sur la pointe des pieds.

Loin au-dessus de Nibirou, les stations orbitales des sept familles dirigeantes brillaient comme de véritables soleils. Elles étaient éclairées de l'intérieur par de multiples ouvertures comme autant de fenêtres sur le vide de l'espace. De l'extérieur, de puissants projecteurs mettaient en valeur les formes artistiquement recherchées des façades. Chaque station cherchait depuis des milliers d'années déjà à rivaliser de beauté avec les six autres. Force était de constater que les Nibiriens n'avaient pas manqué d'imagination et l'ensemble fournissait un spectacle absolument gigantesque et magnifique. Lentement, Namrod amena sa main droite jusqu'à sa tête. Il abaissa sur ses yeux un boitier rectangulaire. Cet étrange appareil amplifiait la dimension des objets en approche de telle sorte qu'il pouvait presque croire se trouver juste à proximité.

Chacune des navettes en provenance des stations disposait d'un code personnalisé que l'appareil de Namrod savait identifier. Un simple regard concentré sur la cible choisie suffisait pour que l'appareil agrandisse l'image et affiche diverses informations.

Namrod s'amusa à glisser son regard de l'une à l'autre. Chacune d'elles, au même titre que les stations orbitales, semblait vouloir rivaliser de beauté avec les autres. Namrod n'avait jamais très bien compris cette course à l'élégance. Lui-même n'avait jamais ressenti cet attrait pour l'outrance et le luxe artistique. Il préférait plutôt la simplicité, chose que beaucoup dans la haute société Nibirienne considéraient comme une rigueur inutile. Il faut dire que cette étrange attitude cadrait bien avec le caractère ombrageux du commandeur.

Sidouri savait où le trouver à chaque fois qu'un événement important allait avoir lieu. Encore une fois elle ne s'était pas trompée en venant le rejoindre dans la salle de repos baignée dans une pénombre reposante. La vaste pièce mettait superbement en valeur le spectacle de Nibirou. Elle avança délicatement pour venir le rejoindre. Namrod l'avait entendu et avait repoussé sur ses cheveux son collimateur grossissant. Sans rien dire, elle se colla contre son dos et l'entoura de ses deux bras.

— Les délégations arrivent-elles, Nam ? dit-elle.

Elle approcha sa tête légèrement penchée juste au-dessus de l'épaule droite de son mari de sorte qu'elle pouvait voir son visage. Il tourna la tête sur la droite pour la regarder. Elle avait un sourire radieux qu'éclairaient ses yeux bleus resplendissant à la clarté de la planète.

— Oui Sissi, elles arrivent. On peut leur faire de nombreux reproches dans la gestion de leurs affaires et dans la compétition qu'elles se livrent, mais on ne pourra jamais reprocher aux délégations des Familles de ne pas être à l'heure.

— Tu vas leur dire la vérité sur l'astéroïde ?

— Bien sûr, le secret a été bien gardé jusqu'à maintenant. Le propre d'un secret est malheureusement d'être finalement percé un jour ou l'autre. Le temps nous presse maintenant. Les Sept doivent être informées. Elles devront décider quoi faire au mieux pour leur communauté.

— Tu pourrais leur imposer ton point de vue, non ?

— Sans doute, mais avec les tensions actuelles qui ne sont toujours pas retombées, leur imposer une marche à suivre serait sans doute considéré comme une agression. Les Sept pourraient très bien convenir d'un accord secret et tenter de me destituer.

— Je comprends. Es-tu toujours d'accord pour que je t'accompagne ?

— Tu es la seule qui sait m'empêcher de céder à mes impulsions coléreuses. Tu vois, j'ai bien peur que ma tranquillité d'esprit soit mise à rude épreuve pendant la réunion de travail. Alors j'en suis certain, je vais avoir besoin de toi pour rester calme.

Elle le sera encore plus fort et lui donna un doux baiser dans le cou. Cette attention fit son effet immédiatement et Namrod retrouva le sourire. Il se retourna, la regarda dans les yeux sans rien dire. Il la serra dans ses bras tendrement et l'embrassa. Depuis la mort d'Enki, tous les deux n'avaient eu que peu d'occasions de se retrouver seuls dans le calme réconfortant de leur intimité. Namrod lui adressa ensuite un large sourire avant de reprendre la parole :

— J'espère que nous en aurons bientôt fini avec tous nos tracas. J'ai tellement besoin de me retrouver avec toi loin de toutes nos préoccupations, juste toi et moi, lui dit-il.

— Je sais, moi aussi je ressens cette même urgence. J'aimerais tellement m'allonger près de toi, te parler de nous et m'occuper de toi.

— Arrête-toi là, ma Sissi adorée ! Tu vas finir par me détourner de mes obligations, je vais être complètement déconcentré, si tu continues à me faire imaginer à quoi tu penses, répondit-il en éclatant de rire et en la gratifiant d'un tendre baiser.

— C'est ta faute, plus tu me manques et plus j'ai envie de toi, dit-elle avec un sourire ravageur et un regard de féline.

— Hummm, fais-moi penser qu'on en reparle dès que les délégations seront reparties.

— Tu peux en être certain, répondit-elle avec un regard plein de promesses.

— Bon, mettons-nous alors au travail tout de suite, plus vite on en aura fini et plus vite je serais à toi, reprit Namrod. Viens, les navettes doivent être tout près de l'entrée du dock maintenant. Ne soyons pas en retard.

Tous les deux se dirigèrent vers le couloir d'accès aux ascenseurs en se tenant par la main. Une fois en dehors de la salle de détente, Namrod et Sidouri reprirent une attitude plus diplomatiquement correcte. Lorsqu'ils sortirent de l'ascenseur qui s'ouvrait sur le dock principal, Sidouri eut un frisson. L'air du dock était vraiment très frais et elle regretta de ne pas avoir revêtu une robe plus chaude. De son côté, Lubau avait bien fait les choses, sept zones d'atterrissage avaient été tracées au sol. Au-devant de chacune, un peloton de soldats en tenue d'apparat formait une haie d'honneur. Par chance, le parcours qui devait conduire les délégations jusqu'à la salle de conférence de la station n'avait pas été le lieu de combats.

Les unes après les autres, les navettes arrivèrent en file indienne. Des aiguilleurs au sol dirigèrent les pilotes, grâce à des tubes lumineux changeants de couleurs, qu'ils tenaient à bout de bras. Il s'écoula un léger laps de temps après l'atterrissage de la dernière navette. Puis chacune ouvrit presque en même temps que les autres une porte latérale. Des escaliers se déplièrent et les trois délégués de chaque famille descendirent de leur nef. Chacune fut accueillie par un officier de liaison diplomatique qui salua d'une façon très protocolaire. Après quoi, les délégations furent invitées à suivre leur guide jusqu'à un espace aménagé près des ascenseurs. Namrod et sa femme les y attendaient.

Chaque délégation devait se présenter par la droite du dock de façon à saluer l'Intendant du Royaume puis sa femme. Tous les deux répondaient alors d'un sourire et d'une phrase de bienvenue amicale. Ensuite, les délégués pouvaient avancer encore un peu jusqu'à rejoindre un emplacement qui leur avait été assigné le temps que l'ensemble des représentations de Sept soient complètes. Lorsque toutes les délégations furent arrivées face à lui, Namrod prit la parole :

— Dans ces temps troublés, nous sommes heureux de vous recevoir sur Dag-Aras. La situation est grave. Je vous ai convoqué, car nous allons devoir prendre des décisions qui vont requérir l'unanimité. Je vous le dis, nous allons devoir faire des choix difficiles. Ce que j'ai à vous annoncer est d'une importance vitale pour Nibirou et pour l'ensemble de ses habitants. Veuillez donc nous suivre, si vous le voulez bien, jusqu'à un lieu plus adapté à des négociations.

Namrod et Sidouri passèrent devant. La jeune femme de Namrod avait ébloui plus d'un représentant par son élégance et sa tenue fabuleuse. Sa robe de couleur chair en tissu fin et soyeux orné de pierres précieuses et de diamants mettait sa silhouette fine parfaitement en valeur. Magnifiquement ajustée, elle lui descendait jusqu'aux mollets. Ses chaussures hautes en lanières tressées donnaient à ses jambes une finesse de rêve. Même les femmes faisant partie des délégations n'avaient pu y rester insensibles.

Tout le monde se retrouva bientôt dans une grande salle au sol entièrement recouvert d'un velours pourpre, tout comme les murs, dont les colonnades, de marbre blanc parfaitement poli, rehaussaient l'aspect esthétique soutenue par de multiples frises dorées. Au centre siégeait une grande table circulaire de marbre gris cendre. Les délégations s'installèrent en arc de cercle devant de très confortables fauteuils matelassés en cuir rouge très souple. En face d'eux, de l'autre côté de la grande table, deux fauteuils magnifiques servaient de petits trônes à Namrod et Sidouri. Namrod invita tout le monde à s'assoir. Lui seul resta debout.

— Mes Seigneurs, Nobles Dames, comme je vous l'ai annoncé, nous allons affronter d'ici quelques jours la pire des choses qu'aucun d'entre nous n'aurait pu imaginer. Notre chère planète court un danger mortel. Un planétoïde géant est en trajectoire de collision avec Nibirou.

— Un planétoïde ? Un astéroïde sans doute ! Mais de quoi parlez-vous Seigneur Namrod ? demanda un des délégués.

— Non, Seigneur Anktil, je parle bien d'un planétoïde, regardez.

Namrod s'avança vers la table ronde et s'y saisit d'un petit boitier qui y était posé. Il appuya sur un bouton de commande. Le centre de la table sembla se creuser d'un trou circulaire. Une forme holographique apparut alors spontanément plusieurs mètres au-dessus de la table. On pouvait maintenant voir une version réduite en trois dimensions d'Alal le destructeur.

— Qu'est-ce que c'est ? demanda Anktil.

— C'est Alal, un planétoïde d'environ trente-trois kilomètres de diamètre. Il fonce droit sur nous.

Il y eut un murmure provoqué par les échanges de commentaires entre les différentes délégations.

— Seigneur Namrod, comment se fait-il que nous ne soyons prévenus que maintenant ? demanda un autre représentant.

— En fait nous attendions d'en savoir plus sur lui et surtout d'avoir vérifié plusieurs fois nos calculs. Il était hors de question qu'après les événements de ces derniers jours, nous vous donnions des informations erronées.

— Très bien, mais vous avez dû le détecter il y a déjà bien longtemps, non ?

— Non, Seigneurs Anktil, nous n'avons détecté sa présence qu'il y a peu de temps.

— Comment cela est-il possible ? Ce n'est pas un simple caillou, reprit le délégué.

— Regardez bien cet objet, il est tellement sombre qu'il ne réfléchit quasiment aucune lumière du soleil.

— Certes, mais d'où sort-il ? Trente-trois kilomètres, c'est énorme, demanda un autre délégué.

— Oui Seigneur Imgourani, il est énorme. Nous pensons que c'est le résidu du noyau d'une planète tellurique détruite, soit par une collision avec une autre planète, soit par l'explosion de sa supernova. Suite à la catastrophe, le planétoïde a dû être arraché à son orbite. Peut-être que cela a eu lieu il y a des milliards d'années. Après quoi, l'énorme roche est devenue une planète errante. Ce phénomène ne nous est pas inconnu, Il doit y avoir dans notre galaxie des milliers de planètes errantes. La probabilité que l'une d'elles vienne nous percuter était infinitésimale. Seulement voilà, ça va arriver et nous sommes démunis.

— Comment ça démunis, vous n'avez qu'à le détruire ! Vous dirigez bien une force spatiale, non ? répliqua Imgourani.

— Ce n'est pas aussi simple, le géocroiseur est constitué essentiellement de métaux lourds très denses. Nous avons dépêché une mission d'observation spéciale pour tenter de repérer une fragilité quelconque dans sa structure. Malheureusement, nous n'avons rien trouvé qui puisse nous laisser espérer de pouvoir le détruire.

— Avez-vous au moins essayé ? demanda Anktil.

— Oui, bien sûr, mais nos missiles et nos canons l'ont à peine égratigné. Nous attendons de façon imminente le retour du Rutilant. Dès qu'il sera revenu de sa mission, nous enverrons toute notre flotte de guerre pour faire un feu collectif simultané. En coordonnant toute notre puissante de frappe, peut-être arriverons-nous à un résultat.

— Pensez-vous que ce sera suffisant ?

— Rien n'est sûr, l'objet est tellement dense et compact que tout notre armement pourrait ne pas suffire.

— Et si vous foriez un puits pour déposer nos plus puissants explosifs en son centre ? Demandant Nebtakar, un autre délégué.

— Il nous faudrait des mois sans doute pour forer quinze kilomètres avec nos lasers les plus puissants. C'est impossible avec le peu de jours qu'il nous reste.

— Seigneur Intendant, que se passera-t-il si vous n'arrivez pas à le détruire ? demanda la déléguée de la famille Lougartum.

Namrod marqua un instant d'hésitation. Il savait que ce qu'il allait dire ne passerait pas. Pourtant ce moment de vérité ne pouvait être reporté, il fallait dire la vérité. Il regarda chaque membre de l'assistance, se racla la gorge et reprit :

— Si nous n'arrivons pas à le détourner de sa trajectoire ou à le disloquer en suffisamment de morceaux plus petits, la partie la plus massive s'écrasera sur Nibirou. La vitesse d'impact du bolide sera d'environ quarante-huit mille kilomètres par heure. Le choc provoquera une fusion de l'astéroïde et du sol de Nibirou dans la zone d'impact. Une onde de choc fera trembler toute la planète et il est probable que nos cavernes s'effondreront en engloutissant nos villes souterraines. En surface, un vent extraordinairement rapide, puissant et brûlant traversera l'atmosphère. Nibirou n'y survivra pas si cela devait arriver.

Les délégués se levèrent pour crier leur étonnement et leur colère. Namrod avait deviné par avance cette réaction violente de l'assemblée. Il laissa un instant les délégués protester entre eux de façon bruyante et désordonnée, puis il essaya de ramener le calme, mais sans grande efficacité. Sidouri se leva, s'avança pour venir légèrement sur la droite de son mari. Elle leva les bras, mains tendues vers l'assemblée et cria aussi fort qu'elle put pour attirer l'attention sur elle.

— Mes amis ! mes amies, s'il vous plait, écoutez-moi !

Surprise par cette intervention, l'assemblée se tourna vers Sidouri et fit silence.

— Mes amis, il n'est plus temps de nous quereller, nous devons être tous unis pour affronter l'épreuve terrible que le destin nous envoie. Tous ensemble nous serons plus forts pour trouver la meilleure solution. Si nous n'en sommes pas capables alors tout sera perdu à jamais. Nous avons souvent combattu pour notre survie et nous avons survécu. Depuis des milliers d'années, nous avons surmonté les épreuves. Mais celle qui nous attend est la plus terrible. Alors nous allons tous avoir besoin les uns des autres, malgré nos différents, nous n'avons aucun autre choix. Encore une fois, je vous en supplie, restez solidaires. Si nous n'y arrivons pas, tout est perdu d'avance.

Sidouri s'interrompit et se tourna vers Namrod. Il s'approcha d'elle avec un sourire de reconnaissance et passa son bras droit par-dessus ses épaules pour la serrer contre lui face à l'assemblée.

— Que pouvons-nous faire ma Dame ? demanda Anktil.

Sidouri se tourna vers Namrod l'air embarrassé. Elle n'avait pas de réponse à cette question. Il lui souria, prit une grande inspiration et dit :

— Il faut préparer dès à présent nos stations et Dag-Aras à accueillir un maximum de réfugiés. Même nos vaisseaux spatiaux devront être aménagés pour accueillir à leur bord le plus de monde possible le temps que le planétoïde soit dévié ou qu'il s'écrase sur nous. Tout ce qui peut voler devra rejoindre l'orbite la plus éloignée avec le plus de monde à l'intérieur.

— Mais c'est impossible Commandeur, jamais nous ne pourrons prendre l'ensemble de la population. Il va y avoir des émeutes à proximité des docks. Ils seront tous pris d'assaut dès que la population connaîtra le risque de la collision, dit Anktil.

— Je sais, nous ne pourrons y échapper, c'est pour cela que nous devrons garder ce secret le plus longtemps possible. Au moins jusqu'à ce que nous ayons des espaces d'accueil en nombre suffisant pour commencer les évacuations. Nous allons répartir l'armée sur la planète pour protéger les docks. S'il le faut, les militaires devront en garantir la sécurité coûte que coûte.

— Vous voulez dire qu'ils devront tirer sur la population ?

— J'espère que nous n'en arriverons jamais à cette extrémité, mais ils auront en effet cette consigne si les choses dégénèrent.

— Et comment allez-vous choisir les élus qui pourront rejoindre l'orbite, sur quels critères ?

— C'est justement pour faire ce travail que je vous ai convoqué. Nous devons réfléchir à ce que nécessitera notre survie, quelles compétences nous devrons préserver, quel matériel sauver et tout ce que je ne peux vous imposer de force.

Après de nombreuses contestations, l'ensemble des délégations avait fini par se ranger aux avis de Namrod et tous se mirent au travail. Pendant les deux jours suivants, il y eut d'importantes réunions concernant l'avancée des travaux. Les aménagements des stations orbitales avaient commencé et les forces militarisées commençaient également à être déployées sur tous les docks de la planète, en particulier ceux qui allaient être les plus sollicités en cas d'évacuation. Tous ces changements ne passaient évidemment pas inaperçus, mais après les événements terribles de la révolte d'Enlil, ils paraissaient presque normaux. La partie la plus délicate avait été de définir les critères de sélection des gens qui pourraient embarquer soit sur les stations orbitales, soit sur les bâtiments de guerre et les transports de logistique.

Il avait fallu toute la volonté et l'autorité de Namrod pour réussir à calmer les nombreux désaccords entre les sept familles avant qu'ils n'éclatent en conflits ouverts. L'urgence de la situation avait imposé des choix qui auraient été totalement inacceptables en d'autres occasions. Ainsi, la plupart des personnes âgées, quelle que soit leur appartenance à une des quatre races Nibiriennes, avaient été évincées d'office. Parmi les autres exclus, il y avait les malades graves, les femmes non fertiles, les victimes de déficiences génétiques, les détenus de droit commun, les marginaux, les gens sans compétence indispensable et ceux faisant partie d'autres critères aussi logiques qu'innommables.

25

L'alarme de fin de saut venait de s'enclencher. Uselli et Amourri étaient déjà à leur poste. Toutes les vérifications d'usage avaient été faites et le Rutilant y avait montré son extraordinaire fiabilité. Tous les paramètres étaient en effet au vert sur les consoles du poste de commandement. Les boucliers qui protégeaient les baies vitrées à l'avant du vaisseau avaient été relevés. Uselli s'était confortablement enfoncé dans son fauteuil. Doucement, il dandinait de la tête tout en se délectant des magnifiques variations de lumières colorées générées par le champ énergétique à l'extérieur du croiseur.

D'un seul coup, les traits distordus de lumière semblèrent se figer sur place, puis disparurent en une fraction de seconde. Droit devant, mais encore assez éloignés, il était possible de reconnaitre Nibirou et ses nombreux satellites.

— En approche tout doux, Capitaine s'il vous plait, il semble qu'il y ait beaucoup de monde en orbite devant nous.

— Oui Commandant, c'est surprenant.

Uselli s'avança vers ses consoles en se redressant. Il fit un pointage du trafic orbital et constata qu'effectivement il se passait quelque chose d'anormal. Il interpella son officier communication.

— Lieutenant Balalou !

— Oui Commandant ?

— Signalez notre arrivée à Dag-Aras. Je vais descendre à ma cabine. Lorsque j'y serai, demandez une liaison sécurisée avec le Commandeur Namrod. Lorsque vous l'aurez, basculez le canal sur mes appartements.

— Oui, Commandant, tout de suite.

Amourri se leva pour rejoindre son bureau. Namrod aurait sans doute des informations confidentielles qu'il n'était pas souhaitable de faire entendre aux officiers et aux techniciens du pont. En se dirigeant vers la porte de sortie, il remarqua que le capitaine semblait particulièrement inquiet. Celui-ci faisait défiler à toute vitesse les flux d'informations qu'il recevait à partir des enregistrements des derniers jours d'actualités sur Dag-Aras et Nibirou. Uselli s'approcha.

— Des problèmes Capitaine ?

— En quelque sorte Commandant. L'armée est déployée sur les docks de Nibirou. Il y a eu des accrochages assez sérieux avec la population en divers endroits. On dirait qu'il règne ici un vent de folie.

— Le Commandeur Namrod m'en expliquera certainement les raisons. Je vous laisse la passerelle, mettez-nous en attente assez loin de ce remue-ménage. En attendant, nous restons en mode opérationnel, tout le monde reste à bord, y compris les escadrilles et les commandos de Dag-Aras.

— Ils ne vont pas être contents.

— Peu importe, tant que nous n'en saurons pas plus, inutile de se séparer de leur compagnie.

— Bien commandant.

— Dès que j'aurai eu le Commandeur, je vous appellerai pour que vous descendiez me rejoindre.

Amourri acquiesça d'un hochement de tête. Uselli s'éloigna et le capitaine se remit à lire avec attention les dépêches qui continuaient à tomber sur ses écrans. Uselli rejoignit assez vite ses appartements. À peine arrivé, il appela par son communicateur portable le Lieutenant Balalou. Un moment plus tard, la communication avec Namrod était établie. Uselli s'était installé à sa table de travail sur laquelle un écran 3D donnait une image très réaliste du Commandeur.

— Bonjour Commandant, j'attendais avec impatience votre retour. Tout va-t-il bien à bord ?

— Bonjour Commandeur, oui, tout se passe bien, le Rutilant est un vaisseau de rêve. Tout a parfaitement fonctionné depuis son départ.

— J'ai pu voir les premiers résultats de vos investigations sur Ki. J'espère que vous allez m'en dire plus.

— Maintenant Commandeur ?

— Non, pas maintenant, j'attends de recevoir votre étude complète avec ce que vous avez pu retirer de tous vos enregistrements avant d'entamer votre retour. Dès que j'en aurai pris connaissance, j'enverrai une navette vous chercher. J'ai des choses à planifier avec vous.

— Je peux prendre une de mes navettes si vous le souhaitez, répondit Uselli qui avait subitement envie d'en savoir plus.

— Après tout, pourquoi pas. Pour l'instant j'ai besoin de savoir si vous avez aménagé le Rutilant pour augmenter sa capacité d'accueil maximale.

— Oui Commandeur, je pourrais sans doute récupérer encore de la place en diminuant mon chargement d'armes.

— Non, vous allez en avoir besoin très vite. Vous recevrez tous vos ordres en venant me voir. Pour l'instant, sachez juste que je souhaite que vous conduisiez et que vous coordonniez une force de frappe pour réduire au minimum la menace qui pèse sur nous avec le géocroiseur. Je place tous les navires de la flotte sous votre commandement pour cette mission très spéciale. Je vous envoie tout de suite le dossier complet que le commandant La'um a mis à jour pas plus tard qu'hier.

— Le commandant La'um, mon Seigneur ?

— Oui Commandant, cela vous pose-t-il un problème ?

— Non, non, Commandeur, pas de problème.

— Très bien, il est encore sur place. Étudiez ce dossier aussi vite que vous pouvez et prenez votre navette dès que vous êtes prêt. Je veux un plan d'attaque à peaufiner avec les chefs des autres bâtiments de la flotte. Il me faut une action la plus efficace possible. À mon avis tout ne sera pas aussi simple qu'on le voudrait.

— Nous ferons le maximum Commandeur.

— Très bien, je vous attends, prévenez-moi de votre départ.

— Commandeur ?

— Oui.

— Que se passe-t-il sur Nibirou avec nos forces armées ?

— Le bruit a commencé à courir que nous évacuons la planète. Des situations de panique ont éclaté un peu partout, les gens voulaient fuir par les navettes. Nous avons dû utiliser nos forces militaires pour épauler la police afin de ramener l'ordre dans les foules qui cherchaient à envahir les docks.

— Je vois. Dans combien de temps voulez-vous évacuer ?

— Nous venons de commencer, nous chargeons en priorité les vaisseaux de la flotte, car vous devrez utiliser jusqu'au dernier tir de canon possible avant l'impact. Si ça se passe mal, vous n'aurez pas le temps ni sans doute l'occasion de récupérer du monde après l'impact. Jusqu'au dernier moment, vous devrez réduire le planétoïde à un diamètre le plus petit possible.

— Je comprends Commandeur.

— Bien, Namrod, terminé.

Comme il l'avait dit, Uselli appela le capitaine Amourri pour faire le point et préparer les zones de confinements pour les nouveaux arrivants ainsi que l'approvisionnement logistique des armes et de la nourriture. Assez vite, tout étant prévu et mis en place sur le Rutilant, Uselli put rejoindre les autres commandants des bâtiments de guerre de la flotte. Namrod avait clairement expliqué les objectifs de la mission. Il avait ensuite laissé le Commandant Uselli présenter son plan d'attaque. Chaque vaisseau reçut une tâche bien déterminée.

Le gigantisme du planétoïde avait soulevé plus que des inquiétudes sur la possibilité de le disloquer en morceaux suffisamment petits. Malgré l'unanimité sur la démarche, la plupart des commandants avaient ouvertement manifesté leur scepticisme sur la réussite du plan. Malheureusement, aucun n'avait d'autres solutions plus réalistes. Chacun avait conscience que la catastrophe était inévitable. Tous savaient que, quelles que soient les chances d'arriver à un résultat, le coût en vies Nibiriennes allait être extrêmement élevé. Uselli avait tenté de convaincre, autant que ce fut possible, tous les commandants des navires que la bataille devrait être conduite jusqu'à la dernière extrémité.

Le plan d'urgence était assez simple. Une première phase consisterait à envoyer tous les chasseurs, les bombardiers et les navettes armées dans une première vague d'attaque pour laisser le temps aux navires de la flotte de faire le plein d'armements et de réfugiés. Le premier objectif de cette vague initiale était de détruire, en les réduisant en poussière, tous les corps plus petits qui constituaient la traine du grand géocroiseur.

Les grands bâtiments de guerre devaient plus tard pouvoir compter sur un espace libre de tous petits astéroïdes afin d'éviter les risques de collisions. Les plus gros rochers entrainés par la gravité du géocroiseur auraient pu en effet causer d'importants dommages sur les carlingues et peut-être même causer la perte pure et simple des bâtiments les plus fragiles.

Une fois le travail de nettoyage à l'arrière du monstrueux bolide terminé, la deuxième vague, constituée par les bâtiments de guerre, pourrait prendre position et cibler ses attaques avec les canons les plus puissants. Ils allaient devoir viser les points de fragilité relative détectés par les sondages radar du Kaga. Au moment où les Seigneurs de guerre allaient se séparer, un message arriva en provenance du Kaga justement. Celui-ci avait vidé ses soutes de missiles en tirs rapprochés, les canons et les bombardiers étant en appui. Malheureusement, aucun résultat mesurable d'une hypothétique fracturation du géocroiseur n'avait été enregistré. Le Kaga rentrait donc sur Nibirou refaire le plein de munitions et prendre en charge son lot de réfugiés. Plusieurs commandants avaient alors montré un certain fatalisme. Pour eux, vu la taille d'Alal le destructeur, il n'y avait aucune chance de le séparer en morceaux moins dangereux.

Namrod ne l'avait pas dit, mais il avait demandé dans le plus grand secret une simulation de son plan d'attaque défendu par Uselli. Les résultats étaient catastrophiques. Même dans l'hypothèse la plus optimiste, les morceaux séparés seraient tellement importants que les impacts au sol entraineraient, malgré tout, la destruction de la planète. La chose avait été classifiée Ultra Top Secret, le niveau de confidentialité le plus élevé sur Nibirou. Namrod n'en avait pas parlé à Sidouri. Elle était déjà suffisamment perturbée par toutes les émeutes meurtrières sur Nibirou.

À quelque distance de cette agitation, quoiqu'assez proche du Rutilant, une zone légèrement floutée masquait la présence du vaisseau Jounien. Depuis leur sortie du saut spatial à la suite du Rutilant, l'Amiral Storck et son second le Capitaine Krilki observaient avec attention tout ce qui se mettait en place ici.

— Amiral, c'est vraiment étrange toute cette agitation. Les Nibiriens s'entretuent sur la planète pendant qu'en orbite leurs vaisseaux se guerre se préparent à partir en campagne. Il n'y a pas de logique à tout ça, on ne part pas en guerre avec un bâtiment surchargé de civils.

— C'est certain, peut-être serait-il temps de faire venir nos passagers pour qu'ils nous éclairent.

— Ils ont quitté ce monde depuis bien trop longtemps à mon avis pour comprendre eux aussi ce qui se passe.

— Sans doute, mais nous avons suffisamment enregistré d'informations pour qu'ils puissent en traduire quelques-unes, répondit l'Amiral.

— Effectivement. Je m'occupe immédiatement de les faire venir.

Un moment plus tard, avec mes quatre amis géants, nous fûmes introduits dans l'espace de commandement de l'immense navire Jounien. Les Jouniens n'aimaient pas la lumière, alors nous ne fûmes pas surpris du peu d'éclairement de la passerelle. Le capitaine Krilki vint à notre rencontre pour nous saluer et nous conduire à l'Amiral Storck.

— Bonjour, chers amis.

— Bonjour, merci beaucoup de cette invitation, Capitaine, répondit Askerot.

— Venez, L'Amiral voudrait vous montrer quelque chose.

— Nous vous saluons respectueusement Amiral Storck, dit le père d'Amtar.

— Merci, Seigneur Askerot, soyez tous et toutes les bienvenus sur ma passerelle. J'aimerais vous montrer une chose surprenante.

D'un de ses trois longs doigts griffus, l'Amiral actionna une commande holographique qui brillait dans la pénombre devant lui. Aussitôt un écran géant, lui aussi holographique, s'illumina laissant les nouveaux arrivants médusés.

— Reconnaissez-vous ceci Seigneur Askerot ?

Askerot se tourna vers Nisoulag sa femme, puis vers Amtar, les yeux pleins de surprise.

— C'est Nibirou, notre monde ancestral.

— C'est cela. Reconnaissez-vous le grand vaisseau que voici ? dit le Jounien en faisant jouer son doigt pour faire glisser l'image vers le Rutilant.

— Je regrette, je n'ai jamais vu un vaisseau aussi grand, répondit Askerot en s'avançant pour mieux voir le croiseur géant. Il semble que mes semblables aient créé un superbe navire.

Amtar se pencha vers moi en m'adressant un clin d'œil.

— Veux-tu Mardouk que je te soulève pour mieux voir ?

— Avec plaisir Amtar, sinon je crains d'attraper un torticolis à relever trop longtemps la tête.

Amtar sourit amicalement. Il se baissa légèrement pour me soulever dans ses bras puissants.

— Regarde, comme ça, tu devrais mieux voir. Regarde, c'est Nibirou, ma planète.

— Incroyable ! répondis-je les yeux écarquillés, absolument incroyable ! Dire qu'il m'aura fallu plus de quatre mille ans pour la voir enfin en vrai, oui, incroyable !

— C'est une chance que tu apprécies de manger avec nous de l'arbre de vie, sinon tu aurais loupé ça.

Askerot s'était approché un peu plus. Storck agitait sa main pour faire défiler sur l'écran holographique devant lui différents documents qu'Askerot lisait aussi vite qu'il pouvait. Soudain il se redressa et prit un air effrayé.

— Alors ? Qu'en pensez-vous ? demanda l'Amiral.

— Je ne sais pas quoi dire, c'est affreux, dit Askerot en se tournant vers Nisoulag qui le regardait avec appréhension. Ils parlent d'une catastrophe planétaire.

— C'est-à-dire ? demanda Storck.

— D'après ce qui est dit, un planétoïde géant va s'écraser sur Nibirou, répondit Askerot, le regard chargé d'effroi. Il faut empêcher ça Amiral. Il faut les aider.

— Ce n'est malheureusement pas dans mes attributions.

— Comment ça, pas dans vos attributions ? Vous n'allez rien faire pour empêcher un génocide ?

— Nous ne pouvons pas intervenir dans la vie des autres peuples, c'est une règle qui s'applique à tous nos vaisseaux sillonnant la galaxie.

— Attendez, attendez une minute, vous nous avez bien aidés lorsque nous en avons eu besoin.

— C'était différent.

— Non, je ne suis pas d'accord Amiral, nous étions dans le besoin et vous nous avez aidés.

— C'est vrai, mais vous étiez en errance, nous n'avions pas à intervenir sur votre monde, nous ne l'aurions pas fait.

— Je ne comprends plus Amiral, pourquoi parcourir l'espace alors ?

L'amiral jeta un œil à Krilki, qui resta impassible. Puis il répondit.

— Nous cherchons uniquement la connaissance. Si nous intervenions dans l'organisation des vies que nous rencontrons, nous pourrions sans le vouloir créer leur perte en déstructurant leurs organisations ou leurs croyances. C'est déjà arrivé et nous n'en étions pas fiers.

— Mais enfin, là c'est différent, ces gens vont mourir si vous ne les aidez pas. Vous ne pouvez pas faire comme si vous ne saviez pas ! reprit Askerot dont la colère montait en lui sans qu'il puisse la retenir.

Nisoulag sentit que son mari perdait son contrôle sous le coup de l'émotion. Elle savait mieux que quiconque la capacité des grands Anunnaki à entrer dans des colères monstres et destructives, si elles n'étaient pas contenues. Délicatement elle le tira par le bras en lui chuchotant de se calmer. Amtar, Mardouk et Ku-Aya, la jeune amie d'Amtar, restaient figés de stupeur. Manifestement, Askerot avait dépassé sa capacité d'autocontrôle. Ses joues devinrent rouges et ses yeux coléreux. Il allait revenir à la charge, mais fut stoppé net par l'arrivée soudaine de deux gardes Jouniens qui le mirent en joue avec leur arme de poing.

— Je comprends votre réaction Seigneurs Askerot, dit calmement l'Amiral, mais vous ne pouvez pas comprendre. Il y a dans la galaxie des équilibres qui ne peuvent et ne doivent pas être perturbés. Nous devons être et rester neutres.

— Alors vous êtes des sans cœur, aussi coupables que des meurtriers. Tout ce que vous nous avez vanté, depuis quatre mille ans, de votre civilisation soi-disant avancée n'était donc qu'une façade, que de la poudre aux yeux. C'est pitoyable.

— Vous ne comprenez pas répondit l'Amiral.

— Je ne comprends que trop bien au contraire. Vous m'écœurez, répliqua Askerot en se retournant pour sortir précipitamment, suivi aussitôt par sa famille et moi-même.

L'Amiral nous regarda sortir. Il croisa le regard de son capitaine qui restait immobile et impassible. Storck appuya son bras gauche sur l'accoudoir de son fauteuil en se frottant nerveusement le menton de ses trois doigts. Il regardait fixement les images des émeutes et des préparatifs militaires qui défilaient devant ses yeux sur l'écran holographique. D'un doigt de la main droite, il actionna la commande d'extinction de ce petit écran. D'une autre commande, il remit l'image de Nibirou sur l'écran géant face à lui et la contempla sans rien dire. Le capitaine Krilki resta encore muet un instant puis s'en alla rejoindre son poste de second.

26

Namrod tenait conseil depuis déjà plusieurs heures avec les principaux responsables des évacuations, tant vers les stations orbitales que vers les navires de la flotte. Dans une course effrénée contre la montre, tout le monde avait eu plus à faire que jamais auparavant. Beaucoup n'avaient pas pris de repos depuis plusieurs jours et seules des médications très spéciales leur donnaient encore la force de se battre.

Pour autant, les visages étaient marqués par une fatigue extrême. Si cela devait continuer, peu allaient pouvoir tenir ce rythme infernal imposé par Namrod. Lui-même était au bord de ses propres capacités. Ses sautes d'humeur, de plus en plus fréquentes et violentes, en étaient un signe évident. La séance de travail se termina enfin. Il resta seul un moment avec Uselli.

— Plus que quatre jours avant l'impact, et il reste tant de choses à faire, Commandant.

— Oui Seigneur, mais l'essentiel et le plus important à déjà été fait. Maintenant, il va falloir s'en remettre à la chance ou au destin.

Namrod ne répondit pas tout de suite, son regard se perdait à travers la baie vitrée dans le noir profond de l'univers. Seule la myriade de vaisseaux qui s'assemblaient encore lui donnait un peu d'espoir.

— Je crois que je n'ai jamais cru au destin, reprit-il en se tournant vers Uselli, qui s'était approché de la baie vitrée.

— Comment savoir ? Nos anciens pouvaient pourtant voir des bribes d'avenir.

— C'est vrai, ça me rappelle cette prophétie sur laquelle les rebelles de Namsis avaient construit tous leurs espoirs de fuite.

— C'était quelle prophétie, Seigneur Namrod ?

— Si je me rappelle bien, elle racontait que trois jeunes humains viendraient les délivrer des mondes souterrains de Ki la Terre. Vraie ou pas, les rebelles avaient effectivement réussi à m'échapper. C'était il y a plus de quatre mille ans.

— Oui, je me rappelle maintenant de cette histoire, j'y étais, mais je n'avais jamais rien entendu à propos de cette prophétie.

— Bon, peu importe, ça ne nous aide pas beaucoup. J'espère seulement que nous aurons pris les bonnes décisions. Je vous donne le feu vert pour la première vague. Dès que toutes vos escadrilles seront parties, accordez-vous deux heures de repos, je vais en faire autant.

À l'extérieur, dans une zone loin des grands rassemblements de tout ce qui pouvait naviguer dans l'espace, les escadrilles de vaisseaux d'attaque s'étaient positionnées et attendaient l'ordre de faire le saut sur le géocroiseur. Il y avait là près d'un millier de chasseurs bombardiers et de navettes armées. Jamais on n'avait vu un tel déploiement. Même les appareils qui constituaient normalement la réserve tactique avaient été mobilisés. En fait, Uselli avait quasiment manqué de pilotes assez chevronnés pour être lâchés dans un champ d'astéroïdes. Les risques de collisions allaient être très importants.

Alal le destructeur était encore à près de cinq millions de kilomètres, pourtant, ce n'était qu'un saut de puce pour la technologie anunnaki. L'ordre arriva enfin. Les unes derrière les autres, on vit les escadrilles accélérer puis disparaitre dans un éclair de lumière. Le ciel se mit à clignoter tant il y avait de vaisseaux. Puis soudain le calme revint. En regardant vers Nibirou, on voyait maintenant les grands vaisseaux de guerre s'aligner pour faire leur propre saut spatial. Mais avant, les chasseurs devaient nettoyer l'espace des rochers les plus imposants.

Le lieutenant Ishram était en tête de son escadrille de huit chasseurs vimnas de dernière génération, il surveilla le fond du ciel derrière lui. Son scanner s'affolait de multiples points lumineux qui correspondaient aux dernières escadrilles sortant du saut. Lorsque l'écran arrêta de clignoter, il régla ses collimateurs sur un spectre plus large. Depuis qu'il avait quitté le dock du Rutilant, il lui tardait de pouvoir enfin mener son escadrille au combat. Pas d'adversaires derrière Alal, mais de multiples rochers capturés par la gravité importante du géocroiseur.

— Mus ? tu es prête ? dit-il à son amie le lieutenant Simti.

— Pas de soucis Lou. Quand va-t-on enfin casser du caillou ? À force d'attendre, il sera arrivé sur Nibirou qu'on n'aura pas encore tiré une seule salve.

— Tu ne changeras jamais. C'est quoi qui te manque, la bière qu'on prendra en rentrant ?

— La bière ? Les bières, oui tu veux dire Lou. Ça fait au moins une semaine qu'on n'a pas eu le droit d'en picoler.

— Normal, il était hors de question de louper les séances d'entrainement. Tous ceux qui nous accompagnent sont ceux qui ont été les meilleurs au tir.

— Mouais. Admettons. Bon alors on y va ?

Ishram regarda loin devant lui, Alal grossissait à vue d'œil. Le lieutenant identifia sur son écran tactique le secteur qui lui avait assigné. Il jeta un rapide coup d'œil autour de lui.

— De Lou à tous les loulous, c'est parti les gars, on reste groupés. Chaque coup doit porter c'est compris ? Gardez bien les yeux ouverts, quand ça va tirailler de tous les côtés on risque de se prendre des cailloux errants en pagaille, des gros et des petits. Allez, suivez-moi.

— On te suit Lou ! répliqua Mus, avec une joie mal dissimulée.

— Très bien. Tihahoo !!

Il y avait tellement longtemps qu'Ishram n'avait plus poussé son cri de guerre qu'il avait failli bafouiller.

— Tihahoo ! Tihahoo, répondirent ses équipiers.

Arrivés sur place, les membres de l'escadrille se rendirent compte que le travail n'allait pas être aussi simple que prévu. Les tentatives du Kaga pour fracturer Alal le destructeur avaient projeté en orbite autour du géocroiseur une énorme quantité d'éclats en tout genre. Il y avait là une multitude de débris de glaces, de rochers et aussi de divers métaux. Toutes les escadrilles ouvrirent le feu presque en même temps. Le spectacle devint extraordinaire, ça tirait de tous les côtés, le fond de l'espace s'illuminait maintenant d'éclats de lumière de multiples couleurs.

Naviguer dans un champ d'astéroïdes était tout sauf une partie de plaisir. Chaque pilote s'était fait, au moins une fois, une grosse frayeur en évitant de justesse un gros rocher. Les plus gros morceaux étaient la cible de missiles à courte portée. Seul problème, assez peu étaient détruits par les explosions qui avaient plus pour effet de les faire changer de trajectoire avec finalement assez peu de dégâts. Il fallait des tirs répétés au canon pour réussir à fracturer les plus gros. Après plus de quatre heures de chasse, les réserves de munitions avaient fondu comme neige au soleil. La mission était accomplie.

— De Lou à tous les loulous, mission terminée, joli travail tout le monde, allez, on se sort de là et on rentre.

— Compris chef, on vous vous suit.

— Alors Lou ? On se les fait ces bières en arrivant ?

— Je crois plutôt Mus qu'on va se prendre une bonne douche et qu'on va se reposer un peu. Si tout est calme après, pourquoi pas, mais n'y crois pas trop. À mon avis on va revenir assez vite.

— Bon, juste une alors ?

— On verra. Prêts tout le monde ?

— Prêt répondirent les équipiers chacun leur tour.

— Très bien, derrière moi, top.

Le fond de l'espace redevint plus calme. Si le champ d'astéroïdes était nettoyé, Alal le destructeur restait intact. Chaque escadrille rejoignit son astronef d'origine pour y être réarmée. Les mécaniciens eurent beaucoup de travail dans les docks. Bon nombre de chasseurs avaient, malgré toutes les précautions, subi des dégâts en ayant percuté quelques rochers baladeurs de petites dimensions.

Uselli fit un point avec tous les chefs d'escadrilles avant de les autoriser à aller se détendre. Pour autant, malgré les bonnes nouvelles, le niveau d'alerte maximale était maintenu. Le saut de la flotte fut donc avancé au maximum à cinq heures plus tard. C'était le temps minimum pour que les engins soient réparés et réapprovisionnés. Entre-temps, les opérations d'évacuation vers les vaisseaux de guerre s'étaient terminées. La totalité des bâtiments venaient de prendre leur position pour le saut. Namrod regardait ce spectacle fantastique par la baie vitrée de ses appartements. Il porta son communicateur à l'oreille.

— Commandant Uselli, tous nos espoirs s'envolent avec vous. Nos pensées vous accompagnent. Je vous souhaite bonne chasse et bonne chance.

— Merci Commandeur, nous allons certainement en avoir besoin.

Namrod raccrocha. Il rangea son communicateur dans une poche de sa tunique. Il prit sa position favorite, les mains croisées dans le dos. Sidouri, qui était jusque-là restée en retrait, vint se placer sur sa droite. Tous les deux échangèrent un sourire. Namrod passa son bras droit sur les épaules de sa femme et la tira doucement vers lui. Tous les deux restèrent un instant dans cette position rassurante pendant que devant leurs yeux l'espace s'illuminait à nouveau de multiples éclairs de lumière avec le départ des vaisseaux.

Uselli, n'avait pas beaucoup dormi, le saut avait été trop court. Il avait demandé à l'ensemble des bâtiments de se placer à l'arrière du géocroiseur. L'entreprise qu'il avait à mener n'avait jamais été tentée. Les experts en armements lui avaient conseillé de garder les vaisseaux le plus loin possible des zones de tir pour ne pas risquer d'être victimes des morceaux de roches potentiellement dangereux.

Le plan initial consistait en une première salve simultanée à partir de tous les vaisseaux. Lors de ce premier acte, seuls des missiles seraient utilisés. Leur grand nombre pourrait sans doute créer assez d'énergie pour fragiliser le météore monstrueux. À l'issue de ce premier tir, les chasseurs avaient encore une fois pour mission d'éliminer les gros morceaux de roches arrachés par les explosions. Les capteurs des vaisseaux de guerre pourraient alors scanner la masse rocheuse et ferreuse afin de déterminer les localisations des zones de failles fragilisées par les missiles.

Avec anxiété, Uselli se tenait debout face à la baie vitrée du poste de commandement du Rutilant. Amourri surveillait l'évolution du géocroiseur, car il fallait attendre que dans sa rotation sur lui-même, Alal le destructeur présente sa face la plus fragile.

— Commandant, on y est presque, encore une minute.... Maintenant !

Uselli qui était en liaison avec tous les vaisseaux de la flotte prit la parole :

— À tous les vaisseaux, feu, feu feu !

L'armada Nibirienne, qui s'était placée en ligne, lança ses missiles. Depuis le pont du Rutilant, on put observer avec espoir les traits de lumières qui marquaient les jets de plasma des tuyères des vecteurs. Tous les yeux étaient rivés sur ces traits de lumière minuscules devant l'énormité d'Alal. Il y eut soudain une fantastique succession d'explosions concentrée sur les zones déterminées à l'avance. Un énorme nuage de poussière recouvrit presque aussitôt la surface du météore, empêchant de voir le résultat de la première charge. En attendant que le nuage retombe, Uselli s'avança vers Amourri.

— Alors Capitaine ? Que donnent vos scanners ?

— Difficile à dire, Commandant, les poussières chargées d'électricité statique gênent les télémesures. Je vais essayer en changeant de fréquence.

Amourri fit plusieurs réglages jusqu'à obtenir une image hachurée, mais suffisamment précise pour se faire une idée. Il prit une grande inspiration et se tourna vers Uselli :

— Je suis désolé Commandant, les failles n'ont, semble-t-il, pas été fracturées comme nous l'espérions. Aucun résultat visible. Par contre il y a une belle quantité de débris en orbite basse.

— Mince ! répondit Uselli en se frottant l'arrière de la tête, tout en faisant une grimace qui en disait long sur sa déception.

Il se rapprocha de son fauteuil et s'y installa en appuyant sur un bouton pour avoir à son poste la transmission avec les autres vaisseaux.

— Ici Uselli. À tous les vaisseaux, impacts négatifs. Je répète, à tous les vaisseaux, impacts négatifs. Envoyez les chasseurs pour détruire les éjectas trop importants. Nous allons devoir attendre le prochain passage de la face la plus fragile pour tenter à nouveau un autre tir. Ce sera dans six heures à partir de maintenant. Que tout soit prêt pour le prochain tir.

Il y eut sur la passerelle un silence lourd et oppressant. Officiers de pont et techniciens marquaient le coup. Manifestement, le moral était en berne. Uselli regarda pendant un bon moment, avec un regard vide, les éclairs de lumière provoqués par les tirs des chasseurs vimnas sur les morceaux de rochers qui pouvaient présenter un danger pour les croiseurs et autres frégates. Amourri prit soudain la parole :

— Commandant ! Commandant, venez voir.

Uselli se précipita vers son second.

— Regardez, Commandant, la faille principale n'a pas souffert de l'attaque, mais par contre celle-ci a bien été fragilisée.

— Cette partie est bien excentrée. Même si on arrivait à la détacher, elle ne diminuerait pas de beaucoup la masse du bolide.

— C'est vrai commandant, mais tant qu'elle est encore accessible, nous pourrions la tirer aux canons, au prochain passage les missiles pourraient y être plus efficaces.

— C’est une idée. Mais il y a encore beaucoup de chasseurs en action.

— Justement commandant, ils ont déjà fait le plus gros du travail. Les croiseurs ont assez de canons de défense rapprochée pour se mettre à l’abri d’impacts avec des rochers d’Alal. Si on envoie tous les chasseurs sur cette faille et qu’ils lâchent leurs missiles en même temps, peut-être que nous aurions une chance de séparer ce gros morceau.

— Pourquoi pas, après tout, qui ne tente rien n’a rien. Envoyez-leur la coordonnée de la cible la plus intéressante. On va essayer, dit Uselli en retournant à son fauteuil.

Uselli se rassit rapidement et reprit la communication.

— Ici le Commandant Uselli, à tous les chasseurs, vous allez recevoir une nouvelle mission. Tous ceux à qui il reste des missiles, rejoignez les coordonnées qui vous sont envoyées en ce moment même. Une fois sur place, le lieutenant Ishram coordonnera le tir des missiles. Aussitôt tirés, dégagez et revenez à vos docks pour être réapprovisionnés.

Les chasseurs bombardiers furent vite rendus sur place. Sous le commandement d’Ishram, ils firent feu comme prévu et regagnèrent sans attendre leurs bâtiments respectifs. Il y eut à nouveau un gigantesque nuage de poussière. Amourri scrutait son écran avec impatience. Uselli s’était déplacé pour venir regarder lui aussi les écrans du capitaine. Celui-ci poussa soudain un énorme cri de joie :

— Whouaiiss, on l’a eu, on l’a eu !!

— Capitaine, comment est le morceau qui s’est séparé ? demanda le commandant.

— C’est un gros morceau, Commandant, il fait presque six kilomètres de diamètre.

— Très bien, félicitation Capitaine, envoyez vos relevés à Dag-Aras, qu’ils recalculent la trajectoire des deux bolides. Peut-être qu’elles ont dévié et que Nibirou sera épargnée.

— Tout de suite Commandant.

Le retour de la station orbitale revint assez vite. Si le morceau qui venait d'être arraché prenait effectivement une trajectoire d'éloignement, le gros morceau encore intact n'avait pas du tout était dévié. Moins de six heures plus tard, Alal présentait à nouveau ses points faibles. Cette fois Uselli voulut frapper fort comme le prévoyait le plan. Tous les vaisseaux devraient tirer cinquante pour cent des missiles qu'il leur restait. À son commandement, tous firent feu. C'était impressionnant de voir cette multitude de traits de lumière se concentrer sur une même zone cible. Il y eut d'énormes éclats de lumières aveuglantes. Une fois de plus, les chasseurs qui avaient été réarmés s'occupèrent des rochers errants potentiellement dangereux.

Le résultat tomba enfin. La faille avait bien bougé, mais elle résistait encore. Six heures encore plus tard, Uselli fit concentrer tous les tirs sur la faille. Tout le monde hurla de joie en découvrant que le géocroiseur s'était à nouveau fragmenté. Maintenant il n'y avait plus un bolide, mais deux qui courraient sur Nibirou. Uselli sépara sa force de frappe en deux parties. L'une allait être chargée de viser un des côtés du plus petit, qui faisait quand même presque dix kilomètres de diamètre. L'objectif était de le pousser, comme pour le premier morceau, à quitter la trajectoire d'impact avec Nibirou. L'autre partie de la flotte devait se concentrer sur le morceau le plus massif qui poursuivait sa course folle vers la planète.

Au prochain tour d'Alal, tous les vaisseaux lâchèrent leurs derniers missiles. La mission d'éloignement, du morceau le plus petit, donna le résultat escompté, mais malheureusement, la plus grosse masse d'Alal continua sa trajectoire, sans être aucunement affecté. Uselli plaça ensuite ses vaisseaux de part et d'autre du géocroiseur pour qu'ils ouvrent un feu continu au canon. La flotte poursuivit le monstre jusqu'à la cinquième heure avant l'impact sans plus de résultats. Complètement effondré et à bout de force, Uselli essaya de se tenir bien droit sur son fauteuil et demanda qu'on lui passe le Commandeur.

— Namrod, j'écoute.

— Commandeur, nous avons fait tout ce qui était en notre pouvoir. Le dernier bloc de quatorze kilomètres de diamètre n'a pas pu être détruit. La flotte a failli à sa mission. Nous n'aurons pas réussi à sauver Nibirou.

Namrod ne répondit pas tout de suite. Lui aussi était arrivé au bout de ses dernières ressources vitales. Il prit son visage entre ses deux mains, inspira un grand coup avant de dire :

— Le combat était inégal commandant. Namrod, terminé.

27

L'amiral Storck regardait depuis un moment le géocroiseur tourner lentement sur lui-même en se rapprochant inexorablement de Nibirou. Il se tourna brusquement vers son Capitaine.

— Krilki, faites chercher nos invités s'il vous plait.

— Amiral ? Vous êtes sûr ? Nous n'avons aucune nouvelle de Jounia, répondit l'officier avec un grand étonnement.

— Je sais, je sais, tant pis, autorisés ou pas, on va y aller.

Un moment plus tard en compagnie de la famille d'Askerot, je rentrais dans la salle de commandement. Storck nous attendait debout près de son grand Fauteuil. Askerot était très tendu. Depuis notre dernière visite à Storck, il gardait un ressentiment puissant de colère. L'Amiral prit la parole en se tournant vers l'écran géant qui affichait Alal et bien plus loin la grosse boule blanche de Nibirou.

— Malgré tous les efforts de la flotte Nibirienne, le planétoïde, bien que diminué, est toujours en trajectoire de collision. Il est assez grand et assez lourd pour tout ravager sur Nibirou maintenant sans défense.

— Et c'est pour nous faire assister à la catastrophe que vous nous invitez à voir le spectacle avec vous, c'est ça ? reprit Askerot chez qui la colère remontait en flèche.

— Vous ne devriez pas être aussi peu reconnaissant Seigneur Askerot, ce que nous allons faire va probablement me coûter mon commandement.

Ma surprise fut de taille. Askerot, Nisoulag, Ku-Aya et Amtar échangèrent avec moi des regards pleins de surprise.

— Capitaine, sortez-nous de l'occultation et mettez-nous en trajectoire d'interception.

— Oui Amiral.

Une sonnerie d'alarme retentit dans tout le vaisseau au moment où nous vîmes sur l'écran que celui-ci accélérait pour dépasser l'astéroïde. Il se plaça entre lui et Nibirou en évoluant en machines arrière pour rester face au monstrueux rocher. Sans rien dire, Storck s'assit sur son fauteuil et d'un bout d'une de ses griffes il afficha plusieurs écrans, dont un qui représentait Alal en trois dimensions. Toujours du bout de sa griffe il pointa plusieurs zones sur la surface. Un bouton rectangulaire de lumière rouge apparut en bas de l'écran. Storck tourna la tête vers Krilki qui hocha lentement la tête. Storck cliqua alors sur le bouton rouge. Une dizaine de faisceaux lumineux d'un blanc éblouissant partirent du vaisseau Jounien.

Il y eut sur l'astéroïde des explosions aveuglantes, bien plus puissantes que celles des missiles Nibiriens. Sur Dag-Aras et l'ensemble des vaisseaux de la flotte, la surprise fut totale. Tout le monde, à part les gens du Rutilant, découvrait soudainement la technologie Jounienne. À la surprise, se mêlait la joie de voir les puissantes explosions sur le géocroiseur. Celui-ci finit par ressembler à une énorme boule de feu qui se scinda en un nombre imposant de boules de feu plus petites. Malheureusement, leur dispersion empêchait les Jouniens de continuer leur travail de destruction avec autant d'efficacité. Au dernier moment, Storck éloigna son vaisseau, il ne pouvait rien faire de plus. Partout les gens retinrent leur souffle en voyant les premiers gros résidus entrer dans l'atmosphère Nibirienne en immenses trainées de feu.

Un peu partout on enregistrait des impacts puissants et destructeurs, mais sans commune mesure avec ce qui aurait pu arriver sans l'intervention inattendue de Storck. Un nombre assez grand de blocs de roches plus petits frôla l'atmosphère sans y pénétrer. Ils étaient poursuivis par les vimnas qui tentaient de protéger les stations orbitales. Plusieurs d'entre elles furent malheureusement touchées plus ou moins gravement. Deux subirent des dommages sévères. Dag-Aras avec ses canons de défense rapprochée avait évité le pire.

Sur la surface de Nibirou, les gros rochers brûlants en perdition provoquèrent la vaporisation des glaces de la surface, entrainant des vents supersoniques ravageant tout sur leur passage. Il y eut un peu partout des tremblements de la planète provoquant d'importantes destructions dans les villes souterraines et la rupture des conduites d'eau et d'énergie. Une part importante du réseau des tubes de navettes fut détruit. La reconstruction de Nibirou prendrait des années et des années.

Storck s'était enfoncé dans son fauteuil. De ses grands yeux noirs sans fond, immobile, il regardait sur son écran holographique les derniers impacts météoritiques qu'accompagnaient les éjectas brûlants qui retombaient au sol. Dans la pénombre de la salle de commandement, le silence total régnait depuis la fin de l'intervention. Moi-même, je ne savais quoi dire. Askerot serrait Nisoulag contre lui. Amtar en faisait de même avec Ku-Aya. Je me sentais dépassé par le désastre que j'avais découvert en direct sur les écrans de contrôle. C'est Krilki qui rompit le silence le premier.

— Amiral ! Ils arrivent !

Storck hocha la tête sans rien dire, l'air absent. Il devait sans doute imaginer comment serait sa prochaine vie sans son vaisseau. Askerot se tourna vers le Second.

— Qui arrive, Capitaine ?

— Les nôtres, ils viennent pour aider.

Tout le monde se tourna vers l'écran géant. Il y eut comme un tremblement du fond de l'espace. Sortant de nulle part des vaisseaux immenses en forme d'œuf très allongé, entièrement gris de cendre, se positionnèrent en orbite haute autour de la planète. Chacun devait mesurer pas moins de dix kilomètres de long et trois ou quatre dans la partie la plus large. Il y en avait huit, tous identiques de la même taille. Storck regarda un instant les vaisseaux de ses compatriotes, puis il se tourna vers Askerot.

— Seigneur Askerot, vous devriez vous approcher et prendre la parole. Vous serez sans doute le meilleur ambassadeur de notre peuple qui vient au secours du vôtre, dit Storck. Vous avez un canal ouvert avec la station orbitale de la flotte.

Une grande joie me remplit soudain. Je m'approchais d'Amtar et de l'épaule droite je lui bousculais amicalement son genou gauche. Il me regarda en éclatant de rire, lui aussi plein d'une bonne humeur naissante. Nisoulag avait remarqué ma taquinerie. Elle me regarda avec un bonheur incroyable au fond des yeux. Askerot, quant à lui, était presque tétanisé par l'émotion. Storck lui fit un signe de la tête pour l'encourager. Askerot s'approcha, il déglutit et prit la parole d'une voix hésitante :

— Ici Askerot, Seigneur Namrod, m'entendez-vous ?

— Je vous entends très bien oui. Qui êtes-vous ?

— Je suis en ce moment sur un des vaisseaux Jouniens que vous découvrez en orbite au-dessus de Nibirou. Je suis Nibirien. Je faisais partie des rebelles que vous avez combattus il y a si longtemps sur Ki la Terre. J'étais Grand Capitaine de Namsis et Conseiller du Roi Namgal à Namsis.

Namrod se tourna vers Sidouri qui écarquillait les yeux de surprise.

— Vous venez de Ki ?

— Non, Commandeur. Nous venons de Ninrah, une planète très loin d'ici où nous avons créé un nouveau monde après notre fuite de Ki. Il y ressemble beaucoup d'ailleurs.

— Je ne suis pas sûr de bien comprendre.

— Nous sommes venus pour vous aider. Mes amis les Jouniens sont prêts à répondre à votre appel, si j'ai bien compris, dit-il en se tournant vers Storck, tout en baissant la tête en remerciement.

Ils n'interviendront que si vous le leur demandez. Je vous conseille vivement de le faire.

— Très bien, toute aide sera la bienvenue. À qui dois-je m'adresser ?

— J'ai à côté de moi le meilleur des négociateurs, c'est l'Amiral Storck, c'est lui qui commande le vaisseau qui a détruit le géocroiseur pour sauver Nibirou. Je vous laisse discuter avec lui.

Namrod et Storck avaient pu engager des négociations qui débouchèrent très vite sur des secours immédiats et très efficaces. Les Jouniens, aidés de leur incroyable technologie, avaient porté assistance aux recherches des disparus, aux soins aux nombreux blessés et aux autres sinistrés, que ce soit sur la planète ou sur les stations orbitales. Il y avait un grand nombre de victimes, mais sans l'intervention du vaisseau Jounien de Storck, la planète entière aurait été dévastée et les pertes en personnes ou en matériels auraient été incomparablement plus élevées. Askerot avait demandé une liaison avec Namgal, son roi, en tout cas l'ancien roi du monde souterrain de Namsis sur Ki. Il lui avait demandé d'intervenir auprès des autres rois pour accepter les réfugiés que les Jouniens pourraient déposer.

Le Conseil des douze anciens royaumes avait débattu de la chose. Avec beaucoup de bienveillance, il avait proposé d'accueillir sur Ninrah les gens de Nibirou qui voudraient quitter la planète. La seule condition qu'il avait fixée était qu'ils viennent sans arme et dans un esprit de tolérance. Les retrouvailles entre anciens ennemis seraient sans doute un peu compliquées, les guerres de Ki avaient laissé de profondes blessures dans les deux camps. Tous le savaient, mais ce n'était certainement pas un obstacle insurmontable.

De mon côté, j'avais suggéré que la Terre pourrait sans doute accueillir elle aussi une partie des réfugiés. Namrod et Sidouri y avaient été très sensibles. Parmi la population de Nibirou, une bonne partie des gens des villes basses avait craint d'affronter l'inconnu. Beaucoup avaient préféré rester sur Nibirou, malgré les énormes difficultés à venir. Ils voulaient travailler à reconstruire leur monde.

L'Amiral Storck avait dû répondre devant sa hiérarchie de son action sur Nibirou, en désobéissance flagrante aux règles de non-intervention dans les affaires d'un autre monde. Le Conseil des douze lui avait apporté un soutien très efficace. Il fut condamné à une simple réprimande et garda finalement le commandement de son navire, aussi bien que sa mission initiale de surveillance du système solaire. Askerot s'était excusé auprès de lui des mots qu'il avait prononcés sous le coup de la colère. Une fois de plus j'avais constaté que le courage et la droiture savent réconcilier les êtres les plus méritants.

Pour ma part, j'avais passé beaucoup de temps avec le Commandeur Namrod et sa femme. Tous deux étaient avides d'en savoir plus sur Ki la Terre. Mes nombreuses visites sur la Terre grâce aux vaisseaux Jouniens de surveillance m'avaient permis d'apporter des réponses argumentées à leurs nombreuses questions. Il n'y a que dans le domaine militaire où je me sentais dépassé. En fait, après tant d'années d'observation, j'en étais toujours à ne pas comprendre les raisons, qui poussaient les hommes à se surarmer, pour ensuite tenter de s'autodétruire.

Même à l'heure spatiale, l'humanité en était encore à ignorer les autres races qui visitaient la Terre, mise à part sans doute dans les cercles restreints des services secrets des armées des principales puissances. Dix ans plus tôt, dans le début des années terrestres deux mille vingt, les gouvernements de la planète avaient profité d'une situation sanitaire compliquée pour accroitre le contrôle des gens par des moyens électroniques très sophistiqués. Cinq années de révoltes en tout genre, citoyennes et religieuses, n'avaient pas permis de libérer la population de l'oppression économique et parfois policière. J'en avais prévenu le Commandeur. S'installer sur Terre n'allait pas être simple.

Namrod et Sidouri sa femme avaient été très intéressés par les aventures que j'avais vécues avec mon frère Énenlil et notre ami Barzil. Ils m'avaient demandé de leur en faire le récit détaillé lors de soirées où j'avais été aimablement invité. Namrod avait cherché avec ardeur à comprendre comment vivaient, à l'époque, mes amis de la Confrérie du Serpent dans leurs tunnels profonds sous les terres et les montagnes. Sidouri, en particulier, s'était passionnée par tout ce qui avait eu trait aux jardins extraordinairement parfumés. Namrod avait été très surpris lorsque je lui avais raconté les aventures d'Énenlil. Avec le recul, il avait adoré connaitre le déroulement stratégique de l'attaque de la réserve d'armurerie où mes amis avaient récupéré les Ur-kilibs pour leurs vaisseaux. Sidouri avait préféré l'histoire d'Énenlil dans le monde surréaliste des Lulongs.

De leur côté, les Jouniens avaient très vite mis en place un pont spatial entre Nibirou et Ninrah. Grâce à cette aide incroyable, Namrod avait réussi en quelques semaines à redresser la situation sur Nibirou. Il avait organisé l'élection d'un nouveau roi de Nibirou parmi les représentants des sept familles qui désiraient rester sur la planète. Avant de passer le flambeau, il avait pris la précaution de faire valider qu'une partie de la flotte pourrait rejoindre La Terre avec tous ceux et celles qui se sentiraient attirés par ce retour aux premiers âges de la colonisation des Anunnaki.

Cela faisait environ un mois que nous étions sur Nibirou. L'Amiral Storck m'avait demandé si je désirais rester sur son navire avec Askerot et sa famille. Il prévoyait de partir pour poursuivre sa mission exploratoire du système solaire. Bien évidemment, j'avais accepté aussitôt.

Avec mes amis nous avions pu suivre en détail la préparation de l'expédition de Namrod pour rejoindre la Terre. Le Rutilant était entouré de trois croiseurs, d'une frégate médicale et de deux autres antimissiles. Il y avait également cinq transports de passagers et deux gros cargos remplis de logistiques diverses et de nourriture. Lorsque le top départ fut donné par le Commandant Uselli, nous étions tous aux premières loges pour y assister. L'espace avait semblé s'enrouler sur lui-même dans une gigantesque boule lumineuse qui absorba comme par magie toute la flottille en partance vers Ki.

Amtar se tourna vers moi et me dit :

— Tu ne regrettes pas de rester avec nous, Mardouk ? Ils sont partis sur ta planète, ils vont certainement s'installer dans le désert de Sumer et sur Anna la Lune.

Avant de répondre, je regardais l'écran géant ou il n'y avait plus désormais que le vide du noir profond de l'espace. Je me tournais vers lui en lui souriant.

— Je n'ai jamais eu les talents de mon frère pour voir des morceaux d'avenir. Mais tu sais Amtar, je vais te dire : Je serais très étonné que nous n'ayons pas à mettre bientôt notre grain de sel dans les affaires entre les terriens et les Nibiriens de Namrod.

Amtar regarda à son tour l'écran géant et le noir intense de l'espace. Il me regarda à nouveau avec un visage radieux.

— Je n'ai jamais douté un seul instant qu'on manquerait d'aventures avec toi Mardouk, me dit-il en tournant légèrement la tête par amusement. Je crois bien que la prochaine ne tardera pas effectivement.

Il me gratifia d'une tape amicale sur l'épaule qui faillit tout de même m'envoyer m'étaler par terre. Nous partîmes tous les deux d'un énorme rire. Askerot, Nisoulag et Ku-Aya s'amusèrent énormément de la chose. Même Krilki et Storck derrière leurs grands yeux noirs en amande, riaient de bon cœur. Amtar m'attrapa, s'excusa de la pichenette et me mit sur ses épaules comme un homme le ferait avec son enfant, puis il m'entraina avec lui en disant avec un énorme rire.

— Allons nous reposer Mardouk, on va en avoir besoin !

Il ne croyait pas si bien dire, la suite des événements allait le prouver….

REMERCIEMENTS

Je voudrais remercier Joëlle, ma femme, pour son infinie patience à supporter mes longues séances d'écriture le soir après le travail de la journée.

Je voudrais remercier Danièle, mon amie fidèle, pour ses avis pertinents sur ses relectures de mes chapitres, tout autant que pour ses impressions sur les maquettages de la couverture de ce livre.

Je voudrais également remercier le site Internet Pixabay.com pour ses présentations de photos libres de droits, dont je me suis inspiré pour concevoir la première de couverture.

Merci également aux auteurs référencés sur Pixabay pour leurs excellentes productions graphiques. Ces auteurs méritent vraiment d'être connus. Je dois citer ici : Tombud, AlexAntropov86, Sumitsahare et Andrew-Art.

Merci enfin à toutes celles et tous ceux qui m'ont encouragé à poursuivre ce rêve Sumérien, pour ne pas dire Nibirien.

Enfin, je tiens à remercier mes lectrices et mes lecteurs, pour m'avoir accompagné dans la découverte de mes productions.

À PROPOS DE L'AUTEUR

Titulaire d'un Master de Productique, cadre technique dans l'industrie électronique et alimentaire, Jean Pierre SEGONNES transmet maintenant ses compétences et ses connaissances en centre de formation pour adultes et apprentis.

Après un accueil chaleureux de ses deux premiers romans ANUNNAKI, « le nouvel et dernier espoir des dieux de Sumer », puis « Énenlil et la guerre des dieux », l'auteur poursuit dans ce troisième opus les aventures de Mardouk et de ses amis Anunnaki.

Plongeur et photographe animalier confirmé, il a également coproduit en 2016 un film documentaire sur les nudibranches du bassin d'Arcachon. Plus récemment, en juin 2020, il a publié un guide, broché couleur, de la plongée de nuit au bassin d'Arcachon.

On peut aussi retrouver l'auteur sur sa page Facebook et celle qu'il a dédié à ses recherches Sumériennes : « Anunnakis et Sumer »

Infatigable, Jean Pierre SEGONNES travaille déjà sur d'autres projets livresques à paraitre bientôt.

Pour le contacter : jp.segonnes@sfr.fr
Facebook Jean Pierre Segonnes[47]

[47] https://fr-fr.facebook.com/jeanpierre.segonnes

LEXIQUE

Abilsin	Une des sept familles dirigeantes de Nibirou.
Akiya	Officier en second du croiseur Kaga.
Amar-Outou	Fils d'Enki, héritier logique du trône de Nibirou.
Amiral Storck	Commandant du vaisseau Jounien en observation du système solaire.
Amon-Ka	Chef des contrebandiers Talpacks
Anctabir	Station lunaire Nibirienne de surveillance de la Terre
Anna	La Lune
Anou (ou An)	Grand Roi des Anunnaki à l'époque des deux premiers tomes
Antou	La planète Neptune
Anunnaki	Anciens dieux Sumériens vivant sur Nibirou
Askerot	Chef militaire des Anunnaki de Namsis
Baal-Nash	Anunnaki responsable de l'évasion d'Enlil
Baramoul	Prétendant au trône.
Capitaine Amourri	Capitaine du Rutilant, Second du Commandant Uselli
Capitaine Hanish	Chef de l'escadrille des chasseurs bombardiers de Dag-Aras
Capitaine Krilki	Officier en second de l'Amiral Storck
Capitaine Nassouli	Officier De Dag-Aras. Chef des piratages.
Capitaine Orkad	Chef des commandos de Dag-Aras
Commandant La'um	Commandant en disgrâce du croiseur Nibirien Kaga
Commandant Lubau	Chef de Centre du Contrôle Spatial de Dag-Aras
Commandant Nassir	Chef de la sécurité sur Tal-Markhan
Commandant Uselli	Commandant du croiseur géant Le Rutilant
Confrérie du Serpent	Groupe de rebelles fondé par Enki et chargé de protéger l'humanité.
Conseiller Kalran	Ancien pilote de chasse, Sénateur, ami et conseiller de Namrod.

Dag-Aras	Station spatiale, centre de commandement du contrôle aérien.
Dag-Ignus	Station spatiale, siège de la famille dirigeante Abilsin
Dar-Aman	Frère de Kalran, candidat à l'élection du prochain roi.
Édinkas	Quatrième espèce intelligente de Nibirou.
Énenlil	Fils de Nikereb, frère aîné de Mardouk, héro du tome 2.
Igigi	Deuxième race Nibirienne, Les Igigis étaient utilisés comme travailleurs
Enki	Fils aîné du grand roi Anou, roi de Nibirou.
Enlil	Ex roi de Nibirou, second fils du grand roi Anou
Euphrate	Deuxième fleuve de Sumer se jetant dans le golfe persique
Gig-Dul	Usine orbitale d'assemblage des vaisseaux Nibiriens
Jounia	Planète d'origine d'une race extraterrestre.
Ki	La Terre
Le Molbac	Tripot près des docks de Tal-Markhan.
Lhamou	La Planète Mars
Lieutenant Dakhos	Chef des opérations sur la passerelle du Rutilant
Lieutenant Kisham	Chef des Services Secrets Nibiriens
Lieutenant Ashram	Chef d'escadrille du Rutilant
Mak-Tar	Contrebandier de l'équipe d'Amon-Ka
Mardouk	Héro du tome 1, frère cadet d'Énenlil
Marquesh	Officier des anciennes forces spéciales Nibiriennes
Mésopotamie	Zone recouvrant une partie du sud de l'Irak et de l'Iran.
Nabidou	La planète pluton
Namrod	Roi par intérim, chef de l'armée et de la police Nibiriennes
Namsis	Cité souterraine secrète localisée sous Sumer
Nibiriens	Habitants de Nibirou
Nibirou	Planète où vivraient les Anunnaki
Ni-Shar	Talpac ami et assistant de chef contrebandier Amon-Ka
Nisoulag	Femme d'Askerot
Ninrah	Planète d'accueil des rebelles Anunnaki
Orion	Système solaire à plusieurs années-lumière de la Terre
Oudoul-Kalma	Négociateur du Rutilant.

Capitaine Amourri	Officier en second de Uselli sur Le Rutilant
Capitaine Orkad	Chef des commandos de Dag-Aras pour la mission sur Terre.
Capitaine Krilki	Officier en second de l'Amiral Jounien Storck
Sas d'Ishtar	Porte condamnée d'une zone irradiée de Tal-Markhan.
Sidouri	Femme de l'Anunnaki Namrod.
Sousouda	Officier de Dag-Aras, sauve Sidouri.
Sout-Anka	Contrebandier de l'équipe d'Amon-Ka
Sumer	Partie Sud de la Mésopotamie
Tal-Markhan	Capitale administrative de Namrod
Talpac	Une des quatre espèces humanoïdes vivant sur Nibirou
Tergal	Village fictif situé en bordure du Tigre à Sumer.
Tigre	Un des deux fleuves de Sumer se jetant dans le golfe persique
Ur-Kilib	Bloc d'énergie nécessaire au pilotage des vaisseaux spatiaux
Uselli	Commandant en chef de la flotte Nibirienne.

Dépôt légal : janvier 2021

www.ingramcontent.com/pod-product-compliance
Lightning Source LLC
LaVergne TN
LVHW101938220826
846093LV00006B/46